# ADLIGER GEFÄHRTE

GEBUNDEN AN DIE FAE
BUCH VIER

EVA CHASE

Adliger Gefährte

Gebunden an die Fae Buch 4




Erste Digitale Ausgabe, 2021




Übersetzung: Stephanie Kotz

Lektorat: Nadja Uebach

Umschlaggestaltung: Covers by Christian

Ebook ISBN: 978-1-998752-35-5

Paperback ISBN: 978-1-998582-65-5

 Formatiert mit Vellum

1

*Talia*

Diese Nacht sollte eine Zeit zum Feiern sein. Die Erzlords der Sommer-Fae hatten gerade erst einen der Männer, die ich liebe, in ihrer Mitte willkommen geheißen, damit er zukünftig an ihrer Seite regiert. Noch vor wenigen Minuten war das Feld um mich herum zu Ehren seiner Krönung von tanzenden Paaren und Gelächter gefüllt gewesen. Und ich hatte ein Versprechen von meinen drei Liebhabern erhalten, wegen dem es vor Freude in mir kribbelte. Die Luft selbst hatte sich freudegeladen angefühlt.

Jetzt fliehe ich durch die Menge, mein Magen verknotet sich und meine Gedanken werden von anschwellendem, kaltem Entsetzen in alle Richtungen gejagt. Das liegt nicht an der Ankunft der fünf Unseelie-Erzlords, denen riesige rabenähnliche Flügel aus den Rücken ragen. Auch wenn sie einen beunruhigenden Anblick abgeben, wie sie dort stehen und das Seelie-Trio niederstarren. Etwas viel Schlimmeres passiert gerade *in* mir.

Eine Stimme – ein lebhafter Tenor, der unverkennbar männlich und schockiert klingt – dröhnt durch das sengende Loch, das sich in der Mitte meines Wesens aufgetan zu haben scheint. *Wohin gehst du? Wir müssen ... wir müssen miteinander reden.*

*Nein. Nein, nein, nein.* Ich bin zu nichts anderem als dieser wiederholten, jedoch wahrscheinlich fruchtlosen Leugnung imstande.

Außer mir kann niemand seine Worte hören, weshalb auch niemand den brennenden Ruck spüren konnte, der mich durchfuhr, als sich mein Blick und der des jüngsten Winter-Erzlords trafen. Der Raum, der sich in mir öffnete, übermittelt mir nicht nur seine Stimme, sondern auch eine Woge unerklärlicher Eindrücke: der Anblick meiner schlanken, pinkhaarigen Gestalt, die zwischen den Körpern der versammelten Sommer-Fae verschwindet, das Spiel unbekannter Muskeln und die warme Brise, die durch die Federn kitzelt, die mit diesen Gliedmaßen verbunden sind, das Stocken eines Pulses, der noch wilder pocht als meiner.

Ich will das hier nicht. Ich will, dass es *aufhört*. Doch die Flut an Empfindungen schwillt an und kippt mein Bewusstsein auf den Kopf. Meine Füße stolpern und Schmerzen schießen durch meinen krummen Fuß. Mein Ellenbogen stößt gegen einen der anderen Zuschauer, der mit finsterer Miene zurückzuckt.

Ich muss hier weg. Wenn ich weit genug renne, kann ich dieser Entsetzlichkeit vielleicht entkommen?

*Bitte, komm zurück. Ich weiß, dass du bestimmt auch erschrocken bist, aber ...*

Nachdem ich mich umgedreht habe, achte ich nicht mehr auf seine Worte und denke an nichts anderes, als mich in die entgegengesetzte Richtung zu bewegen. Mein Gleichgewichtssinn ist gestört und der Boden scheint zu schwanken. Eine Hand packt mich am Arm, woraufhin ich zusammenzucke und instinktiv um mich schlage.

„Immer mit der Ruhe." Es ist kein Feind – nicht *er* – sondern Astrid, die Fae-Kriegerin, die als eine Art Bodyguard für mich fungiert, wenn der Lord meines Rudels und sein Kader nicht selbst auf mich aufpassen können. Sie starrt auf mich hinab und wehrt meinen instinktiven Schlag mühelos und sachte ab. Meine Wahrnehmung von ihr wird von Szenen durchbrochen, die ein fremdes Augenpaar aus einem anderen Winkel sieht: der Halbkreis der versammelten Seelie. Die Reihe der Unseelie-Erzlords neben … neben ihm, nicht vor mir …

Astrids ruhige Stimme durchbricht den Strom der widersprüchlichen Bilder. „Was ist los? Du musst keine Angst haben. Die Raben können uns nicht angreifen. Sie mussten selbst Schwüre ablegen, damit sie die Grenze hier am Herzen überqueren konnten."

Ich habe keine Angst vor dieser Art von Angriff. Eine ganz andere Art von Angriff findet bereits in meinem Verstand und Körper statt. Ich schließe die Augen, doch das sorgt nur dafür, dass die eindringenden Eindrücke schärfer werden.

Mit einem wilden Kopfschütteln reiße ich die Augen wieder auf. Ein gebrochenes Flehen kommt über meine Lippen. „Ich muss hier weg."

Astrid versteht zwar nicht, was los ist, weiß jedoch, dass sie mich beschützen soll. Ohne lange Diskussionen verändert sie ihren Griff um meinen Arm so, dass sie mein Gewicht teilweise trägt, und führt mich zur Bastion. Die glänzenden, goldgeaderten Mauern des Gebäudes, in dem die Seelie-Erzlords ihren Geschäften nachgehen, beruhigen mich nicht mehr mit ihrer Wärme. Irgendwie glaube ich nicht, dass sie genügend Schutz bieten werden.

*Du musst ... Warte. Wir können darüber sprechen wie vernünftige ...*

*Nein!*, antworte ich der Stimme mit einem nachdrücklicheren Ausbruch panischen Widerstands. *Nein, geh weg, hör auf, verschwinde aus mir.*

Ich habe noch nie zuvor so etwas erlebt, aber man hat es mir beschrieben. Dieses Gefühl, in der Mitte zerrissen zu werden, der Ansturm des Bewusstseins einer anderen Person, das in das eigene Wesen fegt – so fühlt sich ein Seelenband an, wenn es entsteht. Allerdings können angeblich nur reinblütige Fae eine Seelenverbindung eingehen. Und ich bin überhaupt kein Fae, abgesehen von der winzigen Spur Fae in meinem Erbgut. Nach allen Maßstäben, die für die Leute um mich herum von Bedeutung sind, bin ich ein Mensch. Das hier ist unmöglich.

Andererseits sind auch meine anderen Besonderheiten unmöglich, die sich offenbart haben, seit ich vor zehn Jahren den ersten Fae begegnete, was in Gewalt, Blutvergießen und der Ermordung meiner Familie endete. Warum sollte das hier also unmöglich sein?

Oh Gott, ich will das nicht denken. Ich will einfach nur, dass diese unerwünschte Invasion aufhört.

Wir schlüpfen durch einen der schattigen Eingänge. Schritte erklingen hinter uns. Erneut zucke ich zusammen, doch als ich aufschaue, schwappt Erleichterung über mich hinweg. August, der Anführer unserer Rudelkrieger und der zärtlichste meiner Liebhaber, eilt zu uns. Sein jungenhaft gut aussehendes Gesicht ist vor Sorge angespannt. Astrid muss es geschafft haben, ihm ein Zeichen zu geben, während sie mich hierhergeführt hat.

„Was ist los?", fragt er und packt meine Schulter. „Was ist passiert, Talia? Was brauchst du?"

Die Eindrücke, die in mir ansteigen, sind zu einem Wirrwarr verkommen – drängend gesprochene Worte, ein Aufflammen von Verärgerung, ein Aufblitzen von Frust. *Komm zurück*, verlangt die Stimme, verstummt jedoch, als würde der Mann dort draußen von dem abgelenkt werden, was um ihn herum vor sich geht.

Ich japse nach Luft. „Ich weiß es nicht. Ich … ich glaube … Es macht keinen Sinn."

August zieht mich in seine Arme und legt sein Kinn auf meinen Kopf. Seine Hand streichelt meinen Rücken auf und ab. Ein unbehaglicher Stich, den ich noch nie zuvor in seiner Umarmung erlebt habe, durchfährt meinen Magen. Ein Aufflammen von Feindseligkeit schießt durch die Verbindung …

Und dann ist es fort. *Er* ist fort. Ich bin jedoch nicht mehr die Gleiche wie zuvor. Die plötzliche Leere hallt durch die geöffnete Stelle in mir. Ich kann das Bewusstsein um die Abwesenheit des Unseelie-Mannes nicht abschütteln, als hätte er ein Mal in mich geritzt, das dort bleiben wird, egal, wohin er geht.

*Nein.* Ich presse die Zähne zusammen, um ein Schluchzen zurückzuhalten. August umarmt mich fester und murmelt beruhigende Worte. Mein Magen verknotet sich und ein so scharfer Schmerz durchsticht ihn, dass ich erschaudere.

Wie soll ich August das bloß beibringen? Wie kann ich es einem von ihnen erzählen, nachdem sie mir gerade erst so viel Zuneigung angeboten und sich sogar verpflichtet haben, mich zu ihrer Gefährtin zu machen?

Ich liebe die drei Fae-Männer, die meine Retter und Beschützer geworden sind. Und sie lieben mich ebenfalls, obwohl ich das für unmöglich gehalten hatte. Ich war noch nie glücklicher als vor wenigen Augenblicken, als sie in diesem Gebäude schworen, dass sie eine Möglichkeit finden würden, unsere gemeinsame Beziehung in den Augen all der anderen Seelie offiziell zu machen.

Und jetzt hat sie das hier – was auch immer es ist – verraten und mich ebenfalls.

„Erzähl es mir einfach, wenn du bereit bist", sagt August.

Ich schlucke den Kloß, der meine Kehle gefüllt hat. Meine Stimme klingt dünn und kratzig. „Ich … ich …"

Weitere Schritte trampeln über den Steinboden. Sylas, der Lord unseres Rudels und frischgebackener Erzlord, und Whitt, sein Spionagechef, marschieren zu uns. Es braut sich bereits ein Sturm in Sylas' ungleichem Blick zusammen – ein Auge ist so dunkel wie Schokolade und das andere ist geisterhaft weiß inmitten der Narbe, die seine braune Haut durchschneidet. Sein Blick wird noch wilder, als er mein Gesicht mustert.

„Haben sie dich irgendwie verletzt? Wenn diese verdammten Raben …"

„Nein", falle ich ihm rasch ins Wort. Das Letzte, was ich möchte, ist, dass seine erste Aktion als Erzlord darin besteht, dort hinauszurennen und einen Krieg zu beginnen. Er wurde teilweise ein Erzlord, um zu *verhindern*, dass alle Seelie in einen noch gewaltigeren Konflikt gegen die Unseelie gezogen werden. Diese fallen mittlerweile seit einigen Jahrzehnten immer wieder im Sommerreich ein. „Ich …"

Meine Stimme erbebt, als weitere Empfindungen tief in mir explodieren. Dieses Mal ist es eher wie ein kurzer Schlag als eine Sturzflut. Eine harsche Frauenstimme hallt durch meine Gedanken. *…kannst doch nicht ernsthaft sagen, dass…* Sie geht mit einem Anflug von Verlust und Betroffenheit einher, einem kurzen Blick auf helle Wände und wilde Augen, und dann ist es wieder fort.

Die Verbindung ist nicht zerbrochen. Der Unseelie-Mann am anderen Ende schließt mich aus – oder versucht es zumindest.

Ich lehne mich nach hinten an Augusts muskulöse Gestalt, atme langsam ein und ringe um Fassung. Ich kann dieses Problem nicht verstecken und ich habe keine Ahnung, wie ich allein damit klarkommen soll. Nachdem ich mich für die Reaktion meiner Liebhaber gewappnet habe, zwinge ich die beste Erklärung hervor, die ich anbieten kann.

„Ich stand in der Menge und beobachtete die Unseelie-Erzlords, um Hinweise darauf zu finden, warum sie gekommen sind. Und dann blickte er zu mir – der am Ende der Reihe, der jüngere Mann – und unsere Blicke trafen sich und …" Meine Brust schnürt sich zusammen. Ich sammle mich und spreche weiter, allerdings leiser als zuvor. „Es fühlte sich an, als würde ich von innen heraus verbrannt werden. Und ich begann, zu sehen, was er gesehen und gefühlt hat. Ich hörte seine Stimme in meinem Kopf."

Ich presse mir eine Hand an die Schläfe. Es ist *mein* Kopf. Ich kann nicht erklären, wie falsch es sich anfühlt, dass ein anderer einfach so in meinen Kopf schlüpfen kann. Wie viele meiner Gedanken hat der Unseelie-Mann aufgefangen?

Augusts Arme spannen sich um mich herum an. Sylas und Whitt starren mich mit offenem Mund an. Sylas ist steif geworden und sämtliche Farbe ist aus Whitts gebräuntem Gesicht gewichen. Der Fae-Lord spricht als Erster. „Du kannst doch nicht meinen …" Er scheint nicht zu wissen, wie er fortfahren soll.

„Ich weiß, wie unmöglich das klingt." Ich verziehe das Gesicht und Elend schwappt durch meinen Magen hindurch. „Ich weiß, es sollte unmöglich sein. Ich wünschte, es wäre *nicht* passiert. Aber das ist …"

„Warte." Whitts Tonfall ist angespannt und drängend und Kummer kriecht in seine ozeanblauen Augen. „Wenn diese Art von Band zwischen dir und einem der Unseelie-Erzlords entstanden ist … wird er das hier durch dich sehen und hören können."

Ich versteife mich. Die Winter-Fae könnten uns und den neuesten Erzlord der Seelies durch mich ausspionieren. Wir hatten nichts gesagt, was schädlich für die Seelie wäre, doch wenn er sogar meine Gedanken lesen kann …

„Wie stoppe ich es?", platzt es aus mir heraus.

Noch während ich spreche, durchzuckt ein weiterer Blitz meine Gedanken: kalte, erhobene Stimmen, die sich widersprechen, ein glänzender Silbertisch. Er verfliegt so schnell, wie er gekommen ist.

Ich erschaudere. „Ich glaube, *er* versucht, es aufzuhalten. Zuerst erreichte mich so viel von ihm und jetzt ist es größtenteils abgeschnitten. Ich fühle mich einfach nur irgendwie … leer."

Sylas streichelt mit den Fingern über meinen Kopf, seine Miene ist jedoch so grimmig, dass ich keinen Trost aus der Geste ziehen kann. „Das ist gut für uns. Er macht sich zweifellos genauso große Sorgen, dass du uns berichtest, was im Winterreich los ist, wie wir uns umgekehrt sorgen. Die Erzlords sind recht abrupt abgereist — es machte den Anschein, als hätte einer von ihnen die anderen auf ein Problem aufmerksam gemacht — doch sie hatten bereits angefangen, andere Forderungen zu stellen, an denen wir kein Interesse hatten. Ich kann mir nicht vorstellen, dass sie damit gerechnet haben, dass während ihres Vorstoßes plötzlich ein Seelenband entstehen würde."

Er hat das Wort ausgesprochen, das ich nicht benutzen wollte. *Seelenband.* Es ist mir bereits durch den Kopf gegangen, es den Fae-Lord sagen zu hören, sorgt jedoch dafür, dass die umfassenden Konsequenzen der Situation über mich hereinbrechen.

Ich reibe mir mit den Händen übers Gesicht. „Wie konnte das passieren?"

Wenn es schon passieren musste, warum konnte es nicht

mit einem der Männer um mich herum sein – Männer, die ich bereits so sehr liebe?

„Ich weiß es nicht", antwortet Sylas sanft, wenn auch stockend. „Doch lass uns dir zuerst so viel Kontrolle über die Verbindung verschaffen, wie wir können. Es gibt Möglichkeiten, ein Seelenband abzuschalten, wie ich nur allzu gut weiß. Bist du bereit, dazu angeleitet zu werden?"

Ich kann mir nicht vorstellen, wie schrecklich ich aussehen muss. Ich hebe den Kopf so hoch, wie ich kann, und nicke.

„In Ordnung." Er nimmt meine Hand und August lässt mich los, sodass mich Sylas gegenüber von sich in einen Schneidersitz auf den Steinboden ziehen kann. Der Fae-Lord hebt den Blick kurz von mir zu seinen Kader-Gewählten. „Seht zu, dass wir nicht gestört werden."

August geht zu dem Gang, durch den wir reingekommen sind. Astrid ergreift die Initiative und tut das Gleiche bei einem der anderen Eingänge des Raums. Whitt bleibt über Sylas gebeugt stehen und verschränkt die Arme fest vor der Brust.

Sylas nimmt meine beiden Hände in seine. „Du suchst irgendein Element oder Material aus, zu dem du die stärkste Verbindung verspürst. Ich habe lebendiges Holz benutzt. Was auch immer dich am stärksten anspricht. Stell dir vor, dass es das Loch in dir versiegelt und alles blockiert, was versuchen könnte, von beiden Seiten hindurchzudringen."

Ich befeuchte meine Lippen. „Muss es etwas sein, mit dem man magisch verbunden ist?" Eine meiner anderen unmöglichen Besonderheiten ist, dass es mir gelungen ist, einige wahre Namen wie die Fae zu benutzen, obwohl ich ein Mensch bin. Mithilfe der Namen konnte ich Dinge heraufbeschwören und manipulieren. Meine Fähigkeiten sind jedoch schwach und ich habe kaum Auswahlmöglichkeiten.

Sylas' Blick huscht zu Astrid, die nichts über meine

geringfügigen Kräfte weiß. Er scheint jedoch zu beschließen, dass es nicht schaden wird, wenn sie diesem Teil des Gesprächs folgt. „Ich vermute, dass du auf diese Weise wahrscheinlich eine stärkere Barriere baust, ja."

Dann kann ich zwischen Kupfer, Licht und Luft wählen.

Ich schließe die Augen und erinnere mich an die Male, als ich diese Materialien benutzt habe, und die Antwort wird mir schneller klar, als ich erwartet habe. Kupfer hat mich verteidigt und Luft hat mir Informationen beschafft, doch Licht ist die Magie meines Herzens. Die Macht, die von der Freude angetrieben wird, die ich empfinde, wenn ich mit diesen Männern zusammen bin.

Wenn irgendetwas diesen unerwünschten Eindringling aussperren kann, dann ist es Licht.

Ich stelle mir das Licht vor, das ich mit seinem wahren Namen zwischen meinen Händen heraufbeschworen habe, und die strahlende Sonne, die über der Burg in unserem Zuhause in Hearthshire schien. Wie sich Augusts Gesicht jedes Mal aufhellt, wenn ich ihm sage, dass ich ihn liebe. Das neckische Funkeln, das so oft in Whitts Augen tanzt, und die Wärme, die von Sylas durch seine Berührung auf mich übergeht. All diese leuchtenden Empfindungen wickle ich um meine Brust und verteile sie in meinen Gliedern.

Nachdem ich diese Eindrücke von Helligkeit gesammelt habe, stelle ich mir vor, wie ich sie in das Loch gieße, das sich in mir aufgetan hat. Ich zwinge das warme Leuchten, dicker zu werden, bis es eine undurchdringliche Masse aus Licht ist.

Der Eindruck von Leere verblasst. Es erreichen mich keine weiteren Eindrücke des anderen Verstands. Ich fühle mich … beinahe wieder so vollständig wie zuvor.

Ich atme zittrig aus. „Okay. Ich glaube … ich glaube, ich habe es geschafft."

„Gut." Sylas drückt meine Finger. „Es wird Übung brauchen, um es zu perfektionieren. Du musst wachsam bleiben, damit du bemerkst, wenn irgendein Bewusstseinseindruck von der anderen Seite beginnt, hindurchzukommen. Doch mit jedem Durchbruch wirst du besser darin werden, zu erkennen, ob dein Siegel dicht ist oder nicht."

Ich begegne seinem ernsten Blick. „Das ist allerdings keine richtige Lösung, oder?"

Sein Kiefer spannt sich an. „Nein. Es ist eine vorübergehende Lösung. Der Rest …"

Er blickt zu seinem Spionagechef auf. Bevor sie das Thema weiter besprechen können, dringt eine Stimme durch den Gang.

„Sylas?"

Es ist Celia – seine neuen Erzlord-Kollegen wollen vermutlich den Besuch der Unseelie mit ihm besprechen. Sie wissen noch nicht von mir – davon, was mir passiert ist. Was werden sie denken, wenn sie es erfahren?

Sylas nimmt meine Hände fest in seine, als wir aufstehen. „Hier drüben!", ruft er und wendet sich wieder an mich. „Du wirst mit Whitt und August gehen, während ich mich um die anderen Angelegenheiten kümmere. Ich werde so bald wie möglich zurückkommen. Wir werden das niemandem erzählen, bis wir uns unsere nächsten Schritte überlegt haben."

Diese Beteuerung beruhigt meine Nerven nur ein wenig. Als der Fae-Lord geht, um sich mit den anderen Erzlords zu treffen, und seinem Kader auf dem Weg noch einige schnelle Anweisungen gibt, schlinge ich die Arme um mich. Der leuchtende Flicken in mir erzittert. Mit stockendem Puls sammle ich mehr Licht und lege sämtliche Kraft hinein, die ich heraufbeschwören kann.

Welche nächsten Schritte kann es schon geben? Meine Seele ist irgendwie mit einem der Unseelie verbunden – einem der Anführer der Winter-Fae, die sich in Raben verwandeln können und die Seelie seit vor meiner Geburt angreifen. Ganz gleich, welche Vorteile mein Blut den Sommer-Fae bietet, ganz egal, wie viel Zuneigung meine Liebhaber für mich empfinden, ich kann mir keine Lösung vorstellen, die nicht mit einer ganzen Menge Schmerzen einhergeht.

*August*

Während ich von einer Seite des improvisierten Büros zur anderen marschiere, kann ich meinen Wolf kaum zügeln. Er streckt sich in mir aus, seine Zähne schnappen und seine Krallen schlagen durch die Luft. Meine Nerven vibrieren unter dem Drang, loszuspringen und mich auf den räudigen Raben zu stürzen, der sich irgendwie mit Talias Seele verbunden hat.

Ich liebe sie. Ich hatte vor, sie zu meiner Gefährtin zu machen. Der Gedanke, sie an jemanden zu verlieren, geschweige denn an einen verflixten Unseelie, sorgt dafür, dass ein Brüllen in meiner Kehle ansteigt, obwohl sie am Ende des Ganges schläft. Falls die fedrigen Mistkerle wirklich versuchen, sie uns wegzunehmen …

Das Einzige, was mich momentan davon abhält, die Bestie in mir zu entfesseln, ist die Tatsache, dass es nicht nur Talia, sondern uns alle ruinieren würde einen Unseelie-

Erzlord zu ermorden. Außerdem würde sie womöglich schlimmere Schmerzen empfinden, wenn sie von einem Seelenband getrennt wird, das sich bereits gebildet hat, als *ich* aktuell verspüre.

„Wir können sie nicht ins Winterreich schicken", verkünde ich und schaffe es nicht, das Knurren zu unterdrücken, das sich in meine Worte schleicht. „Nichts davon ergibt Sinn. Sie gehört zu *uns*."

Whitts Stimme klingt so angespannt, wie sie trocken ist. „Das Band weist auf etwas anderes hin." Sein Gesicht wirkt abgehärmt, während er an dem klobigen Schreibtisch lehnt, den Sylas zum Arbeiten benutzt, während unsere Burg hier am Herzen noch in den Kinderschuhen steckt. Der herbe Geruch frischen Eichenharzes hängt in der Luft.

Ich glaube, dass meine älteren Brüder genauso unglücklich über die Situation sind wie ich. Sylas steht neben Whitt, seine Arme sind verschränkt und in seinem unversehrten Auge lodern düstere Emotionen. „Wir schicken sie nirgendwohin, bis wir eine bessere Vorstellung davon haben, wie das passiert ist. Und nicht einmal dann, wenn ich etwas zu sagen habe."

Ich bleibe stehen und drehe mich zu ihnen um. „*Sie* sollte ein Mitspracherecht haben – und sie will das Band nicht. Du hast gesehen, wie aufgebracht sie war."

Sylas tritt nach vorne und legt seine Hand auf meine Schulter. „Das habe ich gesehen und deswegen werde ich alles in meiner Macht Stehende tun, um dem Ganzen auf den Grund zu gehen."

Wie immer hilft mir die bestimmte, autoritäre Aura meines Lords, mein Temperament zu beruhigen. Wenn jemand eine Lösung finden kann, dann er.

Doch, was wenn niemand eine finden kann? Was, wenn Talia dazu verurteilt ist, den Rest ihres Lebens an irgendeinen bösartigen Winter-Fae gebunden zu sein?

Sowie Sylas seine Hand senkt, beginne ich wieder, hin und her zu tigern, da ich nicht stillstehen kann. Ich muss das bezähmen, was aus mir hervorspringen könnte, würde ich nicht in Bewegung bleiben.

Whitt reibt mit einer Hand über sein Gesicht. Danach sieht seine Miene nur noch besorgter aus. „Wir haben immer gewusst, dass sie mehr als ein gewöhnlicher Mensch ist. Da sind beispielsweise die Eigenschaft ihres Blutes, unserem Fluch entgegenzuwirken, und ihre Fähigkeit, wahre Namen zu lernen. Doch dass sie ein Seelenband formt – das ist eine gewaltige Eskalation. Die meisten *Fae* erleben das nicht."

Sylas neigt zustimmend den Kopf. „Ich finde auch keine Verbindung zwischen Nuldars Aussagen und dieser Entwicklung. Ein Hauch Fae-Blut in ihren Vorfahren und der Zufall eines synchronen Ereignisses könnten ihre Verbindung zu dem Fluch erklären, und diese Verbindung könnte es ihr eventuell ermöglichen, auf eine kleine Menge der Kraft des Herzens zuzugreifen. Aber wie du gesagt hast, dass sie ein Seelenband schmiedet ... noch dazu mit keinem Geringeren als einem Unseelie!"

Mir kommt ein schrecklicher Gedanke. „Der Weise hat nie gesagt, dass das Fae-Erbe, das sie durch ihre Urgroßmutter erhalten hat, von den Seelie stammt. Soweit wir wissen, könnte der Hauch eines Fae-Erbes Winterblut entspringen."

„Sie ist jedoch mit *unserem* Fluch verbunden ..." Sylas unterbricht sich mit einem heftigen Kopfschütteln. „Nein, es lässt sich nicht diskutieren. Es bleibt ein Rätsel. Ein viel zu großes Rätsel, als dass einer von uns einen richtigen Schluss ziehen könnte."

Er blickt zu Whitt. Wegen eines schrecklichen Geständnisses, das Whitt abgelegt hat, war ihre Beziehung in den vergangenen Wochen angespannt, doch in diesem Moment, während wir uns mit viel drängenderen Sorgen beschäftigen müssen, verschwindet jegliches Zögern, das Sylas womöglich zuvor empfunden hat. Man kann über Whitts Verhalten sagen, was man will, an seinen Fähigkeiten hinsichtlich seiner Arbeit lässt sich allerdings nicht rütteln.

Sylas deutet auf ihn. „Ist dir jemals ein aktueller oder historischer Bericht zu Ohren gekommen, dass *irgendein* verblasster Fae ein Seelenband geschmiedet hat?"

Whitt verzieht das Gesicht. „Mir fällt keiner ein. Und auch wenn ich nicht erwarte, dass sich mein Gehirn jede Geschichte merkt, über die ich stolpere, wäre eine derartige Erzählung so außergewöhnlich, dass sie hängenbleiben würde."

Meine Hände ballen sich an meinen Seiten zu Fäusten und die Krallen, die ich nicht ganz unter Kontrolle habe, bohren sich in meine Handballen. „Sollen wir zurück zu Nuldar gehen und um eine weitere Audienz bitten? Zuvor haben wir ihn nur nach ihrer Verbindung zu dem Fluch gefragt."

„Er hatte noch nie Geduld für diejenigen, die es versäumt haben, beim ersten Mal die ‚richtige' Frage zu stellen. Und nach seiner ersten Antwort bezweifle ich, dass wir von ihm so viel mehr erfahren würden." Sylas hält inne und sein Blick richtet sich vorübergehend in die Ferne. Sein Mund verzieht sich nachdenklich. „Es gibt noch eine Möglichkeit, wie wir mehr über ihre Vergangenheit in Erfahrungen bringen können und darüber, wie ihre Seele mit den Fae verbunden wurde."

Whitt versteift sich kaum merklich. Aufgrund dessen und wegen seiner finsteren Miene vermute ich, dass er weiß, was Sylas meint, und dass es mir nicht gefallen wird. Dennoch muss ich fragen: „Welche ist das?"

Sylas wirft mir einen nachdenklichen Blick zu, bevor er antwortet. „Wir könnten sie zum Teich der verhangenen Vergangenheit bringen und schauen, was er ihr zeigt."

„Der …" Meine Nackenhaare sträuben sich, obwohl *er* nichts getan hat, um mich zu beleidigen. „Wir müssten zurück nach Thundervale gehen."

Er nickt grimmig. „Und wir müssten dessen Lord um Erlaubnis bitten. Ich weiß, du hast unangenehme Erinnerungen an diesen Ort. Wenn du lieber nicht …"

„Nein, ich werde gehen. Talia braucht uns alle." Ich werde sie nicht wegen meiner vergangenen Qualen im Stich lassen, selbst wenn sich meine Brust bei dem Gedanken daran, an diesen Ort zurückzukehren, zusammenschnürt.

Wir sind alle drei unfassbar vertraut mit dem Revier Thundervale und dessen Lord … weil wir alle dort aufgewachsen sind und Lord Eldris unser Vater ist.

———

Je näher uns das Gefährt Thundervale bringt, desto enger scheinen sich meine Rippen um meine Lunge herum zusammenzupressen. Ich sitze neben Talia am Ende des Gefährts, habe einen Arm um sie gelegt und schütze sie vor dem peitschenden Wind. Wenigstens *kann* ich sie davor schützen, wenn es so viel gibt, bei dem ich das nicht tun kann.

Wir haben die Reise nach Thundervale in einem flotten Tempo hinter uns gebracht, damit wir Sylas nicht zu lange von seinen neuen Pflichten als Erzlord abhalten. Er hat seinen Kollegen erzählt, dass der Ausflug dazu dient, Informationen zum Fluch und den Unseelie zu sammeln, was theoretisch der Wahrheit entspricht.

Whitt schlug vor, dass er und ich Talia allein begleiten, unser Lord lehnte diese Idee jedoch sofort ab. Ich weiß nicht, wie sehr es daran lag, dass er Talias Bericht aus erster Hand hören will, und wie sehr an dem äußerst kühlen Ton in Whitts Stimme, der andeutete, dass wir beide unserem Vater womöglich so viel von unserer ehrlichen Meinung mitteilen würden, wenn wir uns selbst überlassen sind, dass wir erst gar nicht zu dem Teich gelangen würden. Lord Eldris' Liebe für Kritik hört bei Kritik an seiner Person auf.

Ich vermute, dass ich den Großteil des Treffens damit verbringen werde, mir auf die Zunge zu beißen. Es ist lange her, seit ich Lord Eldris als jemanden sah, den ich Vater nennen wollte. In meinem Kopf ist er weder ein Vater noch ein Lord, sondern der Mann, der den Tod meiner Mutter angeordnet hat.

Sogar anderthalb Jahrhunderte später steigen die Erinnerungen mit brutaler Klarheit in meinen Gedanken auf: ihre Schreie und die Krallen seiner Wachen, die sich in ihr Fleisch bohrten; meine Muskeln, die gegen die Magie meines Vaters ankämpften, während ich versuchte, ihr zur Hilfe zu kommen. Er hatte es eine ‚Lektion' genannt. Diese hatte mir allerdings lediglich beigebracht, dass ich niemals darauf vertrauen kann, dass etwas, was mir wichtig ist, in der Gegenwart dieses Mannes sicher ist.

Und jetzt bringen wir Talia zu ihm.

Anscheinend habe ich mir zu viel von meinem Unbehagen anmerken lassen, denn Talia verändert ihre Position in meinen Armen so, dass sie mir ins Gesicht schauen kann. „Machst du dir Sorgen, weil du ihn wieder sehen wirst?"

Ein Anflug von Reue durchfährt mich, dass ich ihr so viel von meiner Vergangenheit erzählt habe. Nicht, weil ich nicht will, dass sie mich in jeder Hinsicht kennt, sondern weil es *ihr* einen weiteren Grund gibt, sich wegen dieses Ausflugs zu sorgen. Andererseits ist es vielleicht besser, dass sie die dunkelste Seite des Mannes kennt, den sie gleich kennenlernen wird.

„Es macht mir keinen Spaß, ihn sehen oder mit ihm sprechen zu müssen", antworte ich über das Pfeifen des

Windes hinweg. „Und mir wäre es lieber, wenn du nie in seine Nähe kommen müsstest. Doch er ist stolz auf Sylas, obwohl Sylas allein losgezogen ist, anstatt darauf zu warten, das Thundervale-Erbe anzutreten. Er respektiert ihn. Ich denke nicht, dass er Sylas' Autorität herausfordern oder gegen uns vorgehen wird."

Und Sylas wird auf der Hut sein nur für den Fall, dass ich mich irre. Unser Vater respektiert *ihn* zwar als seinen reinblütigen Sohn, doch Sylas hat in seiner Jugend die Augen nicht davor verschlossen, wie diese Ländereien geführt wurden. Ich habe ihm nie genau erzählt, was mit meiner Mutter passierte. Allerdings fand er mich, als ich nach dem Vorfall außer mir vor Kummer durch den Wald tobte. Er beruhigte und tröstete mich so gut, er konnte, ohne irgendetwas von mir zu verlangen. Ich bin mir sicher, dass er genügend Informationen von anderen Zeugen sammelte, um die einzelnen Stücke zu einem Gesamtbild zusammenzusetzen.

Er erzählte mir einmal, dass der Tag, an dem er erfuhr, dass Eldris den Tod meiner Mutter angeordnet hatte, der Tag war, an dem er beschloss, Thundervale zu verlassen. Und sobald ich alt genug war, mich offiziell seinem Kader anzuschließen, taten wir genau das. In den vielen Jahrzehnten, die seitdem vergangen sind, war ich nur wenige Male dort, wenn es offizielle Angelegenheiten verlangten. Seit unserer Verbannung war ich gar nicht mehr dort.

Talia erschaudert und drückt mitfühlend meinen Arm. „Ich wünschte, wir müssten nicht in seine Nähe gehen. Denkst du wirklich, dass uns dieser Teich etwas verraten wird, was mit dem Seelenband helfen kann – oder zumindest erklärt, wie es passiert ist?"

Ich verziehe das Gesicht. „Ich weiß es nicht. Wie bei dem Weisen sind die Antworten des Teichs nicht immer eindeutig. Du musst deine Bitte sorgfältig formulieren. Aber er zeigt dir wenigstens ein richtiges Bild der vergangenen Momente, die du an die Oberfläche heraufbeschwören willst." Meine Lippen neigen sich zu einem schiefen Lächeln. „Ich gebe zu, dass ich ihn ein paarmal benutzt habe, um herauszufinden, wohin ich ein Objekt verlegt hatte."

Talia lacht. Es ist ein wunderschöner Laut, der viel zu schnell endet, als sich das Gewicht von allem, mit dem sie zu kämpfen hat, wieder auf sie senkt und einen Schatten über ihre Augen wirft. Sie drückt sich näher an mich.

„Hält deine Barriere gegen das Seelenband?", frage ich.

Sie nickt. „Die meiste Zeit. Ich muss konzentriert bleiben und sie immer wieder stärken. Ab und zu, wenn ich abgelenkt bin, tröpfeln jedoch Informationsbröckchen hindurch. Er hat versucht, mit mir zu reden."

Ich umarme sie und küsse ihre Stirn. „Du musst ihm nicht zuhören. Das Band gibt ihm nicht das Recht, deine Aufmerksamkeit zu verlangen."

Es bedeutet nur, dass es für ihn viel leichter ist, trotzdem Forderungen zu stellen. Der Tribut, den ihre Bemühungen, den Unseelie-Erzlord abzuwehren, von ihr zollen, zeigt sich in der Müdigkeit in ihrer Stimme und der Art und Weise, wie sie in meine Umarmung sinkt, anstatt darauf zu bestehen, aufrecht und stark zu bleiben.

Ich knirsche frustriert mit den Zähnen. Ich sollte in der Lage sein, sie besser zu beschützen. Doch das Beste, was ich tun kann, ist an ihrer Seite zu bleiben, während wir diese Suche durchführen. Ich hoffe nur, dass sich daraus etwas Nützliches ergibt.

Das Gefährt wird langsamer. Wir sind fast da. Ich hebe den Kopf und fange Whitts Blick auf. Er schenkt mir ein schiefes Lächeln, das eher einer Grimasse ähnelt. Eldris hat ihn zwar etwas nachsichtiger behandelt, da er einer Fae-Affäre und nicht einer menschlichen Verbindung entsprang, doch mein ältester Bruder hat nie ein Geheimnis aus seiner

Abscheu für die tyrannischen Angewohnheiten unseres Vaters gemacht. Obwohl wir in vielerlei Hinsicht unterschiedlich sind, ist es beruhigend, zu wissen, dass wir in dieser einen Sache einer Meinung sind.

Es ist vermutlich gut, dass Sylas darauf bestanden hat, mitzukommen. Falls Eldris nur vor uns beiden eine schneidende Bemerkung über Talia gemacht hätte, wäre er womöglich gleichermaßen von Whitts Worten und meinen Krallen zerschnitten worden.

Als das Gefährt stehen bleibt, springt Sylas allein hinaus, so wie wir es geplant haben. Ich entspanne mich auf einer der Bänke, wobei ich einen Arm um Talia liegen lasse, und beobachte, wie mein Lord zur Burg marschiert.

Getreu Eldris' magischer Affinität für Pflanzenleben, von der Sylas eine große Portion geerbt hat, wurde das gigantische Gebäude aus ineinander verflochtenen Ranken erbaut. In der Zeit seit meinem letzten Besuch haben sie sich von grün zu braun verdunkelt und sind an den Rändern aufgrund des Alters miteinander verschmolzen.

Das sind nicht die einzigen Dinge an diesem Ort, die sich im Alter verändert haben. Der Mann, der rauskommt, um Sylas zu begrüßen, ist grauer und hagerer als in meiner Erinnerung. Die dunklen lila-braunen Haare, die Sylas ebenfalls geerbt hat, sind an seinen Schläfen und in seinem kurzen Bart mit grauen Strähnen durchzogen und die Haut an seinen Augenwinkeln ist von Krähenfüßen gezeichnet. Eldris lächelt jedoch wie eh und je – breit, aber mit zusammengepressten Lippen, als würde er niemandem genug vertrauen, um ihm seine Zähne zu zeigen.

Das Lächeln, das er Sylas schenkt, erreicht allerdings seine Augen und der Stolz, von dem ich Talia erzählt habe, leuchtet in ihnen. „Mein Sohn, jetzt Erzlord Sylas. Ich wünschte, ich hätte zu der Krönung kommen können. Leider haben hier einfach zu viele Dinge meiner Aufsicht bedurft.

Ich hätte so bald wie möglich einen Besuch organisiert, um dir meine Glückwünsche zu überbringen."

Wir alle wissen, dass ‚so bald wie möglich' nie bedeutet. Ich kann mich nicht erinnern, dass Lord Eldris seine Ländereien zu meinen Lebzeiten ein einziges Mal verlassen hat. Er regiert mit einer tyrannischen Hand – und der Furcht eines Tyrannen, dass sein Rudel rebellieren könnte, wenn er ihm Raum zum Atmen ließe. Whitts und Sylas' Geschichten zufolge haben diese Paranoia und seine Grausamkeit nach dem Fortgang seiner Seelengefährtin zugenommen.

Als ich jünger war und hörte, wie die Leute erzählten, dass Eldris' Temperament viel sanfter war, als er Sylas' Mutter noch an seiner Seite gehabt hatte, war ich wütend auf sie geworden, weil sie gegangen war. Jetzt, aus der Perspektive eines Erwachsenen und mit dem Verständnis, dass auch milde Grausamkeiten nicht viel Freude bieten, kann ich es ihr nicht verübeln. Immerhin sind wir ebenfalls gegangen, sobald wir es ohne Weiteres tun konnten.

„Ich bin froh, dass ich die Glückwünsche jetzt erhalten habe", erwidert Sylas ruhig. „Leider ist diese Angelegenheit so dringend, dass wir keine Zeit für einen richtigen Besuch haben. Besitzen wir deine Erlaubnis, zum Teich der verhangenen Vergangenheit zu reisen?"

Eldris verneigt sich leicht, da er sich etwas zu spät an den zusätzlichen Respekt erinnert, den er Sylas' neuer Stellung schuldig ist. „Selbstverständlich. Ich würde weder einem Erzlord noch meinem Sohn eine derartige Bitte abschlagen."

Jedenfalls nicht diesem Sohn. Sein Blick gleitet über das Gefährt, erfasst Whitt in seiner sorglosen Haltung am Bug, mich auf der Bank und Talia neben mir. Ein anderes Funkeln tritt in seine Augen. Dieses ähnelt Gier. „Ist das der Mensch, der das Heilmittel liefert?", fragt er ohne ein Anzeichen, dass einer von uns seine Aufmerksamkeit verdient.

Talia versteift sich. Ich reagiere automatisch, obwohl ich

innerlich beim Anblick meines Vaters zurückschrecke. Ich stehe auf und trete vor sie, um sie vor seinen Blicken abzuschirmen. Meine Finger krümmen sich um die Kante des Gefährts und umklammern sie fest. Ich kann mich gerade so davon abhalten, meine Krallen ins Holz zu bohren.

*Mich* kann er so viel anschauen, wie er will. Ich kann meine anderen Dränge vielleicht in Zaum halten, doch ich werde nicht zulassen, dass er Talia mit seinen bösartigen Blicken belästigt.

Sylas' Stimme klingt bestimmter. „Das ist sie und sie ist Teil unserer Angelegenheiten hier. Wir werden uns von dir verabschieden. Ich nehme an, wir können uns darauf verlassen, dass wir nicht gestört werden?"

Eldris schaut mich böse an. Ich bleibe unbeirrt stehen und erwidere seinen finsteren Blick. Nach einem Moment richtet er seine Augen wieder auf Sylas. Ich habe das Gefühl, dass er sich einige Dinge verkneift, die er mir gerne an den Kopf geworfen hätte, würde er nicht dem Sohn gegenüberstehen, den er tatsächlich wertschätzt und der nun eine Menge Autorität besitzt.

„Ich freue mich, dass ich zu Diensten sein konnte", erwidert er und es schleicht sich nur ein Hauch von Verärgerung in seinen förmlichen Tonfall. „Ihr werdet den Teich für euch haben."

Er weicht zurück und Sylas kehrt zum Gefährt zurück. Ich bleibe, wo ich bin, und stehe vor Talia am Rand des Baldachins, bis das Fahrzeug nach vorne gleitet und Eldris zurück in seine Burg eilt.

Das ist eine kleine Herausforderung, die wir gemeistert haben. Es liegen jedoch noch viel mehr vor uns, als ich zählen will.

3

*Talia*

Als Sylas unser Gefährt zu dem magischen Teich lenkt, gehen mir die Dinge durch den Kopf, die ich am Vater meiner Liebhaber beobachtet habe. Ich habe genug über ihn gehört, um zu wissen, dass ich nur so viel Zeit in seiner Gegenwart verbringen möchte, wie unbedingt notwendig ist. Daher hätte ich vorbereitet sein sollen, aber trotzdem sträubt sich alles in mir nach dieser kurzen Begegnung. Dass er ohne einen Hauch von aufrichtiger väterlicher Wärme mit Sylas gesprochen hat – dass er seine anderen zwei Söhne komplett ignoriert hat, während sie direkt vor seiner Nase waren – und die kühle Berechnung auf seinem Gesicht, als sein Blick auf mir landete …

Ein Schauder durchfährt mich. August setzt sich wieder neben mich und legt seinen Arm um meinen Rücken. Die Anspannung um seinen Mund herum zeigt, dass ihm diese Interaktion genauso wenig gefallen hat wie mir.

Whitt lehnt sich an die Wand des Gefährts und hält sein Gesicht in den Wind, sodass er seine sonnengebleichten, braunen Haare zerzaust. „Sieht so aus, als hätten die Freuden, einen Erzlord gezeugt zu haben, den väterlichen Mistkerl nicht länger als einen Augenblick von seiner Besessenheit abgelenkt. Auf ein weiteres Jahrhundert, bevor wir uns erneut mit diesem Misthaufen befassen müssen."

Sylas wirft ihm einen tadelnden Blick zu, doch er widerspricht Whitts Bemerkung nicht. Er hat mir erzählt, dass er den Mann, den ich gerade gesehen habe, keinen schlechten Vater nennen kann, was ihn betraf. Ich weiß jedoch, dass er eine Menge Dinge an der Herrschaft seines Vaters hasst.

Nichtsdestotrotz hatten sie sich während des Gesprächs alle im Griff und keiner von ihnen ist auf das Niveau des anderen Mannes herabgesunken und hat seine Verachtung offen gezeigt. Lord Eldris mag zwar ihr Vater sein und hatte seine Hand bei ihrer Erziehung im Spiel, doch sie sind eindeutig über alles weit hinausgewachsen, was sie von ihm hätten lernen können. Beim Gedanken an ihre Stärke strecke ich die Hand aus, um Augusts zu drücken. Nach dem, was der Mann Augusts Mutter angetan hat, muss dieses Treffen für ihn am schwierigsten gewesen sein.

„Du könntest heimlich und durch deine typischen Methoden eine Nachricht verbreiten", sagt Sylas zu Whitt. „Sieh zu, dass jeder, der nicht mehr unter seiner Tyrannei leben möchte, weiß, dass er in Hearth-by-the-Heart willkommen ist."

Whitt neigt den Kopf mit einem angedeuteten Lächeln. „Ich werde sicherstellen, dass sich die Nachricht herumspricht, ohne dass er davon erfährt."

Ich vermute, dass unsere aktuellen Rudelkollegen hauptsächlich Fae sind, die mit Sylas und seinen Brüdern gegangen sind, als sie Hearthshire gegründet haben. Die anderen verabscheuen Lord Eldris' Herangehensweise scheinbar nicht genug, um die Seiten zu wechseln, doch vielleicht haben ein paar von ihnen seitdem ihre Meinung geändert. Unser Rudel muss für das eines Erzlords schrecklich klein sein. Die Männer haben gesagt, dass ihre Zahlen geschrumpft sind, nachdem sie verbannt wurden, und ich habe gesehen, wie viele Leute Erzlords wie Ambrose unterstanden.

Sylas drängt das Gefährt dazu, sich wieder schneller vorwärtszubewegen, und ich lehne meinen Kopf an Augusts Schulter. Der Wind weht über meine Haare – und der Bruchteil einer energischen Stimme durchbricht die Lichtmasse, die ich in mir zusammengezogen habe.

*… musst mir zuhören. Wir können nicht einfach …*

Mein Herz setzt aus. Mit geschlossenen Augen reiße ich mehr von der leuchtenden Empfindung in meine Mitte. Ich lasse sie sämtliche Eindrücke verbrennen, die versuchen, hindurchzuschlüpfen, und versiegele das Loch in mir.

Ich konzentriere mich auf diese Stelle, bis sich das Licht wie eine dichte, solide Mauer anfühlt, die so hell strahlt wie die Sonne. Erst als ich die Augen öffne, spüre ich den Schweiß, der mir auf der Stirn steht und meine Haut kühlt.

August reibt mir über die Arme. „Hat er wieder versucht, dich zu erreichen?"

Ich nicke, da ich in diesem Moment zu erschöpft bin, um Worte zu bilden, und kuschle mich an meinen Liebhaber. Wie lange muss ich noch gegen diese Verbindung ankämpfen?

Wie lange *kann* ich noch dagegen ankämpfen, bevor ich vollkommen erschöpft bin?

August hält mich fest, bis das Gefährt langsamer wird. Wir haben ein rosafarbenes, felsiges Terrain erreicht, das mit Büscheln aus meeresgrünem Gras gesprenkelt ist, das funkelt, wenn die Sonnenstrahlen darauf fallen. Ein schwacher

Ozongeruch hängt in der Luft, als wäre gerade ein Gewitter durchgezogen, obwohl es nicht geregnet hat.

Der Teich liegt direkt vor uns – ein ovales Gewässer umgeben von einem glänzenden Steinufer. Die Oberfläche ist so glatt, dass das Wasser eher wie ein Spiegel aussieht, der den Himmel zeigt, als wie etwas, in das ich meine Hand tauchen kann.

Als ich zuschaue, weht eine Brise über den Teich und zerstört das Spiegelbild, bevor die Oberfläche wenige Augenblicke später wieder spiegelglatt vor mir liegt. Es ist so gruselig, dass sich meine Nackenhaare aufrichten.

Wir laufen zu dem Gewässer, wobei unsere Stiefel über den harten Boden trampeln. Sylas bedeutet mir, mich an den schmalsten Punkt des Ovals direkt ans Ufer zu setzen.

„Jede Person kann nur ihre eigene Vergangenheit sehen und der Teich wird dir nur zeigen, wonach du fragst, und zwar so, wie er es am besten interpretieren kann", erklärt er. „Du wirst dir das anschauen und uns berichten müssen, was du siehst."

Ich atme langsam ein und stütze meine Hände auf die marmorähnliche Oberfläche unter mir. „Und ich soll nach allem fragen, was mit den Fae zu tun hat – nach Arten, wie ich von Magie beeinflusst worden sein könnte, ohne es zu bemerken?"

„Genau. Aber höre auf dein Bauchgefühl. Du kennst dein Leben viel besser als einer von uns. Es gibt keine Grenze für Fragen. Der Teich wird dir Dinge zeigen, solange du neue Fragen stellst. Also nimm dir Zeit und probiere alles aus, was dir einfällt."

„In Ordnung." Im Schneidersitz rutsche ich etwas näher, bis meine Knie über den Teich ragen. Anschließend beuge ich mich vornüber und starre ins reglose Wasser.

Mein Gesicht starrt mir entgegen, das noch bleicher ist als üblich. Dunkle Ringe liegen unter meinen Augen.

Gestern Nacht habe ich kaum geschlafen, weil ich alle ein oder zwei Stunden aus Furcht aufwachte, dass meine Lichtbarriere zusammenbrechen könnte, und sie wieder aufbaute, bevor ich auch nur anfangen konnte, mich zu entspannen. Jetzt schaffen es nicht einmal die dunkelpinken Haare, die mir August vor Monaten mit einer Mischung aus Magie und Haarfärbemittel auf Fruchtbasis verpasst hat, meine Laune zu heben. Ich streiche einige Strähnen hinter mein Ohr, während ich überlege, womit ich beginnen soll.

Warum sollte ich nicht zurück zum Anfang gehen? Der Weise sagte, dass meine Verbindung zu dem Fluch etwas war, was in meiner Familie vererbt wurde. Gab es Anzeichen dafür, als ich geboren wurde, oder als ich so klein war, dass ich mich nicht daran erinnere?

„Zeig mir den Moment, in dem ich geboren wurde", sage ich zu dem Wasser.

Ein Schimmer saust über die Teichoberfläche und mein Spiegelbild verschwindet in Dunkelheit. Es erscheinen keine anderen Bilder. Ich starre nur in flache Schwärze.

Ich runzle die Stirn. „Er zeigt mir nichts. Er ist einfach dunkel geworden."

Sylas summt und späht neben mir in den Teich, obwohl er gesagt hat, dass er nicht sehen kann, was mir das Wasser zeigt. „Vielleicht fasst er deine Aussage etwas zu wortgetreu auf in dem Sinn, wann du als vollständig ‚geboren' angesehen wurdest?"

Nuldars Worte fallen mir wieder ein. *Sie begann in Dunkelheit. Dann kam sie hinaus ins Licht.* Ist der Teich genauso unspezifisch?

„Zeig meine Mutter, wie sie mich als Baby im Arm hält", sage ich und füge rasch hinzu, „weniger als einen Monat alt. Als das Licht draußen war." Hoffentlich engt das die Geschichte genug ein.

Die Dunkelheit weicht. Und vor meinen Augen befindet

sich meine Mom, die sich in einer kreisenden Bewegung von einer Seite zur anderen sowie vor und zurück wiegt. Helles Sonnenlicht fällt durch das Fenster außerhalb meines Blickfeldes auf ihren Körper. Ein runder Kopf mit vereinzelten braunen Haaren ragt aus einem fest gewickelten Tuch in ihren Armen.

Meine Brust zieht sich zusammen. Das bin ich. Das bin ich mit meiner Mutter. Ich kann nur ihr Profil sehen und sie ist jünger als in meinen Erinnerungen – doch in all den Jahren, die vergangen sind, hatte ich beinahe angefangen, zu vergessen, wie sie aussah. Dieser Blick auf sie holt so viele Momente mit meiner Familie an die Oberfläche.

Sie sieht müde aus, ihre dunklen Haare sind zerzaust und ihre Augenlider halb geschlossen, doch sie lächelt mein Baby-Selbst an. Auf ihrem Gesicht liegt ein freudiges Leuchten, bei dem sich mein Herz verkrampft. Ich stelle fest, dass ich heftig blinzeln muss.

Es ist fast ein Jahrzehnt her, seit ich dieses Lächeln sah und Moms leises Lachen hörte oder das Schnalzen ihrer Zunge. Ich verspüre den wilden Drang, mich ins Wasser zu stürzen, als würde ich dadurch irgendwie in ihre Umarmung fallen.

Sie ist jedoch nicht wirklich hier. Sie ist nirgendwo. Aerik und sein Kader rissen sie genauso wie Dad und Jamie in Stücke.

Meine Hände ballen sich auf der Felskante des Teichs zu Fäusten.

„Siehst du jetzt etwas?", fragt Sylas sanft.

Richtig. Ich bin aus einem Grund hier, nicht nur, um in Erinnerungen darüber zu schwelgen, was ich verloren habe. Ich dränge den Ansturm an Emotionen zurück und studiere das Bild so gut wie möglich. Meiner Stimme gelingt es, ruhig zu klingen. „Ja. Meine Mutter, die mich in den Armen hält. Sie schaukelt mich in den Schlaf, glaube ich. Sie hatte eine witzige Methode dafür. Sie hat mir erzählt, dass ich in den ersten Wochen so viel geweint habe, dass sie Angst hatte, ich hätte eine Kolik. Aber sie hat alles Mögliche ausprobiert und schließlich diese spezielle Bewegung gefunden, die mich sofort beruhigt hat."

Meine Lippen zucken bei der Erinnerung. Wann immer ich anfing, mich zu stark zu beschweren, als ich älter war, scherzte sie, dass sie mich einfach in den Arm nehmen und ordentlich wiegen müsste. *Wenn es funktioniert hat, als du zwei Wochen alt warst, bin ich mir sicher, dass es auch jetzt funktionieren wird.* Bei meinen Protesten oder meinem Lachen vergaß ich oft, worüber ich mich beschwert hatte.

August hat sich in der Nähe hingehockt. Er streichelt mit einer Hand über meinen Rücken. Sylas' Kiefer mahlt, als würde er zögern, weitere Fragen zu stellen, tut es jedoch trotzdem. „Hast du irgendetwas Ungewöhnliches bemerkt?"

Ich betrachte das Bild so eindringlich wie möglich und zügle meine Emotionen. Ich kann nur verschwommene Eindrücke des Zimmers um meine Mutter und mich herum ausmachen, es sieht jedoch wie ein gewöhnliches Kinderzimmer aus. Nichts an ihr oder mir kommt mir merkwürdig vor. „Nein."

Ich spüre es mehr, als ich es sehe, dass Whitt hinter mich tritt. „Bitte den Teich, dir einen der Momente zu zeigen, als du so geweint hast, wie du es gerade erzählt hast."

Findet er irgendetwas daran seltsam? Ich richte meinen Blick auf das Wasser und lasse das Verlangen ziehen, Mom einfach für immer weiter zu betrachten, wie sie dort abgebildet wird. „Zeig mir einen Moment, als ich als weinendes Baby mit meiner Mom zusammen war."

Das Bild erbebt und verschwimmt zu einem anderen. Meine Mom schiebt mich in einem Kinderwagen ins Haus. Der Teich gibt keine Geräusche wieder, aber aufgrund meines roten Kindergesichts und der Form meines Mundes ist offensichtlich, dass ich mir die Seele aus dem Leib schreie. Die Lippen meiner Mom formen beruhigende Laute, während sie sich beeilt, die Gurte zu öffnen.

An dieser Szene ist noch immer nichts annähernd Magisches oder ansonsten Merkwürdiges. Ich schüttle den Kopf in Erwartung von Sylas' Frage.

Am Rande meines Sichtfelds blickt er zu Whitt. Der Spionagechef muss zufrieden sein, denn Sylas gibt mir die nächste Anweisung. „Ich würde sagen, dass du dich als Nächstes auf Fragen zu dem Fae-Einfluss in deinem Leben konzentrieren solltest."

Das klingt vernünftig. Ich beobachte noch einen Augenblick länger, wie Mom mich in ihre Arme nimmt, und sauge jedes Detail von ihr in mir auf, das ich erkennen kann. Anschließend zwinge ich die Worte heraus, um sie wegzuschicken. „Zeig mir das erste Mal, als mich die Fae beeinflusst haben."

Die vorherige Szene wird von der gleichen Schwärze verschluckt, die bereits auf meine erste Frage erschien. Ich warte einige Sekunden, doch die Dunkelheit ändert sich nicht. „Schon wieder nichts", verkünde ich. „Ich vermute, das erste Mal, dass ich von den Fae beeinflusst wurde, war noch vor meiner Geburt. Ähm, zeig mir das erste Mal, als ich von den Fae beeinflusst wurde, *nachdem* ich geboren wurde."

Es herrscht weiterhin Dunkelheit, die sich auf dem Teich ausbreitet. Ich ziehe die Brauen zusammen. „Noch immer nichts. Vielleicht bedeutet das, dass ich nicht direkt beeinflusst wurde, wie auch immer der Teich das Wort interpretiert?"

Whitt gibt einen verärgerten Laut von sich. „Diese runzligen Weisen und magischen Orte sind ja so unglaublich nützlich. Versuche einmal, es so zu formulieren, wann du zum ersten Mal einen Fae *sahst*, damit wir wissen, ob es ein Bild geben sollte."

Ich werfe dem Wasser meinen besten *Du fängst besser an, dich zu benehmen* Blick zu. „Zeig mir den Moment, in dem ich zum ersten Mal einen Fae sah."

Die Dunkelheit zersplittert zu einer schwach beleuchteten Szene eines Mädchens, das kichernd zwischen ein paar Bäume rennt – gerade als eine gigantische, haarige Gestalt aus den Schatten springt.

Das Herz hüpft mir in die Kehle. Ich ersticke daran und mein Atem verblasst zu einem Krächzen, als sich auch meine Lunge zusammenzieht. Eisige Panik packt meine Brust.

Ich drücke die Augen zu, aber es ist zu spät. Ich habe bereits zugesehen, wie die Bestie mit dem gelbbraunen Fell ihren Kiefer dort in der Schulter meines zwölfjährigen Ichs versenkt hat, wo heute Narben meine Haut zeichnen. Ich habe das Kreischen anhand meines verzerrten Mundes erkannt und die schlaksige Gestalt meines achtjährigen Bruders gesehen, der zusammen mit einem anderen monströsen Wolf in Sichtweite gekommen ist, der geradewegs auf ihn zu rennt.

„Talia!", ruft August mit besorgter Stimme.

Ich schaukle gegen seine stützende Hand. Der Atem entweicht mir noch immer keuchend. Ich presse mich fester nach hinten in seine Berührung, schlage meine Hände auf den glatten Stein und richte meine gesamte Aufmerksamkeit auf diese harten Oberflächen.

Das hier ist echt. Das hier passiert jetzt. Der Rest – der Rest ist Geschichte. Er ist vorbei.

Die Bilder laufen so lebhaft durch meinen Kopf, dass die Narben auf meiner Schulter brennen.

Andere Hände legen sich auf meinen Rücken und meinen Kopf. Sylas' ruhiger Bariton durchbricht den Nebel der Panik. „Wir sind bei dir, Talia. Niemand kann dich verletzen. Was auch immer du gesehen hast, wird nicht noch einmal passieren."

Ich schaffe es, tiefer Luft zu holen. Die Bilder weichen zurück, verblassen allerdings nicht vollständig.

Und dann durchbricht eine andere Stimme von innen heraus meine Gedanken. *Talia? Was ist passiert? Bist du okay? Bitte, wenn du nur mit mir sprechen würdest …*

Der Unseelie-Erzlord – in meiner Panik ist die Lichtmauer, die unsere Verbindung blockiert, zusammengebrochen. Wie viel von meinen Qualen hat er gespürt? Wenn es nur die Hälfte davon war …

Ich will nicht, dass dieser vollkommen Fremde, dieser Feind meiner Liebhaber und meines Rudels, so viel von mir sieht. Mein Körper schreckt von innen heraus zurück.

*Nein!*, brülle ich ihn innerlich an und stelle mir vor, dass jedes Lichtpartikel, das ich heraufbeschwören kann, in meinem Oberkörper anschwillt und ihn aussperrt.

Als das erledigt ist, öffne ich die Augen und schnappe erneut nach Luft. Ich schaukle nicht mehr vor und zurück, sondern zittere nur noch. Ich kann nicht sagen, wie viel davon eine Folge der Szene ist, die mir der Teich gezeigt hat, und wie viel von der Anstrengung herrührt, meine innere Mauer wieder aufzubauen.

Dann wird mir eine neue Tatsache bewusst und trifft mich so heftig, dass ich spreche, ohne darüber nachzudenken. „Er kennt meinen Namen.“

Sylas streicht mit den Fingern über meine Schläfe. „Wer? Was hast du gesehen?“

„Es ist nicht … In dem Teich war nichts Nützliches.“ Ich mache eine unwirsche Geste in Richtung Wasser. „Es war die Nacht, in der mich Aerik angegriffen hat, genauso wie in meiner Erinnerung, nichts, was ich vergessen hätte. Es tut mir leid. Mir hätte klar sein sollen, dass ich das womöglich sehen würde … Ich sollte besser damit klarkommen …“

Whitts Fingerknöchel streifen meinen Nacken, als er liebevoll an meinen Haaren zupft und meine Entschuldigung unterbricht. „Du musst nicht so stark sein, Talia. Niemand hier wird es dir übelnehmen, dass du im Inneren Narben trägst. Genauso wie wir dir nicht die Schuld an deinen äußeren Narben geben."

Werde ich mich nie an diese schreckliche Nacht erinnern können, ohne dass mich Panik befällt, genauso wie die Male auf meiner Schulter nie verschwinden werden? Der Gedanke dreht mir den Magen um, aber ich habe Sylas' Frage noch nicht beantwortet.

Ich schaue zu dem Fae-Lord auf. „Als ich in Panik geriet, wurde die Barriere, die ich über meine Seelenverbindung gelegt habe, geschwächt. Ich glaube, der Unseelie-Erzlord hat einen Teil davon gespürt. Und er hat versucht, wieder mit mir zu sprechen. Dabei hat er meinen Namen benutzt."

Es huscht keinerlei Sorge über Sylas' Gesicht. Er senkt einfach nur seine Hand, um meine Wange zu streicheln. „Das ist nicht überraschend. Wenn er ihn nicht gehört hat, als wir beim Herzen herauszufinden versuchten, was passiert war, hat er ihn womöglich jetzt gehört. Du kannst nicht erwarten, etwas derart Grundlegendes lange vor ihm geheim zu halten."

Richtig. Denn Fae-Männer zerstörten mein vergangenes Leben und jetzt versucht ein anderer, meine aktuelle Existenz zu übernehmen. Meine Kehle schnürt sich erneut zu.

Ich ziehe meine Knie an die Brust und schlinge die Arme um meine Beine. „Wenn Aeriks Angriff das erste Mal war, dass ich einen Fae sah, was kann ich sonst noch fragen?" Was, wenn alles auf meinen Urgroßvater zurückgeht und auf das Fae-Erbe, das er besaß?

Whitts Hand auf meinem Rücken erstarrt. „Ich denke, wir haben sie genug durchmachen lassen, meint ihr nicht auch ihr zwei?"

Sylas hält inne. „Jetzt, da wir hierhergekommen sind, sollten wir alles ausprobieren, was uns einfällt."

„Was gibt es noch? Wir haben sie bereits gezwungen, den schlimmsten Moment ihres Lebens erneut zu durchleiden." Whitt beugt sich vor, um einen Kuss auf meinen Hinterkopf zu drücken. Ich strecke die Hand aus, um meine Finger mit seinen zu verschränken. In seiner Stimme liegt eine Rauheit, die mich daran erinnert, dass er vor nicht allzu langer Zeit den womöglich schlimmsten Moment *seines* Lebens hervorholen musste.

Damals verteidigte ich ihn und jetzt versucht er, mich zu beschützen.

„Es ist okay", sage ich leise. „Ich will mein Bestes geben. Dieses Mal werde ich einfach besser vorbereitet sein – falls es aussieht, als würde ich zu dem Angriff zurückkehren, werde ich wegschauen."

Der Spionagechef knurrt leise. „Na schön. Tu, was du nicht lassen kannst. Aber mir ist etwas eingefallen, was besser funktionieren könnte."

August merkt auf. „Und was ist das?"

Whitt schweigt kurz. „Es wird weder leicht werden noch Spaß machen. Doch es spielt keine Rolle, *warum* das alles passiert ist, wenn wir es ungeschehen machen können. Ich kenne womöglich jemanden, der ein Seelenband brechen kann."

4

*Whitt*

Ich weiß, dass ich die Stelle fast erreicht habe, als die Luftfeuchtigkeit so hoch wird, dass sich die Luft genauso gut in Suppe verwandelt haben könnte. Dieser Bereich der Ränder ist ein Sumpf und je näher wir dem äußersten Randgebiet der Nebelwelt kommen, desto mehr von dem trüben Wasser unter unserem Gefährt steigt vom Boden auf und durchtränkt die Gegend darüber. Es riecht nach Schimmel und Algen, weshalb ich die Nase rümpfe.

Ich werde nicht nur einmal, sondern mehrmals duschen müssen, sobald ich wieder in der Burg bin.

Talia späht in den wabernden Nebel. Ein Schauder, den sie nicht verbergen kann, durchläuft ihre zarte Gestalt. „Hier gibt es irgendwo ein Gefängnis?"

„Kein Gefängnis." Ich lasse meinen Blick über die gekrümmten, halb überschwemmten Bäume und die blubbernden Wasserstellen schweifen. „Sie ist eine einzelne

Gefangene. Der Lord, den sie verärgerte, brachte eine so schwerwiegende Anklage gegen sie vor, dass die Erzlords zustimmten, sie für absehbare Zeit nicht nur allein hierher zu verbannen, sondern ihr auch eine Schuldknechtschaft aufzuerlegen."

„Und *was* soll sie während dieser Knechtschaft tun?"

„Es gibt Fische, die nur in diesem Sumpf leben und eine Delikatesse unter den Fae sind, die zu besonderen Anlässen aufgetischt wird. Meinen Informationen zufolge muss sie diese Fische fangen und jeden Monat eine bestimmte Quote erfüllen." Ich verziehe das Gesicht. „Es ist keine angenehme Arbeit. Es gibt einen Grund dafür, dass sie eine seltene Delikatesse sind. Soweit ich weiß, hat bisher kein Fae gut genug mit ihnen ‚kommunizieren' können, um ihren wahren Namen zu lernen, und ihre Schuppen wehren Magie ab. Niemand hat Spaß daran, sich ihren vielen scharfen Zähnen zu stellen."

Talia erschaudert. „Wie lange sitzt sie hier schon fest?"

„Seit fast vier Jahrhunderten. Ich wäre mir nicht einmal sicher, dass sie noch hier ist, wären da nicht die Stachelzahnfilets gewesen, die bei der Krönungsfeier unseres glorreichen Anführers angeboten wurden."

Jedenfalls bin ich mir ziemlich sicher. Allerdings bin ich mir weniger sicher, wie genau wir sie finden werden. Ich raune einige Worte, die dazu gedacht sind, jegliche Magie um uns herum aufzuspüren, da die Frau vermutlich ihre Fähigkeiten benutzt hat, um sich einen Unterschlupf und andere Annehmlichkeiten zu bauen, selbst wenn sie ihr nicht bei ihren Pflichten helfen. Ein schwaches Ziepen veranlasst mich dazu, das Gefährt in eine andere Richtung zu lenken.

Talia weicht vom Bug zurück, um sich mir gegenüber auf die Bank zu setzen. Wir haben den Baldachin des Gefährts zurückgezogen, da das dunstige Sonnenlicht, das durch den bewölkten Himmel dringt, und der Nebel den Anschein von

Dämmerung vermitteln, obwohl es erst Mittag ist. Sie schließt kurz die Augen und ich vermute, dass sie ihre innere Verteidigung stärkt. Meine Finger klammern sich um die Reling.

Als sie ihre Augen wieder öffnet, sieht sie viel schwächer aus, als ich sie sehen möchte. „Und sie ist die einzige Fae, der es jemals gelungen ist, ein Seelenband zu brechen?"

„Soweit ich weiß. Ich weiß nur aus dritter Hand, dass ihr Verbrechen in der Zerstörung eines Seelenbandes bestand. Der Lord und seine betroffene Lady blieben als Gefährten zusammen und taten bis zu ihrem Tod so, als wären sie noch miteinander verbunden. Die genaue Anklage, die sie bei den Erzlords vorbrachten, wurde verschwiegen. Aber du weißt, dass ich viele Quellen habe, die stets die Augen nach denen mit lockeren Zungen offenhalten."

„Was hat deine Quelle erzählt?"

„Er berichtete, dass irgendwer behauptete, die Frau, die wir suchen, sei in den Lord verliebt gewesen. Sie war angeblich so eifersüchtig, als er seine seelenverbundene Gefährtin fand, dass sie fürchterliche Anstrengungen unternahm, um eine Methode zu finden, die diese Verbindung zerstören würde." Ich schnalze mit der Zunge. „Ich kann mir nicht vorstellen, auf welche Tiefen sie sich herabgelassen haben muss – oder ob sie noch immer denkt, dass es das wert war."

Als ich Talia beobachte, kann ich nicht an der Lässigkeit festhalten, die ich in meine Stimme lege. Ihr Leid ist kein Witz. Ich habe die Spannung, die mein Innerstes gepackt hat, in Schach gehalten, indem ich mich auf die Pläne konzentriert habe, die wir uns überlegten, um ihr zu helfen. Doch in Momenten wie diesem, wenn es nichts anderes zu tun gibt, als darauf zu warten, dass der aktuelle Plan verwirklicht wird, kann ich sie nicht vollständig ausblenden.

Ich würde nichts lieber tun, als meine Hände um den

Hals dieses verdammten Federhirn-Erzlords zu legen und zuzudrücken, bis keine Seele mehr übrig ist, an die sie gebunden sein kann.

Talia hält meinen Blick mit einem so nachdenklichen Ausdruck in den Augen, dass ich mich bereit mache, eine neue Katastrophe in Angriff zu nehmen, als sie den Mund zum Sprechen öffnet.

„Geht es dir gut?", fragt sie.

Ich blinzle und bin vorübergehend sprachlos vor Überraschung. „Ich bin mir ziemlich sicher, dass ich derjenige bin, der *dir* diese Frage stellen sollte."

Ihr Mund verzieht sich. „Ich meine nur … Ich weiß, dass du noch damit beschäftigt warst, zu verarbeiten, dass all die Sachen über Isleen nach so langer Zeit ans Tageslicht kamen. Und deine und Sylas Beziehung war in letzter Zeit angespannt. Nur weil wir andere Probleme haben, heißt das nicht, dass deine keine Rolle mehr spielen."

Die Erwähnung meiner Verbindung zur seelenverbundenen Gefährtin meines Lords und seine Gefühle bezüglich dieser Begegnung löst einen Widerspruch an Emotionen in mir aus, der mir allmählich unangenehm vertraut wird. Er hält jedoch nur kurz an, bevor die Flut ehrfürchtiger Zuneigung, die gleichzeitig durch mich hindurchschwappt, den Großteil davon wegspült.

Jetzt scheine ich überhaupt keine Worte mehr finden zu können. Ich greife nach Talia und sie kommt, ohne zu zögern, zu mir und schiebt sich in meine Umarmung, wobei sie ihren Kopf auf meine Schulter und ihre Beine über meinen Schoß legt, als wäre ihr Körper dazu gemacht worden, an meinen zu passen. Die Arme um sie geschlungen, senke ich den Kopf, um ihren säuerlich süßen Duft einzuatmen.

Diese unglaubliche Frau. Sie macht sich Sorgen um *mich*, obwohl sie mit einem Desaster kämpft, vor dem sie keiner von uns beschützen kann. Der schockierte Ruck, der mich durchfuhr, als sie mir zum ersten Mal gestand, dass sie mich liebt, wirkt jetzt absurd. Sie strahlt diese Liebe mit jeder Geste aus, vom Druck ihres Armes, der um meine Brust liegt, bis hin zu dem Kuss, den sie auf meinen Kiefer drückt.

Sie hat jeden Teil von mir gesehen, einschließlich der Dinge, die ich ihr nie zeigen wollte, und sie blieb an meiner Seite, als ich nicht für mich eintreten wollte.

Ein großer Teil von mir ist nach wie vor nicht überzeugt davon, dass ich das Mitgefühl verdiene, das sie mir geschenkt hat, oder dass das Stelldichein, das ich mit Sylas' Gefährtin im Rausch hatte, nicht mein Verbrechen war, sondern ausschließlich Isleens — dass ich nicht auf *eine* Weise Mist gebaut habe, die die Grenze dessen überschreitet, worauf jedes Vernunftwesen mit Gnade reagieren würde. Ich habe die Schuldgefühle so lange mit mir herumgeschleppt, dass sie in mir Wurzeln geschlagen haben. Das Zerschlagen dieser Wurzeln hat alle möglichen anderen unangenehmen Dinge zu Tage gefördert.

Doch ich bin noch hier. Sylas hat es nicht für gerechtfertigt gehalten, mich rauszuwerfen oder zu zerreißen, nachdem er den ganzen Bericht gehört hatte, und er ist möglicherweise der vernünftigste Fae, den ich kenne. Wenn ich es nicht besser wüsste, würde ich zu der Annahme neigen, dass unser mutiger Mensch uns mit einem Zauber belegt hat, der mich gerettet hat. Es lässt sich nicht leugnen, dass es sich magisch anfühlt, sie an mich zu drücken.

Ich habe nie viel über Liebe nachgedacht. Nach den ersten Verführerinnen, die darauf hofften, durch ihre Verbindung mit mir eine angesehene Stellung an Sylas' Hof zu ergattern, verabschiedete ich mich von der Möglichkeit als etwas, was in meinem Leben eine Rolle spielen würde, und ich kann nicht behaupten, dass ich diese Entscheidung bedauert habe. Doch jetzt …

Wie könnte ich diese unaufhörlich aufwallende Zuneigung und das Verlangen sonst nennen, die aus einer Quelle tief in mir sprudeln? Der Gedanke an einen verfluchten Raben, der irgendeinen Anspruch auf sie hat, sorgt dafür, dass mein Wolf an die Oberfläche springt.

Talia sollte unsere Gefährtin sein, *meine* Gefährtin. Sie sollte jahrzehntelang an meiner Seite und der meiner Brüder stehen. Länger, wenn ich etwas zu vermelden habe und die Magie nutzen kann, die diese Welt zu bieten hat.

Und selbst wenn das nicht wäre, verdient sie etwas viel Besseres, als von innen heraus von einem mörderischen Schurken entzweigerissen zu werden, der vermutlich Eis in den Adern hat.

Talia denkt jetzt jedoch nicht daran. Sie macht sich noch immer Sorgen um mich. Mit den Fingern streichelt sie über die Seite meines Halses und erweckt eine Hitze, die viel angenehmer ist als die klebrige Feuchtigkeit, die sich um uns legt. „Du hast mir nicht geantwortet. Bist du okay?"

Sie ist unglaublich und auch unfassbar stur. Ich gebe einen rauen Laut von mir und senke meine Lippen, um ihre Schläfe zu küssen. „Ich rechne damit, dass es eine Weile dauern wird, bis ich ‚okay' bin, aber ich *kann* diesen Zustand jetzt wenigstens erreichen, da diese Geheimnisse ans Licht gekommen sind. Ich …" Bloß darüber zu sprechen, lässt die widersprüchlichen Emotionen wieder aufleben. „Ich bereue viel, womit ich mich noch nicht abgefunden habe, und ich kann Sylas nicht vorwerfen, dass er sich verraten fühlt, weil ich so viel vor ihm geheim gehalten habe, selbst wenn er mich von meinem größten theoretischen Verbrechen freispricht."

Talia kuschelt sich enger an mich. „Ich glaube nicht, dass er dir das sonderlich lange vorwerfen wird. Es ist verständlich, dass du nicht wusstest, wie du das Thema ansprechen sollst."

„Ich nehme es an. Aber … seltsamerweise bin ich ein wenig wütend auf *ihn*. Was nicht fair ist, denn ich sollte froh sein, dass die Vorstellung, ich sei an Isleens Untreue beteiligt gewesen, so unfassbar für ihn war, dass er es nie in Erwägung gezogen hat. Hätte er sich jedoch mit *ihrem* Verrat beschäftigt, hätte das alles so viel früher herauskommen können.“

„Ich denke, er ist deswegen auch ziemlich wütend auf sich.“

„Ja. Tja. Und wie ich bereits sagte, ist es nicht fair. Dieses Gefühl ist allerdings zusammen mit allem anderen da. Ich schätze, wir müssen einfach nach vorne schauen und zusammenarbeiten, bis die gebrochenen Ränder dieser Kluft zwischen uns gekittet sind und wieder besser zusammenpassen.“ Ich halte inne und denke nach. „Ich weiß nicht, wie lange das dauern wird, aber wir haben viel Zeit. Ich vertraue darauf, dass wir es schaffen werden.“

„Gut.“ Talia drückt noch einen Kuss auf meine Wange und dreht anschließend den Kopf, um den Sumpf zu mustern.

Wir entdecken das Licht gleichzeitig – ich kann es an der Anspannung in ihrem Körper erkennen. Es ist nur ein rötlicher Funke im Nebel, jedoch kein natürlicher Teil der Landschaft. Wir haben unsere Fae-Verurteilte gefunden.

Talia weicht von mir zurück, damit ich aufstehen kann. Ich laufe zum Bug und passe den Pfad des Gefährts mit einer Handbewegung an. Ich nehme eine lässige Haltung ein, mein Rückgrat ist allerdings stocksteif.

Ich rechne damit, dass das, was wir hier finden werden, unschön sein wird. Ich wäre allein zu dieser Reise aufgebrochen, wenn Talia mit ihrer Sturheit nicht darauf bestanden hätte, mich zu begleiten. *Du tust das um meinetwillen*, sagte sie. *Ich sollte dabei sein.*

Der Nebel wird dünner und enthüllt eine Stelle festen,

matschigen Bodens, auf dem eine Hütte aus gewebtem Schilfrohr steht, die aufgrund von Fäulnis stellenweise durchhängt. Das rötliche Licht ist ein magisches Feuer, das in einem Steinkreis in der Nähe der Tür flackert. Als ich das Gefährt anhalten lasse, kommt eine Gestalt mit aggressiven Schritten und einem Speer in der Hand aus der Hütte.

Es ist schlimmer, als ich erwartet habe. Vier Jahrhunderte in diesem Sumpf im Randgebiet würden niemandem guttun, und es hat die Frau vor mir eindeutig auf alle möglichen Arten bestraft. Tiefe, furchterregende Narben spitzer Zähne zeichnen ihre Glieder, sogar ihr Kinn und ihre Wangen. Eines ihrer Ohren fehlt zwischen ihren struppigen Haarsträhnen. Außerdem hat sie drei Finger und mehr als die Hälfte ihrer Nase verloren.

Am schlimmsten ist jedoch, dass die gleiche Fäulnis, die sich in ihrem Heim ausbreitet, auch sie befallen hat. Dunkle, braun-grüne Vertiefungen zeichnen sich zusammen mit den Narben auf ihren nackten Armen, Waden, Hals und Gesicht ab, als hätte der Sumpf sie genauso zu seinem Zuhause gemacht, wie sie ihn zu ihrem. Mein Magen verkrampft sich.

Die Frau hebt den Speer und knurrt: „Du bist nicht der, der normalerweise kommt – und es ist nicht der richtige Zeitpunkt. Was willst du hier?"

Ich halte die Hände zum Zeichen des Friedens hoch. „Ich bin nicht hier, um irgendwelche Forderungen zu stellen oder dir Ärger zu machen. Ich möchte nur einige Fragen stellen. Und ich habe Geschenke mitgebracht, um dich für deine Zeit zu entschädigen."

Ich bücke mich – vorsichtig, damit ich nicht bedrohlich wirke – und hebe den großen Korb hoch, den jemand aus unserem Rudel zusammengestellt hat, ohne dessen Empfänger zu kennen. Die blutunterlaufenen Augen der Frau wandern über das große Käsestück, das frisch gebackene

Gebäck, die glänzenden Spiegelnüsse und die Flasche Dämmerapfelwein.

So wie die Fische, die sie fängt, eine Delikatesse für die Fae sind, die sie sich leisten können, werden die gewöhnlichen Nahrungsmittel, die ich gebracht habe, einen Schatz für sie darstellen. Ihre Ernährung besteht vermutlich seit beinahe vierhundert Jahren aus nicht viel mehr als Wasserlebewesen und Sumpfpflanzen.

Sie leckt sich über ihre fleckigen Lippen, wobei ihre Fangzähne aufblitzen. Dann dreht sie den Speer so, dass sie ihn eher wie einen Stab als wie eine Waffe hält, und ihre Finger schließen sich darum. „Was willst du wissen?" Ihr Blick huscht an mir vorbei zu Talia, die noch immer auf der Bank kauert.

Ich schnippe mit den Fingern, um ihre Aufmerksamkeit wieder auf mich zu lenken. Es ist besser, wenn wir das hier schnell hinter uns bringen. „Ich habe gehört, dass das Verbrechen, für das du bestraft wirst, das Durchtrennen eines Seelenbandes umfasste. Stimmt das?"

Dass sie sich versteift, deutet darauf hin, dass dies der Fall ist, doch ihre Lippen pressen sich ebenfalls zusammen. Sie funkelt mich finster an. „Ich soll nicht über mein Verbrechen sprechen."

Ich winke ihren Einspruch ab. „Was können sie dir noch antun, was schlimmer ist als das hier? Außerdem komme ich auf Anordnung eines Erzlords. Ich bin sein Kader-Gewählter." Ich hole einen Gegenstand aus meiner Tasche, in dem eine Macht leuchtet, auf die nur diejenigen mit der engsten Verbindung zum Herzen zugreifen können.

Die Frau mustert ihn mehrere Sekunden lang. Ihre Schultern senken sich. Sie betrachtet den Korb und anschließend mein Gesicht. Ihre Stimme klingt viel weniger schneidend als zuvor. „In Ordnung. Ja. Was willst du wissen?"

„Ich will wissen, ob du es noch einmal tun könntest, wenn es ein Erzlord verlangt."

Ihr Kiefer entspannt sich. Sie schüttelt ihre dünne Gestalt und reißt sich zusammen. „Dein Lord will, dass ich … dass ich noch ein Seelenband zerstöre?"

„Vielleicht. Es hängt von dem Prozess ab, der dazu nötig ist." Wir nehmen an, dass es zweckdienlicher wäre, jemanden, der die Magie bereits gelernt hat, die Aufgabe ausführen zu lassen, anstatt sie zu bitten, einem von uns etwas so Finsteres und vermutlich Schwieriges beizubringen.

„Nun, ich … ich schätze, ich könnte es tun. Ich glaube, ich erinnere mich an alles, was nötig ist, oder zumindest weiß ich, wie ich mich daran erinnern kann. Hier draußen gab es abgesehen von meinem Leben zuvor nicht viel, worüber ich nachdenken konnte." Sie reibt sich über den Mund. „Du kannst deinem Lord ausrichten, dass es erledigt werden könnte, die Konsequenzen werden ihm allerdings womöglich nicht gefallen."

Ich ziehe die Augenbrauen hoch. „Was meinst du damit?"

„Die einzige Methode, die ich fand – und ich habe mir Mühe gegeben – ich *wollte* ihm nicht wehtun …" Sie hält inne, ihr Blick richtet sich in die Ferne und dann scheint sie sich zu sammeln. „Es ist für beide Parteien sehr schmerzhaft. Am Ende … am Ende ist womöglich keiner von beiden so ganz, wie er es war, als das Band geschmiedet wurde. Ich glaube, etwas von jeder Person geht in die Verbindung und wird mit ihr verbrannt."

Kälte kribbelt über meinen Rücken. *Das* gefällt mir gar nicht. Doch … „Was, wenn das Band noch nicht bestätigt und vollzogen wurde?"

Sie lacht heiser. „Die Magie, die ich kenne, wird dann überhaupt nicht funktionieren. Sie greift auf die Macht des Bandes zu, um sie gegen es selbst zu richten … Wenn die

Verbindung nicht vollständig ausgebildet wurde, werde ich nicht annähernd genug Kraft für den Zauber haben. Es ist ohnehin eine haarige Angelegenheit."

„Ah." Mein Herz sinkt. Ich suche nach einer anderen Frage oder Vorschlag, doch ihre letzte Aussage setzt den meisten Alternativen ein Ende. Das Einzige, was ich noch fragen kann, ist: „Würdest du etwas anderes als die Anwesenheit des verbundenen Paares brauchen?"

„Es gibt einige Zutaten, Dinge, die ein Erzlord bestimmt beschaffen könnte." Ihre Miene nimmt berechnendere Züge an. „Es ist besser, wenn ich dir nicht zu viel verrate, sonst habe ich nichts mehr, mit dem ich verhandeln kann, oder?"

Damit hat sie recht. Ich lenke das Gefährt etwas näher zu ihr, damit ich ihr den Korb reichen kann. „Dankeschön. Ich werde zurückkehren, sollten wir beschließen, dass wir deine Dienste benötigen. Und ich bin mir sicher, falls wir es tun, kannst du eine viel umfangreichere Belohnung erwarten."

Sie reißt mir den Korb aus der Hand und eilt in ihre Hütte. Als ich das Gefährt rückwärtsfahren lasse und schließlich wende, dringt das Geräusch von Zähnen, die an den Essensgeschenken reißen, durch die dünnen Wände.

Ich warte, bis die Hütte und deren Bewohnerin weit hinter uns liegen und das Gefährt seinem Weg folgt, ehe ich an Talias Seite zurückkehre. Sie starrt stur geradeaus, ihre Augen wirken furchterregend glasig und ihre Hände sind in ihrem Schoß verschränkt. Kurz glaube ich, dass sie durch ihr Seelenband in einer Art Vision gefangen ist, ihr Blick gleitet jedoch zu mir, als ich mich zu ihr setze.

Ihre Stimme klingt so brüchig wie verkohltes Papier. „Was bedeutet es, ein Band zu bestätigen und zu vollziehen?"

Natürlich muss sie das fragen. Ich fahre mit der Hand durch meine Haare und mein Magen verkrampft sich. „Es gibt eine kurze Zeremonie, in der du das Band mit Worten und Magie anerkennst. Und dann akzeptierst du deinen

Gefährten auch mit deinem Körper. Erst, nachdem beides erledigt wurde, ist die Verbindung komplett."

Ein Beben durchläuft sie. „Es wird noch *stärker*, als es bereits ist?"

Ich habe keine Ahnung, was sie bereits erlebt hat. Ich lege meinen Arm um ihre Schultern und hasse es, wie wenig Trost ihr diese Geste wahrscheinlich spendet. „Sylas konnte seine Verbindung trotzdem dämpfen. So wie ich das verstehe, verleiht es dir die Fähigkeit, besser zu kontrollieren, welche Gedanken und Eindrücke du weitergeben *willst*, und macht die deines Gefährten klarer, wenn du dich auf sie konzentrierst."

Talia nickt. Es ist eine niedergeschlagene Bewegung. Ihre Arme heben sich und verschränken sich vor ihrer Brust. Ihr ganzer Körper zieht sich zusammen: Ihr Kopf sinkt herab, ihr Kiefer spannt sich an, ihre Schultern krümmen sich, ihre Knie pressen sich zusammen. Sie versucht, aufzuhalten, was einen Augenblick später trotzdem aus ihr hervorbricht.

Ein Schluchzen entreißt sich ihrer Kehle. Sie schlägt sich die Hände vors Gesicht, doch die plötzliche Tränenflut strömt an ihnen vorbei, über ihre Wangen und ihre Handgelenke. Das Schluchzen schüttelt ihren gesamten Körper.

Ihr Elend zerreißt mir die Brust. Ich hebe sie hoch, drücke sie fest an mich, streichle ihre Haare und tröste sie so gut, ich kann, was nicht sonderlich viel ist. Ich kann mich nicht an das letzte Mal erinnern, als *ich* weinte, dennoch brennen um ihretwillen Tränen in meinen Augen.

Ich habe sie noch nie so zusammenbrechen sehen. Nicht einmal als sie in Aeriks schrecklichem Käfig kauerte, nicht einmal als sie sich später diesem Scheißkerl und seinen Handlangern stellen musste, nicht einmal als der Erzlord, dessen Platz Sylas übernommen hat, drohte, sie als Zuchtstute zu verwenden – während all der Qualen und

Demütigungen, die ihr in meiner Gegenwart widerfahren sind, hat sie sich nie so die Augen ausgeheult, wie sie es jetzt tut.

Als ich sehe, wie viel Kummer sie in sich eingesperrt hatte, wird mir bewusst, dass ich nicht gewürdigt habe, wie viel Kraft sie in den letzten Tagen aufbringen musste. Meine Fangzähne fahren aus und knirschen aneinander, als ich den düsteren Gedanken nachhänge, auf welche Arten ich den fedrigen Mistkerl mit ihnen bearbeiten könnte, der ihr derartig zugesetzt hat.

Die einzigen Worte, die mir einfallen, sind nicht annähernd angemessen und purzeln in einem gemurmelten Wortschwall aus mir heraus. „Ich hab dich. *Wir* haben dich. Was auch immer du tun musst, wir werden uns etwas überlegen. Keiner von uns wird dich im Stich lassen, während du dich dem stellst.“

Talia stockt der Atem. Sie reibt über ihre Augen, doch die Tränen fließen weiter. Ich kann sie bloß im Arm halten und immer wieder diese schwachen Beruhigungen murmeln, bis die Flut schließlich verebbt.

Als sich ihr Schluchzen auf ein Schniefen reduziert hat, verzieht sie das Gesicht. „Es tut mir leid“, flüstert sie heiser.

Irgendwie macht mich ihre Entschuldigung doppelt so wütend wie zuvor. Ich küsse sie auf den Kopf und umarme sie mit all der Bewunderung, die in mir steckt. „*Dir* muss nichts leidtun. Bei allem, was Staub ist, Krümel, es ist ein Wunder, dass du dich bis jetzt so gut zusammengerissen hast. Nichts an dem hier ändert etwas daran, für wie stark ich dich halte.“

Sie bringt ein kurzes, wässrig klingendes Lachen zustande. „Ich … nach der langen Zeit bei Aerik war alles, was ich seitdem durchgemacht habe, wenigstens *besser*. Es war schwer, sich aufzuregen, wenn ich wusste, dass ich viel Schlimmeres ertragen habe. Doch das hier …“

Ihre Stimme bricht, sie hält inne und schluckt hörbar. „Es ist, als wäre ich wieder eingesperrt worden. Allerdings mehr als zuvor, denn es ist nicht nur mein Körper, der gefangen ist, sondern auch mein Verstand, meine Seele – es gibt keinen Teil von mir, der nicht entkommen kann. Nicht, wenn mich die Person, von der ich wegwill, von innen heraus erreichen kann. Und um eine Chance zu haben, davon loszukommen, muss ich ihn noch *mehr* reinlassen. Wir wissen nicht einmal mit Sicherheit, ob ich die Magie überleben würde, von der sie gesprochen hat, wenn sie sogar einen reinblütigen Fae verletzt.“

All das stimmt. Nichts von dem Kummer, der sich in meinem Körper ausbreitet, kann das ändern.

Ich liebe diese Frau und ich werde sie womöglich verlieren.

Ich halte sie in den Armen und drücke meine Lippen an ihre Stirn in der Hoffnung, dass sie zumindest etwas Trost aus meiner Umarmung zieht. „Was immer nötig ist, was immer ich geben muss, ich werde nicht ruhen, bis ich alles in meiner Macht Stehende getan habe, um einen Weg aus dieser Katastrophe zu finden.“

Das Herz möge mir helfen, eine Möglichkeit zu finden, sie auf die gleiche Weise zu beschützen, wie sie für mich da war.

5

*Talia*

Das Gras wogt um mich herum auf einer sonnenbeschienenen Wiese und vereinzelte Gänseblümchen schwanken in der Brise. Helle Funken treiben im Wind. Ich brauche einen Moment, um sie als Schneeflocken zu erkennen, die vom klaren Himmel fallen.

Das hier ist ein Traum. Das wird mir bewusst, als ich mich im Kreis drehe und die verschwommenen Empfindungen und den fehlenden Schmerz in meinem Fuß wahrnehme, obwohl ich meine Orthese nicht trage. Es ist ausnahmsweise einmal ein *guter* Traum, ohne fiese Zähne oder verspritztes Blut, nur ich und …

Meine Beine versteifen sich mitten in der Drehung. Ich weiche einen Schritt zurück und starre die Gestalt an, die hinter mir steht: der Unseelie-Erzlord, der die vergangenen Tage immer wieder in meinen Kopf eingedrungen ist.

Vielleicht ist das hier doch ein Albtraum.

Doch der Fae-Mann macht keine Anstalten, zu mir zu kommen, sondern betrachtet mich nur aus einer Entfernung von mehreren Schritten. Seine Haltung ist steif und förmlich, sein Gesicht wirkt jedoch eher besorgt als feindselig. Falls er wütend darüber ist, wie sehr ich ihn ausgeschlossen habe, lässt er es sich nicht anmerken.

Mein Herz hämmert gegen meine Rippen, doch es ist nur ein Traum. Er kann mir nicht wehtun. Also bleibe ich stehen und mustere ihn so, wie er mich betrachtet.

Seine bronzefarbene Haut ist so glatt wie in meiner Erinnerung und wird nur von den dunkleren Linien der Wahre-Namen-Tattoos durchbrochen, die sich von seinen Kieferknochen ausgehend über seinen Hals und auf seinen Handrücken ausbreiten. In dem blau-schwarzen Haar, das sich um seine Ohrenspitzen ringelt, ist keinerlei Grau zu sehen. Dennoch habe ich den Eindruck, dass er ein wenig älter ist, als ich angenommen habe, während er neben seinen imposanten Kollegen stand. Zumindest älter als August oder Erzlord Donovan, vielleicht eher in Sylas' Alter. Seine dunklen Augen wirken ernst und die Haltung seines Kiefers deutet auf eine gewisse Menge an Erfahrungen hin – und nicht alle diese Erfahrungen sind gut.

Er ist weniger formell angezogen als beim letzten Mal. Eine elfenbeinfarbene Hose und ein taillierter, taubengrauer Waffenrock mit silbernen Stickereien kleiden seine hochgewachsene, schlanke Gestalt, die weniger muskulös ist als die meiner wölfischen Männer, jedoch dezente Kraft ausstrahlt.

Er hat seine riesigen rabenähnlichen Flügel jetzt nicht ausgebreitet. Ich vermute, dass die Unseelie sie die meiste Zeit zurückhalten, so wie die Seelie ihre Fangzähne und Krallen, und sie nur enthüllen, um andere zu bedrohen oder einzuschüchtern.

So wie es typisch für Träume ist, weiß ich einfach, dass er

das hier auch träumt – dass wir in der Realität noch immer weit voneinander entfernt sind. Er ist erneut durch meine Lichtbarriere in meinen Verstand geschlüpft.

Meine Schultern spannen sich an. Ich schließe die Augen und zwinge mich, aufzuwachen, damit ich die Mauer wieder errichten kann, doch nichts geschieht. Der fallende Schnee kitzelt meine Arme mit winzigen Kältebissen. Die sommerliche Brise leckt über meine Haut und wärmt mich wieder.

„Talia", sagt der Unseelie-Mann leise. Seine Stimme ist kühl und so glatt wie seine bronzefarbene Haut. „Ich weiß, dass dich diese Verbindung erschreckt haben muss. Mich erschreckt sie auch. Doch das Band existiert. Wir können es nicht einfach ignorieren. Ich glaube, es würde uns guttun, darüber zu sprechen ... und zu schauen, was wir daraus machen können."

Ich ziehe abwehrend die Augenbrauen hoch. „Hast du diesen Traum in die Wege geleitet, weil ich dich nicht reinlasse, wenn ich wach bin?"

Er schüttelt kaum merklich den Kopf. „Ich habe auch nicht damit gerechnet, dich so zu treffen. Doch da uns das Band miteinander verbindet, ist es nicht überraschend, dass sogar einige unserer Träume miteinander verschmelzen."

Frust packt mich. Ich verschränke die Arme fest vor mir. „Ich will das hier nicht. Ich will *nichts* davon. Du hasst die Seelie. Ihr habt uns angegriffen – deine Leute haben meine Rudelkollegen *getötet*."

Der Mund des Fae-Mannes spannt sich an. „Ich ..." Er hält inne und sieht aus, als würde er sich eine finstere Miene verkneifen. „Du warst bei dem neuen Seelie-Erzlord – Sylas. Du gehörst zu seinem Rudel."

„Das tue ich." Es stimmt. Er muss nicht das ganze Ausmaß meiner Rolle in diesem Rudel oder unter den restlichen Seelie kennen. Wenn die Unseelie wüssten, wie wertvoll ich für ihre Feinde bin …

Ich schiebe diesem Gedanken erschaudernd einen Riegel vor. Was, wenn dieser Mann meine Gedanken genauso gut wahrnimmt wie das, was ich ausspreche?

Er lässt sich allerdings nicht anmerken, dass er meine Sorge bemerkt hat. „Wenn die Erzlords deinen Lord ausgewählt haben, um den zu ersetzen, den sie verloren haben, müssen sie ihm vertrauen. Hat er irgendetwas über eine Warnung gesagt, die sie erhalten haben?"

Mein Herz setzt aus. Sylas hat uns erzählt, dass die Erzlords eine Nachricht bekommen hatten, die von jemandem der Unseelie-Seite hinterlassen worden war und sie vor den Plänen der Rabengestaltwandler warnte, die während des Vollmonds angreifen wollten. Wer auch immer das tat, widersetzte sich damit seinen Herrschern, um uns zu helfen. Ob derjenige das jetzt bereut, da die Sommer-Fae die Unseelie-Krieger zurückschlagen konnten, tut dabei nichts zur Sache. Versucht dieser Erzlord herauszufinden, wer ihn verraten hat?

„Ich weiß nicht alles, was ihm die anderen Erzlords anvertraut haben", weiche ich aus.

„Nun … vielleicht kannst du mit ihm darüber sprechen und er kann es bestätigen. Ich stimme vielen der Taktiken, die meine Kollegen angewandt haben, nicht zu, aber meine Stimme ist nur eine von fünf. Zuzuschlagen, als ihr euch nicht verteidigen konntet …" Er schüttelt erneut den Kopf. „Ich konnte nicht zulassen, dass sich dein Volk dem nichtsahnend stellen muss."

Mein Kiefer klappt herunter. „*Du* hast die Nachricht hinterlassen?" Als die Worte bereits meinen Mund verlassen haben, wird mir bewusst, dass ich zugegeben habe, von ihrer Existenz zu wissen, doch ich bin zu schockiert. Dieser Mann, dieser *Erzlord*, hat uns vor seinen eigenen Leuten gewarnt?

Er neigt den Kopf. Ein Funke von etwas, was Schmerz sein könnte, schimmert in seinen Augen. „Das habe ich getan. Ich rechnete nicht damit, dass die Konsequenzen so katastrophal für unsere Leute sein würden, aber … sie wollten mir nicht zuhören, als ich mich gegen den Angriff aussprach. Es hätte so oder so zu viel Blutvergießen gegeben. Ich hasste es, die Folgen zu sehen, doch wir haben uns das selbst zuzuschreiben, weil wir so tief gesunken sind."

Während ich das verarbeite, kribbeln plötzlich Schuldgefühle in meinem Magen. All die schrecklichen Dinge, die ich über ihn gedacht habe, all die Annahmen, die ich aufgestellt habe … aber wie hätte ich es wissen können?

Meine Arme, die ich um mich geschlungen habe, lockern sich. „Dankeschön", muss ich einfach sagen.

Ein Muskel an seinem Kiefer zuckt und mir fällt auf, dass er mir soeben ein Geheimnis verraten hat, das seine gesamte Karriere beenden könnte, womöglich sogar sein Leben, wenn seine Erzlord-Kollegen davon erfahren. Allerdings ist es nicht so, als hätte ich eine Möglichkeit, es ihnen zu erzählen, noch hege ich den Wunsch, es zu tun. Er kennt mich allerdings noch nicht so gut.

Und dennoch hat er mir genug vertraut, um es mir zu sagen. Denn *mein* Vertrauen zu gewinnen, bedeutet ihm so viel.

„Du solltest offensichtlich sicherstellen, dass diese Information nicht meine Brüder erreicht", sagt er etwas steif. Ich glaube, er versucht, sich nicht anmerken zu lassen, in was für eine gefährliche Situation er sich, seiner Meinung nach, gebracht hat. „Es wäre zum Vorteil deines Volkes und meines, wenn ich mich weiterhin für eine friedlichere Lösung des aktuellen Konflikts einsetzen könnte."

„Natürlich." Ich öffne den Mund und schließe ihn wieder, da ich nicht weiß, was ich noch sagen soll. Selbst wenn er kein Monster ist, will ich nicht so an ihn gebunden sein. Kann er das nicht verstehen?

Nein, vermutlich kann er das nicht. Er wird sein ganzes Leben als reinblütiger Fae in dem Wissen geführt haben, dass er irgendwann seine seelenverbundene Gefährtin kennenlernen würde. Er war bereit für das hier, vielleicht hat er sich sogar darauf gefreut.

Was auch immer er sich ausgemalt hat, ich weiß, dass ich es unmöglich sein kann.

Er tritt einen Schritt näher und ich schaffe es, nicht zurückzuweichen. „Talia", beginnt er und Unbehagen überkommt mich, weil er meinen Namen so vertraut ausspricht, als hätte ich ihn ihm genannt und er ihn nicht aus meinem Bewusstsein gestohlen.

„Ich kenne nicht einmal *deinen* Namen", platzt es aus mir heraus.

Er blinzelt und wirkt kurz bestürzt, doch seine kühle Fassung kehrt einen Augenblick später zurück. „Corwin", antwortet er. „Corwin von Heart's Cadence. Ich entschuldige mich ... es ist ... merkwürdig, sich einander so nah zu fühlen, jedoch so wenig über den anderen zu wissen."

Kein Witz. Dass er diese Merkwürdigkeit zur Kenntnis nimmt, erlaubt mir jedoch, mich ein wenig zu entspannen. Ich teste den Klang seines Namens. „Corwin. Ja, es ist merkwürdig."

Eine andere Art von Licht flackert auf seinem Gesicht auf, etwas Hoffnungsvolles, wenn auch flüchtig. „Ich will dich nicht aus deinem Zuhause reißen. Ich will nicht ... ich will nicht, dass dieses unerwartete Band einen von uns verletzt. Aber kannst du sehen, dass es etwas Gutes für unsere beiden Völker sein könnte? Eine Chance, eine stärkere gemeinsame Basis zu finden, die Spannungen zu lindern — eine Brücke zwischen Sommer und Winter zu bauen, eine

Demonstration von Einigkeit. Ich denke, dass es einen Versuch wert ist."

Ein Kloß steigt in meiner Kehle auf. Bei ihm hört es sich so einfach an. Er hat keine Ahnung – es gibt *so viel* über mein Leben, was er nicht weiß.

Corwin tritt noch näher. „Ich schlage bloß vor, dass wir dem Ganzen eine faire Chance geben. Dass wir schauen, was sich daraus ergibt. Ich verstehe, dass Kompromisse eingegangen werden müssen, doch das ist nicht unmöglich."

Er hebt seine Hand, seine Finger streifen meinen Unterarm und ein Ruck an Empfindungen schießt wie ein Funkenregen durch meine Nerven. Ich ringe um Luft. Eine Hälfte von mir fühlt sich gezwungen, sich in seine Berührung zu neigen, die andere Hälfte wird von dem Drang gepackt, sich loszureißen.

Danach zu urteilen, dass sich Corwins Augen weiten, glaube ich, dass er genauso wenig darauf vorbereitet war. Emotionen, die nicht meine sind, kitzeln durch den Aufruhr, der in mir ansteigt: Ungewissheit und Entsetzen, allerdings auch ein Anflug von Freude.

Dieser letzte Eindruck bringt mich zu mir selbst zurück, zu dem Echo vergangener Freuden, die er in mir aufwühlt. Ich reiße meinen Arm los und stolpere rückwärts. Mein Herz hämmert jetzt wie wild.

„Ich kann nicht … Es ist nicht …" Ich atme schwer und kämpfe darum, meinen Protest in zusammenhängenden Worten vorzubringen. „Es geht nicht nur darum, dem hier eine Chance zu geben. Ich habe bereits … Es gibt hier Leute, die ich liebe. Ich will sie nicht verlassen. Ich sollte ihre Gefährtin werden …"

Ich verstumme, weil Corwin zusammenzuckt, was er nicht verbergen kann. Einen Augenblick später erlangt er die Beherrschung über seine Gesichtszüge, doch es ist zu viel – der Schmerz, den ihm mein Geständnis bereitet hat, hallt durch mich hindurch, die Tatsache, dass wir so sehr miteinander verbunden sind, dass wir dieses Gespräch überhaupt führen. Angetrieben von Instinkt und Panik wirble ich herum und renne von ihm weg …

… und wache mit stockendem Atem in meinem Zimmer in Hearthshire auf.

Hier bin ich auch nicht allein, doch wenigstens ist meine aktuelle Gesellschaft viel erwünschter. Als ich mich aufsetze, die Decke über meinen Beinen umklammere und mit einer Hand über meine Augen reibe, erhebt sich Sylas von dem Sessel, der gegenüber von meinem Bett steht. Sylas' riesiger Körper ist sogar in dem fahlen Mondlicht zu erkennen, welches die einzige Lichtquelle im Raum ist.

„Bist du in Ordnung?", fragt er. „Du klangst nicht gequält, aber du hast im Schlaf geredet. Ich habe auf dich aufgepasst für den Fall, dass dich einer deiner Albträume packen würde."

„Ich …" Ich unterbreche mich, denn ich weiß nicht, wie ich erklären soll, was gerade passiert ist, während sich meine Gedanken noch im Kreis drehen. Indem ich in mich greife, beschwöre ich noch ein Lichtschild herauf, um meine Verbindung zu Corwin zu blockieren. Ich spüre jetzt nichts von ihm – vielleicht schläft er noch – doch obgleich ich ihn weniger furchterregend als zuvor finde, will ich nicht, dass er einen Einblick in meine Gedanken oder meine Gespräche erhält.

„Wann bist du vom Herzen zurückgekehrt?", frage ich stattdessen. Whitt hat mich auf Befehl des Fae-Lords zurück nach Hearthshire gebracht. Wir waren alle der Meinung, dass ich mich in einer vertrauten Umgebung sicherer fühlen würde als in den unfertigen Zimmern der Burg, die noch gebaut wird. Sylas muss natürlich seinen neuen Pflichten als Erzlord nachgehen. Meine Situation hat diesen Übergang bereits zur Genüge gestört.

„Vor ungefähr einer Stunde", antwortet er, was, nach dem dunklen Himmel hinter meinem Fenster zu urteilen, bedeutet, dass er in der Nacht gereist ist. „Sobald es angebracht war, zu gehen. Whitt sagte, dass sich euer Abenteuer nicht als so hilfreich erwiesen hat, wie wir gehofft haben."

Ein gebrochenes Lachen kommt über meine Lippen. Nein, das war es nicht. Überhaupt nicht. Daran zu denken, sorgt jedoch dafür, dass meine Augen erneut brennen. Ich befürchte, wenn ich versuche, viel darüber zu sagen, werde ich wieder in Tränen ausbrechen. Es ist schon schlimm genug, dass ich vor Whitt zusammengebrochen bin. Ich muss mich besser zusammenreißen.

Ich bin *stärker*. Ich weiß, dass ich es bin, auch wenn ich mich hilflos fühlte, nachdem ich gehört hatte, was diese verstörende Fae-Frau über das Brechen eines Seelenbandes zu sagen hatte. Zudem beruhigt mich mein Gespräch mit Corwin in dem gemeinsamen Traum, nachdem ich alles verarbeitet habe, was er mir anvertraut hat.

Ich strecke meine Hand nach Sylas aus, woraufhin er neben mir aufs Bett sinkt und seine Arme öffnet, sodass ich mich in seine Umarmung kuscheln kann. Ich lehne meinen Kopf an seine harte Brust und sauge seine Wärme und seinen rauchigen, erdigen Duft in mich auf. Die Worte suchen sich einen Weg meine Kehle hinauf.

„Ich hatte einen Traum zusammen mit dem Unseelie-Erzlord. Er hat auch geträumt. Wir haben uns ein wenig unterhalten."

Sylas umarmt mich fester. „Falls er dich auf irgendeine Weise bedroht hat …"

„Nein. Er war tatsächlich sehr … nett. Es war ihm wichtig, dass wir miteinander reden, aber er hat nicht versucht, mich zu irgendetwas anderem zu drängen." Ich halte inne. „Er wusste von der Nachricht, in der die Erzlords vor dem Vollmond-Angriff gewarnt wurden. Er sagte, dass er derjenige war, der sie hinterlassen hat. Dass er versucht hat, die anderen Unseelie-Erzlords dazu zu überreden, das Kämpfen einzustellen. Es klang, als würde er die Wahrheit sagen. Ich meine, ansonsten hätte er nicht von der Nachricht gewusst, oder?"

Sylas summt und ein Grollen vibriert durch seine Brust in mich. „Falls sie denjenigen erwischt haben, der sie verraten hat, haben sie vielleicht davon erfahren. Er könnte dieses Wissen nutzen, um dich dazu zu bringen, ihm zu vertrauen. Hat er es auf eine Weise formuliert, die nur *angedeutet* hat, dass er die Nachricht geschickt hat, oder hat er es offen zugegeben?"

Seine Stimme bleibt sanft und er spricht die Möglichkeit nur an, anstatt darauf zu bestehen. Ich erinnere mich an den Traum. Die Einzelheiten werden bereits diffus, doch nichts an Corwins Auftreten machte auf mich den Eindruck einer Täuschung. Er war nervös und bemühte sich, zu verbergen, wie nervös er war, als er dieses Geständnis ablegte.

Und Fae vermeiden es, zu lügen, vor allem wenn sie sich in der Nähe des Herzens befinden. Anscheinend kann es ihre Verbindung zur Magie des Herzens beschädigen, wenn sie die Unwahrheit sagen. Corwin sagte nicht mit Worten, dass er die Nachricht hinterlassen hatte – ich las zwischen den Zeilen – doch er bestätigte es offen und erzählte noch viele andere Dinge. Er gab beispielsweise zu, dass er nicht damit einverstanden ist, wie die anderen Erzlords mit dem Konflikt umgehen.

„Ich glaube ihm", sage ich. „Ich könnte mich irren, aber ... alles daran fühlte sich wahr an."

„Ich schätze, es ist immerhin ein Trost, zu wissen, dass derjenige, an den du gebunden bist, uns gegenüber weniger feindselige Absichten hegt als viele seiner Brüder. Hat er noch etwas gesagt?"

„Er hat mir seinen Namen verraten – Corwin. Und dass er möchte, dass wir versuchen, zu schauen, wohin uns das Band führen könnte. Er denkt, dass es eine Möglichkeit sein könnte, die Kämpfe zu beenden und eine Art Brücke zwischen den Sommer- und Winter-Fae zu erschaffen."

Sylas lehnt sein Kinn an meine Schläfe. „Und was hältst du davon?"

Ich verziehe das Gesicht. „Ich weiß es nicht. Es ist eine schöne Idee. Aber … ich bin hier glücklich. Ich will das hier nicht aufgeben. Ich will *euch* nicht aufgeben." Ich zögere und verziehe erneut das Gesicht. „Das habe ich ihm auch gesagt. Dass ich jemanden – oder jemande – habe, die ich bereits als Gefährten nehmen möchte. Es hat ihm definitiv nicht gefallen, das zu hören. Dann bin ich aufgewacht."

„Hast du irgendetwas darüber gesagt, was du für die restlichen Sommer-Fae bedeutest?"

Ich schüttle den Kopf. „Ich habe nichts in Bezug auf den Fluch erwähnt. Ich habe mich bemüht, nicht einmal daran zu denken. Er schien keine Ahnung zu haben." Doch das ist eine weitere Komplikation.

Sylas schweigt eine Weile und hält mich einfach nur in den Armen. Sein Daumen zeichnet eine geschwungene Linie meinen Arm von der Schulter zum Ellenbogen hoch und runter. „Mir gefällt nichts davon", verkündet er schließlich. „Ich hasse es, dass du in dieser Situation bist, und ich hasse es, dass ich keine Möglichkeit gefunden habe, dich dort rauszuholen. Was auch immer du entscheidest, wird deine Entscheidung sein. Daran halte ich mich nach wie vor, auch wenn es dich von mir wegführt."

Die Rauheit in seiner Stimme veranlasst mich dazu, den Kopf zu heben. Er klingt, als würde er erwarten, dass ich gehe, obwohl ich ihm gerade erklärt habe, dass ich das nicht will. „Ist bei deinem Treffen mit den Erzlords etwas passiert? Denkst du, dass ich hier in größerer Gefahr bin?" Das ist der einzige Grund, der mir dafür einfällt, aus dem er auch nur andeuten würde, dass ich gehen sollte.

„Nein. Ich …" Er schnaubt angespannt. „Ich weiß nicht, ob ich dir das erzählen soll. Ich habe dieses Wissen für mich behalten, um dich nicht zu beeinflussen. Aber ich will auch nichts vor dir geheim halten." Er weicht so weit zurück, dass ich sein Gesicht sehen kann. „Du hast nie gefragt, wie ich meine Narbe erhalten habe."

Ich bin mir sicher, dass er noch andere hat, es ist jedoch eindeutig, dass er von der sichtbarsten spricht, die sein geisterhaftes Auge durchschneidet. Ich habe mich viele Male gefragt, wie er sie erhalten hat, aber … „Es schien eine sehr persönliche Frage zu sein."

Er gluckst mit einem Hauch echter Emotionen trotz seiner nach wie vor ernsten Miene. „Ich weiß nicht, ob wir noch viel persönlicher werden können, als wir es bereits getan haben, meine Liebste."

Diese letzten zwei Worte lösen ein Flattern in meiner Brust aus, obwohl er die Tiefe seiner Zuneigung bereits in der Nacht seiner Krönung verkündet hat. Es fällt mir immer noch schwer, zu glauben, dass dieser mächtige, magische Mann *mich* liebt.

Ich drücke seinen Arm, der um mich geschlungen ist. „Wie hast du sie erhalten?"

Sylas ungleicher Blick wendet sich von mir ab und richtet sich in die Ferne. „Als ich das war, was ein Mensch als Teenager bezeichnen würde, und ich noch meinen Platz im Revier meines Vaters suchte, setzte es sich eine kleine Gruppe Murk in den Kopf, den Wachen entlang unserer Grenzen Ärger zu machen. Ich meldete mich freiwillig, mich um die Murk zu kümmern. Ich hatte meine Fähigkeiten und, wie mühelos ein Rattenrudel überwältigt werden kann, ein wenig … überschätzt. Ich spürte ihre Höhle auf und griff sie allein an."

Mit dem Finger fahre ich die blasse, zackige Linie nach, die seine Wange zeichnet. „Und sie haben dir das hier angetan?" Ich bin noch keinem der Rattenwandler-Fae begegnet, die die Murk genannt werden. Doch danach zu urteilen, wie die Seelie über sie reden, misstrauen sie ihnen noch mehr als den Unseelie. Die Winter-Fae sehen sie immerhin als Ebenbürtige, wenn auch als Feinde. Über die Fae, die kein eigenes Reich haben und an den Rändern dieser Welt und der der Menschen lungern, sprechen sie voller Abscheu und Feindseligkeit.

„Sie haben mich beinahe getötet. Drei von ihnen tötete ich recht schnell, doch die Vierte besaß mehr Magie, als ich erwartet hatte. Sie schleuderte mir einen Fluch entgegen, der mich getötet hätte, wenn es mir nicht gelungen wäre, ihn in der letzten Sekunde abzuwehren. Er erwischte die Seite meines Gesichts, anstatt sich direkt in mein Gehirn zu graben."

Ich erschaudere. „Das ist schrecklich."

„Es war meine eigene Schuld, weil ich zu arrogant war." Er neigt den Kopf, um seine Nase an meiner Schläfe zu reiben. „Aber was auch immer der Zauber mit meinem Verstand angerichtet hätte, er hatte eine eigenartige Wirkung auf mein Auge. Ich kann damit nicht auf die herkömmliche Weise sehen – in diesem Sinn ist es im Grunde genommen tot. Doch ab und zu zeigt es mir kurz Bilder aus der Vergangenheit oder Zukunft oder Andeutungen auf eine Reaktion, die sich jemand verkneift. Manchmal sind es wahrheitsgetreue Bilder, manchmal zeigen sie nur den Kern einer Situation. Es kann gelegentlich nützlich sein, doch häufig weiß ich nicht, wann oder wie ich diese Eindrücke nutzen soll."

Meine Gedanken wandern zurück zu den Bemerkungen, die uns zu dieser Geschichte geführt haben. „Hat es dir heute etwas gezeigt?"

„Ja." Er atmet langsam ein. „Als ich die Bastion nach meinem letzten Treffen mit den Erzlords verließ, erhaschte ich einen Blick auf dich, wie du direkt beim Herzen zur Grenze liefst, als würdest du sie überqueren."

Mein Magen verkrampft sich. „Und das kann nicht aus der Vergangenheit sein, weil ich die Grenze noch nie überquert habe."

„Genau." Er dreht mich zu sich um. „Ich weiß nicht, wie weit in der Zukunft dieses Bild liegt, wozu es führt oder ob es unvermeidbar ist. Triff aufgrund dessen keine Entscheidungen." Sein Tonfall wird vehement und es schleicht sich ein Knurren in seine Stimme. „Solange du hierbleiben willst, werde ich mit jeder Faser meines Wesens um dich kämpfen."

Eine antwortende Emotion flutet meine Brust. Ich packe sein Hemd und vergrabe mein Gesicht an seinem Hals. „Ich liebe dich."

Ich wünschte, diese Antwort würde reichen. Vor nicht allzu langer Zeit dachte ich, die Tatsache, dass sie meine Gefühle niemals so heftig erwidern würden, sei das Einzige, was meinem Zusammensein mit den Männern von Hearthshire im Weg stünde. Jetzt …

Jetzt bin ich mir nicht mehr so sicher, dass die Liebe eines Fae-Lords reichen wird, um mich vor dem zu retten, was uns erwartet.

*Sylas*

Die Bastion des Herzens zu betreten, erfüllte mich früher mit Staunen. Bis zu einem gewissen Grad tun das die Sandsteinmauern mit ihren leuchtenden Goldadern noch immer, die im Takt mit der Energie pulsieren, die das Herz aussendet. Doch während ich aufgrund eines drängenden Rufs der zwei Erzlords, die nun meine Kollegen sind, durch die Gänge zur zentralen Versammlungskammer marschiere, wird dieses Staunen von einem sinkenden Gefühl des Grauens gedämpft.

Dieser Tage lässt das Gewicht meiner sich vervielfachenden Herausforderungen und Verantwortungen nicht viel Platz für Staunen.

Celia und Donovan sind neben Celias Thron in ein leises Gespräch vertieft. Einige ihrer Kader-Gewählten stehen in einem respektvollen Abstand von ihnen. Da August in Hearthshire stationiert ist, um auf Talia aufzupassen, und

Whitt weitere Nachforschungen anstellt, habe ich nur Astrid mitgebracht – eine treue Kriegerin, jedoch nicht offiziell genug, um während der Diskussion im Raum erlaubt zu werden, die wir gleich führen werden.

Ich mache eine knappe Geste und sie bleibt ohne ein Wort des Protests stehen, um im Eingang zu warten für den Fall, dass ich sie brauche. Als meine Erzlord-Kollegen aufschauen und meine Schritte zu ihnen verfolgen, spüre ich meine fehlende Unterstützung in Form eines Kribbelns in meinem Nacken.

Das ist das Risiko, das man eingeht, wenn man allein loszieht, um sein eigenes Rudel zu gründen, anstatt daheimzubleiben und das der Eltern zu übernehmen. Wenn man das Rudel aufteilt, hat man ein viel Kleineres, als man andernfalls gehabt hätte. Hearthshire wuchs in den ersten Jahrzehnten stetig, die Verbannung reduzierte unsere Anzahl allerdings so stark, dass wir nun weniger Mitglieder haben als nach der Rudelgründung. Und ich konnte es nicht rechtfertigen, eines meiner Rudelmitglieder zu bitten, eine so schwerwiegende Verpflichtung als Mitglied meines Kaders einzugehen, nachdem ich nicht in der Lage gewesen war, an unserem Zuhause festzuhalten.

Etwas, was ich ändern muss ... wenn ich nicht mehr ganz so viele andere drängende Sorgen im Kopf habe.

Celia und Donovan drehen sich zu mir um, als ich sie erreiche. Es lässt sich mühelos erkennen, dass es schlechte Neuigkeiten gibt. Trotz ihres fortgeschrittenen Alters mangelte es Celia nie an Energie, doch heute sieht ihr dunkles Gesicht müde aus. Donovans Mund neigt sich nach unten. Er fährt sich mit einer Hand und einem Ruck seines Arms durch seine flammenähnlichen Haare.

„Gibt es neue Probleme?", frage ich und zügle den Drang, ein frustriertes *Was jetzt?* hinzuzufügen.

Celia nimmt mit ihrem gertenschlanken Körper eine

noch geradere Haltung ein. „Wir haben eine Nachricht von den Unseelie-Erzlords erhalten. Sie drohen mit einem Angriff auf eine unserer Ländereien."

Ich blinzle. Die Aussage ist so verblüffend, dass ich einen Augenblick brauche, um die Fassung wiederzuerlangen. „Auf eine *unserer* Ländereien – um das Herz herum? Sie hatten Schwierigkeiten, uns an einer Stelle an der Grenze anzugreifen, die sie überqueren konnten, ohne den Schwur des Herzens abzulegen."

„Sie behaupten, dass es ihnen die Umstände erlauben werden, die Grenze ohne den Schwur zu überqueren", erwidert der jüngere Erzlord mit angespannter Stimme. „Dass es eine Missachtung des Herzens ist, einen ihrer Fae von seiner seelenverbundenen Gefährtin fernzuhalten. Und dass das Herz ihnen die Überquerung der Grenze erlauben wird, damit sie diesen Verstoß korrigieren können."

Jeder Muskel in meinem Körper spannt sich an. Es stimmt – es gibt ein winziges Schlupfloch in dem Zauber, den die Sommer- und Winter-Fae vor vielen Jahrhunderten gemeinsam erschaffen haben. Wenn wir ein schwerwiegendes Verbrechen gegen den Willen des Herzens begangen haben, wird es ihre Krieger hindurchlassen, ohne dass sie ihren Schwur ablegen müssen, niemandem ein Leid zuzufügen. Wir könnten uns noch verteidigen – es mangelt uns immerhin nicht an Kriegern – aber die Vorstellung, wie sie die heiligen Lande hier plündern, sorgt dafür, dass meine Fangzähne ausfahren.

„Wir haben Talia nicht von ihnen *ferngehalten*", widerspreche ich. „Sie hat ihren eigenen Kopf – sie will nicht zu ihm gehen."

Celia seufzt. „Und wir wollen auch nicht, dass sie geht angesichts ihrer Rolle bei der Abwehr unseres Fluchs. Die ganze Situation ist unfassbar. Bist du dir absolut sicher, dass es ein Seelenband ist und nicht irgendeine schreckliche Magie, mit der sie das Mädchen belegt haben?"

Natürlich denkt sie nur daran, was Talia uns aufgrund ihres Blutes anbieten kann. Andererseits ist das der Grund dafür, dass ich meinen Kollegen nicht von meiner Absicht erzählt habe, die Frau, die ich liebe, zur Gefährtin zu nehmen. Bis ich das tun *kann*, wird es nur eine weitere Komplikation darstellen, etwas anzusprechen, was höchstwahrscheinlich zu einem Streit ausarten wird.

Ich hätte ihnen am liebsten nicht einmal von ihrem Seelenband erzählt, doch nachdem unsere ersten Versuche, dieses Problem zu lösen, fehlgeschlagen waren, konnte ich ihnen diese Information nicht länger verschweigen.

Ich deute zum Herzen. „Die Unseelie können nicht behaupten, dass wir seine seelenverbundene Gefährtin von ihm fernhalten, wenn das nicht der Fall ist. *Das* wäre ein gewaltiger Verstoß gegen das Herz – könnt ihr euch die Konsequenzen einer so großen Lüge vorstellen?"

Donovan reibt sich über sein schmales Kinn. „Und du hast noch keine Erklärung dafür gefunden, wie das einem Menschen passieren konnte oder ob es rückgängig gemacht werden kann?"

Ich verziehe das Gesicht. „Unsere Bemühungen haben nur wenig Ergebnisse hervorgebracht. Die einzige mögliche Lösung, die wir bisher gefunden haben, erfordert, dass die Bindung vollzogen wird, und das Brechen des Bandes könnte Talia töten. Denkt ihr wirklich, dass das Herz ihnen erlauben wird, uns anzugreifen, wenn die Wahl bei ihr liegt?"

Celia wirft mir einen nachdenklichen Blick zu. „Seelenbande sind eines der größten Geschenke des Herzens. Eines abzulehnen ... Ich weiß nicht, wie die Sache ablaufen würde. Sie trifft die Entscheidung nicht komplett für sich, oder? Es fällt mir schwer, zu glauben, dass dein Kader-

Gewählter, der so vernarrt in sie ist, sie in dieser Sache nicht beeinflusst hat."

Es *ist* unmöglich, zu wissen, wie genau das Herz auf diese Umstände reagieren wird. Keiner von uns hätte je geglaubt, dass es ein Band zwischen Fae gegensätzlicher Jahreszeiten erschaffen würde, geschweige denn, dass es einem Menschen eines schenken würde. Die Unseelie werden womöglich einen Angriff wagen und von uns zurückgeschlagen werden – oder sie fallen über uns her wie in jener Vollmondnacht vor mehreren Wochen.

Wir könnten uns nicht in eine Verteidigungsstellung zurückziehen und neuformieren. Wir wären in einem nicht endenden Kampf bis zum Tod gefangen, bis eine der Seiten gewinnen würde. Wenn wir diese Ländereien verlieren, wird unsere Verbindung zum Herzen schwächer werden und unsere Magie mit ihr. Wenn die Unseelie hier erst einmal Fuß gefasst haben, können wir unsere Ländereien womöglich nie wieder zurückerobern.

Doch *Talia* zu verlieren … Ich muss mir ein widerspenstiges Knurren verkneifen. Zorn vibriert bei diesem Gedanken durch jeden Nerv in meinem Körper.

Ich zügele mein Temperament, auch wenn es mir nicht ganz gelingt, die Schärfe aus meiner Stimme fernzuhalten. „Was schlägst du dann vor? Du kannst doch nicht vorhaben, unser einziges Mittel zur Kontrolle des Fluchs aufzugeben. Vor allem nicht, wenn sie bei uns bleiben *will*."

„Du bist ein geschickter Verhandlungsführer, Sylas", erwidert Celia ruhig. „Das haben wir gesehen, als du deinen Appell an uns gerichtet hast, ihre Position in deinem Rudel zu schützen. Wenn sie kurze Zeit mit ihrem Gefährten verbringt und das Band ablehnt, ohne dass wir sie beeinflussen, dann ist ihr Wille in dieser Sache unleugbar. Ich schlage vor, wir lassen sie durch ihre gemeinsame Verbindung die Vorkehrungen treffen, die du brauchst, um ihre

Sicherheit und Rückkehr zu uns zu sichern, sollte sie das wollen – und um unsere Geheimnisse zu wahren."

Dafür könnte ich vermutlich mit ein oder zwei Schwüren sorgen, die das Versprechen untermauern. Mein Herz begehrt allerdings gegen diese Idee auf. Ich schließe kurz den Mund, damit die Wut, die in mir brennt, nicht stattdessen von meiner Zunge auf meine Kollegen übergeht und sie versengt.

Celia hat recht. Ich weiß, dass sie recht hat, auch wenn ich diese Tatsache verabscheue. Und als ich die Rolle als Erzlord annahm, verpflichtete ich mich meinem Volk – allen Seelie – noch stärker als zuvor.

Entweder versage ich als zukünftiger Gefährte oder als Anführer meines Volkes. Eine Entscheidung verletzt schlimmstenfalls vier von uns, die andere tausende. Mögen die Maden diese Raben-Mistkerle fressen.

„Ich werde es ihr vorschlagen", sage ich. „Ich werde sie nicht zwingen." Doch ich weiß bereits, wie sie antworten wird, wenn sie von dem möglichen Desaster erfährt, das uns droht, oder?

Talia sollte wissen, mit was für einem Typ Mann sie es auf der anderen Seite zu tun bekommen wird. Mein Blick huscht zwischen meinen Erzlord-Kollegen hin und her. „Kam die Drohung von ihrem Gefährten – demjenigen namens Corwin?" Falls er denkt, er kann gestern Nacht in ihren Träumen um Frieden bitten, und weniger als zwölf Stunden später einen Krieg ausrufen …

Donovan schüttelt jedoch den Kopf. „Sie kam von der Frau, die am Abend deiner Krönung für die Unseelie sprach – diejenige, die die meiste Autorität zu besitzen schien, wenn auch nicht das höchste Dienstalter – Laoni?"

Dann lässt sich nicht sagen, wie stark Corwin in diese Angelegenheit involviert war. „Und du stimmst Celias Vorschlag zu?"

Der jüngere Erzlord war außerhalb meines Rudels mein größter Verbündeter. Er hat meine Rückkehr nach Hearthshire rückhaltlos unterstützt und mich ins Vertrauen gezogen, als er von meinem Vorgänger angegriffen wurde. Außerdem hat er mich als Ambrose' Ersatz vorgeschlagen. Seine gequälte Miene verrät mir, dass er besser als Celia weiß, wie viel mir das bedeutet. Doch er neigt den Kopf und stimmt zu.

Ich kann es ihm nicht einmal verübeln.

Ich zwinge meine Hände, sich zu lockern, damit ich einigermaßen selbstbeherrscht wirke. „In Ordnung. Ich werde darüber nachdenken und mit Talia sprechen. Informiert die Unseelie, dass die betroffene Gefährtin *selbstständig* eine Entscheidung in dieser Sache trifft und dass es ein Verstoß gegen das Herz wäre, die Akzeptanz des Seelenbandes zu erzwingen."

Als ich zurück in den Gang marschiere, halte ich meinen Zorn im Zaum, allerdings nur unter größten Anstrengungen. Astrid läuft neben mir her, ist jedoch so wachsam, dass sie meine Stimmung bemerkt und schweigt.

Die Sonnenstrahlen fühlen sich wie eine Beleidigung für den Aufruhr in mir an. Ich wende mich an Astrid. „Whitt hat die Bibliothek in Blossom-by-the-Heart benutzt. Such ihn und informiere ihn darüber, dass ich möchte, dass er jede noch so unbedeutende Einzelheit prüfen soll, die er über Schwüre finden kann, vor allem über welche, die in Verbindung zu den Unseelie stehen."

Sie nickt. „Kann ich Ihnen danach auf irgendeine andere Art behilflich sein, mein Lord?"

*Kannst du die Zeit zurückdrehen, sodass ich erst gar nicht Erzlord werde?* Ich knirsche mit den Zähnen, denn ich weiß, dass es nichts bringen würde, selbst wenn so etwas möglich wäre und ich tatsächlich darum bitten würde. Ich wüsste immer noch, was ich meinem Volk schuldig war, Titel hin oder her.

Sollte doch alles zu Staub zerfallen!

Ich nicke zur Grenze. „Halte am Herzen nach dem geringsten Anzeichen für ein Eindringen der Unseelie Ausschau, egal wie unschuldig es wirkt. Erstatte mir Bericht, falls du irgendetwas siehst."

Sie grinst angespannt, jedoch entschlossen und lässt ihre Fangzähne aufblitzen. „Wenn sie mehr als einen Schnabel zeigen, werde ich ihnen gerne auch die fedrigen Köpfe abreißen."

Ich beobachte, wie sie loszieht, und marschiere zu der halb erbauten Burg in meinem neuen Revier. Sie hat so gute Arbeit geleistet, diese treue Kriegerin, die mir so weit gefolgt ist und Talia beschützt hat, wenn ich nicht bei ihr sein konnte.

Sie hat sie so gut geschützt, wie es letztendlich jeder von uns tun konnte.

Die Rudelmitglieder, die die wahren Namen beherrschen, die gebraucht werden, um die Burg und ihre Möbelstücke zu bauen, sind um eine der Außenecken versammelt und beschwören den gigantischen Baumstamm dort, die Form eines Ballsaals anzunehmen. Als würden wir bald irgendetwas zum Feiern haben.

Ich schlucke mein Knurren und scheuche sie fort. „Nehmt euch ein oder zwei Stunden. Geht laufen, wenn ihr das Gefühl habt, ihr braucht es."

Sie zerstreuen sich ohne Proteste. Ich hebe ein heruntergefallenes Blatt auf und raune ihm einige Silben zu, die es auf den Weg nach Hearthshire schicken werden. Wenn es August erreicht, weiß er, dass es sein Signal ist, Talia herzubringen.

Er wird nur nicht wissen, weshalb er sie herbringt.

Der Zorn, den ich so gewaltsam verdrängt habe, flammt

trotz meiner besten Absichten in mir auf. Krallen sprießen aus meinen Fingerspitzen. Mein Kiefer schmerzt, weil er sich dehnen will.

Mich an den letzten Rest meiner Selbstbeherrschung klammernd, marschiere ich in die Burg und die Treppe hinab zu dem fast fertiggestellten Trainingsraum im Keller, wo die Wahrscheinlichkeit am geringsten ist, dass andere mich hören. Als meine Ferse die Tür mit einem Knall zutritt, explodiert mein Wolf aus mir.

Das Tier, zu dem ich geworden bin, schlägt in alle Richtungen um sich. Ich springe gegen die Wände und kratze mit den voll ausgefahrenen Krallen über das Holz mit einem Kratzen, das nicht annähernd befriedigend ist. Ein ersticktes Heulen entreißt sich meiner Kehle. Meine Muskeln spannen sich an und schleudern mich mal hier hin, mal dorthin. Meine Fangzähne schließen sich um die Luft und meine Lunge schmerzt von dem unaufhörlichen Knurren. Mein Bewusstsein verengt sich zu einem Schleier des Zorns.

Der Zorn dehnt sich immer weiter aus, während mein Körper darum kämpft, eine Erlösung zu finden, die ich nicht erreichen kann, bis eine sanfte, leise Stimme meine Wut durchbricht.

„Sylas.“

Meine Schulter kracht gegen eine der Wände. Ich wirble keuchend und mit pochenden Krallen herum und sehe Whitt neben der nun geöffneten Tür stehen. Er erwidert meinen Blick. Sein Gesichtsausdruck ist mitfühlend, seine Haltung jedoch unsicher, wie sie das fast immer ist seit unserer Konfrontation bezüglich Isleens Verbrechen an ihm.

Meine Sinne konzentrieren sich wieder auf den Raum, in dem ich mich befinde. Kratzspuren zeichnen die Wände. Das Moospolster auf dem Boden ist zerfetzt und in alle Richtungen verstreut. Die Stange, die an der gegenüberliegenden Wand angebracht wurde, ist in der Mitte zerbrochen und die zackigen Enden weisen Bissspuren auf.

Scham durchfährt mich. Ich habe meinen wildesten Emotionen nicht mehr erlaubt, mich so zu beherrschen seit … möglicherweise noch nie. Sogar als Isleen mich verriet, sogar als wir verbannt wurden, brodelte es nur in mir und ich drehte ab und zu kurz durch, doch ich bewahrte die Fassung, die mein Rudel von seinem Lord braucht.

Ich komme nicht umhin, an den Tag zu denken, an dem ich August vor einer Ewigkeit auf einer Lichtung im Wald in der Nähe der Burg in Thundervale fand, wo er seine Wut auf unseren Vater und seinen Kummer über den Tod seiner Mutter an jedem Baum und Busch in seiner Nähe ausließ.

Damals war er kaum mehr als ein Kind. Ich bin ein erwachsener Mann und über drei Jahrhunderte alt. Ich bin ein verdammter *Erzlord*.

Whitts Haltung wirkt noch immer angespannt, seine Stimme klingt jedoch typisch sarkastisch. „Auch wenn ich mir sicher bin, dass dich dein Ehrgefühl dazu zwingt, schlage ich vor, dass du dich nicht annähernd so schlimm fertigmachst wie diesen Raum. Das Holz kann repariert werden. Ich würde sagen, es steht uns mindestens ein guter Wutanfall pro Jahrhundert zu, und ich vermute, du hast sie gehortet.“

Ich bemerke in seinem Tonfall, der auf seine frisch-fröhliche Art lässig und ruhig ist, nicht das kleinste Urteil. Er durchbricht die angespannte Situation, indem er einen Witz daraus macht, wie er es in der Vergangenheit so viele Male zu unseren Gunsten getan hat. Als ich meinen Wolf zurückrufe und mich aufrichte, trifft mich ein eigenartiger Schmerz, der sich beinahe wie Heimweh anfühlt, als hätte ich etwas vermisst, ihn vermisst, obwohl er nicht länger als einen Tag weg war.

Ich vermisse die Leichtigkeit, mit der ich ihm früher

vertraute – und meine Überzeugung, dass er mir auf die gleiche Weise vertraute. Als ich ihn jetzt anschaue, stelle ich fest, dass ich wegen der Vergangenheit keine Wut mehr verspüre. Nur das Loch der Trauer in meinem Bauch ist noch übrig.

Doch vielleicht habe ich ein wenig Kontrolle darüber, ob dieses Loch wieder gefüllt wird.

„Dankeschön", bedanke ich mich bei ihm. „Ich …" Ich betrachte noch einmal den Raum und zucke innerlich zusammen.

„Denk dir nichts dabei", erwidert Whitt so schlagfertig wie zuvor, aber dann verdüstert sich seine Miene. „Auch wenn es mir davor graut, es zu hören, solltest du mir besser erzählen, was dich in diesen Zustand versetzt hat – und was es mit Unseelie-Schwüren zu tun hat."

Da ich nicht inmitten der Folgen meines Wutanfalls stehen will, während wir dessen Grund besprechen, winke ich ihn durch den Gang. Meine Sammlung alberner Menschenfilme und Augusts Videospiele wurden noch nicht von Hearthshire hierhergebracht, doch der zukünftige Unterhaltungsraum verfügt über ein Sofa. Ich sinke auf ein Ende des Sofas. Whitt zögert am anderen Ende, bevor er sich neben mich fallen lässt.

Es macht keinen Sinn, um den heißen Brei herumzureden, vor allem nicht bei meinem älteren Bruder. „Die Unseelie-Erzlords haben gedroht, unsere Ländereien am Herzen anzugreifen, wenn wir Talia nicht ihrem seelenverbundenen Gefährten ausliefern. Meine Kollegen machen sich Sorgen, dass das Herz zu Gunsten der Unseelie entscheiden und ihnen freien Durchgang gewähren wird. Sie wollen, dass wir Talia so lange zu ihm schicken, dass deutlich wird, dass sie ihre Entscheidung selbst trifft, wenn sie geht."

*Falls* sie geht. Diese mögliche Formulierung bleibt mir in der Kehle stecken. Ich weiß aus eigener Erfahrung, wie intensiv und verlockend die Intimität eines Seelenbandes sein kann. Obgleich ich es hasse, das zuzugeben, hat der verfluchte Rabe einen berechtigteren Anspruch auf Talia als einer von uns.

Womöglich will sie gar nicht zu uns zurückkehren.

Falls er wirklich gegen sein Volk vorgegangen ist, um uns zu schützen, ist er eventuell gar nicht der Schurke, als den ich ihn gerne sehen würde. Sie zu ihm gehen zu lassen, könnte nicht nur im besten Interesse meiner Seelie-Brüder sein, sondern auch in Talias. Falls das Herz sie mit einer solchen Verbindung zu einem Lord gesegnet hat, der sich als würdig herausstellt, wie kann ich ihr das verwehren?

Whitt lässt eine ganze Reihe einfallsreicher Flüche vom Stapel und sackt dann auf dem Sofa zusammen. Kurz habe ich Angst, dass er mich anprangern wird, weil ich ihren Vorschlag in Erwägung ziehe, obwohl er es bei meinem Wutanfall nicht getan hat.

Er ist jedoch aus gutem Grund mein Spionagechef und Stratege. Sein flinkes Gehirn geht die Faktoren vermutlich schneller durch als meines.

„Wir werden dieses räudige Federhirn an so viele Schwüre binden, dass er kaum atmen kann, ohne es zu überprüfen", verkündet er. „Wir werden sicherstellen, dass sie zurückkommt. Sie *wird* zurückkommen – du weißt das."

Das weiß ich. „Sie wird zurückkommen, weil sie das Gefühl hat, dass sie es uns schuldig ist. Weil sie uns nicht mit dem Fluch allein lassen würde." Ich weiß, wie viel Ehrgefühl Talia in ihrem winzigen Körper aufbewahrt. Die eigentliche Frage ist, ob sie bleibt oder ins Winterreich zurückkehrt, sobald ihr Pflichtgefühl befriedigt wurde.

Whitt erwidert meinen Blick ruhig und sein gequält verzogener Mund enthüllt, dass er die gleichen Überlegungen anstellt. Dass sie genauso stark an ihm zerren wie an mir.

In diesem Moment fühlen sich die Sünden des

vergangenen Jahrhunderts so substanzlos an wie die Visionen meines toten Auges. Hier und jetzt sind wir zwei Männer, die von ihrer Liebe für eine erschreckend umwerfende Frau geeint werden, und ich vertraue darauf, dass mein Bruder genauso unermüdlich für die Garantie ihrer Sicherheit und ihres Glücks arbeiten wird wie ich – unbekümmert dessen, wo sie dieses Glück findet, wenn diese Situation ihren Lauf genommen hat.

Whitt richtet sich wieder auf und klatscht die Hände im Schoß zusammen. „Na gut. Dann will ich dir die wenigen neuen Informationen verraten, die ich über Schwüre in Bezug auf die Winter-Fae finden konnte. Anschließend können wir schauen, ob uns ein Plan einfällt, der so wasserdicht ist, dass er einen Raben ersticken könnte."

7

*Talia*

Harper starrt zu der gewaltigen Obsidian-Burg hoch, die einst Erzlord Ambrose gehörte. Ihr Gesicht spannt sich an, als hätte sie halb Angst davor, dass er gleich nach draußen stürmen wird, um sie zu schimpfen. Dabei wissen wir beide, dass der bösartige Intrigant tot ist, der versuchte, mich meinem Rudel zu rauben. Dann entzündet sich ein leidenschaftlicher Funke in ihren Augen und sie macht eine obszöne Geste in Richtung der Mauern, bevor sie ihnen den Rücken kehrt, um stattdessen die Burg zu betrachten, die unser neues Zuhause werden wird.

„Ich hoffe, sie zerschlagen sie zu Staub, wenn unsere Burg fertig ist", verkündet sie und schlingt die Arme um sich.

Ich hege keinerlei Zweifel daran, dass sie das aus ganzem Herzen ernst meint. Vor Wochen gelang es Ambrose' Rudelmitgliedern, die junge Fae-Frau dazu zu überreden, ihnen bei ihrem Komplott zu helfen. Sie nähte mir ein Kleid mit verzauberten Perlen, die meine Privatgespräche mit meinen Liebhabern aufzeichnen sollten. Die so gewonnen Informationen hätte Ambrose gnadenlos zu seinem Vorteil ausgenutzt. Sylas war fuchsteufelswild, als er das herausfand, doch ich bat ihn darum, ihr eine zweite Chance zu geben, anstatt sie zu verbannen. Sie war früher meine beste Freundin im Rudel.

Seit diesem Vorfall hat sie nicht aufgehört, zu beweisen, wie viel ihr meine Freundschaft und ihr Platz im Rudel bedeuten. Rosa Striemen verlaufen über ihren schlanken Unterarm, wo eine von Ambrose' Wachen sie mit ihren Krallen erwischt hat. Harper, ich und zwei unserer Rudelkollegen hatten es geschafft, diese Wachen aufzuhalten, während Sylas Donovan vor Ambrose' Mordversuch beschützte. Sie ist keine Kriegerin, warf sich jedoch, ohne zu zögern, in das Scharmützel – und zwischen mich und diese Krallen, gegen die ich mich noch weniger zur Wehr setzen konnte als sie.

Mit ihr zu reden, fühlt sich nicht so angenehm an wie zuvor, als wir uns wegen unseres gegenseitigen Wunsches, mehr von der Welt zu sehen, angefreundet hatten. Das Brennen ihres Verrats verblasst allerdings allmählich. Ich weiß, dass sie mir nicht wehtun *wollte*. Sie fiel auf einen schrecklichen Trick herein und wusste nicht, wie sie aus diesem Schlamassel rauskommen konnte. Ich weiß nicht, ob ich bessere Entscheidungen getroffen hätte, wenn unsere Positionen umgekehrt gewesen wären.

Ich schaue ebenfalls zu der unheilvollen Burg hoch. „Ich frage mich, was Ambrose dort drin aufbewahrt hat. Sylas hat seinen Rudelmitgliedern erlaubt, all ihre Habseligkeiten aus ihren Häusern mitzunehmen, in die Burg hat er allerdings niemanden gelassen."

Da unser Lord derjenige war, der Ambrose' Leben bei einem fairen Kampf beendete, gingen die Besitztümer des

Erzlords sofort in seinen Besitz über. Ich vermute, dass er sich Sorgen machte, dass jemand aus Ambrose' Rudel, der Rachegedanken hegte, irgendwo innerhalb dieser Mauern Munition gegen diejenigen finden könnte, die Ambrose hasste.

Harper erschaudert. „Ich will dort nie wieder reingehen, um es herauszufinden."

„Ich auch nicht", muss ich zugeben. Der schwarze Stein sieht von außen schon einschüchternd genug aus. In dem Gebäude zu stehen, ist erstickend. „Nun, ich vermute, dieses Revier wird eine Menge anderer interessanter Gebiete haben, die es zu erkunden gilt. Hier in der Nähe des Herzens gibt es mehr Magie als überall sonst in der Nebelwelt, stimmt's?"

„Das stimmt." Meine ehemalige Freundin schenkt mir ein schüchternes Lächeln und streicht ihre flachsblonden Haare hinter ihre leicht spitzen Ohren. „Vielleicht … wenn du möchtest und falls du *mich* als Begleitung willst … könnten wir manche dieser Erkundungen zusammen machen."

Die verworrene Empfindung, die in meiner Brust aufsteigt, hat wenig mit ihrem vergangenen Verrat zu tun und viel mehr mit der Tatsache, dass ich nicht weiß, wann ich diese Art von Freiheit wieder haben werde. Instinktiv lenke ich mehr Licht in die leuchtende Barriere in mir. „Ich hoffe, dass wir eine Gelegenheit dazu erhalten. Fürs Erste sollten wir vermutlich mit der Gartenarbeit weitermachen. Immerhin haben wir August gesagt, dass wir helfen würden."

Gartenarbeit ist keine von Harpers Stärken. Ihr größtes Talent liegt im Entwerfen und Nähen umwerfender Kleider. Es ist ein Talent, mit dem sie Einladungen zu Ländereien im gesamten Sommerreich zu ergattern hoffte. Doch als sie hörte, dass mich August zurück zum neuen Revier unseres Rudels bringen würde, meldete sie sich sofort freiwillig, mitzukommen und zu helfen, wo sie kann.

Kurz nach unserer Ankunft eilte August in die teilweise erbaute Burg aus Bäumen, um mit Sylas und Whitt zu sprechen. Er überließ es Astrid, aus der Entfernung auf mich aufzupassen. Sie folgt uns beiden zu der wachsenden Ansammlung kleinerer Häuser, die das neue Rudeldorf werden.

Ein Mann, der bereits dort ist, deutet auf einige Wurzeln, die eingepflanzt werden müssen, und wir verbringen die nächsten Minuten damit, sie in die Erde zu graben und mit dieser zu bedecken. Die warme Spätnachmittagssonne, der kräftige Erdgeruch und die rhythmischen Bewegungen beruhigen meinen Geist ein wenig. Es fühlt sich alles so normal an, als hätte sich nichts großartig geändert.

„Ich schätze, jetzt wird es dir nicht an Bällen mangeln, an denen du teilnehmen kannst, und an höherrangigen Fae, denen du deine Kleider vorführen kannst", sage ich zu Harper. „Alle wollen sich unter die Rudel der Erzlords mischen."

Ich meinte es als eine beiläufige Bemerkung, um Konversation zu betreiben, doch sie sieht zu mir auf und ihre übergroßen Augen werden noch größer mit einer Leidenschaft, die auch in ihrer Stimme mitschwingt. „Mir ist egal, was die anderen Rudel von mir halten oder von dem, was ich gemacht habe. Ich bin einfach nur froh, dass ich nicht meine Chance ruiniert habe, in *diesem* Rudel zu bleiben." Sie beißt sich auf die Lippe. „Ich habe nicht viel genäht seit … seit allem. Jedes Mal, wenn ich es tue, erinnere ich mich daran, wie ich die Perlen an das Kleid genäht habe … Dass es *dir* noch gut geht, ist viel wichtiger für mich als jede Belohnung, die mir diese Verräter gegeben hätten."

Ihre Erklärung und die Schuld, die ihr ins Gesicht geschrieben steht, lösen einen Stich in meiner Brust aus. Ich weiß nicht, was ich sagen soll. Das Beste, was ich zustande bringe, ist: „Ich finde deine Werke noch immer wunderschön. Ich würde nicht wollen, dass du damit aufhörst." Ich halte inne und erlaube einem vorsichtigen Lächeln, meinen Mund nach oben zu biegen. „Wer wird mich sonst so aussehen lassen, als würde ich neben einen Erzlord und seinen Kader gehören?"

Harper starrt mich kurz an, als könnte sie nicht glauben, dass ich ihr genug vertrauen würde, um sie noch etwas für mich schneidern zu lassen, und dann grinst sie von einem Ohr zum anderen. „Für dich werde ich immer meine beste Arbeit machen. Selbst wenn ich für keinen anderen etwas nähe." Ihr Grinsen wird ein wenig verschlagen. „Zuerst muss ich dir offensichtlich ein paar Abenteuerklamotten entwerfen, da wir nicht annähernd genug Spaß haben werden, wenn wir diese Ländereien in unseren gewöhnlichen Kleidern erkunden."

Ein unerwartetes Lachen entwischt mir. Es fühlt sich gut an – bis ich aufschaue und August sehe, der mich offenbar abholen will. Sein Gesicht, das so häufig fröhlich ist, wirkt nun ernster, als ich es jemals gesehen habe. Jegliche Freude in mir verdichtet sich zu einem Stein, der in meine Magengrube sinkt.

Ich habe mir bereits die Hände am Gras neben dem Gartenstück abgewischt und bin aufgestanden, als er uns erreicht. Er neigt den Kopf zur Burg. „Wir müssen mit dir sprechen."

„Natürlich."

Harper beobachtet uns neugierig, stellt jedoch keine Fragen. Niemand im Rudel abgesehen von meinen Männern und Astrid weiß von dem Seelenband. Soweit ich weiß, hat es Sylas vor allen, abgesehen von seinen Erzlord-Kollegen, geheim gehalten.

Während wir durch den Rohbau der Burg laufen, legt August seine Hand auf meinen Rücken. „Es wird alles gut werden. Dafür werden wir sorgen."

Die Aussage beruhigt mich nicht sonderlich. Er würde das nur sagen, wenn er weiß, dass das, was ich gleich erfahren werde, überhaupt nicht gut ist.

Sylas und Whitt warten in Sylas' neuem, noch spärlich möbliertem Büro. Wenn ich dachte, August sah ernst aus, ist das nichts im Vergleich zu der verdrießlichen Atmosphäre, die sich um mich legt, sobald ich den Raum betrete.

August schließt die Tür hinter uns. Ich greife in mich hinein, um noch mehr Licht in die innere Barriere zu gießen und sie mit allem, was in mir steckt, zu verstärken. Anschließend platziere ich mich mit gerecktem Kinn vor dem Fae-Lord. Ich habe es so satt, dass ständig diese Untergangsstimmung über mir hängt. Was auch immer los ist, ich muss es wissen, bevor mich meine schrecklichen Vermutungen umbringen.

„Sag mir einfach, was passiert ist. Es ist offensichtlich schlimm. Ich muss es ohnehin auf die ein oder andere Art erfahren."

Whitt lacht erstickt und ein Funken von Bewunderung schimmert in seinen Augen.

Sylas atmet scharf aus. „Du hast eine Wahl. Du kannst Nein sagen. Ich werde dich nicht dazu zwingen, irgendetwas zu tun."

Ich kann an seinem Gesicht erkennen, dass er sich bereits sicher ist, wie ich antworten werde. „Eine Wahl *wozu?*"

Man muss ihm zugutehalten, dass er es nicht länger hinauszögert. „Die Unseelie-Erzlords drohen, unsere Ländereien hier am Herzen zu stürmen, wenn wir dich nicht deinem seelenverbundenen Gefährten übergeben. Es ist möglich, dass das Herz sie ohne den Schwur durchlässt, niemandem ein Leid zuzufügen, weil wir uns über seine Absichten hinwegsetzen, indem wir dich hierbehalten. Meine Kollegen haben vorgeschlagen – und ich kann die Vorzüge dieses Vorschlags sehen – dass wir dir erlauben, eine kurze

Zeit mit Erzlord Corwin zu verbringen, damit du ihn aus freien Stücken heraus ablehnen kannst ohne den Anschein, dass wir dich dazu überredet haben."

Mein Magen fällt bis zu meinen Zehenspitzen. „Ihr wollt, dass ich ins Winterreich gehe?"

Sylas' Lippen ziehen sich zurück und zeigen seine Zähne. „Ich *will* nicht, dass du irgendwo hingehst, Talia. Wenn es nach mir ginge ..." Er unterbricht sich und schüttelt den Kopf. „Du *musst* nicht gehen. Wenn du verneinst, obwohl wir dir die eindeutigste Vorgehensweise anbieten, die wir können, muss das Herz das anerkennen."

Die Anspannung in seiner Stimme deutet an, dass er sich dieser Aussage nicht wirklich sicher ist. Ich könnte mich weigern und einen Kampf lostreten, der viel katastrophaler ausfallen würde als alles, womit es die Sommer-Fae bisher zu tun hatten.

Ich schlucke schwer und widerstehe dem Drang, die Arme um mich zu schlingen. „Die Unseelie-Erzlords haben uns gedroht? *Corwin* hat uns gedroht?" Nach all seinem Gerede über Frieden und das Bauen von Brücken gestern Nacht ...

Wut flammt in meiner Brust auf. Bevor Sylas antworten kann, wirble ich herum, kehre ihm den Rücken zu und schließe die Augen. Whitt atmet ein, als wollte er sprechen, doch ich halte meine Hand hoch, damit er schweigt.

Vorsichtig, jedoch schnell, schäle ich die Masse leuchtender Energie zurück, welche die offene Stelle in mir versiegelt. Ich löse sie nicht vollständig, sondern nur ein Stückweit, damit ich meine Gedanken durch diesen flüchtigen Kanal senden kann.

*Corwin!*

Ich weiß nicht, ob er seine Seite des Bandes vollkommen ungeschützt ließ, oder ob mein Zorn den Namen mit so viel Kraft vorwärts katapultiert, dass er durch seine Barriere bricht. Jedenfalls antwortet mir seine Stimme einen Augenblick später hastig, jedoch abgelenkt. *Talia. Ich bin hier.*

Es ist das erste Mal, dass ich ihn kontaktiert habe. Das erste Mal, dass wir ein Gespräch führen werden, das bewusst initiiert wurde. Die Erkenntnis schickt ein Beben durch meinen Magen, doch ich fahre fort, um dieses Gespräch so schnell wie möglich hinter mich zu bringen. *Hast du den Seelie-Erzlords gesagt, dass deine Leute wegen mir gegen sie in den Krieg ziehen würden?*

Ich erhalte den Eindruck, dass er versucht, seine Emotionen zu dämpfen, ein paar flutschen jedoch trotzdem durch: ein Anflug von Frust, ein Beben des Entsetzens. Genug Empfindungen, dass ich ihm glaube, als er sagt: *Nein, ich versuche gerade, meinen Kollegen diese Vorgehensweise auszureden. Ich meinte ernst, was ich gestern Nacht gesagt habe. Leider stimmt auch das, was ich darüber sagte, dass ich nur eine Stimme habe.*

Bruchstücke anderer Empfindungen erreichen mich: ein Blick auf einen höhlenartigen, blassen Raum und einen langen Marmortisch in dessen Mitte, um den vier Gestalten sitzen. Eine Frau spricht mit kühler Stimme: *... können uns nicht von diesen zärtlichen Gefühlen davon abhalten lassen ...*

„Ich rede gerade mit ihr", fällt ihr Corwin ins Wort – mit seiner Stimme und an die anderen Erzlords gewandt. Der Mund der Frau klappt zu. Er wendet sich von ihnen ab und schließt die Augen, sodass nur Dunkelheit und Stille übrigbleiben, bis seine Stimme zurückkehrt. *Ich verspreche dir, ich hatte bei dieser Entscheidung nicht meine Finger im Spiel. Ich sollte es wenigstens schaffen, weitere Maßnahmen hinauszuzögern.*

Resignation und Entschlossenheit haben sich bereits gemeinsam um mein Herz gewunden. *In Ordnung. Ich melde mich wieder bei dir, wenn ich mehr zu sagen habe.* Ich hole tief

Luft und beschwöre eine weitere Woge aus Licht herauf, bis mich nicht einmal mehr ein Hauch seiner Präsenz erreicht.

Als ich mich zu meinen Liebhabern umdrehe, beobachten sie mich mit unterschiedlichen Ausdrücken von Kummer. Sie wissen, was ich gerade getan habe – dass ich mit einem anderen Mann auf einem intimen Niveau kommuniziert habe, das ich mit keinem von ihnen jemals erreichen werde.

„Er hatte nichts mit der Drohung zu tun, dass sie gegen uns in den Krieg ziehen werden", verkünde ich. „Er versucht momentan, die anderen Erzlords dazu zu bringen, sich zurückzuziehen, es klingt allerdings nicht so, als würde er das schaffen."

August tritt von einem Fuß auf den anderen. „Aber wenn wir ihm Zeit geben, vielleicht …"

Ich unterbreche ihn, bevor er diesen Gedanken, diese Hoffnung komplett aussprechen kann. „Ich denke nicht, dass wir uns darauf verlassen sollten, und es scheint das Risiko nicht wert zu sein." Schwer schluckend begegne ich Sylas' ungleichen Augen. „Wärst du in der Lage, sicherzustellen, dass ich nach Hause zurückkehren kann?"

Der Fae-Lord neigt den Kopf. „Wir haben bereits an der genauen Formulierung der Schwüre gearbeitet, die wir von ihm verlangen würden, um deine sichere Rückkehr und die Sicherheit unseres Reiches zu garantieren. Du würdest vor dem nächsten Vollmond zurückkehren. Er wäre nicht in der Lage, dich zu verletzen, während du dort bist, oder dich dazu zu zwingen, im Anschluss zu ihm zurückzukehren, falls du dich weigerst."

„Aber ich müsste allein gehen."

Whitt antwortet so lässig wie eh und je, allerdings sanft. „Keiner von uns könnte dich begleiten. Ich kann mir nicht vorstellen, dass sie einen Seelie-Krieger als Teil des Handels erlauben würden. Falls du jemand anderen im Sinn hast, den du zur Gesellschaft möchtest, gibt es Möglichkeiten, wie wir uns für einen einzelnen, harmlosen Begleiter aussprechen können."

„Und ich würde mich zu nichts verpflichten, indem ich zustimme, eine Weile bei ihm zu bleiben, oder? Er könnte ... die Entscheidung nicht erzwingen?" Der Mann, mit dem ich gesprochen habe, klingt zwar nicht so, als würde er das tun, aber er ist ein Unseelie und daher einer unserer Feinde, ganz gleich, was er sonst noch getan hat. Ich kenne ihn kaum.

Sylas knurrt. „Du kannst dir sicher sein, dass *das* ein essenzieller Teil der Schwüre wäre, die wir verlangen."

Einige Minuten lang stehe ich schweigend da und sortiere meine Gedanken. Ein oder zwei Wochen in Corwins Revier zu verbringen, sein Heim mit ihm zu teilen – jedoch ohne Verpflichtungen ... Ich habe neun Jahre in einem Käfig überlebt, wo ich gehungert habe und verprügelt wurde, ohne zu wissen, ob es noch irgendjemanden auf der Welt gab, der sich dafür interessierte, was mit mir geschah. Im Vergleich dazu ist dieser Plan ein Kinderspiel.

Allerdings würde ich ein vollkommen unbekanntes Reich betreten und von unbekannten Fae umgeben sein, die meine Leute bei jeder sich ihnen bietenden Gelegenheit abgeschlachtet haben.

Meine Gedanken wandern zu der Woche, als mich Sylas zu den Ländereien der Familie seiner ehemaligen Gefährtin brachte, um dem verstorbenen Halbbruder von Isleen unseren Respekt zu erweisen. Er war ein Mann, der mich verabscheute und versuchte, mich zu verstümmeln. Seine Familie ist eine, die auf Menschen herabblickt und uns für so wertlos wie Dreck hält.

Doch als ich Zeugin ihrer Trauer wurde und mich anschließend mit ihnen unterhielt, konnte ich sie nicht mehr nur als Bösewichte sehen. Sie waren einfach nur Leute – Leute mit einer schrecklichen Einstellung, die allerdings ihrer

Familie treu ergeben waren und um diejenigen trauerten, die sie verloren hatten. Leute, die gewillt waren, mich respektvoll zu behandeln, als ich sie respektvoll behandelte.

Ich weiß nicht, ob ich das Gleiche in den Unseelie sehen werde, kann jedoch daran glauben, dass Corwin etwas Gutes in sich hat. Ich kann mich für meine Leute einsetzen und vielleicht sogar etwas herausfinden, was diesem Kampf für immer ein Ende setzen könnte. Wie kann ich das ablehnen, nur um mich vor dem Unbekannten zu schützen?

Meine Männer haben ebenfalls beratschlagt, während ich mit mir selbst diskutiert habe. Die Emotionen, die in ihren Blicken toben, sind offensichtlich, doch sie geben mir Raum zum Denken. Sie versuchen nicht, zu argumentieren oder mich zu überreden.

Denn sie kennen mich so gut, dass sie schon wussten, wie ich mich entscheiden würde, bevor ich diesen Raum betreten habe, und sie werden mir diese Entscheidung nicht rauben.

Diese Erkenntnis festigt meinen Entschluss. Ich straffe die Schultern und blicke den drei Männern nacheinander in die Augen. Ich genieße die Tiefe des Vertrauens und das Verständnis, das zwischen uns entstanden ist. Wir sind ebenfalls aneinander gebunden auf Arten, die ich nicht von einer Wende des Schicksals erschüttern lassen werde. Wir werden das hier durchstehen – das müssen wir einfach.

„Ich gehe", verkünde ich. „Erklärt mir, was ich Corwin sagen muss, damit wir die Einzelheiten besprechen können."

8

*Talia*

Nachdem wir zu einer Vereinbarung gelangt sind, wobei ich Sylas' und Whitts Anweisungen durch das Seelenband weitergegeben und Corwins Antworten ausgerichtet habe, schwindet die Überzeugung, die mich durch die Entscheidung und das dara/uffolgende Gespräch getragen hat. Als ich erschöpft die Wand aus Licht in mir aufbaue, kann ich nur noch den Schmerz um mein Herz herum fühlen.

Ganz egal, welche Anstrengungen ich in diesen Schild lege, morgen wird es keine Rolle mehr spielen. Morgen werde ich Corwins Ländereien betreten – ich werde ihm nicht mehr aus dem Weg gehen können.

Ich werde die drei Männer zurücklassen, die ich mittlerweile so sehr liebe.

Hinter den Fenstern des Büros ist der Himmel dunkel geworden. August legt seinen Arm um mich und wir gehen alle hinab zu der unfertigen Küche. Anstatt uns in das genauso wenig fertiggestellte Esszimmer zu setzen, suchen wir uns Plätze an einer der Kücheninseln und bereiten ein Abendessen aus den spärlichen Zutaten zu, die August vorrätig hat. Er wirft der Stelle, wo der noch nicht geformte Ofen stehen wird, mehr als einen beleidigten Blick zu.

Ich zwinge mich, so viel von dem geräucherten Fasan-Sandwich zu essen, wie ich kann. Keiner von uns sagt viel. Vielleicht haben wir nach der ausführlichen Verhandlung alle genug geredet. Doch nachdem wir schnell aufgeräumt haben und alle auf dem Weg zur Treppe sind, sträubt sich etwas in mir so heftig, dass ich wie angewurzelt stehen bleibe.

August legt seine Hand auf meine Schulter. Ich strecke meine aus, um Whitts Hand und Sylas' Handgelenk zu packen.

Der Fae-Lord dreht sich mit besorgter Miene zu mir um. „Was ist los, Talia?"

Ich fühle mich schwach, als ich das sage. Ich habe diese Entscheidung getroffen. Ich will voller Kühnheit und Entschlossenheit nach vorne schreiten. Der Schmerz in meiner Brust breitet sich jedoch in meinen Gliedern und meiner Kehle aus. Meine Stimme klingt heiser.

„Ich will euch nicht verlieren. Keinen von euch."

„Oh, Krümel." Whitt beugt sich vor und drückt einen Kuss auf meine Haare. „Wir gehen nirgendwohin."

August grollt tief in seiner Brust. „Falls diese stinkenden Raben versuchen, dich daran zu hindern, zu uns zurückzukommen, werden wir jeden einzelnen ihrer aufgeblasenen Erzlords abschlachten."

Sylas verschränkt seine Finger mit meinen und hebt seine andere Hand, um meine Wange zu streicheln. „Wir gehören zu dir, ganz gleich, wie groß die Entfernung zwischen uns ist. Doch im Moment sind wir hier. Was brauchst du?"

Ich brauche es, dass dieses Seelenband verschwindet, als

hätte es sich nie gebildet. Ich brauche die Gewissheit, dass niemand jemals wieder meinen Platz unter den Seelie und in diesem Rudel bedroht. Doch da es keine Möglichkeit gibt, eines dieser Dinge zu erhalten, überlasse ich der wachsenden Sehnsucht in mir die Führung und bitte um die eine Sache, die ich auf jeden Fall haben kann.

„Ich will euch allen heute Nacht so nah wie möglich sein. Gemeinsam. Falls ... falls das okay ist. Wenn es nicht irgendein schreckliches Verbrechen am Herzen und dem Band ist.“

Die Hitze, die in allen drei Augenpaaren aufflammt, die auf mich gerichtet sind, brennt über meine Haut und treibt mir die Röte in die Wangen. Ich kann es sogar von August spüren, der hinter mir steht, als er seine Hand zu meiner Taille gleiten lässt, wo sie mich wie das wundervollste Brandmal versengt.

„Du bist Erzlord Corwin gegenüber keinerlei Verpflichtung eingegangen“, erklärt Whitt. „Selbst wenn du es getan hättest, ist die Entscheidung darüber, wie sehr Gefährten anderswo Gesellschaft suchen, Verhandlungssache und beruht auf persönlichen Vorlieben, die nicht vom Herzen vorgeschrieben werden. Genug Lords suchen sich andere Liebhaber, damit ihre Chancen auf Erben vergrößert werden. Wenn du das hier willst ...“

„Das will ich“, antworte ich entschlossen, bevor er weitersprechen muss.

Sylas streichelt erneut meine Wange und lässt seine Knöchel dieses Mal über die Seite meines Halses wandern, woraufhin sich mein Körper wie von selbst zu ihm neigt. „Dann sollst du es haben. Der Rendezvous-Raum hier ist noch nicht möbliert. Meine Rudelmitglieder bestanden allerdings darauf, sicherzustellen, dass *ich* ein stabil gebautes Bett habe, während ich in dieser Burg arbeite. Falls das akzeptabel ist.“

Meine Zunge schnellt über meine Lippen und die Sehnsucht dehnt sich zu einer drängenderen Woge des Verlangens aus. Mein Körper fühlt sich bereits an, als würde er schmelzen. Ich stelle fest, dass mir herzlich egal ist, wo wir es tun, solange wir es bald tun und bevor ich in dieser Mischung aus Scham und Verlangen verbrenne. „Für mich ist es okay, eine Ausnahme zu machen."

Dieses Mal ist es Sylas, der ein leises Grollen verlauten lässt. Als Whitt gluckst, hebt mich der Fae-Lord in seine Arme und stiehlt sich dort im Gang einen Kuss, zärtlich, jedoch leidenschaftlich. „Dann wollen wir mal sehen, wie sehr wir drei unsere zukünftige Gefährtin befriedigen können."

Zu hören, dass er mich so nennt, und zu wissen, dass es immer noch seine Absicht ist, mich zu seiner Gefährtin zu machen, lässt den Schmerz in meinem Herzen erneut auflodern. Doch als wir die Treppe hinaufgehen, wobei seine Arme um mich liegen, beschwören Whitts Finger, die durch meine Haare fahren, und Augusts Daumen, die über meine Fußsohle streicheln, so viel freudige Erwartung in mir herauf, dass ich den Schmerz ignorieren kann.

Ich gehöre zu ihnen und sie zu mir und nicht einmal das Band, das mich von innen heraus aufgerissen hat, kann das ändern. Heute Nacht werden wir das nicht nur mit Worten, sondern auch mit unseren Körpern beweisen, indem wir so innig miteinander verschmelzen, wie es Wesen nur tun können.

Sylas' neues Schlafzimmer verfügt abgesehen von dem Bett über keinerlei Möbelstücke. Das Bett ist allerdings nicht nur ‚stabil gebaut', sondern auch noch größer als das, welches er in Hearthshire hat. Ich frage mich, ob er einen größeren Rahmen verlangt hat, als seine Rudelkollegen die Arbeit daran begonnen haben, weil er geahnt hat, dass es regelmäßig auf die ein oder andere Art geteilt werden würde.

Dann legt er mich auf die Bettdecke und ragt mit all dieser leidenschaftlichen Hingabe in seinem Blick über mir auf, sodass ich keinen einzigen Gedanken mehr fassen kann.

Der Fae-Lord stützt seinen Körper über mir ab und berührt mich nur dort, wo er seinen Kopf geneigt hat, um meinen Mund zu verschließen. Mir mangelt es jedoch nicht an Körperkontakt. Während Sylas' Zunge meine Lippen teilt und ich sie mit meiner willkommen heiße, strecken sich Whitt und August zu beiden Seiten von uns aus. August reibt mit der Nase über mein Ohr und beansprucht die Seite meines Halses. Whitt hebt meine Hand hoch und beginnt, einen Pfad von meinem Handgelenk zu meiner Schulter zu küssen.

Ich war schon einmal gleichzeitig mit Sylas und August zusammen, und es war eine schwindelerregende Erfahrung, zwei Männer zu haben, die sich ausschließlich auf mich konzentrierten. Von den dreien umarmt zu werden, bringt meine Haut an allen möglichen Stellen zum Brennen, wo sie mich noch nicht einmal berührt haben. Mit den Fingern fahre ich Sylas' Kiefer nach, vergrabe sie in Augusts Haaren und strecke sie aus, um Whitt zu umarmen, als er an meiner Schulter angelangt und mit den Lippen hauchzart über meine Wange wandert.

Ich küsse Sylas noch einmal, und zwar so heftig, dass ein anerkennendes Brummen in seiner Brust vibriert. Daraufhin drehe ich den Kopf, um Whitts Mund zu suchen. Als Whitt meinen Kiefer umfängt, um mich noch näher zu ziehen, nutzt Sylas die Gelegenheit, um sich meinen Körper hinabzuschieben und mir die Stiefel auszuziehen. Er küsst jeden Fuß und dann meine Wade und mein Knie direkt am Saum meines Kleides, wodurch ein Blitz aus Hitze direkt zwischen meine Beine schießt.

August lässt seine Hand meinen Oberkörper hinabgleiten und wieder hinauf, um meinen Busen zu kneten. Sein kreisender Daumen stimuliert meinen Nippel zu einer harten Spitze, ein lustvoller Ruck durchfährt mich und ich keuche in Whitts Mund. Der Spionagechef gluckst und verschlingt mich mit dem sengenden Druck seiner Lippen. Seine Hand wandert unterdessen über meine Taille und hoch, um die andere Seite meines Oberkörpers zu streicheln.

Als Sylas mein Kleid hochschiebt, um meinen Innenschenkel zu küssen, und Begehren immer stärker in meiner Mitte aufwallt, kann ich nicht anders, als mich zu winden. Der Fae-Lord bewegt seinen Mund etwas höher und blickt zu mir auf, als Whitt meinen Mund freigibt und an meinem Kiefer knabbert.

„Sollen wir dir das hier ausziehen?", fragt Sylas mit leiser Stimme und lässt den Stoff über meine Schenkel gleiten.

Vorfreude durchfährt mich. „Ja, bitte. Aber wehe, ich bin die Einzige, die ausgezogen wird."

Whitt feixt und setzt sich auf, um sein Hemd abzustreifen, ohne dass ich erneut darum bitten muss. Ich bekomme nur wenige Sekunden, um die tätowierten Muskeln zu bewundern, bevor Sylas den Rock meines Kleides nach oben zerrt. Ich hebe die Hüften, um ihm dabei zu helfen, und meine Mitte kribbelt, als er sich so nah zu ihr beugt. Sobald ich mich aufsetze, damit er mir das Kleid über den Kopf ziehen kann, legt sich die warme Luft auf meine Haut.

August hat bereits ebenfalls sein Shirt abgelegt. Ich greife nach Sylas' Oberteil. Mein Griff an den Schnüren an seinem Kragen stockt jedoch, als sich die anderen zwei Männer wieder meinen nun entblößten Brüsten widmen. August rutscht näher an mich heran, sodass sein breiter Oberkörper meinen Rücken berührt. Es ist ein Wunder, dass ich mich so weit daran erinnern kann, was ich tun wollte, dass ich Sylas' Waffenrock nach oben reiße.

Er wirft ihn beiseite und senkt den Kopf, um meinen

Mund wieder zu erobern. Sengend heiße Haut umgibt mich auf allen Seiten. Überall, wohin ich greife, gleitet meine Hand über harte Muskeln, die vor Verlangen angespannt sind.

Ich habe so ein großes Glück, dass ich mit einem dieser außergewöhnlichen Männer im Bett sein darf, geschweige denn mit allen dreien. Ich weiß nicht, was vor uns liegt, doch ich werde jeden Moment dieser Nacht auskosten. Ich werde an diesen Erinnerungen festhalten, wenn ich weit weg von ihnen bin, denn ich weiß, dass ich zu mehr von dem hier zurückkehren kann, wenn ich vorsichtig bin und standhaft bleibe.

Ich neige den Kopf, um als Nächstes August zu küssen. Whitt schiebt sich tiefer, um meinen Nippel in den Mund zu saugen. Dann lässt Sylas seine Finger über meinen Bauch zu meiner heißesten Stelle wandern und mein Wimmern wird zu einem Stöhnen.

Der Fae-Lord knurrt, weil mein Höschen so feucht ist. Mit einem Ruck reißt er es von mir und streichelt meine Haut, bis sie ebenfalls feucht wird. Meine Hüften biegen sich ihm erneut entgegen und ein weiteres Stöhnen entwischt meinen Lippen, als er geschickt einen Finger in mich taucht. Wonne brennt durch mich hindurch wegen seiner schaukelnden Hand, wegen Whitts Zunge, die über meinen Nippel schnalzt, wegen August, der mich tiefer denn je küsst, als könnten wir miteinander verschmelzen.

Sylas legt seinen Handballen auf meine empfindlichste Stelle, während er einen zweiten Finger in mich schiebt. Ich packe Whitts Haare sowie Augusts Hals und reite auf der Woge der Wonne, die sie gemeinsam heraufbeschwören.

Der Höhepunkt bricht viel zu früh über mich herein und entreißt meiner Kehle ein schockiertes Keuchen. Ein elektrisches Kribbeln rast durch jeden Muskel. Meine Männer lassen mich gegen die Kissen sacken, doch ich will noch mehr. Meine Finger zerren an Augusts Hose, während meine andere Hand eine Geste für die anderen beiden macht. Mehr Hinweise brauchen sie nicht, um sich auch ihrer restlichen Kleider zu entledigen.

Plötzlich bin ich von drei kräftigen, raubtierhaften und splitterfasernackten Männern umgeben. Vielleicht sollte ich nervös sein, die Emotionen, die durch meine Brust strahlen, sind allerdings nichts als eine berauschende Mischung aus Liebe und sinnlicher Sehnsucht. Die einzige Frage ist, wie wir ab hier am besten weitermachen.

Whitt bewegt sich als Erster – um mich so zärtlich auf den Mund zu küssen, dass es den Schmerz in meinem Herzen aufweckt. Dann zieht er sich zurück, als würde ihm nie in den Sinn kommen mehr als eine Nebenrolle in dem zu spielen, was als Nächstes passiert. Sylas beobachtet seinen Spionagechef mit einem Ausdruck, den ich nicht deuten kann.

Als August meinen Mund als Nächster verschließt, streichelt der Fae-Lord neckend mit den Fingern durch die Feuchtigkeit meines Höhepunktes, womit er mein Begehren erneut entfacht. Er schiebt meine Beine auseinander und beugt sich vor, um ein einziges Mal mit der Zunge über meine Spalte und die empfindliche Perle darüber zu lecken.

Ein jammernder Laut, der mehr eine Forderung als ein Flehen ist, reißt sich von meinen Lippen los und Sylas grinst. Dann weicht er zwischen meinen Beinen zurück, wobei er Küsse auf meinem Bauch verteilt, ehe er mir mit Begehren im Blick in die Augen sieht.

„Ich glaube, mein Stratege könnte deiner hübschen Kehle noch mehr von diesen reizenden Lauten entlocken, wenn du ihn willst."

Mein Blick schnellt zu Whitt. Der Spionagechef starrt seinen Lord so verblüfft an, dass er einen Moment braucht, um seinen Schock zu verbergen. Bei dem kleinen, jedoch warmen Lächeln, das sich auf seinen Lippen ausbreitet, erblüht etwas in mir, was tiefer geht als Lust, vielleicht sogar tiefer als die Liebe, die ich zuvor verspürte.

Sie hatten sich darauf geeinigt, dass sie mich teilen würden – sie teilen mich bereits. Doch Sylas' Aussage ist ein Friedensangebot, ein Ausdruck des Vertrauens und der Zuneigung sowie eine Zurückweisung all der vergangenen Schmerzen, um sich auf das zu konzentrieren, was wir jetzt zwischen uns haben.

Ich wünsche mir nichts sehnlicher, als ihnen dabei zu helfen, ihre Beziehung zu reparieren – und es ist kein Opfer. Ich weiß aus Erfahrung, welch gute Empfindungen Whitt in mir hervorrufen *kann*.

Ich strecke meine Hand lockend nach ihm aus. Als Sylas sein Lächeln erwidert, beugt sich Whitt über mich. Leidenschaft leuchtet in seinen Augen. Er stiehlt sich einen Kuss, schiebt seine Hand unter meinen Rücken und lässt sie mein Rückgrat hinabwandern, bis er mein Hinterteil erreicht.

Die Spitze seiner Erektion gleitet so geschmeidig über meine vor Erregung feuchte Öffnung, dass er stöhnt. Ich wackle mit den Hüften, um ihm entgegenzukommen, und er gluckst erneut leise. „Wir werden dich dorthin bringen, Allkräftige. Immer wieder."

Bei diesem Versprechen gehe ich förmlich in Flammen auf und dann stößt er sich in mich und füllt mich mit seiner harten, heißen Länge. Jetzt lasse ich ein Knurren fahren.

Sylas ist an meine andere Seite getreten, streichelt meinen Busen und zupft sachte mit den Zähnen an meinem Ohrläppchen. August summt glücklich und küsst meine Wange, dann meinen Mund, als ich mein Gesicht zu ihm neige.

Mit einer Hand packe ich Whitt im Genick und bäume mich auf, um mich seinem Rhythmus anzupassen, denn ich will, dass jede Bewegung, die er macht, durch meinen Körper hindurchfließt. Die andere Hand lasse ich über Augusts Brust wandern, bis meine Finger die harte Hitze seiner Erektion streifen. Ich packe ihn und genieße es, dass ihm der Atem stockt. Ich schwelge in der Wonne, die sich mit jedem Stoß in meiner Mitte ausdehnt, und in diesem Gefühl absoluter Einigkeit, als wir vier uns auf die intimste Weise vereinen, zu der wir in der Lage sind.

Whitt verändert seinen Winkel und rammt sich tiefer in mich. Sein Körper presst auf meine Lustperle und ich beginne von neuem, den Gipfel zu erklimmen. Als Sylas meinen Nippel zwirbelt, fährt August mit der Zunge meinen Kiefer entlang. Ich schaukle schneller mit den Hüften, treibe Whitt an und er passt sich meiner Dringlichkeit mit einem glückseligen Stöhnen an.

Sein Kopf senkt sich und seine Haarspitzen kitzeln meine Wange. „Du bist so perfekt, Talia. Komm den ganzen Weg mit mir. Zeig uns, wie du fliegst."

Ein sehr würdeloses Wimmern kriecht meine Kehle hinauf. „Nur … wenn du auch … kommst."

Er flucht und meine abgehackte Bitte stößt ihn über die Klippe. Er umklammert meinen Schenkel und stößt sich so hart in mich, dass ich tatsächlich fliege, hoch und fort auf einem Tsunami aus Empfindungen, der jedes Nervenende in Flammen setzt. Als Whitt langsamer wird, schweben wir beide von dem Hoch des Orgasmus zu Boden und ich sinke knochenlos sowie glücklich in die Decke.

„Mmmh", sagt er und ein verschmitztes Funkeln tanzt in seinen Augen. „Denk bloß nicht, dass wir schon fertig mit dir sind."

Ein Laut, der zu gleichen Teilen Ungläubigkeit und Ermutigung ist, entwischt mir. Mit einem leisen Lachen zieht er sich aus mir heraus, lässt seine Hände jedoch auf meinen Hüften liegen. Er zieht an ihnen. „Es gibt noch so viele

Möglichkeiten, die wir erkunden können. Ich bin mir sicher, mein Lord kann dich noch höher fliegen lassen."

Als ich mich auf seine Anweisung hin auf Hände und Knie drehe, blicke ich zu Sylas. Falls seine Einladung an Whitt ein Friedensangebot war, ist das hier vermutlich Whitts Art, die Geste zu erwidern. Er sagt auf seine Weise, wie viel es ihm bedeutet, Teil dieser Vereinigung zu sein.

Dass der Mund des Fae-Lords zuckt, deutet auf seine Belustigung hin, der Rest seines Gesichts spricht jedoch von reiner Begierde. „Es wäre mir in jeder Hinsicht ein Vergnügen, diese Herausforderung anzunehmen, falls es unsere Lady wünscht."

Will er mich auf den Arm nehmen? Ich befeuchte meine Lippen und halte seinen Blick. „Ich will alles spüren."

Irgendwie brennt das Verlangen in seinem ungleichen Blick bei dieser Aussage noch heißer. Er küsst mein Schulterblatt, die Kurve meiner Taille und die Seite meiner Hüfte, bevor er sich hinter mir positioniert.

Es hat mich erst einmal einer der Männer von hinten gefüllt, im Pool in Hearthshire, als August und ich beide in einer aufrechten Position waren. So vornübergebeugt jagt die Dehnung von Sylas' Schaft, der in mich dringt, einen noch stärkeren Ruck durch meine Nerven. Ich keuche und kann mich nicht davon abhalten, mich an ihn zu pressen.

Allerdings meinte ich nicht nur, dass ich alles von ihm will. Als sich mein Kopf bei der Wonne von Sylas' erstem Stoß nach hinten neigt, richte ich meine restliche Aufmerksamkeit auf August, der geduldig neben mir liegt und mit den Fingerspitzen über meinen Arm und meine Brust streichelt. Mit *ihm* bin ich auch noch nicht fertig.

Ich kann ihn jedoch nicht mit den Händen zum Höhepunkt bringen, wenn ich mich in dieser Position befinde. Während ich zögere und in der Wonne von Sylas' bedächtigen Stößen gefangen bin, die durch meinen Körper schwappt, sowie in einer vorübergehenden Unsicherheit, bietet mir Whitt eine passende Inspiration. Er schiebt seinen Kopf unter mich, sodass er mit der Zunge über eine meiner Brüste lecken kann und anschließend über die empfindliche Perle oberhalb der Stelle, wo ich mit Sylas vereint bin.

Ein Schrei entweicht mir. Whitt stimuliert dieses Nervenbündel geschickt mit seiner Zunge und voller Eifer, wobei er meinen schaukelnden Hüften folgt, die sich Sylas' Stößen anpassen. Da kommt mir die Idee, selbst ein wenig von ihnen zu kosten.

Ich erlaube mir nicht, an meinen Instinkten zu zweifeln, und hebe den Kopf zu August. „Kommst du näher? Ich will …" Meine Wangen werden heiß und die Worte bleiben mir kurz in der Kehle stecken, bevor ich sie keuche: „Ich will meinen Mund bei dir benutzen. Wenn du es möchtest …"

Meine zittrige Stimme versagt komplett wegen der Überraschung, die auf seinem Gesicht aufblitzt – gefolgt von einem Blick, der so begehrlich ist, dass seine goldenen Augen genauso gut aus flüssigem Metall bestehen könnten. „Ich würde niemals Nein zu dir sagen, wenn du so fragst, Süße", sagt er rau und rutscht zum Kopfteil des Bettes. „Und definitiv nicht, wenn du *so* etwas anbietest."

Er streckt sich so aus, dass sich seine Erektion nur Zentimeter von meinem Gesicht entfernt befindet. Ich starre sie an, denn ich habe diesen Teil der Anatomie meiner Liebhaber noch nie aus solcher Nähe betrachtet. Sie ragt steif empor, doch ich weiß, dass die adrige Härte mit samtig weicher Haut überzogen ist. Augusts natürlicher Geruch steigt mir in die Nase, männlicher Moschus mit Spuren seiner Süße, als würde er die Essenz seiner Backwaren mit sich bringen, wo er auch hingeht.

Vorsichtig gleite ich mit der Zunge über die Eichel, als mein schwankender Körper über ihn geschoben wird. August stöhnt und ein Tropfen bildet sich an der Spitze. Ich lecke ihn ab und sein Schaft zuckt. Die Wirkung, die ich bloß mit dieser kleinen Berührung auf ihn habe, ist verlockend unwiderstehlich.

August streckt seine Hand aus, um meine Wange mit den Fingern nachzufahren, in meine Haare zu gleiten und wieder zurück. Ich gewinne an Selbstvertrauen und öffne den Mund so weit, dass ich ihn um seine Länge schließen kann. Er gibt einen erstickten, lustvollen Laut von sich. Whitt wirbelt mit der Zunge über mich, womit er die Flut aus kribbelnder Hitze verstärkt, die durch meinen Körper rast. Ich beschließe, dass ich August jedes bisschen der gleichen Freude schenken werde, das ich kann.

Indem ich mich leicht mit Sylas' Stößen bewege, nehme ich so viel wie möglich von Augusts Schaft in meinem Mund auf. Als ich meine Lippen um ihn herum anspanne, stöhnt er noch einmal. „Das ist es. Genau so. Das Herz stehe mir bei, Talia, du bist fantastisch."

Ich beginne, meinen Mund auf und ab zu bewegen, und erkunde ihn zugleich mit meiner Zunge. Augusts Stimme bricht zu einem wortlosen Raunen der Ermutigung und Bewunderung. Seine Finger vergraben sich unterdessen in den Haaren, die um mein Gesicht herum fallen.

Als ich mein Tempo finde, beschleunigt Sylas seines, dringt schneller und tiefer in mich, als wollte er mich anfeuern, während er mich zu meinem dritten Gipfel der Nacht treibt. Noch mehr Wonne bebt durch meinen Körper hindurch. Meine Arme beginnen, zu zittern.

Ich sauge hart an Augusts Schaft, Whitt streift meine Perle mit den Zähnen und Sylas stößt sich im genau richtigen Winkel in mich, sodass ich in eine Million schimmernder Partikel der Freude zersplittere. Ich keuche und spanne noch einmal meinen Mund um August herum an, womit ich das Zucken meiner inneren Muskeln nachahme, während ich auf der glitzernden Woge reite.

Sylas beugt sich über mich und küsst meinen Rücken. Seine Hüften rucken und seine Hitze ergießt sich in mich.

Mit einem Fluch hebt August sachte meinen Kopf. Er packt seine Härte. Nach wenigen schnellen Bewegungen spritzt ein Strahl einer hellen Flüssigkeit auf seinen Bauch. Dann setzt er sich auf und küsst mich so leidenschaftlich, dass er bestimmt sich selbst in meinem Mund schmeckt, doch er lässt sich nicht davon abschrecken.

Whitt rutscht unter mir hervor und stützt sich mit einem Grinsen auf seinen Ellenbogen, das zufriedener und entspannter wirkt, als ich ihn seit Wochen gesehen habe. Als ich mich auf das Bett sinken lasse und auf meinen Rücken drehe, bilden meine Männer einen Ring aus Körperhitze um mich herum. Sylas küsst meinen Schenkel. August streichelt meine Haare. Whitt legt seinen Arm um mich.

Es erinnert mich an das erste Mal, als ich sie aus ihrem Fluch holte, als Sylas mich ihre Lady nannte und ich beobachtete, wie ihre Wölfe den Rest des Rudels hüteten — als sie sich anschließend in Oakmeets Eingangshalle zusammenrollten und ich zwischen sie gekuschelt einschlief. Es war das erste Mal, dass ich das Gefühl hatte, ich würde wirklich in diese Welt und zu diesen Männern gehören.

Ich lehne mich in ihre Berührungen und sauge so viel Wärme und Zuneigung auf, wie ich kann. Ich bemühe mich, noch ein Weilchen zu vergessen, dass ich das alles morgen hinter mir lassen werde.

9

*Corwin*

Obwohl ich von den Ereignissen des Tages abgelenkt bin, durchläuft mich ein ehrfürchtiges Beben, als die funkelnde Landschaft von Heart's Cadence in Sicht kommt.

Die Türme meines Palasts wirken bereit, den Himmel selbst zu durchbohren. Die kräftigen Rot- und Lilatöne des Sonnenuntergangs gleiten an ihnen hinab und spiegeln sich auf den kristallenen Mauern. Die gleichen Farben überziehen den gefrorenen Wasserfall, der vom Fuß des Palasts auf die geschwungene Felsenkante zum Spiegelteich darunter fällt. Kleine Wirbel tanzender Schneeflocken wehen um die majestätischen Bäume und die hellen Eiszapfen, die von ihren Ästen hängen und einen Kontrast zu deren dunkelgrauer Rinde bilden.

Die leise, scharfe Melodie, die mit dem Wind zu mir getragen wird, als er über die Palastmauern und durch diese

Äste pfeift, gibt mir jedoch mehr als alles andere das Gefühl, *zu Hause* zu sein – dieses Geräusch, wegen dem der Name meiner Ländereien so passend ist. Eine kühle Brise zieht unter meinen Flügeln vorbei und ich steige kurz noch höher auf.

Diese Pracht gehört mir.

Es dauert allerdings nicht lange, bis meine Gedanken zu allem zurückkehren, was mir noch nicht gehört. Zu dem unangenehmen Loch, das von meiner Brust zu meinem Magen verläuft, wo mich meine seelenverbundene Gefährtin erneut ausgeschlossen hat.

*Morgen*, erinnere ich mich, während ich zu der breiten Terrasse herabstoße, die sich entlang der Ostseite des Palastes erstreckt. Morgen werde ich sie wieder persönlich sehen, in der Realität anstatt in einem Traum. Und länger als eine erschrockene Sekunde lang, bevor sie mir wieder entgleitet. Sie wird zehn Tage mit mir verbringen und bei mir wohnen, bevor ich sie zum Sommerreich zurückkehren lassen muss, wenn sie es möchte.

Mein Magen verknotet sich bei diesem Gedanken auf eine Weise, die mir gar nicht gefällt. Ich lasse mich zur Terrasse fallen und lege meine Rabengestalt gerade rechtzeitig ab, um mit den Stiefeln auf den polierten Kristallfliesen aufzukommen. Bevor ich hineingehe, betrachte ich noch einige Momente lang die funkelnde Pracht der Außenmauern, bis meine Emotionen genauso reglos und kühl sind.

Wir sind seelenverbundene Gefährten. Selbst wenn sie eine Seelie ist, selbst wenn keiner von uns jemals damit hätte rechnen können, hat uns das Herz füreinander bestimmt. Wenn wir erst einmal Zeit miteinander verbracht haben, wird sie sehen, dass die Akzeptanz des Bandes die einzige vernünftige Vorgehensweise ist – nicht nur für uns, sondern auch für unsere Völker.

Sie scheint ihrem sehr loyal ergeben zu sein. Da war so viel Leidenschaft in ihr, als sie mich auf die verursachten Schäden und die Bedrohung des Sommerreichs ansprach. Ich erlaube mir, bei dieser Erinnerung ein wenig Bewunderung zu verspüren, was eine angemessene Reaktion zu sein scheint.

Sie wird tun wollen, was für die Seelie am besten ist. Das typische Seelie-Temperament und Einstellung werden es ihr vielleicht erschweren, zu verstehen, wie wichtig es mir ist, das Gleiche für meine Leute zu tun … doch trotz dieser Leidenschaft wirkte sie nicht besonders hitzköpfig oder brutal, als ich mit ihr sprach.

Womöglich werden wir uns gar nicht so schlecht verstehen. Verständnis wird zwischen uns wachsen, während wir uns mit dem Band anfreunden. Ich bin mir zwar nicht sicher, ob ich mit der Tiefe der Liebe rechnen kann, die ich bei anderen Paaren gesehen habe, aber ich habe auch die Konsequenzen einer solchen Paarung gesehen. Ich verlange gar nicht mehr als eine liebevolle Verbündete.

Ich will nicht mehr *wollen*. Es wird eine angenehme Veränderung sein, einfach Gesellschaft in den weitläufigen, funkelnden Gängen des langjährigen Zuhauses meiner Familie zu haben.

Als ich einen dieser Gänge betrete, hallen meine Schritte deutlich von den Wänden wider und der Laut prallt von der Decke ab, wo die verzauberten Kuppeln aus Topas in Abständen entlang der Diamantoberfläche leuchten. Natürlich bin ich hier nicht richtig *allein*. Meine Rückkehr lässt eine der Bediensteten aus einem Nebenzimmer eilen und sich geübt verbeugen. „Das Abendessen ist gerade fertig geworden. Möchten Sie sofort essen?"

Das Mädchen ist ein Mensch – ein junges Kind nach Fae-Berechnungen, doch im Teenageralter gemäß der sterblichen Lebensdauer. Ich mag es, dass sie auf meine Antwort wartet, ohne vor meinem Blick zurückzuschrecken, und dass sie sich mit ihrer Rolle vollkommen wohlzufühlen scheint. Ich schätze, das sollte sie auch tun, angesichts dessen, dass sie hier geboren wurde.

Manche meiner Kollegen hätten sich über die Tatsache empört, dass ich meinem gleichermaßen menschlichen Koch erlaubte, sich eine Partnerin unter dem Reinigungspersonal zu suchen und eine Familie mit ihr zu gründen. Andererseits würden sie wahrscheinlich auch darüber schimpfen, dass ich meine Mahlzeiten von einem Menschen zubereiten lasse und nicht von jemandem mit Fae-Fähigkeiten. Dennoch habe ich nie gehört, dass sich einer von ihnen über das Angebot beschwert hat, wenn sie hier diniert haben. Wenn man schon menschliche Bedienstete hat, kann ich nicht nachvollziehen, warum ein Mensch, der in unserer Welt geboren wurde, nicht denen vorzuziehen ist, die häufig unter Drogen gesetzt oder verzaubert werden müssen, damit sie ihre Ängste ablegen.

„Stell es abgedeckt auf den Tisch", sage ich. „Ich werde kommen, wenn ich bereit bin."

Sie nickt und eilt zurück zu ihrem Vater. Charles kocht zwar nicht mit der gleichen Finesse, die ein Fae aus meinem Schwarm anwenden würde, doch ich kann Essen nach Fae-Art in jedem anderen Revier an jedem Tag essen, an dem ich dort zufällig vorbeikomme. Mein Vater, das Herz hab ihn selig, überredete den Mann nach einem Ausflug in die Menschenwelt, bei dem er in dessen Restaurant gegessen hatte, mit ihm hierher zurückzukehren. Er genoss seine Kochkunst so sehr, dass er seine Alterung hemmte. Charles ist mittlerweile seit über einem Jahrhundert bei uns und eine Konstante in meinem Leben, seit ich das Erwachsenenalter erreicht habe.

In mancherlei Hinsicht kommt er, so absurd das auch klingt, einer Familie für mich am nächsten.

Ich marschiere durch die Gänge zu meinem privaten

Wohnzimmer, bevor sich noch mehr Düsternis auf mich legen kann. Obwohl es spät wird, bin ich noch nicht hungrig. Der kurze Besuch in einem der Reviere, die meines flankieren, hat der Anspannung, die in mir herrscht, kaum die Schärfe genommen.

Ich sinke in meinen Lieblingssessel und zwinge einen Teil dieser Anspannung, aus mir zu fließen. Alles wurde arrangiert – so gut ich das eben tun konnte. Es wird so ablaufen, wie es das tun wird. Es bringt nichts, über Ereignisse zu grübeln, die in der Zukunft liegen und sich meines Einflusses entziehen.

Und dennoch versucht mein Verstand immer wieder, zu morgen früh zu springen, wenn diese pinkhaarige Seelie-Frau mit mir die Grenze überqueren wird.

Ich habe meine Gedanken zum x-ten Mal gezügelt und richte mich gerade auf in der Absicht, jetzt zum Abendessen zu gehen – weil es mir wenigstens etwas geben wird, worauf ich mich konzentrieren kann, auch wenn ich noch keinen Hunger habe – als der Hauch einer Empfindung durch den leeren Raum in mir tröpfelt. Ich erstarre auf der Sesselkante und strecke zaghaft meine Fühler aus. *Talia?*

Sie antwortet nicht. Ich erlebe definitiv nicht den Rausch an verworrenen Eindrücken, wie bei den wenigen Malen, als ihre Verbindung ungeschützt war. Die Mauern, die sie wegen mir erbaut hat, müssen noch an Ort und Stelle sein.

Im Moment sind sie allerdings nicht hundertprozentig stabil und was auch immer *sie* erlebt, ist so intensiv, dass es durch die Barriere dringt. Noch eine Empfindung erreicht mich – ein Hauch von Wonne, der durch meinen Bauch kitzelt und in meinen Schritt schießt, als wäre er von federleichten Fingerspitzen dorthin gezogen worden. Dann das Flüstern eines Seufzens, das einer stockenden Lunge entweicht, ein tieferer Ruck sinnlicher Wonne …

Obwohl mir ebenfalls der Atem stockt, schnürt sich

meine Kehle zu, als ich plötzlich verstehe. In unserem geteilten Traum erwähnte sie einen anderen Mann, einen zukünftigen Gefährten, den sie nicht verlassen wollte. Sie ist jetzt mit ihm zusammen. *Er* fasst sie an und ruft so viel Wonne in ihr hervor, dass sie durch ihre Abwehr dringt.

Meine Hände ballen sich an den Seiten zu Fäusten. Ein Mahlstrom aus Emotionen schwillt in mir an: Zorn, dass ein anderes Wesen so viel Intimität mit der Frau genießt, die *meine* seelenverbundene Gefährtin ist. Schmerz, dass sie sich ihm zugewandt hat, nachdem sie eingewilligt hat, zu mir zu kommen. Und verwickelt in das alles ist ein scharfer Stich Erregung, wegen dem mein Schwanz halbsteif ist, während ich in dem Sessel sitze.

Ich sollte derjenige sein, der ihr diese Seufzer entlockt und diese Wonne in ihr entzündet. Und oh, wie würde es sich anfühlen, so zusammenzukommen, wie es uns bestimmt ist, diese zittrigen Atemzüge von ihren Lippen zu trinken, sie um mich herum zu spüren und zu wissen, dass jedes Aufflammen von Leidenschaft und Freude mein Werk ist …

Ich schließe die Augen, mahle mit dem Kiefer und widerstehe der Flut aus Empfindungen. Ich beschwöre eine Kristallmauer in mir herauf wie die, mit der ich *sie* während des Gesprächs mit meinen Kollegen ausschloss, von dem sie besser nichts wissen sollte.

Nun verblassen auch die schwachen Eindrücke ihrer Ekstase. Jetzt herrscht nur noch Leere in mir, in der das Hämmern meines Herzens und das Pochen meines Schwanzes widerhallen.

Es spielt keine Rolle. Morgen wird sie bei mir sein und diesen Fae, der sich in unsere Verbindung drängt, zurücklassen. Warum sollte ich nicht wollen, dass sie sich ein letztes Mal mit ihm vergnügt? Es ist besser, wenn sie das tut, als wenn sie später bereut, dass sie keine letzte Gelegenheit hatte, oder?

Ja – ja, das ist es.

Ich stehe vollkommen ruhig auf und verziehe das Gesicht, als meine Hose über meinen nach wie vor schmerzenden Schritt streicht. Der Impuls, zu meinem Schlafgemach zu gehen, um Erlösung zu finden, geht mir durch den Kopf, doch ich bin kein Wolf und lasse mich nicht von meinen niedersten Sehnsüchten leiten. Ich atme langsam ein und aus, ein zweites und ein drittes Mal, und der Blutfluss verlangsamt sich. Der Druck nimmt ab.

So. Es muss überhaupt nichts bedeuten. Ich bin Herr über mich selbst.

Jetzt freue ich mich noch weniger auf das Abendessen als vorhin, als ich ursprünglich essen gehen wollte. Zu hungern, wird der Angelegenheit allerdings keinesfalls helfen. Leichtfüßig mache ich mich auf den Weg zu dem kleineren Esszimmer, in dem ich esse, wenn ich keine Besucher habe. Die Silberkuppel, die den Teller verdeckt, fühlt sich noch warm an. Ich habe das Essen nicht zu lange stehen lassen.

Ich kann die Mahlzeit während zwei Bissen Curryfisch und einem Happen geschmorten Frostkohls genießen. Dann klopft es an der Tür und einer der Bediensteten aus meinem Schwarm späht auf meine Antwort hin daran vorbei.

Der korpulente Fae-Mann verbeugt sich rasch. „Es tut mir leid, mein Lord. Erzlord Terisse ist angekommen und wünscht, mit Ihnen zu sprechen. Kann ich ihr sagen, dass Sie in Kürze bei ihr sein werden?"

Nun, damit verschwindet auch das bisschen Appetit, das ich wiedergewonnen habe. Ich schiebe meinen Stuhl nach hinten. „Das ist in Ordnung, Oswald. Ich komme jetzt. Dankeschön."

Ich hatte damit gerechnet. Immerhin hatte ich ihnen vor kurzem geschrieben, dass sich mir meine seelenverbundene Gefährtin bald anschließen würde. Vielleicht hat ein Teil von mir gehofft, meine Kollegen würden auf meine kurze

Nachricht reagieren, während ich nicht zu Hause bin. Allerdings muss ich irgendwann mit ihnen darüber sprechen.

Es hätte schlimmer sein können. Ich würde Laonis Befragung noch weniger zu schätzen wissen – allerdings würde es die selbsternannte Anführerin unseres Quintetts aus Erzlords unter ihrer Würde sehen, mir einen derartigen Besuch abzustatten. Wenn sie das Gefühl gehabt hätte, dass sie sich selbst mit der Angelegenheit beschäftigen muss, hätte sie verlangt, dass *ich* zu ihr komme.

Terisse wartet in der Eingangshalle, die von der Terrasse abzweigt, was mir verrät, dass sie hergeflogen ist – und anscheinend hat sie das nicht allein getan. Ich weiß nicht, wie viel von dieser ungewöhnlichen Situation meine Kollegen ihren Zirkeln bisher erzählt haben.

Als ich den Raum betrete, dreht sie sich zu mir um. Nur die feinen Fältchen auf ihrem ansonsten glatten, kupferfarbenen Gesicht zeigen, dass sie in mittlerem Alter ist. Die Büschel dunkler, grünlicher Haare, die wie schattige Smaragdsplitter von ihrem Kopf abstehen, weisen noch keine grauen Strähnen auf. Sie betrachtet mich, ohne dass sich eine Spur von Anerkennung oder Sorge auf ihren gespitzten Lippen abzeichnet.

Ich neige den Kopf leicht zur Begrüßung, denn unter Ebenbürtigen ist keine Unterwürfigkeit nötig. „Willkommen in Heart's Cadence, Terisse. Was führt dich hierher?"

Sie neigt den Kopf im Gegenzug. „Ich entschuldige mich für mein unangekündigtes Erscheinen. Ich werde mich kurzfassen, damit ich deinen Abend nicht mehr störe, als ich es bereits getan habe. Wir wollten lediglich einen ausführlicheren Bericht zur jüngsten Entwicklung mit deiner seelenverbundenen Gefährtin."

*Wir*, weil sich meine Kollegen natürlich beratschlagten, bevor sie beschlossen, dass sie diejenige sein würde, die mich anspricht. Ich spreche nicht nur mit ihr, sondern durch sie auch mit den anderen dreien, da sie ihnen zweifellos Bericht erstatten wird.

Ich unterdrücke meine vorübergehende Wut und nicke. „Natürlich. Alles ist geregelt. Ich werde morgen kurz vor Mittag die Grenze überqueren, wobei der Schutzzauber meine Sicherheit garantieren wird. Meine Gefährtin glaubt allerdings ehrlich, dass mir ihr Rudel keinen Schaden zufügen wird. Ich werde einen Eid leisten, um *ihre* Sicherheit im Winterreich zu garantieren, und sie mit mir zurückbringen. Sie hat einem Probeaufenthalt von zehn Tagen zugestimmt, aber ich erwarte, dass alles gut werden wird, wenn sie erst einmal Zeit hatte, sich an das Band zu gewöhnen."

„Hast du in Erwägung gezogen, dass der Besuch ein Schachzug sein könnte, ihr zu erlauben, irgendeinen Verrat an uns zu begehen, während sie hier ist?"

„Selbstverständlich." Von all den Dingen, die mir meine Kollegen vorwerfen könnten, ist Nachlässigkeit gewiss keines. „Abgesehen von der Tatsache, dass sie in solcher Nähe zum Herzen wohl kaum lügen kann, habe ich ihre Gedanken direkt aus ihrem Kopf. Ich habe keine bösen Absichten von ihr gespürt."

Talia ist misstrauisch und hat womöglich sogar Angst. Sie will ihr Volk schützen und ist wütend wegen der Gewalt, die gegen ihre Leute verübt wurde, allerdings ist das zu erwarten. Ich habe nicht das kleinste bisschen Rachsucht von ihr aufgefangen.

„Du solltest sie trotzdem gut im Auge behalten, denn du weißt, wie … unberechenbar die Wölfe sein können." Terisse atmet scharf ein, was sich beinahe wie ein Seufzen anhört, und ich komme nicht umhin, mich zu fragen, ob es meine Kollegen vorgezogen hätten, wenn sich die Seelie geweigert hätten, mir meine Gefährtin zu übergeben. Ob sie es darauf abgesehen hatten, mit diesem Druckmittel einen Krieg zu beginnen.

Es würde mich nicht überraschen. Es würde mich mehr verblüffen, zu erfahren, dass sie sich für meinen Eheerfolg interessieren. Abgesehen davon, wie dieser Erfolg ihren Zwecken dienlich sein kann, nun, da ihr erstes Ziel nicht mehr erreichbar ist.

„Dann schau, ob du sie schnell für dich gewinnen kannst", fährt Terisse mit einer Handgeste fort. „Bringe durch euer Band so viel über ihre Pläne und Verteidigungsmaßnahmen in Erfahrung, wie du kannst. Wir dürfen diese Gelegenheit nicht verschwenden."

Meine Nackenhaare sträuben sich einen flüchtigen Moment lang, bevor ich die instinktive Reaktion abschüttle, weil sie so herzlos von meiner Gefährtin spricht. Ihre Perspektive ist eine logische Sichtweise auf die Situation. Ich würde zweifelsohne genauso denken, wenn ich den größeren Zielen meiner Kollegen zustimmen würde.

Ich kann ihr Argument allerdings nicht komplett ignorieren. Auch wenn es mir lieber wäre, wenn wir uns nicht in einem Krieg befänden, brauchen wir *irgendeine* Lösung. Meine Loyalität meinem Schwarm und meinem Volk gegenüber muss über jeglicher Ergebenheit für eine ungewisse Gefährtin stehen.

„Du kannst dir sicher sein, dass ich auf sämtliche Informationen achten werde, die uns bei unseren Schwierigkeiten helfen könnten", erwidere ich. „Ich bitte darum, dass uns der Rest von euch während ihres Besuchs Privatsphäre gewährt. Wenn ihr mit mir zu sprechen wünscht, werde ich zu euch kommen. Es ist vermutlich schon stressig genug für sie, sich an den Gedanken zu gewöhnen, hier zu leben, ohne dass sie den Druck weiterer wachsamer Augen auf sich fühlt." Und allein das Herz weiß, welch skeptische Bemerkungen meine Kollegen in Bezug auf sie und mich vor ihr machen würden.

„Wir können die Komplexität deines ungewissen Bandes respektieren." Terisse wendet sich ab, als wollte sie gehen, hält jedoch mitten in der Drehung inne, um zu mir zu schauen. „Aber behalte dein eigenes Herz gut im Auge, Corwin. Wir wollen schließlich nicht, dass *sie* diejenige ist, die *dich* für sich gewinnt. Ich könnte mir vorstellen, dass du mir zustimmst, dass eine derartige Katastrophe in deinem Familienzweig mehr als genug ist."

Ich verziehe meinen Mund zu einem steifen Lächeln und verkneife mir die schneidende Bemerkung, die mir auf der Zunge liegt. Keiner meiner Kollegen hätte widerstanden, mir diesen Tiefschlag zu versetzen, um seine Verachtung auszudrücken. „Natürlich. Du hast diesbezüglich überhaupt nichts zu befürchten."

Sie gibt einen kurzen Laut von sich, der kaum eine Zustimmung ist, und marschiert zu den Türen. Einen Augenblick später schwingt sich die dunkle Gestalt ihres Raben von meiner Terrasse aus in die Lüfte.

Sie ist fort, doch sie werden mich während dieser zehn Tage beobachten – viel genauer, als sie es je zuvor getan haben.

Und das Schlimmste ist, dass ich es ihnen nicht einmal verübeln kann.

10

*Talia*

Ich zögere vor der teilweise erbauten Burg und schaue zu dem provisorischen Rudeldorf. Das frühe Morgenlicht taucht die Landschaft in sanfte Goldtöne und schimmert im Dunst der Grenze hinter dem östlichen Wald. Allein ihr Anblick sorgt dafür, dass sich mein Magen stärker verkrampft.

Ich hätte das hier vermutlich schon eher tun und ihr mehr Zeit für ihre Entscheidung geben sollen – aber der Plan nahm so schnell Gestalt an und *ich* hatte noch nicht entschieden, dass ich diese Bitte aussprechen würde, bis ich heute Morgen aufwachte.

Vielleicht habe ich meine Entscheidung noch immer nicht getroffen. Ich schwanke, bevor ich weiter zu dem Haus laufe, in dem Harper meines Wissens wohnt.

Die Sommer-Fae neigen dazu, Frühaufsteher zu sein,

außer es gab eine Feier in der Nacht davor. Meine Freundin beantwortet mein Klopfen hellwach und angezogen – sie trägt ein relativ schlichtes Gewand nach ihren Standards. Sie mustert mich von Kopf bis Fuß und ihr anfängliches Lächeln verrutscht. „Was ist los? Gibt es noch mehr Ärger mit den Raben?"

Ich schätze, das ist eine Möglichkeit, die Situation zu beschreiben, ist jedoch nicht das, was sie meint. Ich schüttle den Kopf. „Keine Angriffe oder dergleichen. Ich wollte etwas mit dir besprechen. Darf ich reinkommen?"

„Natürlich." Harper tritt zurück, wobei ihre Stirn nach wie vor besorgt gerunzelt ist. Ich bin mir nicht sicher, dass sie sich *keine* Sorgen machen sollte.

Die vorübergehenden Häuser, die die Rudelmitglieder benutzen, während die Burg und das Dorf gebaut werden, umfassen nur einen großen, kreisrunden Raum mit einigen grundlegenden Holzmöbelstücken. Der Tisch in der Ecke hat nur einen Stuhl. Harper setzt sich auf die Kante des schmalen Betts und ich nehme den Stuhl, den ich zu ihr umdrehe.

Nachdem ich mich gesetzt habe, brauche ich einen Moment, um die richtigen Worte zu finden. Wir haben meine Verbindung zu dem Unseelie so geheim wie möglich gehalten – Sylas hofft, dass mein Besuch dort ein Geheimnis bleiben kann – und darüber zu sprechen, macht mich immer noch nervös.

Ich verschränke die Hände im Schoß und hole tief Luft. „Am Abend der Krönungsfeier ist etwas passiert. Als die Unseelie-Erzlords kamen, um mit unseren zu sprechen. Ich ... ich habe ein Seelenband mit einem ihrer Erzlords geformt."

Harpers Augen werden so groß, dass eine echte Gefahr besteht, dass sie ihr aus dem Kopf fallen. „*Was?* Aber ... du bist nicht einmal ein Fae." Ihre blassen Wangen erröten. „Ich meine …"

Ich lache erstickt. „Es ist okay. Ich weiß, dass ich keiner bin, und ich weiß, wie verrückt es deswegen klingt. Anscheinend hat mich das, was mein Blut mit dem Fluch verknüpft hat, auch auf andere Arten mit der Welt verbunden, die wir nicht erwartet haben." Ich hoffe, dass dies die letzte derartige Überraschung ist, aber zu diesem Zeitpunkt verlasse ich mich nicht darauf.

„Also was wirst du tun?" Sie beißt sich auf die Lippe und ich vermute, sie denkt daran, was meine Abwesenheit für die Seelie und ihren Fluch bedeuten würde, aber ich habe sie falsch eingeschätzt. „Ich vermute, du musst zu ihm gehen? Ich … ich werde dich hier vermissen. Dann können wir diese Ländereien doch nicht gemeinsam erkunden."

Dass es sie mehr stört, meine Gesellschaft zu verlieren als mein Blut, beruhigt mich hinsichtlich meiner Entscheidung. Ich ringe mir ein schiefes Lächeln ab. „Ich habe mich zu nichts verpflichtet. Es gibt eine Menge Dinge und Leute, die ich hier vermissen würde. Und ich weiß nicht, wie sehr wir einem der Unseelie vertrauen können. Allerdings habe ich eingewilligt, zehn Tage lang bei ihm zu bleiben, um ihn ein wenig kennenzulernen, damit das Herz weiß, dass ich es versucht habe, falls" – *wenn* – „ich beschließe, zurückzukommen."

Harper nickt langsam. „Das macht Sinn. Ich würde ihnen nach all den Angriffen auch nicht trauen. Dann gehst du heute? Bist du gekommen, um dich zu verabschieden?"

„Mehr oder weniger." Ich reibe mir über den Mund. „Tatsächlich habe ich mich gefragt … wie würde es dir gefallen, stattdessen das Revier eines Unseelie-Erzlords zu erkunden?"

Sie blinzelt und ich schwöre, dieses Mal fallen ihre Augen

beinahe aus den Höhlen. „Du ... du willst, dass ich *mit* dir komme?"

Meine Finger vergraben sich in dem Rock meines Kleides. „Ich weiß, es ist viel verlangt. Es könnte gefährlich sein. Der Unseelie-Erzlord hat zugestimmt, dass ich einen Begleiter mitbringen darf, aber wir mussten versprechen, dass es niemand mit einer Kriegerausbildung oder Kampferfahrung ist. Es wäre schön, jemanden bei mir zu haben, mit dem ich mich unterhalten kann, während ich dort bin. Jemand, der ein zweites Paar Augen sein kann für den Fall, dass die Winter-Fae Hintergedanken hegen ... Es ist okay, wenn das zu viel ist. Ich werde nicht sauer sein, wenn du Nein sagst."

Zumindest nicht auf sie. Der Gedanke, die Grenze in ein vollkommen unbekanntes Gebiet ohne jemanden zu überqueren, auf dessen Unterstützung ich mich gegen meine Unseelie-Gastgeber verlassen kann, sorgt jedoch dafür, dass mir ein Schauder über den Rücken läuft.

Harper starrt mich einfach nur an. „Und du würdest *mir* vertrauen, diese Person zu sein?", fragt sie leise.

„Es gibt keinen anderen, den ich fragen möchte." Da meine Männer und Astrid nicht infrage kommen, ist Harper das einzige Rudelmitglied, mit dem ich viel geredet und Persönliches geteilt habe. Mit einer Begleitung in Corwins Zuhause zu sein, die ich kaum kenne, würde sich womöglich schlimmer anfühlen, als allein zu sein.

Sie hat einen schrecklichen Fehler gemacht, jedoch alles in ihrer Macht Stehende getan, um ihn wiedergutzumachen. Falls sie gewillt ist, dem Winterreich zu trotzen, um mich dort zu unterstützen, ist das der einzige Beweis, den ich brauche, dass sie mein Vertrauen wieder verdient.

Ihre Hände zucken an ihren Seiten. Die Vorstellung macht ihr offensichtlich Angst.

Ich stehe auf. „Du kannst dir etwas Zeit nehmen, um darüber nachzudenken. Das Ganze wird ziemlich schnell organisiert – ich soll in wenigen Stunden abreisen – doch du musst jetzt noch nichts entscheiden."

„Nein." Sie reckt das Kinn. „Ich kann jetzt entscheiden. Ich werde dich begleiten. Ich bin froh, dass du mich gefragt hast. Du brauchst dort jemanden und ich werde hier ohne meine Freundin nicht glücklich sein, also passt das für uns beide." Der Schatten eines Lächelns huscht über ihre Lippen. „Und es könnte ein wenig aufregend sein, das Winterreich zu sehen. Solange die Raben nicht versuchen, uns zu Tode zu picken oder so."

„Ich bin mir ziemlich sicher, dass Sylas das zu einer der Bedingungen für den Besuch machen wird", erwidere ich trocken und dann entwischt mir ein Kichern, das zu gleichermaßen Furcht und Belustigung geschuldet ist. Harper lacht ebenfalls und in diesem Moment hege ich keinerlei Zweifel.

Sie verschränkt die Arme vor der Brust und mustert mich einmal von oben bis unten. „Du lernst deinen seelenverbundenen Erzlord nicht in *diesem* Kleid kennen, oder?"

Ich bin nicht überrascht, dass sie diesem Thema als Nächstes ihre Aufmerksamkeit widmet. Ich trage einen schlichten, blauen, knielangen Kittel, wie ihn die meisten weiblichen Rudelmitglieder im Alltag tragen, luftig, aber einfach. „Ich habe hier nichts Schickes. Ich wusste nicht, ob ich eine große Sache daraus machen soll …"

Harpers Schnauben verrät mir, wie sehr sie anderer Meinung ist. Sie springt auf und greift nach der kleinen Kiste, die sie mitgebracht hat. „Du musst ein Zeichen setzen – dass du jemand genauso Besonderes bist wie jeder Federhirn-Erzlord. Es ist gut, dass ich nur für den Fall vorbereitet hergekommen bin. Lass mal schauen … Ja, dieses sollte den Zweck erfüllen. Gib mir etwas Zeit, um es anzupassen, damit es richtig sitzt. Ich werde es in einer Stunde fertig haben."

„Du musst wirklich nicht …", beginne ich, zu protestieren, doch sie bringt mich mit einem Schnalzen ihrer Zunge zum Schweigen und scheucht mich aus dem Haus, damit sie sich an die Arbeit machen kann.

„Iss etwas von Augusts Frühstück", ruft sie mir hinterher. „Du wirst schon wieder zu dünn. Wenn du so weitermachst, werde ich auch noch deine anderen Kleider umnähen müssen."

Ich habe schon gegessen, aber es stimmt, dass mein Appetit in den vergangenen Tagen nicht groß war. Ich verspreche mir schweigend, anständige Portionen von dem zu essen, was auch immer uns Corwin vorsetzen wird. Ich kann schließlich nicht zulassen, dass ich schwach werde, während ich mich im Unseelie-Gebiet befinde. Daraufhin gehe ich zurück zur Burg, um auf das umwerfende Kleid zu warten, das Harper für mich fertigmacht.

Ich erreiche die Tür in dem Moment, als Whitt in einem viel forscheren Tempo herauskommt, als ich so früh am Morgen von ihm erwartet hätte. Mein Puls stockt bei dem Gedanken, dass wir es mit einem weiteren Problem zu tun haben, doch als seine Augen auf mir landen, entspannt sich sein Gesicht. „Da bist du ja, Krümel."

„Ich war bei Harper", erkläre ich. „Sie hat zugestimmt, mitzukommen."

Er summt leise. „Eine interessante Wahl nach dem, was sie dir beinahe angetan hat, aber ich weiß es besser, als gegen dein Urteilsvermögen zu protestieren. Sie hat in den vergangenen Wochen ziemlich viel Mut bewiesen, das muss ich ihr lassen." Er streicht mit der Hand über meine Haare, wobei er darauf achtet, es nicht zu sehr nach einer

Liebkosung aussehen zu lassen, während die Rudelmitglieder zuschauen, die nur von meiner intimen Beziehung zu August wissen. „Machst du einen kleinen Spaziergang mit mir?"

Vielleicht gibt es doch schlechte Nachrichten. Ich humple neben ihm her an dem provisorischen Dorf vorbei, über die breite Wiese mit leuchtenden Blumen und in den Wald dieses Reviers. Er wirkt weniger bedrohlich als das dichte Unterholz und die hochaufragenden Bäume von Hearthshire. Die Bäume hier sind eher gedrungen als hochgeschossen und stellenweise gibt es kleine Fleckchen mit Blumen und Farn, wo das Sonnenlicht durch das Blätterdach fällt. Die pulsierende Energie des Herzens kitzelt über meine Haut.

Beim Laufen scannt Whitt unsere Umgebung. Bevor wir so weit gegangen sind, dass mein krummer Fuß zu schmerzen beginnt, bleibt er an einem gigantischen Holzstamm auf einer kleinen Lichtung stehen. Nachdem er sich gesetzt hat, zieht er mich auf seinen Schoß sowie unter sein Kinn und hüllt mich in seine Arme, als wollte er mich nie wieder loslassen.

Sein Atem kitzelt zusammen mit seiner Stimme über meine Stirn. „Ich würde alles dafür geben, derjenige zu sein, der dich begleitet, weißt du. Und nicht nur um mir mit eigenen Augen anschauen zu können, was diese verfluchten Vögel aushecken. Es spielt keine Rolle, wie stark du bist – du solltest das nicht tun müssen."

Die Vehemenz in seinen Worten löst einen frischen Schmerz in meinem Herzen aus. Ich lehne mich in seine Wärme und seinen Geruch, der so sommerlich wie ein sonnenbeschienener Strand ist. Whitt zeigt selten tiefe Emotionen, selbst wenn wir allein sind. Da ich seine Vergangenheit kenne, kann ich verstehen warum – und ich schätze jeden Moment offener Zuneigung, den er mir schenkt.

Vor allem, wenn ich weiß, dass es über eine Woche dauern wird, bis ich seine Umarmung wieder spüren werde.

„Ich habe neun Jahre in Aeriks Käfig überlebt", erinnere ich ihn und mich selbst. „Die nächsten zehn Tage *können* nicht schlimmer sein."

„Falls ich der Meinung wäre, es bestünde irgendeine Chance, dass sie dem ähneln, würde ich mit Zähnen und Klauen darum kämpfen, dich hierzubehalten", brummt Whitt.

Ich greife nach oben, um sein umwerfendes Gesicht zu berühren, und er nutzt die Gelegenheit, um sich einen Kuss zu stehlen. Er zieht ihn so zärtlich in die Länge, dass sich der Schmerz in meiner gesamten Brust ausbreitet. Dann reibt er seine Nase an meiner Wange. Als er wieder spricht, ist seine Stimme rau. „Du warst *so* … Ich war so ein Idiot, zu denken, deine Anwesenheit würde uns irgendwie schaden. Ich wünschte, ich könnte so viel für dich tun, wie du für uns getan hast. Für *mich*. Die Sache, die mich am meisten umbringt, ist, dass du nur auf der anderen Seite der Grenze sein wirst, jedoch komplett außerhalb meiner Reichweite."

Ich schlucke schwer. „Das kannst du nicht ändern. Und du *warst* für mich da, auf so viele Arten … Ich hasse es, wie viel Ärger ich euch gemacht …"

Er umfasst meine Wange, bevor ich weitersprechen kann, und lehnt seine Stirn an meine. „Nicht. Nichts davon war dein Werk. Seit dem Moment, als ich dir in jener Nacht in den Wald gefolgt bin, nachdem ich dir die Meinung gegeigt hatte, habe ich es kein einziges Mal bereut, dich bei uns zu haben. Es bedeutet noch nicht viel, aber …"

Er lässt diesen Satz so lange in der Luft hängen, dass ich schon denke, dass er seine Meinung in Bezug auf das geändert hat, was er sagen wollte. Dann neigt er den Kopf tiefer, um mir ins Ohr zu flüstern. „Wye."

Ich blinzle verwirrt zu ihm hoch. „Why? Warum?"

Sein Mund verzieht sich zu einem schiefen Grinsen. „Nicht die Frage. Es ist die erste Silbe meines wahren Namens."

Seine Worte rauben mir den Atem. „Aber ... du verrätst ihn *mir*? Du hast gesagt ..."

Whitt zieht mich wieder eng an sich, seine Stimme ist nach wie vor leise. „Ich habe ihn noch nie jemandem verraten. Es nützt dir nichts, nur ein Stück davon zu kennen. Ich kann jetzt nicht den ganzen Namen riskieren, wenn wir nicht wissen, was dieser verflixte Raben-Erzlord versuchen wird, in deinem Gehirn aufzustöbern – es ist nicht nur meine Sicherheit, sondern die des Rudels, die auf dem Spiel steht, und die von Sylas als Erzlord ... Aber ich möchte, dass du sie kennst als mein Versprechen dafür, dass ich dir den Rest anvertrauen werde, wenn eine Zeit kommt, in der uns diese Verbindung nicht mehr bedroht. Selbst wenn wir nicht auf die gleiche Weise aneinandergebunden sein können wie du an ihn, wirst du mich irgendwie erreichen können, egal, wo ich bin und wann immer du mich brauchst."

Meine Kehle schnürt sich eng zusammen. Seinen wahren Namen zu kennen, würde mir so viel Macht über ihn geben, wie ich mit meiner Magie heraufbeschwören kann – die Fähigkeit, nicht nur in seinen Verstand einzutauchen und meine Gedanken an ihn zu projizieren, sondern auch ihn herumzukommandieren, sollte ich das tun wollen. Ich habe wahrscheinlich *nicht* genug Macht, um mich über seinen Willen hinwegzusetzen, wenn er Widerstand leistet, und soweit ich gehört habe, wäre die Verbindung, die ich so bilden könnte, nur ein blasser Schatten im Vergleich des in mir wohnenden, lebhaften, geteilten Bewusstseins, das mich an Corwin bindet, dennoch ist es ein gewaltiger Vertrauensbeweis.

„Wenn du nach all dem noch diese Verbindung mit mir *willst*", fügt Whitt hinzu. Als ich zu protestieren beginne, bringt er mich mit einem kurzen Kuss zum Schweigen. „Ich weiß, dass du es jetzt willst. Aber du kannst dir nicht sicher sein – ich lebe seit mehr als vier Jahrhunderten und *ich* kann die Macht eines Seelenbandes kaum begreifen."

Er weicht so weit zurück, dass er meinen Blick halten kann. „Du musst wissen, dass wir es verstehen würden, wenn etwas zwischen dir und ihm passiert. Das Herz hat dir dieses Band geschenkt. Wenn du am Ende mehr empfindest, als du erwartet hast, und du diese Gefühle ausleben willst, wird dir das keiner von uns – Sylas oder August oder ich – übelnehmen, das verspreche ich dir. Uns allen ist bewusst, dass es eine Möglichkeit ist. Wir sind darauf vorbereitet. Ich werde uns für außergewöhnlich *glücklich* betrachten, wenn das, was du für uns empfindest, sogar den Segen des Herzens überwindet."

Ich blinzle die Tränen zurück, die mir in die Augen treten. Meine Stimme klingt schwächer, als ich es gerne hätte. „Ich kann mir nicht vorstellen, einen anderen als euch drei zu wollen. Dankeschön – für den Anfang deines wahren Namens. Dafür, dass du ihn mir geben willst."

Ich weiß nicht, was ich sonst noch sagen soll, weshalb ich mich dafür entscheide, ihn hart zu küssen und all meine Liebe in unsere Umarmung zu gießen in der Hoffnung, dass er das alles spüren kann, obwohl uns keine Magie aneinanderbindet.

„Es wäre genauso sehr für mich wie für dich", sagt Whitt rau und zieht mich wieder an sich. „Ich bin für alles, was dafür sorgt, dass du mir auf irgendeine Weise nahe bist." Er hält inne und seine Stimme sinkt. „Ich liebe dich, Talia."

Freude bebt strahlend und schwindelerregend durch mich hindurch. Vielleicht hätte ich das mittlerweile annehmen sollen nach all der Hingabe, die er mir erwiesen hat, und nachdem seine Brüder ihre eigenen

Liebeserklärungen abgelegt haben. Whitt hat es jedoch noch nie zuvor laut ausgesprochen.

Ich schlinge die Arme um seinen Hals und er drückt mich fest. „Ich liebe dich auch", verkünde ich und mir versagt die Stimme. „So sehr."

Doch in wenigen Stunden muss ich ihn und die anderen Männer, die ich liebe, verlassen.

11

*Talia*

Als ich die Wiese betrete, die das Herz umgibt, flüstert das Kleid, das Harper für mich angepasst hat, über meine Beine. Der weiche, elfenbeinfarbene Stoff mit seinem perlenartigen Schimmer bedeckt meine Arme von den Handgelenken zu den Schultern und fließt bis zu meinen Knöcheln, wobei er sich sanft an meine Brust und Hüften schmiegt. Spitzeneinsätze geben Blicke auf mein Schlüsselbein und meine Waden frei. Die zarten Muster schimmern wie Frost auf meiner Haut.

Ich sehe wie eine Winterprinzessin aus und weiß nicht, was ich davon halten soll.

Ich konnte das gleiche Zögern vermischt mit Bewunderung in den Augen meiner Liebhaber sehen, als sie mich musterten. Harper weiß, was sie tut – ich sehe zumindest *gut* aus. Wie eine Frau, die auf ihren eigenen

Füßen stehen kann, auch wenn einer etwas krumm ist, und die sich nicht von dem einschüchtern lassen wird, was auch immer mir die Unseelie entgegenschleudern.

Ich hoffe, dass das tatsächlich stimmt.

Als wir mehrere Schritte entfernt vom schimmernden grauen Dunst der Grenze stehenbleiben, positioniert sich Sylas neben mir. Whitt und August flankieren uns. August hält einen Koffer mit einigen Wechselklamotten und anderen Habseligkeiten in der Hand, die ich rasch gepackt habe. Harper steht an unserer Seite, noch immer in ihrem legeren Kleid von heute Morgen, damit sie mich nicht in den Schatten stellt, und umklammert ihren eigenen Koffer.

Ich will mich umdrehen und einen letzten Kuss von all meinen Männern einfordern, doch Corwin wird nun jeden Moment über die Grenze treten. Ich habe zwar erwähnt, dass mein Herz anderen als ihm verpflichtet ist, diesen Probelauf damit zu beginnen, dass er mich in den Armen eines anderen Mannes sieht, scheint jedoch ein vorprogrammiertes Desaster zu sein. Daher bleibe ich still und gerade stehen, meine Arme hängen an meinen Seiten und mein Herz hämmert so laut, dass ich vermute, dass es all meine Fae-Begleiter hören können.

Meine Lichtmauer leuchtet nach wie vor in mir und ich habe sie erst vor wenigen Minuten gestärkt. Ich will nicht, dass Corwin merkt, wie nervös ich bin. Ich will es nicht riskieren, dass er einen Blick auf andere, gefährliche Gedanken erhascht, die mir durch den Kopf gehen könnten, während ich so nervös *bin*.

Die anderen Erzlords baten darum, ebenfalls anwesend sein zu dürfen, doch Sylas schaffte es, ihnen das auszureden. Ich schätze, es wäre ziemlich offensichtlich, dass etwas Bedeutsames vor sich geht, wenn sie alle hier wären. Was würde der Rest der Seelie denken, wenn sie wüssten, dass das

Heilmittel für ihren Fluch kurz davor steht, die feindliche Linie zu überqueren?

Ich atme langsam ein, straffe die Schultern und wappne mich, als der Dunst erbebt. Eine Gestalt erscheint im Nebel, kurz bevor sie auf das Gras auf unserer Seite tritt.

Corwin ist in die formelle Jacke und Hose gekleidet, an die ich mich aus der Nacht der Krönung erinnere, allerdings stellt er seine Flügel jetzt nicht zur Schau. Eine dünne Krone leuchtet silbern in seinen blau-schwarzen Locken. Sein dunkler Blick schnellt sofort zu mir und mein Herz hämmert noch wilder trotz meiner Bemühungen, ruhig zu bleiben.

Während ich ihn betrachte, kann ich seine Emotionen überhaupt nicht deuten. Seine Miene ist noch undurchdringlicher, als es Sylas' sein kann.

Wenigstens wirkt er in Bezug auf die ganze Situation relativ entspannt, obwohl er nur wenige Schritte entfernt von der Grenze stehenbleibt, als würde er denken, er müsste womöglich jeden Moment zurück auf die Winterseite springen. Er nickt mir zu und sein Blick huscht kurz über meinen Körper, bevor er zu meinem Gesicht zurückkehrt. Seine Stimme klingt kühl und ruhig. „Talia. Du siehst reizend aus. Bist du bereit?"

„Ja." Ich deute zu Harper. „Das ist meine Freundin Harper. Sie ist diejenige, die sich mir anschließen wird. Das Kleid habe ich ihr zu verdanken."

Er nickt auch meiner Freundin zu. „Es ist eine exquisite Arbeit." Er richtet seine Aufmerksamkeit auf Sylas und sein Körper, der genauso groß ist wie der des anderen Erzlords, wenn auch schmaler, richtet sich etwas gerader auf. „Ich bin mir sicher, Sie können verstehen, dass ich mich nicht länger als nötig in Ihrem Reich aufhalten möchte. Ich bin bereit, die Eide abzulegen, die wir besprochen haben."

Es passiert wirklich. In nur wenigen Minuten werde ich mit ihm durch diesen Dunst ins Unbekannte laufen. Nicht einmal Sylas und sein Kader wissen, wie die Winter-Erzlords leben.

Mein Herzschlag legt noch einen Zahn zu und meine Hand zuckt zu meinen Haaren, bevor ich die nervöse Geste verhindern kann. Als ich die Haarsträhnen hinter mein Ohr streiche, gleitet Corwins Blick wieder zu mir – und er wird bocksteif.

Ich erstarre mit der Hand neben meinem Gesicht, erschrocken von seiner Reaktion und der plötzlichen Fassungslosigkeit, die über sein zuvor ausdrucksloses Gesicht gehuscht ist. Ein Aufflackern von Feindseligkeit durchdringt die leuchtende Barriere in mir. Was habe ich getan?

Corwin marschiert abrupt vorwärts. Ich versteife mich und meine Nerven klirren alarmiert. Er bleibt nur wenige Schritte von mir entfernt stehen, seine Nasenflügel blähen sich und er reißt die Augen auf. „Du …"

„Erzlord Corwin?", fragt Sylas mit einem leisen Knurren.

Corwin dreht sich zu ihm um. „Was bedeutet das?", will er wissen. Seine Stimme ist nun flach und kalt. „Dachten Sie, Sie könnten mir eine Betrügerin als meine seelenverbundene Gefährtin unterjubeln? Falls Sie sie mit irgendeiner Magie belegt haben, von der Sie dachten, sie würde ihre Natur verbergen, so hat sie versagt. Sie ist offensichtlich menschlich."

Oh. Oh, nein. Ein Ball aus Eis bildet sich in meinem Magen. Er hat es nicht bemerkt. Er war zuvor nur erschrocken, weil er dachte, ich sei eine Seelie-Frau – eine *reinblütige* Seelie-Frau. Natürlich. Ihm ist nie in den Sinn gekommen, wie unwahrscheinlich dieses Band darüber hinaus ist. Ich hatte nicht darauf geachtet, zu erwähnen, was ich bin, weil ich annahm, dass er es einfach wissen würde, und er hat noch nie zuvor aus solcher Nähe einen Blick auf mich werfen können.

„Corwin", sage ich rasch. „Es ist kein Trick. Ich bin Talia.

Ich … ich weiß nicht, wie es passiert ist; keiner von uns weiß es. Es ist nur …"

Meine Worte vertiefen nur den beleidigten Zug um seinen Mund. Ich unterbreche mich und tue das Einzige, was mir einfällt und ihn möglicherweise überzeugen könnte: Ich lasse die Mauer in mir fallen.

Emotionen fluten den Raum zwischen uns: Wut und Verrat und ein Anflug von Furcht, der so scharf und schnell ist, dass ich zusammenzucke. Doch eine Sekunde später ziehen sich all diese Empfindungen hinter eine kühle Woge des Schocks zurück. Corwin starrt mich an und ich sehe mich durch seine Augen in meinem Verstand, angespannt, aber standhaft.

*Es tut mir leid*, denke ich an ihn gewandt und hoffe, dass er die ehrliche Reue spüren kann, die ich empfinde. *Ich hätte es dir erzählt – ich dachte, du hättest es schon bemerkt.*

Einen Augenblick lang stehen wir alle in angespanntem Schweigen da, meine Liebhaber sind für alles gewappnet und Harper schlingt die Arme um sich. Corwins Kiefer arbeitet, aber ich kann mir nicht vorstellen, dass es irgendeine Magie gibt, die eine Illusion von einem Seelenband erschaffen kann, wo es keines gibt. Er muss wissen, dass es stimmt.

„Gibt es ein Problem?", fragt Sylas, dessen tiefer Bariton ungewöhnlich abweisend ist. „Sie wollten eine Gelegenheit, Ihre seelenverbundene Gefährtin kennenzulernen. Hier ist sie. Wenn *Sie* sie ablehnen …"

„*Nein*", unterbricht ihn Corwin, bevor ich mehr als einen Funken Erleichterung verspüren kann bei dem Gedanken, dass diese bizarre Situation so leicht beigelegt werden könnte. Er zerrt am Ansatz seiner Jacke und scheint sich zu sammeln. Als sich die Einblicke in seine Emotionen, die mich erreichen, legen, fange ich den Eindruck von Verwirrung und Neugier auf, allerdings keine Wut mehr.

„Nein", sagt er ruhiger. „Ich war nur überrascht. Es ist … ziemlich ungewöhnlich."

Whitt schnaubt. „Ja, dessen sind wir uns bewusst."

August verschränkt die Arme in einer subtilen, jedoch eindeutigen Drohgebärde vor der Brust. „Es sollte nicht bedeuten, dass Sie sie anders behandeln, als wenn sie die reinblütigste aller reinblütigen Fae wäre."

Corwin mustert ihn und ich fange Fetzen des Erkennens und der Abwehr auf – und ein erneutes Beben der Wut. Dann verblasst alles, da er anscheinend die Mauer wieder aufgebaut hat, die er zuvor benutzt hat, um mich aus seinem Bewusstsein auszuschließen.

Kann er erkennen, dass August einer meiner Liebhaber ist? Wie sehr stört es ihn, dass womöglich weniger Platz in meinem Herzen für ihn ist, oder sieht er mich als einen Besitz, der ihm gestohlen wurde?

Der Unseelie-Erzlord reckt das Kinn in einem hochmütigen Winkel. „Sie ist meine seelenverbundene Gefährtin. Das stellt sie automatisch über jedes andere Wesen in meiner Obhut."

„Dann können wir mit den Schwüren fortfahren?", fragt Sylas scharf.

Corwin blickt zu mir. Sein bronzefarbenes Gesicht ist wieder eine unleserliche Maske geworden, aber ich glaube, in seinem Blick liegt noch immer Verwirrung. Nun, warum sollte sie nicht da sein? Ich wusste von Anfang an, wie unmöglich diese Verbindung ist, und sie bringt mich noch immer aus der Fassung.

Doch ich habe zugestimmt, es trotzdem zu probieren, also kann er sich wenigstens nicht wie ein Arsch benehmen. Ich recke ebenfalls das Kinn und erwidere seinen Blick.

Seine Mundwinkel biegen sich nach oben zu dem schwachen Schatten eines Lächelns. Es reicht aus, um ein wenig der eisigen Panik zu schmelzen, die durch meine Adern geträpfelt ist, seit er herausgefunden hat, was ich bin.

Vielleicht wird es doch okay werden. Zehn Tage. Das kann ich schaffen. Ich habe bereits gesehen, dass er nicht nur die kalte, undurchdringliche Fassade ist, die er hier präsentiert.

„Ja", antwortet Corwin, der mich noch immer beobachtet. „Fahren wir mit den Schwüren fort."

Als Sylas die Schwüre spricht, auf die wir uns zuvor geeinigt haben, hebt sich das Pochen der Magie des Herzens und durchzieht seine Worte. Sie schwingt auch in Corwins Stimme mit, als er die Schwüre wiederholt. Er schwört, dass es mir freistehen wird, in zehn Tagen zurückzukehren, und dass er alles in seiner Macht Stehende tun wird, um für meine und Harpers Sicherheit vor jeder Art von Schaden zu sorgen, und dass er alles geheim halten wird, was er in Bezug auf die Seelie von mir erfährt. Er stockt oder zögert kein einziges Mal.

Dann ist es erledigt. Corwin nimmt August meinen Koffer ab. Ich zwinge mich, nicht zu meinen Liebhabern zurückzuschauen. Ich habe Angst, dass ich das Schluchzen nicht zurückhalten kann, das in meiner Kehle kitzelt, sollte ich es tun.

Mein seelenverbundener Gefährte reicht mir seine Hand. „Wollen wir gehen?"

Mein Arm sträubt sich an meiner Seite und die Erinnerung an seine Berührung sowie die elektrisierende Wirkung, die sie sogar in einem Traum hatte, geht mir durch den Kopf. Bevor ich entscheiden kann, ob ich mich dieser Intensität stellen oder es riskieren will, ihn zu beleidigen, ändert er die Geste zu einem schlichten Winken. Als ich nach vorne trete, lässt er seine Hand ohne Widerrede sinken.

Harper schließt sich mir an. Wir müssen selbst einen

Schwur ablegen, um die Grenze so nah am Herzen zu überqueren.

„Ich schwöre beim Herzen, den Fae hinter dieser Grenze kein Leid zuzufügen. Möge ich in Frieden und Freundschaft hinübergehen", sage ich. Ein Kribbeln schießt durch meine Brust bis in meine Zehen und die Energie windet sich durch meine Nerven. Harper legt den gleichen Schwur ab.

Dann laufen wir angeführt von Corwin in den Dunst zu den Landen der Winter-Fae.

12

*Talia*

Nach wenigen Schritten ins Grenzgebiet liegt bereits eine gewisse Kälte in der dunstigen Luft. Das Rascheln von Gras unter meinen Stiefeln verhärtet sich zu dem Knistern von Frost und dann dem Knirschen einer dünnen Schneeschicht. Mein Kleid bedeckt zwar den Großteil meines Körpers, aber der seidige Stoff ist so dünn, dass die Kälte hindurchdringt. Ich erschaudere, woraufhin Harper meine Hand nimmt und sich eng an mich lehnt, um mir sowohl Trost als auch Wärme zu spenden.

Ich konzentriere mich auf Corwins hochgewachsene, schlanke Gestalt vor uns. Seine hellen Kleider verschmelzen mit dem Nebel, seine dunklen Haare sind jedoch deutlich sichtbar. Nach wenigen Metern verschwindet der Grenzdunst. Ich atme scharf ein und betrachte die Landschaft um uns herum.

Das Winterreich könnte sich nicht stärker von der

Wärme und den kräftigen Farben der Sommerlande unterscheiden. Wir stehen auf einer eisigen Ebene, die in dem scharfen Sonnenlicht funkelt, das von dem klaren, blauen Himmel fällt. Zu unserer Rechten in der Nähe der Stelle, wo das rhythmische Pulsieren des Herzens zu spüren ist, ragt ein gewaltiger, elfenbeinfarbener Turm in den Himmel, von dessen Seiten Türmchen wie Hauer emporragen. Ich vermute, das ist das Gegenstück der Unseelie-Erzlords zu unserer Bastion. Dahinter kann ich ein anderes Gebäude in der Ferne ausmachen: eine Burg aus glänzendem Silber.

Dorthin gehen wir allerdings nicht. Ein Stück zu unserer Linken, auf der anderen Seite der weitläufigen Ebene, erhebt sich noch ein Palast, der das Sonnenlicht nicht von seinen durchsichtigen Steinmauern zu reflektieren, sondern zu absorbieren und in einem endlosen Funkeln zu verteilen scheint. Die Türme, die hoch über dem Hauptdach emporragen, haben die Form von Kristallen, die mit Facetten getüpfelt sind. Anhand der Befriedigung, die auf Corwins Gesicht aufblitzt, als er den Palast betrachtet, kann ich erkennen, dass es sein Zuhause ist.

Hier gibt es ebenfalls Wälder – eine Gruppe eisbeladener, blattloser Bäume, die sich links von uns befinden. Und in weiter Ferne strecken sich zerklüftete, schneebedeckte Berge zum Himmel.

Es ist alles wunderschön auf eine kalte, undurchdringliche Art und Weise. Corwin blickt zu uns zurück und bemerkt mein nächstes Zittern, das teilweise Staunen geschuldet ist, jedoch auch teilweise der Kälte, die tiefer in meine Haut beißt. Sorge flackert in seinen Augen auf.

„Ich entschuldige mich. Ich habe nicht nachgedacht – ich bin nicht an Seelie-Gäste gewöhnt. Hier weben wir alle

Wärmezauber in unsere Kleider. Ich kann schnell einen für euch beide anbringen … wenn das in Ordnung ist?"

Meine Nerven zucken bei dem Gedanken, dass er mich mit irgendeiner Magie belegt, doch ich bin auch nicht scharf darauf, zu erfrieren. „Nur diesen Zauber, keine andere Magie?", frage ich rasch aus Angst, dass meine Zähne zu klappern anfangen, wenn ich den Mund zu lange öffne.

„Nur der Wärmezauber", verspricht Corwin und ich nicke.

Er murmelt einige Silben mit einer knappen Handbewegung, woraufhin sich Hitze über meinem Körper ausbreitet und die Kälte nicht nur dort verjagt, wo mein Kleid meine Haut berührt, sondern auch auf meinem Gesicht. Ich unterdrücke ein weiteres Zittern, das dieses Mal nichts mit der Kälte zu tun hat. Die Woge aus Wärme fühlte sich zu stark danach an, als würde ich auf eine viel intimere Weise berührt werden, als es mir von meinem hypothetischen Gefährten lieb ist.

Wenigstens stehe ich nicht mehr kurz vor dem Erfrierungstod. Corwin belegt Harpers Kleidung mit dem gleichen Zauber und sie seufzt erleichtert. Er bedeutet uns, ihm zu dem funkelnden Kristallpalast zu folgen. „Ich werde jemanden aus meinem Schwarm bitten, eure restlichen Kleider ähnlich zu verzaubern."

„Schwarm?", frage ich und verziehe das Gesicht über mich selbst. Natürlich würden Rabengestaltwandler ihre Leute nicht als ‚Rudel' bezeichnen. „Vergiss es." Ich deute zu dem Palast. „Das ist also dein Zuhause? Wie hast du deine Ländereien noch einmal genannt – Heart's Cadence?"

Seine Lippen biegen sich zu einem kleinen Lächeln, als würde es ihn freuen, dass ich mich daran erinnert habe, allerdings nicht so sehr, dass er eine große Sache daraus machen wird. Er hat unser Band abgeriegelt – ich kann seine

Emotionen nicht spüren. Der Aufbau von Vertrauen wird offensichtlich auf beiden Seiten eine Weile dauern.

„Ja, hier werdet ihr wohnen", antwortet er. „Wenn ihr aufmerksam lauscht, könnt ihr bereits hören, wie der Palast seinem Namen Ehre macht."

Ich verstehe nicht, was er meint, bis ich das Knirschen unserer Füße auf dem eisigen Boden ausblende. Ein anderer Laut schwebt leise und bebend durch die Luft, der eine klare Melodie bildet, nachdem ich sie einmal bemerkt habe.

Harper nimmt die Melodie noch schneller wahr wegen ihrer umfassenden Musikerfahrung, die sie dank ihrer Eltern hat. Ihre dünnen Augenbrauen heben sich. „Das kommt vom Palast?"

Corwin neigt den Kopf. „Die Kristalle wurden so geformt, dass sie mit dem Wind schwingen, wenn er über sie weht, um eine Art Lied zu erzeugen. In Heart's Cadence ist man nie weit weg von Musik."

Der Spruch klingt auswendig gelernt, aber der Stolz in seiner Stimme ist unverkennbar. Ich mustere den Palast und denke darüber nach, wie die Lords im Sommerreich ihr Zuhause entwerfen. „Bist du also besonders gut in Magie, die mit Kristallen zu tun hat?"

„Steinen aller Art. Allerdings kann ich mir lediglich den Verdienst für wenige kleinere Renovierungsarbeiten am Palast anrechnen lassen. Er steht bereits seit weit über tausend Jahren. Meine Urgroßmutter entschied sich wegen der Widerstandsfähigkeit und Schönheit für Diamant."

Das ganze Gebäude besteht aus *Diamanten*? Ich schaffe es, den Mund zu schließen, bevor ich mit heruntergefallener Kinnlade glotze. Es muss keine große Sache sein, wenn man so viel man will heraufbeschwören kann, nur indem man einen wahren Namen sagt, aber trotzdem. Die Könige und Königinnen, die in der Menschenwelt noch existieren, würden bei derartigen Reichtümern in Ohnmacht fallen.

Und dort werde ich die nächsten zehn Tage wohnen.

Harper packt erneut meine Hand, doch sie läuft jetzt mit federnden Schritten. Die Röte auf ihren Wangen wirkt eher aufgeregt als nervös. Ich bin mir sicher, es ist einfacher, das hier als ein fantastisches Abenteuer zu sehen, wann man sich nicht fragt, ob man einem völlig Fremden vertrauen kann, dessen Seele unerklärlicherweise mit der eigenen verschmolzen ist.

Corwin beobachtet mich. Mein Gespür für die Verbindung zwischen uns verändert sich, als er seine Barriere senkt und zulässt, dass einige Eindrücke hindurchkommen. Er schätzt meine Reaktion ein, hoffnungsvoll, jedoch zurückhaltend. „Was denkst du?"

Ich habe instinktiv meine eigene innere Mauer heraufbeschworen, als ich bemerkte, dass sich seine lockerte, doch das Kitzeln von Hoffnung beruhigt mich. Ich lasse meinen Blick über den Palast, den Wald und die Berge dahinter wandern und gebe mein Bestes, sie so zu betrachten, als wäre ich ein Reisender, der nur hier ist, um ohne jeglichen Druck das Land zu erkunden. Eine weitere Woge des Staunens schwappt durch mich hindurch und ich habe nichts dagegen, wenn er es fühlt. „Es unterscheidet sich stark von den Teilen der Fae-Welt, an die ich gewöhnt bin, aber es ist wunderschön."

Werde ich viel mehr von diesem Ort sehen oder will mich Corwin in seinem Heim einsperren, bis er sich meiner Loyalität und Zuneigung sicher ist? Ich weiß nicht, wie ich danach fragen kann, ohne dass es sich schlimm anhört, weshalb ich die Frage vorerst beiseiteschiebe.

Ich habe mit einem großen Empfangskomitee gerechnet, es kommen jedoch nur zwei Fae aus dem Palast, um uns zu begrüßen. Beide sind in ordentlich geschneiderte, allerdings schlichte Tuniken und Hosen gekleidet, wegen der bei mir die Vermutung aufkommt, dass sie zum Personal gehören und keine Machtposition innehaben.

Hat Corwin einen Kader, wie ihn alle Seelie-Lords haben? Wollen sie seine angebliche Gefährtin nicht kennenlernen? Und was das angeht, wo ist der Rest seines Schwarms? Ich sehe keine kleineren Gebäude in der Nähe. Sie leben doch sicherlich nicht alle bei ihm im Palast?

Ich spreche meine Verwirrung nicht einmal mental aus, aber Corwin hat anscheinend einen Teil davon durch unser Band wahrgenommen. Er deutet zu einer scharfen Kante mehrere Meter entfernt von den äußersten Palastmauern, wo das Land abgebrochen zu sein scheint. „Mein Schwarm hat seine Häuser in die Klippen zu beiden Seiten des Wasserfalls gebaut. Eine Aussicht, die einem den Eindruck verleiht, man würde fliegen, obwohl man mit beiden Füßen auf dem Boden steht, hat etwas für sich."

Wenn man die Kontrolle über jegliches ‚Fliegen' hat, das man tut, ist das bestimmt der Fall.

Als wir den großen Eingang mit seinem Gewölbe samt Zwiebelturm erreichen, führen uns die zwei Fae, die herausgekommen sind, um uns zu begrüßen, nach drinnen. „Die Zimmer sind bereit, mein Lord", erklärt einer Corwin. Der andere streckt seine Hände aus, um Harper ihren Koffer abzunehmen.

Sie zögert und gibt ihn schließlich ab. „Dankeschön."

Das Innere des Palasts funkelt beinahe so stark wie das Äußere. Gedämpftes Sonnenlicht fällt durch die hohen Decken und Wände, die so dick sind, dass sie den Blick auf die Objekte oder Gestalten verbergen, die sich dahinter befinden. Glatte, blaugraue Teppiche bedecken die Böden und dämpfen unsere Schritte. Die schwache Melodie schwebt weiterhin um uns herum und ist jetzt leichter rauszuhören, da wir im Palast sind.

Nachdem wir ein paarmal abgebogen sind, bleiben die

zwei Fae stehen. Corwin öffnet die Tür zu einem riesigen Zimmer mit einem hellen Himmelbett aus Marmor und dazu passenden Möbelstücken. „Das wird vorläufig dein Zimmer sein", verkündet er an mich gewandt, was das kribbelnde Bewusstsein in mir hervorruft, dass von mir erwartet wird, irgendwann *sein* Zimmer mit ihm zu teilen. „Und deine Begleiterin wird gleich auf der anderen Seite des Ganges wohnen."

Der Mann mit Harpers Koffer hat diesen bereits in das Zimmer gegenüber von meinem getragen. Harper läuft hinter ihm her und keucht, als sie sich umsieht.

Corwin lässt meine Tür offen stehen, stellt meinen Koffer an den Fuß des Bettes und hält inne. „Ich würde es zu schätzen wissen … könnte ich einige Momente haben, um mit dir allein zu sprechen? Ich habe das Gefühl, dass es leichter sein könnte, einander kennenzulernen, wenn wir wenigstens ohne Publikum beginnen."

Er könnte recht haben und ich nehme durch das Band keine bösen Absichten wahr, nur den ehrlichen Wunsch, mehr über mich zu verstehen. Ich habe ebenfalls viele Fragen, die ich ihm stellen möchte, und es macht Sinn, dass er sich womöglich nicht so sehr öffnet, wenn Harper dabei ist.

„In Ordnung", stimme ich zu. „Aber … nicht hier drin." Ein privates Gespräch mit meinem seelenverbundenen Gefährten in einem Zimmer zu führen, das über ein Bett verfügt, scheint Erwartungen hervorzurufen, die ich lieber nicht auf dem Tisch haben will. „Gibt es einen anderen Ort, an dem wir reden können?"

„Ja, natürlich."

Harper hat das ganze Gespräch mitangehört. „Ich werde zurechtkommen", ruft sie aus dem anderen Zimmer. „Hol mich einfach, wenn du mich brauchst."

Corwin tritt zurück in den Gang. „Ihr könnt euch beide frei im Palast bewegen und das erkunden, was für euch erreichbar ist – und der Großteil ist das abgesehen von wenigen Zimmern, die mehr Diskretion verlangen. Ich würde empfehlen, dass ihr den Palast nicht ohne mich verlasst, bis ich die Gelegenheit hatte, euch dem ganzen Schwarm vorzustellen, damit ich mir ihrer Reaktionen sicher sein kann." Er bleibt stehen, vielleicht ist er sich seiner *eigenen* Reaktionen noch nicht sicher, und bedeutet mir anschließend, ihm zu folgen.

Die Gänge, durch die wir gehen, fühlen sich ohne Gesellschaft noch leerer an. Ich entdecke keine anderen Fae oder menschliche Bedienstete, falls er welche hat. Der Palast ist weitläufig und atemberaubend, wodurch sich die Leere allerdings noch einsamer anfühlt.

Er hat natürlich keine Gefährtin, die hat Sylas jedoch auch nicht, doch in und um *seine* Burg herum war immer etwas los, vor allem als wir wieder in Hearthshire waren.

Corwin führt mich zu einem Wohnzimmer mit hohen Fenstern, die auf eine breite Diamantterrasse hinausblicken, von der man eine noch epischere Aussicht auf die Berge hat. Trotz all der funkelnden Härte des Palastes selbst sehen die Sofas und Sessel ziemlich bequem aus. Ihre Marmorflächen, Rücken- und Armlehnen sind mit Lederkissen bedeckt. Ich sinke auf das Ende eines Sofas und ziehe meine Beine neben mich. Corwin lässt sich auf einem Sessel nieder, den er so positioniert, dass er mir zugewandt ist.

„Warum fängst du nicht an?", fragt er sanft. „Ich kann mir nicht vorstellen, wie viele Fragen du hast, die du nicht durch das Band stellen wolltest."

Ich habe eine Menge Fragen, aber ich weiß nicht, welche mich in Schwierigkeiten bringen könnten. Ich entscheide mich für die, die mich gerade beschäftigt. „Hast du einen Kader? Verwandte oder Freunde, die so etwas wie ... Berater sind und die Personen, an die du dich wendest, wenn du deinen ... deinen Schwarm führst?"

„Kader ist ein Seelie-Begriff. Wir bezeichnen unsere engsten Vertrauten als Zirkel.“

„Also hast du einen?“ Ich sehe mich um. „Leben sie auch hier im Palast?“ *Wo* sind *sie und warum sind sie bei so einer Angelegenheit nicht da?*, denke ich hinter der unvollständigen Mauer, die ich noch immer gegen die volle Kraft unserer Verbindung aufrecht halte.

Corwins Mund zuckt, als fände er diese Idee amüsant. „Nein, sie haben ihr eigenes Zuhause – oben am Klippenrand, damit sie in der Nähe sind, falls ich sie brauche. Du wirst während deines Aufenthalts mindestens ein paar von ihnen kennenlernen. Sie gehen allerdings hauptsächlich für mich Geschäften im gesamten Reich nach oder kümmern sich um andere Angelegenheiten.“

Whitt und August verreisen häufig auf Sylas’ Anweisung, jedoch selten länger als ein oder zwei Tage, und sie verbringen mindestens genauso viel Zeit mit ihm. Ich verkneife es mir, die Stirn zu runzeln, und sauge stattdessen meine Unterlippe zwischen die Zähne, während ich entscheide, ob ich nachhaken möchte. „Ich schätze, dann ... verkehrst du nicht so viel mit ihnen?“

„Nein. Ich nehme an, die Wölfe handhaben das anders?“ Sein Tonfall deutet an, dass er das ebenfalls amüsant findet. Ich werde automatisch sauer, doch Corwin fährt fort, ohne das zu bemerken. „Ich vertraue meinem Zirkel und er ist mir eine große Hilfe, unsere Verbindung ist jedoch rein professionell. Es kommt nichts Gutes dabei heraus, wenn man die Grenzen zwischen Kollegen und Freunden verwischt.“

Diese Einstellung unterscheidet sich definitiv von der der Seelie. Nachdem ich so viel Zeit in der Gesellschaft meiner Männer verbracht und gesehen habe, wie gut sie einander in persönlichen und offiziellen Belangen unterstützen, habe ich Schwierigkeiten, zu glauben, dass er recht hat, und dass er bei seiner Lebensweise nicht einsam ist. Doch ich vermute, er kennt es nicht anders.

„Was ist mit … hast du Familie?"

Unbehagen geht von ihm auf mich über und verblasst wieder. Auf Corwins Gesicht zeigt sich jedoch kein äußeres Anzeichen von Schmerz. „Ich bin ein Einzelkind und meine Eltern haben leider vor ihrer Zeit ein grässliches Schicksal erlitten."

„Oh. Das tut mir leid." Ein Kloß bildet sich in meiner Kehle. Ich schicke ihm durch unser Band mein Mitgefühl, damit er weiß, dass ich es ernst meine. „Ich habe meine Familie ebenfalls verloren."

„Ja." Er legt den Kopf schief und eine dünne Falte bildet sich auf seiner Stirn. „Wie bist du bei den Seelie gelandet? Du hast nicht als Dienerin für Erzlord Sylas gearbeitet."

„Nein. Ich …" Ich will sagen, dass es kompliziert ist, und es dabei belassen, doch ich schulde ihm vermutlich eine ausführlichere Erklärung, vor allem da er keine menschliche Gefährtin erwartet hat.

Ich wappne mich, grenze meine Erzählung auf die Fakten ein und umgehe die Erinnerungen so gut wie möglich, die Panik in mir hervorrufen würden. „Als ich zwölf Jahre alt war, wurde meine Familie von Seelie angegriffen, die als Wölfe durch die Menschenwelt zogen. Sie töteten meine Eltern sowie meinen Bruder und nahmen mich mit in die Fae-Welt. Dieser Lord hielt mich neun Jahre lang in einem Käfig gefangen, bis Sylas mich zufällig fand und rettete. Er hat mir erlaubt, ein richtiges Mitglied seines Rudels zu werden – nun, so sehr ich das eben sein kann."

Der Unglaube auf Corwins Gesicht sendet ein Kribbeln der Verärgerung durch mich hindurch. Er war zwar gewillt, die Vorstellung eines Menschen als Gefährtin zu akzeptieren, hat jedoch eindeutig Schwierigkeiten, mich als eine Ebenbürtige der Fae zu sehen. Oder er hat Probleme, sich vorzustellen, dass mich ein Sommer-Fae als ebenbürtig sehen könnte, was nicht viel besser ist.

„Dieser erste Lord", sagt er. „Er hat dich ziemlich schlecht behandelt?"

Ist das nicht dadurch ersichtlich, dass ich in einem Käfig gehalten wurde?

Trotz meiner größten Bemühungen durchläuft mich ein Schauder, der die Fetzen der Vergangenheit an die Oberfläche holt. Das Leuchten, das ich an Ort und Stelle gehalten habe, wird noch schwächer. Corwin muss Eindrücke von dem harten Boden auffangen, sowie der schmutzigen Decke, den Stößen, als meine Entführer mich schubsten, und das Brechen meines Fußes. Das Beste, was ich tun kann, ist ruhig, wenn auch flach zu atmen.

„Ja", bringe ich mit rauer Stimme hervor. „Es war schrecklich."

Die Augen des Erzlords blitzen dunkler auf und sein Kiefer mahlt. Wenn er ein Seelie wäre, würden vermutlich seine Fangzähne hervortreten. Abscheu fließt von ihm zu mir. „Und die Sommer-Fae halten es für angebracht, andere Wesen so zu behandeln?"

Warum bezieht er dieses Erlebnis auf alle Seelie anstatt auf diese speziellen Monster? Soll ich glauben, dass alle *Unseelie* Menschen mit Freundlichkeit und Respekt behandeln nach dem, was ich darüber gehört habe, wie sie andere Fae behandeln?

Ich empöre mich offen und setze mich aufrechter hin. „Nein. Nicht alle. Sylas und sein Rudel haben mich als eine der ihren in ihrer Mitte aufgenommen."

Doch während ich das sage, beschwört mein ruheloser Verstand eine Erinnerung an meine ersten Wochen bei Sylas herauf, von seinem ehemaligen Kader-Gewählten Kellan, der mich beleidigte und herumschubste, von meinen Ängsten, dass mir nicht einmal Sylas erlauben würde, mehr als eine

Gefangene zu sein. Corwins Mund verzieht sich zu einem Strich. „Ich sehe, das nicht einmal das vollkommen wahr ist.“

„Es war nicht ... er hat sich mit Kellan befasst ... es stand so viel auf dem Spiel ...“ Ich unterbreche mich, bevor ich etwas ausplaudere, was ich nicht verraten will, aber ich habe weniger Kontrolle über meine Gedanken. Etwas in dem Durcheinander aus Erinnerungen veranlasst Corwin dazu, sich auf seinem Sessel zu versteifen.

Oh Mist.

„Was?“, frage ich, verschränke die Arme vor der Brust und fürchte mich vor der Antwort.

Er starrt mich an. „Ihr Fluch. Die Raserei, in die ihre Wölfe bei Vollmond verfallen. *Du* kannst sie heilen?“

Ich verkneife mir mehrere Flüche. Das war die Sache, von der wir auf keinen Fall wollten, dass er sie herausfindet, und er hat sie mir weniger als eine Stunde nach meiner Ankunft entlockt „Das darfst du den anderen Unseelie nicht verraten, *keinem* von ihnen. Das war Teil deines Schwurs.“

„Ich weiß.“ Corwin blinzelt, schafft es jedoch nicht ganz, sich aus seiner Starre zu reißen. „Deine Position unter den Wölfen ergibt jetzt mehr Sinn. Vielleicht sogar, warum dich das Herz so gesegnet hat. Aber ... dass Erzlord Sylas dich hierherkommen ließ, wenn alle Seelie von dir abhängig sind ... was in aller Welt hat er sich dabei gedacht, dieser Vereinbarung zuzustimmen?“

Als hätte der Mann vor mir nicht darum gebeten, mich hier zu haben. „Deine Leute haben mit einem Krieg gedroht für den Fall, dass du das vergessen hast.“

Corwin schüttelt den Kopf. „Ich hätte gedacht, dass ein Segen, wie du ihn darstellst, es wert wäre, dafür in den Krieg zu ziehen. Allerdings schätze ich, dass es nicht unbedingt eine Spezialität der Wölfe ist, klar zu denken ...“

Wut durchfährt mich und ich springe auf. Ich werde

nicht länger hier sitzen und zuhören, wie er die Leute beleidigt, die mich gerettet und beschützt haben.

„Es gibt kein Problem mit Sylas' Denkweise", gifte ich. „Er hat zugestimmt, dass ich hierherkomme, weil er so ehrenhaft ist, zu tun, was richtig zu sein scheint, auch wenn seine eigenen Leute in der Zwischenzeit leiden könnten. Und aus genau diesem Grund habe ich mich in ihn verliebt."

Ich weiß in dem Moment, in dem Corwins Gesicht hart wird, dass die letzten Worte ein Fehler waren. Ohne auf seine Antwort zu warten, mache ich auf dem Absatz kehrt und marschiere so schnell aus dem Raum, wie es mir meine unrunden Schritte erlauben.

13

*Talia*

Ich weiß nicht, wie lange ich auf meinem Bett lag – das nervigerweise sehr gemütlich ist, obwohl ich im Moment alles am Winterreich hassen will – als ein Klopfen an der Zimmertür ertönt. Corwins Stimme dringt leise und etwas steif hindurch.

„Talia, das Abendessen ist angerichtet, falls du mich begleiten möchtest."

Mein Magen, der Verräter, knurrt ausgerechnet in diesem Moment. Corwin hat das Geräusch mit seinen scharfen Fae-Ohren bestimmt gehört. Ich schließe die Augen und beschwöre ein neuerliches Leuchten in mir hervor, das sich nun mehr wie ein Schild als wie eine einfache Mauer anfühlt.

Ich versprach, ihm eine Chance zu geben. Ich sitze hier ohnehin zehn Tage fest. Es ist nicht so, als könnte ich mich in dieser Zeit zu Tode hungern – und so trotzig zu sein, würde auch ein schlechtes Licht auf mein Rudel zu Hause werfen, oder?

Außerdem habe ich weitere Fragen, auf die ich noch keine Antworten erhalten habe und die den Seelie zu Hause von Nutzen sein könnten. Wie beispielsweise, warum die Rabengestaltwandler es so sehr darauf abgesehen haben, ihnen Ländereien zu stehlen. Auch wenn Corwin ein Idiot ist, kann ich seine Einstellung tolerieren, falls das bedeutet, dass ich etwas in Erfahrung bringen kann, was sämtlichen Kämpfen ein Ende bereiten könnte.

Ich werde jedoch eine neue Grundregel festlegen.

Ich stemme mich vom Bett und gehe zur Tür, um sie zu öffnen. Ich bleibe im Zimmer, während ich den Unseelie-Erzlord mustere. Die leichte Steifheit in seinem Tonfall ist auch in seiner Haltung zu finden, aber er bringt ein kleines Lächeln zustande, das nicht gezwungen wirkt.

„Ich entschuldige mich für vorhin", sagt er. „Nur ein armseliger Gastgeber redet schlecht über die Bekannten seines Gastes. Ich hoffe, wir können diesen Fehltritt hinter uns lassen?"

Ich bin mir sicher, er hofft auch, dass ich die ganze Sache, dass ich mich in Sylas verliebt habe, hinter mir lassen kann. Ich bedenke ihn mit dem stählernsten Blick, zu dem ich imstande bin. „Während ich hier bin, will ich keine weiteren Beleidigungen über meine Rudelkollegen oder die Seelie im Allgemeinen hören. Es gibt eine ganze Menge, was ich über die Winter-Fae sagen könnte, wenn ich nicht versuchen würde, das Beste aus dieser Situation zu machen, weißt du."

Er neigt den Kopf und seine Lippen verzerren sich kurz. „Das ist fair. Ich werde ... die Urteile fürs Erste zurückhalten."

Oder wenigstens wird er diese Urteile nicht laut aussprechen, aber ich vermute, mehr kann ich nicht verlangen.

Ich verlasse das Zimmer und sein Arm bewegt sich, als wollte er mir seine Hand anbieten. Er fängt sich, bevor er die Geste vollendet, vielleicht weil er sich an meinen Widerwillen erinnert, als er das Gleiche tat, bevor wir die Grenze überquerten.

Während ich neben ihm herlaufe, wobei mein Humpeln von der Orthese in meinem rechten Stiefel gelindert, jedoch nicht vollständig aufgehoben wird, landet sein Blick auf meinen Beinen. „Du schonst deinen rechten Fuß", stellt er vorsichtig fest. „Das war … Ich erhaschte einen Blick auf etwas, als du von deiner … Gefangenschaft sprachst …"

Ich wappne mich und halte die Erinnerungen auf so viel Distanz, wie ich kann. „Einer der Kader-Gewählten jenes Lords brach ihn mir zur ‚Strafe'. Sie ließen die Knochen falsch zusammenwachsen, weshalb die Verletzung jetzt dauerhaft ist. Ich komme allerdings gut damit zurecht."

Der Hauch eines Lächelns kehrt zurück. „Ja, das tust du."

Ich blicke über meine Schulter. „Was ist mit Harper?"

„Oh, ich ließ sie bereits von einem meiner Bediensteten zum Essen bringen. Ich hielt es für besser, wenn ich unter vier Augen mit dir spreche."

Corwin sagt das und dann verfällt er in ein Schweigen, das anhält, bis wir das Esszimmer erreichen, weshalb er wohl doch nicht so viel zu sagen hatte. Er erwähnt meine Liebeserklärung für Sylas nicht und *ich* werde die anderen Männer, die ich liebe, nicht ansprechen, wenn er es vorzieht, das Thema vorerst unter den Teppich zu kehren.

Wir erreichen ein Zimmer, das kleiner ist, als ich erwartet habe. Es verfügt über einen weiß und grau gefleckten Marmortisch, an dem nicht mehr als acht Leute Platz finden können. Harper ist die Einzige, die bereits da ist. Als wir eintreten, strahlt sie mich an. Ich nehme ihr gegenüber Platz und Corwin setzt sich an die Stirnseite.

Anhand der Kristallkelche und polierten Tonteller, die vor uns gedeckt sind, lässt sich erkennen, dass dieses Abendessen nur für uns drei sein wird. Vermutlich essen Corwins rein professionelle Zirkel-Mitglieder in ihren eigenen Heimen. Haben sie Familien oder haben sie ihr Leben ganz ihrem Lord gewidmet trotz der Distanz zwischen ihnen?

Ich habe jedoch bereits viele Fragen zu Corwins Begleitern gestellt und das ist nicht einmal das Wichtigste. Ein Weilchen lasse ich mich von den Gerichten ablenken, die vom Küchenpersonal gebracht werden: einem Mann im mittleren Alter und einem Mädchen, das einige Jahre jünger aussieht als ich. Beide haben ähnliche buschige, blonde Haare und Stupsnasen, weshalb ich annehme, dass sie miteinander verwandt sind. Ich weiß nicht, ob sie diejenigen sind, die auch das Kochen übernehmen, aber die cremige Suppe und das fein gewürzte Steak hätten August dazu veranlasst, die Rezepte zu verlangen.

Ein Anflug von Heimweh fährt mir beim Gedanken an ihn in den Magen. Vielleicht dringt ein Hauch dieses Gefühls durch meine Mauer, denn Corwins Blick schnellt zu mir.

Ich verstärke die leuchtende Barriere wieder und konzentriere mich auf die Gegenwart. Trotz meiner besten Bemühungen, Corwin Komplimente für die Mahlzeit zu machen, die er organisiert hat, und obwohl ich einige vorsichtige Fragen beantworte, die er zur Seelie-Kochkunst macht, bleibt das Gespräch künstlich. Er scheint genauso wenig zu wissen, was er sagen soll, wie ich.

Wegen des reichlich vorhandenen Essens bin ich mir immerhin sicher, dass es die Unseelie hier nicht mit irgendeiner Riesenkatastrophe zu tun haben. Corwins Revier wirkt seit unserer Ankunft ausnahmslos friedlich und er hat keinerlei Bemerkungen hinsichtlich irgendwelcher Probleme gemacht. Aber seine Leute haben meine sicherlich nicht nur zum Spaß angegriffen und getötet, oder?

Ich versuche, mir eine Möglichkeit zu überlegen, wie ich das Thema anschneiden kann, ohne ihn direkt zu fragen, warum die Unseelie so schrecklich waren, da diese Herangehensweise vermutlich nicht von Erfolg gekrönt sein wird. „Mit was für Dingen beschäftigst du dich an einem gewöhnlichen Tag?", frage ich. Vermutlich hat er das, was er normalerweise tun würde, aus seinem Terminkalender gestrichen, um Platz für meine Ankunft zu schaffen.

Corwin schneidet mit forscher Effizienz noch ein Stück von seinem Steak ab. „Es gibt natürlich immer kleine Angelegenheiten, um die ich mich bei der Leitung der Ländereien kümmern muss, und regelmäßige Treffen mit meinen Erzlord-Kollegen. Wenn ich kann, besuche ich die abgelegensten Ländereien, um sicherzustellen, dass alles im Reich in Ordnung ist. Ich weiß gerne über bedeutsame Vorgänge Bescheid."

„Kümmert sich dein Zirkel nicht für dich darum?", frage ich automatisch, da ich an Whitt und sein Netzwerk an Kontakten denke.

„Sie halten mich auf dem Laufenden, aber ich möchte, dass die anderen Lords sehen, dass ich aktives Interesse zeige. Und ich vertraue meinen Augen und Ohren mehr als allen anderen." Er hält inne. „Es ist möglich, dass ich weggehen muss, während du hier bist – nie länger als einen halben Tag."

„Das ist in Ordnung. Ich erwarte nicht, dass du deine Verantwortungen ignorierst." Ich halte inne und denke an die große Bandbreite an Landschaften, die ich im Sommerreich gesehen habe, von dichten Wäldern zu offener Prärie, von Sümpfen zu hoch aufragenden Hügeln. „Ist der Großteil des Winterreichs so felsig wie hier und in den

Bergen? Haben alle Schwärme ihre Häuser in Klippen und an ähnlichen Orten gebaut?"

Corwins Augen leuchten ein wenig auf, als würde er sich freuen, dass ich Interesse an seinem Reich zeige. „Überhaupt nicht. Jeder Lord und seine Untertanen haben ihre eigenen Vorlieben und das Winterreich ist groß. Du hast noch nicht einmal alles gesehen, was Heart's Cadence zu bieten hat. Wenn du möchtest, werde ich dafür sorgen, dass du den Wasserfall und den See darunter besichtigen kannst. Die Quelle, die ebenfalls in den See fließt, macht das Wasser so warm, dass man darin schwimmen kann. Außerdem würde ich dir gerne einige der anderen einzigartigen Merkmale der Ländereien hier zeigen."

Ich stelle fest, dass ich sein Lächeln ohne große Schwierigkeiten erwidern kann. „Das *würde* mir gefallen." Es wäre auf jeden Fall viel besser, als den ganzen Tag lang im Palast eingesperrt zu sein. In den ersten Monaten, nachdem mich Sylas nach Oakmeet gebracht hatte und meine Anwesenheit noch geheim bleiben musste, war ich genug drinnen eingesperrt. „Ich bin mir sicher, dass Harper das auch gerne sehen würde."

Es zuckt an Corwins Kiefer, ein subtiler Hinweis auf seine Enttäuschung. Er hatte sich mehr Zeit allein mit mir auf diesen Ausflügen erhofft, oder? Obwohl er nicht dagegen protestiert, dass sich uns meine Freundin anschließen soll, ärgert mich die Tatsache, dass er einfach davon ausgeht, ich würde mich bereits sicher bei ihm allein fühlen.

Bevor ich es mir anders überlegen kann, platzt die Frage aus mir heraus, die ihn sicherlich daran erinnern wird, warum ich hier niemandem vertrauen *kann*. „Wie wäre es, wenn du mir auch die Gründe erklärst, aus denen deine Leute ständig meine angreifen?"

Corwins Finger spannen sich um seine Gabel herum an. „Ich habe dir schon gesagt, dass ich nicht damit einverstanden bin, wie mit dieser Situation umgegangen wurde."

Das ist keine Antwort. Ich pike ein Stück Steak mit etwas mehr Kraft auf, als nötig ist. „*Welche* Situation? Warum haben die anderen Unseelie-Erzlords plötzlich beschlossen, dass es eine gute Idee ist, ins Sommerreich einzufallen?"

Ein Hauch von seinem Frust kitzelt in mich. „Ich denke nicht, dass dies der richtige Zeitpunkt ist, um eine solch komplizierte Angelegenheit zu besprechen."

Ich ziehe die Augenbrauen hoch. „Also wirst du es mir später erklären? Wann soll ich mit diesem Gespräch rechnen?"

Der Muskel in seinem Kiefer zuckt zweimal hintereinander, bevor er ihn anspannt. Seine Stimme ist flach. „Ich habe das Gefühl, dass es am vernünftigsten wäre, sich auf unsere potenzielle Beziehung miteinander zu konzentrieren und darauf, wie wir mit dem Seelenband umgehen wollen, bevor wir die größeren politischen Probleme besprechen."

„Das hört sich für mich so an, als würdest du sagen, dass du mir nicht genug vertraust, mir zu verraten, was los ist, außer ich stimme zu, das Band zu akzeptieren. Was, wenn ich *dir* nicht genug trauen kann, um es zu akzeptieren, bis ich es verstehe?"

„Dann schätze ich, dass wir einen Kompromiss aushandeln müssen. Ich bin mir sicher, das können wir schaffen."

Die Anspannung, die in seine Stimme kriecht, deutet darauf hin, dass er sich nicht so sicher ist. Er kann doch nicht wirklich erwarten, dass ich in ein Leben bei den Unseelie tauche, ohne zu wissen, warum sie alle möglichen Sommer-Fae ermordet haben, oder?

„Bist du dir überhaupt sicher, dass du *willst*, dass ich das Band akzeptiere?", muss ich einfach fragen. „Du bist vollkommen zufrieden damit, an einen einfachen Menschen gebunden zu sein, vor allem an einen, der so viel Zeit umgeben von Wölfen verbracht hat?"

„Jedes Seelenband ist ein Geschenk, ganz gleich, wie unerwartet es ist. Ich vertraue darauf, dass das Herz seine Gründe hatte, und dass wir sie enthüllen werden. Es ist nicht so, als würde die Verbindung zwischen uns einfach verschwinden, ob wir das nun wollen oder nicht." Sein kühler, dunkler Blick hält meinen. „*Ich* habe von Anfang an versucht, zu einem Einverständnis mit dir zu gelangen. Ich bin nicht weggerannt."

Ich erwidere seinen Blick finster. „Und du bist jetzt *ach* so offen dafür, mir dabei zu helfen, deine Seite zu ‚verstehen'."

Harpers Blick huscht zwischen uns hin und her, ihre Gabel ist mitten in der Luft erstarrt. Die Spannung wird von einer Gestalt gebrochen, die in der Tür des Esszimmers erscheint. Es ist einer der Fae, die unsere Zimmer für uns vorbereitet haben. Er verbeugt sich mit entschuldigender Miene.

„Mein Lord, Verik ist mit Nachrichten gekommen. Er wünscht, dringend mit Ihnen zu sprechen."

Ich hätte schwören können, dass Corwin erleichtert aussieht, einen Vorwand zu haben, um den Tisch zu verlassen. Während er seinen Stuhl nach hinten schiebt, wirft er mir einen letzten Blick zu. „Verik gehört zu meinem Zirkel. Das könnte eine Weile dauern. Bitte, beendet die Mahlzeit und beschäftigt euch innerhalb des Palastes, wie ihr wollt, bis ihr zu Bett gehen möchtet."

Er marschiert aus dem Raum. Ich beobachte, wie er geht, und kaue mein letztes Stück Steak so wild, dass ich die Zartheit des Fleisches überhaupt nicht genießen kann. Dann stehe ich auf und lasse mein halb gegessenes Brötchen sowie einige Brocken scharfen, karottenähnlichen Gemüses zurück.

Harper erhebt sich ebenfalls. „Wohin gehst du?"

„Ich will nachschauen, was so dringend ist."

Ich schlüpfe in den Gang, wo der dicke Teppich fast alle Geräusche bis auf ein Flüstern meiner unebenen Schritte schluckt. Meine Instinkte führen mich in die Richtung, von der ich glaube, dass sie in den hinteren Teil des Palasts mit seiner weitläufigen Terrasse führt. Es sah wie ein idealer Platz für eine Landung oder einen Abflug aus – und es schien wahrscheinlicher zu sein, dass eine Nachricht von Corwins Zirkel von weiter weg kommen würde und nicht aus der anderen Richtung von den Ländereien beim Herzen.

Harper eilt mir hinterher und setzt ihre Schritte ebenfalls mit Bedacht. Nach einigen Biegungen und nachdem wir unseren Weg ein Stück zurückverfolgt haben, weil wir beinahe in der Küche gelandet wären, erblicke ich die Berge durch ein hohes Fenster vor uns.

Als ich näher haste, entdecke ich Corwin draußen auf der Terrasse mit einem älteren Mann, der seine Flügel gespreizt hat. Sie stehen einige Schritt entfernt voneinander und der Mann, der vermutlich Verik ist, spricht mit einigen raschen Gesten. Corwin nickt und macht ein finsteres Gesicht. Ihre Aufmerksamkeit gilt dem jeweils anderen, aber ich spüre nichts von der angenehmen Kameradschaft, die Sylas die meiste Zeit mit seinem Kader teilt. Wie Corwin bereits sagte, sind sie hier ganz sachlich.

Leider erhalte ich keine Gelegenheit, die Nachricht zu hören, die der Zirkel-Mann überbracht hat. Als ich mich näher wage, beenden sie ihr Gespräch – und innerhalb eines Blinzelns sowie mit einem plötzlichen Zucken heben sich zwei Raben in die Lüfte, die so riesig sind, dass ihre Flügelspanne beinahe so groß ist wie meine ausgestreckten Arme.

Meine Schultern sacken herab. Harper tritt neben mich

und beobachtet, wie die dunklen Gestalten in die Ferne fliegen.

„Nun", stellt sie fest, „hier ist es definitiv ... anders."

Ich lache erstickt. „Das ist eine Möglichkeit, es auszudrücken." Ich reiße meinen Blick vom Himmel los. „Sollen wir den Palast erkunden?" Alles, was Corwin geheim halten will, hat er vermutlich gut versteckt, das bedeutet allerdings nicht, dass es unmöglich ist, über etwas Nützliches zu stolpern.

Und etwas zu tun zu haben, muntert Harper definitiv auf. Sie grinst. „Dann wollen wir mal schauen, wie ein Unseelie-Erzlord lebt."

Der Vorschlag klingt, als könnte er aufregend sein. Doch während wir durch das ausgedehnte Erdgeschoss des Palastes schlendern und anschließend eine ausladende Treppe zum ersten Stock erklimmen, gelange ich immer mehr zu der Überzeugung, dass das Leben eines Unseelie-Erzlords ziemlich langweilig ist. Oder zumindest das Leben *dieses* Unseelie-Erzlords.

Jedes Zimmer ist ordentlich und sauber und mit ähnlichen hellen Möbeln sowie einigen Objekten bestückt, die vage persönlich aussehen. Sogar Corwins Schlafzimmer — jedenfalls der Raum, von dem ich vermute, dass er sein Schlafzimmer ist, da er sich nicht in dem Gang mit den Gästezimmern befindet, wo wir untergekommen sind, und weil er größer ist und edlere Möbel besitzt — zeigt kaum Spuren eines echten Lebens. Ich fühle mich jedoch unwohl damit, in die inneren Räumlichkeiten hinter dem Schlafzimmer zu wandern, und wir stoßen auf ein paar verschlossene Türen. Vielleicht ist er einfach sehr vorsichtig damit, welche Stücke von sich er offen herumliegen lässt.

Wir sind durch einen Teil des ersten Stocks gelaufen, als Harper wie angewurzelt stehenbleibt. Ihr Kopf dreht sich, während der Rest von ihr vollkommen reglos bleibt.

„Was?", flüstere ich nach einem Moment.

„Ich dachte, ich hätte etwas gehört ... Da ist es wieder." Sie schweigt und beobachtet mich erwartungsvoll, aber meine Menschenohren nehmen nichts wahr. Sie dreht sich erneut. „Ich glaube, es kommt aus ... dieser Richtung."

Sie betritt einen schmalen Nebengang und bleibt alle paar Schritte stehen, um zu lauschen. „Ja. Es wird lauter. Was *ist* das?" Sie erschaudert.

Als wir einen Alkoven am Ende des Ganges erreichen, verstehe ich ihre Reaktion. Ich kann die merkwürdigen Geräusche nun auch schwach ausmachen – ein Knallen und dann ein knirschender Laut, als würde etwas Gezacktes über eine glatte Oberfläche gezogen werden, und zwar so weit weg, dass ich nicht sagen kann, ob das Geräusch von den Seiten kommt oder von oben. Und dann ein ganz leises Kreischen, kaum hörbar, jedoch so schrill, dass ich zusammenzucke.

Ich greife nach dem Metallknauf der nächstbesten Tür und drehe ihn, aber er bewegt sich nicht. Abgeschlossen. Harper versucht es bei dem benachbarten Griff, dessen Tür sich allerdings nur zu einem Wäscheschrank öffnet, wo nichts Verstörendes zu finden ist.

Als ich dem Blick meiner Freundin begegne, sehe ich darin die gleiche besorgte Frage, die mir jetzt durch den Kopf geht. Wie groß *sind* die Geheimnisse, die Corwin an diesem Ort versteckt hält?

14

*August*

Ich zwinge einen Enthusiasmus, den ich nicht verspüre, in meine Stimme. „In Ordnung, Rudel. Dann zeigt mir jetzt all diese Bewegungen nacheinander!"

Die kleine Gruppe meiner Rudelkollegen, die in unserem neu errichteten Hearth-by-the-Heart leben, gehen einige Kampftechniken durch, die ich ihnen nacheinander beigebracht habe. Sie holen aus, wirbeln herum und schlagen mit ihren Krallen aus. Manche sind zögerlicher als andere, und keiner von ihnen befindet sich auf dem gleichen Niveau wie unsere offiziellen Krieger, doch ein wenig Stolz flammt trotz meiner ansonsten schlechten Laune in mir auf.

Falls uns die Unseelie hier angreifen, wird jeder meiner Leute darauf vorbereitet sein, uns so gut wie möglich zu verteidigen.

Als sie fertig sind und keuchen, aber lächeln, schenke ich ihnen eine kurze Runde Applaus. „Perfekt. Ich denke, ihr verdient eine Pause. Wir werden morgen zur gleichen Zeit weitermachen." Außer drängendere Angelegenheiten ergeben sich, darüber möchte ich allerdings lieber nicht nachdenken, geschweige denn es laut aussprechen.

Sie verstreuen sich und ich ziehe die warme Mittagsluft in meine Lunge. Die Luft ist leicht feucht nach dem Regen der letzten Nacht, doch da der Himmel jetzt größtenteils klar ist und die Brise über mich weht, ist es erfrischend anstatt unangenehm. Das Wetter ist in dieser Nähe des Herzens fast immer ideal.

Ich wünschte, ich wäre in der Verfassung, das zu genießen.

Ich tigere durch das provisorische Dorf, als würde ich hier etwas Nützliches zu tun finden. Ich könnte die Reise zurück nach Hearthshire unternehmen, um mit den Rudelmitgliedern dort weiterzuarbeiten und ihnen bei den Vorbereitungen für den Umzug zu helfen. Der Gedanke, mich weiter von der Grenze zu entfernen und nicht hier zu sein, wenn etwas im Winterreich schiefgeht und es Talia gelingt, uns zu kontaktieren, sorgt dafür, dass sich mein Magen zu einem unangenehmen Klumpen verkrampft.

Sie ist dort drüben bei unseren Feinden und riskiert alles, was ihr hier wichtig ist, in dem Versuch, das Kämpfen zu beenden. Das Mindeste, was ich tun kann, ist, mich bereitzuhalten für den Fall, dass sie mich braucht.

Ich habe die neue Burg einmal umkreist und ziehe gerade in Erwägung an der Grenze entlang zu patrouillieren trotz der Wachen, die diese Aufgabe bereits erledigen, als mich Whitt findet. Er wirft einen Blick auf mein Gesicht und schenkt mir ein schiefes Grinsen. „Es spielt keine Rolle, wie viele eingebildete Unseelie du in deinem Kopf bekämpfst, Welpe, du kriegst sie auf diese Weise auch nicht schneller zurück."

Ich habe meine Zähne gebleckt, bevor ich meine

instinktive Reaktion aufhalten kann. Mein älterer Bruder stört sich nicht daran. Als ich den Mund schließe und mein Temperament zügle, stößt er spielerisch seine Schulter gegen meine, wie er es getan hätte, als ich wirklich noch ein Welpe war.

„Es ist erst ein Tag vergangen. Ich sage nur, du solltest dir deine Kräfte einteilen." Er blickt zur Grenze und der trockene Humor verschwindet aus seiner Stimme. „Ich mache mir auch Sorgen um sie."

Irgendwie macht es meine Angst erträglicher, bestätigt zu bekommen, dass ich nicht allein damit bin. „Ich denke immer noch, dass es lächerlich ist, dass sie überhaupt gehen musste."

„Natürlich ist es das. Aber wir wissen alle, dass die Alternativen schlimmer waren." Ein Funkeln tritt wieder in seine Augen. „Ich habe Vertrauen, dass sie nicht irgendein Federhirn dem vorziehen wird, was zu Hause auf sie wartet."

„*Darum* mache ich mir keine Sorgen", knurre ich.

Er zieht skeptisch eine Augenbraue hoch, was fair ist, weil es zwar nicht die *einzige* oder größte Sache ist, um die ich mir Sorgen mache, mir die Vorstellung allerdings definitiv nicht gefällt, dass sich ihr Band mit diesem gefiederten Erzlord weiterentwickelt und welche Gefühle dabei entstehen könnten. Doch um ehrlich zu sein … falls sie beschließt, dass sie bei ihm glücklicher ist, auch wenn ich das schwer glauben kann, werde ich damit leben müssen. Ich will einfach nur, dass sie glücklich ist. Und dass sie nicht von Rabenkrallen in Stücke gerissen wird.

Bei diesem Gedanken muss die Wildheit auf mein Gesicht zurückgekehrt sein, denn Whitt gibt mir noch einen Stoß, dieser fällt jedoch sanfter aus. „Sie hat sich als viel stärker erwiesen, als sich einer von uns hätte ausmalen können. Lass uns nicht vergessen, ihr das zugutezuhalten."

„Ich weiß." Ich remple ihn ebenfalls mit der Schulter an

und realisiere, dass es nicht nur unsere geteilten Ängste sind, die meine Laune gehoben haben. Obwohl er sich eindeutig Sorgen um Talia macht, zeigt er ein lässiges, umgängliches Verhalten, das mir einst vertraut war, ihm in den letzten Wochen jedoch nicht so einfach zu fallen schien.

Unsere Liebhaberin musste uns verlassen, doch vielleicht hat sie uns heiler als zuvor zurückgelassen.

Ich sollte die privaten Spannungen zwischen Lord und Kader nicht besprechen, wo es unsere Rudelkollegen überhören könnten, erlaube mir jedoch ein unbestimmtes: „Geht es dir ansonsten gut?"

Wie erwartet ist Whitt schlau genug, zu verstehen, was ich damit meine. Sein Grinsen wird breiter und schiefer, doch seine Antwort klingt ernst: „Ich denke, die Vergangenheit wurde zur Ruhe gebettet."

„Gut." Sylas hat mir keine Einzelheiten verraten und ich weiß nicht, ob ich so genau wissen will, was vor einem Jahrhundert zwischen Whitt und Isleen vorgefallen ist. Die eine Sache, die unser Lord vollkommen deutlich gemacht hat, war, dass die Schuld an dem Verrat allein bei Isleen lag.

Ich habe nicht genug Worte, um auszudrücken, wie froh ich bin, *diese* Frau nicht mehr in unseren Leben zu haben. Das Herz möge Talia vor einem seelenverbundenen Gefährten bewahren, der so egoistisch und gnadenlos ist.

Whitt reibt seine Hände aneinander. „Nun, ich muss weiter, um Verhandlungen mit unseren neuen Nachbarn am Fuß des Hügels zu leiten. Wir sehen uns beim Abendessen."

Er schreitet davon und springt nach den ersten Schritten in seiner Wolfgestalt nach vorne. Während ich zuschaue, wie er geht, wandert mein Blick von seiner gelbbraunen Gestalt, die den Abhang hinab verschwindet, über die Obsidianmauern von Ambrose' ehemaliger Burg – und landet auf einer zaghaft wirkenden Gestalt, die gerade zwischen den Felsen vor der Mauer hervortritt, die wir vermutlich bald zerlegen werden.

Eine unserer Wachen stellt sich hinter den Neuankömmling und drängt den Mann vorwärts. Ihr Dolch steckt noch in seiner Scheide, aber ihr Mund ist zu einem misstrauischen Strich zusammengepresst und ihre Muskeln abwehrend angespannt.

Ein alarmiertes Kribbeln läuft mir über den Rücken. Ich eile zu ihnen und erreiche sie, als sie zur Burg gelangen.

Sobald ich näher bei ihnen bin, erkenne ich den Neuankömmling. Er ist ein Mitglied von Ambrose' Rudel, der Heiler, der Donovan dabei half, sich von seiner Vergiftung zu erholen, und der während der Anhörung aussagte, um die Gerechtigkeit von Ambrose' Tod zu bestätigen. Dennoch macht mich sein Anblick nervös. Er hat zwar gegen die Wünsche seines Lords gehandelt und sich gegen ihn ausgesprochen, als der Erzlord starb, doch soweit wir wissen, war er dem Mann bis dahin treu.

Was will er jetzt hier? Das Letzte, was wir brauchen, ist ein weiteres Problem.

Die Wache zerrt an dem Heiler, damit er stehenbleibt, und deutet mit dem Kopf zu mir. „Ich habe den hier bei den Felsen herumschleichen sehen, August."

„Ich bin nicht *herumgeschlichen*", protestiert der Heiler und richtet seinen Blick auf mich. „Ich bin in einer dringenden Angelegenheit hergekommen, um mit Erzlord Sylas zu sprechen."

Sylas ist bei einem Treffen mit den Erzlords, das ich nicht unterbrechen möchte. „Der Erzlord ist momentan anderweitig beschäftigt. Ich würde es vorziehen, wenn es so bliebe, bis ich weiß, dass du tatsächlich etwas Nützliches vorzubringen hast. Also wirst du stattdessen mit einem Kader-Gewählten vorliebnehmen müssen."

Der Heiler wirft der Wache einen nervösen Blick zu.

Nach seinem schmalen Körper zu urteilen, könnte ich ihn innerhalb von fünf Sekunden in beiden Gestalten bei einem Kampf besiegen. Die Rückendeckung ist nicht nötig.

Ich schicke sie mit einer dankbaren Geste fort. Als sie davontrottet, mustere ich den Heiler. „*Was?*"

Er reibt sich über den Mund und sein Blick zuckt wieder hin und her. „Können wir in die Burg gehen? Ambrose' Burg – die, die ihm gehört hat? Ich muss es dir zeigen und mir wäre es lieber, wenn es niemand überhört."

Ich mustere ihn noch einmal von Kopf bis Fuß, kann jedoch keine Anzeichen einer Bedrohung entdecken. Allem Anschein nach hat er viel größere Angst vor mir als ich vor ihm. Es ist nicht seine Schuld, dass ich so angespannt bin.

Ich seufze und winke ihn zur Tür. Wir treten hindurch und unsere Schritte hallen von dem Obsidianboden wider. Der Heiler scheint sich hier genauso unwohl zu fühlen wie draußen. Er verschränkt die Arme vor der Brust und erschaudert.

Bevor ich Antworten verlangen muss, atmet er zittrig ein. „Du weißt, dass mein Lord darauf aus war, gegen die Unseelie in den Krieg zu ziehen. Er verbrachte den Großteil der letzten zwei Jahrzehnte damit, Waffen zu sammeln, von denen viele verzaubert und höchst gefährlich sind. Er erwartete, sie bei diesem Kreuzzug zu benutzen. Manche von ihnen sind nach Fae-Gesetz nicht einmal erlaubt. Er hat eine Kammer voll von ihnen in der unteren Etage der Burg versteckt. Ich wusste nicht von ihnen, bis ich vor ein paar Tagen einige meiner Rudelkollegen darüber sprechen hörte."

Ein Vorrat schrecklicher und illegaler Waffen? Ja, das klingt nach dem Ambrose, den ich kannte. Dennoch muss ich fragen … „Warum erzählst du *uns* das?" Und warum ist es ihm so eilig damit? Wir hätten sie ohnehin entdeckt, wenn wir diese Burg zerstören.

Sein Mund verzieht sich. „Viele von uns haben Lord

Tristans Angebot nach Ambrose' Tod angenommen, uns aufzunehmen. Die Kader-Gewählten, die von den Waffen wussten, erzählten ihm davon. Er hat nun vor, hierherzukommen, um sie für sich zu beanspruchen, solange euer Rudel noch nicht vollständig vor Ort ist."

Natürlich hat er das vor. Genau das, was wir brauchen. Ich schlucke ein Knurren und widerstehe dem Drang, den Heiler aus schmalen Augen zu mustern.

Er ist zu uns gekommen, anstatt seinem neuen Rudel die Stange zu halten. Er ist Tristan offensichtlich nicht so treu ergeben. Und ich weiß, dass Sylas sagen würde, dass wir in dieser Periode des Übergangs und eskalierender Spannungen mit den Winter-Fae alle Verbündeten gebrauchen können, die wir kriegen können.

Wäre es nicht schön, wenn Talia zu einem größeren Rudel als zuvor zurückkehren würde, das umso bereiter ist, sie vor den Feinden um uns herum und auf der anderen Seite der Grenze zu verteidigen?

Ich zügele diese Hoffnung zusammen mit meiner anfänglichen Abwehr und rucke mit dem Kinn in Richtung des Heilers. „Kannst du mir zeigen, wo diese Kammer ist und wie man sie öffnet?"

„Ich weiß, wo der Eingang ist … Ich weiß nicht, ob ich über die Magie verfüge, um sie schnell zu öffnen."

„Das ist fürs Erste gut genug. Geh voraus."

Als er durch einen Seitengang läuft und eine schmale Treppe an dessen Ende hinabgeht, behalte ich seine Bewegungen genauestens im Auge. Ich bin zwar kein Meister subtiler Beobachtungen wie Whitt, weiß jedoch, wie ich einen Feind im Kampf einschätzen muss. Der Heiler hat sich entspannt, seit er mir das Geheimnis verraten hat, als wäre er erleichtert, dass er es sich von der Seele geredet hat. Ich sehe keinerlei Anzeichen dafür, dass er seinen Mut zusammennimmt, einen Angriff gegen mich zu starten.

Nach allem, was passiert ist, vermute ich, dass es nicht so schwer ist, zu sehen, dass es ihm auf Sylas' Seite besser ergehen wird als auf Tristans, mächtige verbotene Waffen hin oder her.

In dem Gang darunter wird der Mann langsamer und lässt seinen Blick beim Laufen über die Wände gleiten. Wir passieren einen staubigen Wandteppich, von dem ich vermuten muss, dass er einen anderen geheimen Raum verbirgt, und bleiben dort stehen, wo ein oberflächlicher Riss den glatten, dunklen Obsidian verunstaltet. Er tippt auf die Stelle.

„Der Eingang ist hier. Er ist mit einem Verschlusszauber belegt, der an die Burg gebunden ist. Ich habe nur sehr rudimentäre Fähigkeiten in der Steinarbeit."

„Das ist in Ordnung. Wir werden die Kammer aufkriegen." Stein ist auch nicht meine Spezialität, aber sowohl Sylas als auch Whitt sind recht geschickt in diesem Gebiet. Falls wir jemanden brauchen, der den wahren Namen für Obsidian gemeistert hat, was, soweit ich weiß, keiner von ihnen getan hat, wird es jemanden in unserem Rudel oder denen der anderen Erzlords geben.

Ich wende mich an den Heiler. „Ich danke dir hierfür. Du hast uns einen großen Dienst erwiesen. Erwartest du, jetzt zu Lord Tristan zurückzugehen?"

Er verzieht das Gesicht. „Ich … ich hatte gehofft, dass ich diese Information gegen die Gelegenheit eintauschen könnte, mich Erzlord Sylas zu verpflichten. Mein ehemaliger Lord hat mich selten in seine Pläne eingeweiht, und ich hätte ihn auf jeden Fall von ihnen abgeraten, wenn er mich jemals gefragt hätte. Ich würde gerne tun, was auch immer …"

Ich halte eine Hand hoch, um seinem Redefluss Einhalt zu gebieten. „Du kannst meinem Lord deine Bitte vortragen. Ich bin mir sicher, er wäre gewillt, dir zuzuhören und deinen

Fall in Erwägung zu ziehen – und den aller anderen, die sich in ihrer aktuellen Situation bei Tristan nicht wohlfühlen."

„Oh, von denen gibt es einige", brummt der Heiler und dann läuft er rot an, als würde er sich wünschen, er hätte das nicht laut ausgesprochen.

Ich gluckse und winke ihn zurück zur Treppe. „Erzlord Sylas erwartet Loyalität und Hingabe, du wirst jedoch feststellen, dass er ein angenehmerer Umgang ist als einer deiner bisherigen Meister. Er sollte bald mit seinen Angelegenheiten fertig sein und dann werden wir alles klären."

Wir treten aus der Burg und entdecken Sylas, der über die Wiese auf uns zu marschiert. Mein Herz stockt wegen der ernsten Miene auf seinem Gesicht. Ich packe den Unterarm des Heilers und wappne mich für die Nachricht, dass ich ihn falsch eingeschätzt habe, dass er irgendein Desaster zu uns gebracht hat, während er mich abgelenkt hat, doch mein Lord würdigt den Mann kaum eines Blickes.

„Da bist du", sagt er. „Wir haben eine Nachricht aus Copperweld erhalten – die Murk haben sich zu einem tödlichen Ärgernis gemacht."

15

*Talia*

Bei meinem zweiten Abendessen in Corwins Zuhause stelle ich fest, dass der Mann im mittleren Alter und das Mädchen, die uns unsere Mahlzeiten servieren, keine verblassten Fae, sondern Menschen sind. Als sich der Mann seine Hand am Dampf verbrennt, nachdem er den Deckel von einem Topf blubbernden Currys gehoben hat, kümmert sich Corwin mit einem schnellen Flüstern von Magie um die Verletzung, was eindeutig die Kräfte des Mannes übersteigt. Seine Tochter schaut mit der eifrigen Freude von jemandem zu, der nicht erwartet, jemals selbst eine solche Macht zu beherrschen.

Corwin hat mit ihnen nicht anders gesprochen als mit seinem restlichen Personal, andererseits ist er allen gegenüber ziemlich reserviert, weshalb es auch nicht so ist, dass er freundlich ist. Ich lächle das Mädchen zum Dank an, als sie Saft in mein Glas schenkt – ich habe deutlich gemacht, dass ich nichts Alkoholisches oder anderweitig Berauschendes möchte – und mustere Corwin, als er etwas von dem cremigen Curry auf seinen Teller schöpft.

„Hast du viele menschliche Bedienstete?", frage ich, nachdem sie den Raum verlassen haben.

Er blinzelt, als hätte er nie mit dieser Frage gerechnet, und zuckt leicht mit den Achseln. „Diese zwei, ein paar vom Haushaltspersonal und einer in den Ställen. Ich habe sie von meinen Eltern geerbt oder von meinen Kollegen übernommen. Es ist nicht meine Angewohnheit, Bürger aus der Menschenwelt zu stehlen, falls du dir darüber Sorgen machst."

Sein dunkler Blick bleibt lange auf mir liegen und ich habe das Gefühl, dass er die Mauer testet, die ich nach wie vor zwischen uns aufrecht halte, und dass er meinen emotionalen Zustand einschätzen will. „Ich behandle sie gut – so gut, dass kein Bedarf besteht, sie unter Drogen zu setzen oder körperlich zu begrenzen, wie es manche meiner Brüder vielleicht tun. Ich habe keinerlei Anzeichen bemerkt, dass sie gehen *wollen*. Wie du eindeutig entdeckt hast, kann die Fae-Welt sogar auf diejenigen, die nicht hier geboren wurden, einen großen Reiz ausüben."

Das ist ein gutes Argument. Ich kaue auf meiner Lippe und beschließe dann, dass ich eigentlich keinen Grund habe, um darüber verärgert zu sein. Selbst Sylas hat zugegeben, dass er menschliche Bedienstete hatte, bevor Kellan in sein Revier kam.

Und ich kann nicht behaupten, dass ich das Essen nicht genieße, das die beiden zubereiten. Das Curry ist fein gewürzt, was sich perfekt mit der cremigen Konsistenz mischt, und die Fleischstücke sind wunderbar zart. Corwin versorgt uns immerhin mit sehr gutem Essen.

Als wir von der Mahlzeit aufstehen, blickt Corwin von Harper zu mir und fragt mit bedachter Stimme: „Wäre es möglich, dass wir etwas Zeit für uns haben, nur wir beide? Ich würde dir gerne meinen Lieblingsteil des Palastes zeigen."

Ich beginne, zu protestieren, doch Harper hat bereits den Kopf gesenkt. „Ich komme schon zurecht", verkündet sie. „Ich will nicht im Weg sein. Ihr *solltet* Gelegenheit haben, einander kennenzulernen."

Das sollten wir und ich schätze, ich muss bei Corwin nicht um meine Sicherheit fürchten nach all den Schwüren, die er abgelegt hat. Ich nicke, aber die Erinnerung an die furchterregenden Geräusche, die wir gestern hörten, spukt mir fortwährend durch den Kopf, als ich mich ihm anschließe und wir gemeinsam durch den Gang laufen.

Vielleicht neigt er eher dazu, mir die Wahrheit über diese zu verraten, wenn wir allein sind und keine Begleitung dabei ist.

Ich zögere, doch Corwin blickt auf mich herab und liest etwas von meiner Stimmung oder an einem Eindruck ab, der trotz meiner besten Bemühungen durch unsere Verbindung geschlüpft ist. „Falls dir etwas durch den Kopf geht, kannst du es aussprechen, Talia. Mir ist es lieber, es zu wissen, als nicht."

Ich öffne den Mund, schließe ihn wieder und nehme meinen Mut zusammen. „Harper und ich sind gestern eine Weile durch den Palast geschlendert, nachdem du mit dem Mann aus deinem Zirkel gegangen warst. In einem Alkoven im ersten Stock gibt es eine verschlossene Tür – wir hörten einige merkwürdige Geräusche, die von irgendwo dahinter zu kommen schienen. Als würde sich dort oben etwas bewegen."

Corwins Lippen verziehen sich leicht. „Ah. Das war … Lass uns einfach sagen, dass sich manchmal rastlose Geister in dieser Welt aufhalten, so wie sie es auch in der Menschenwelt tun. Ich glaube, ihr würdet sie Gespenster nennen? Es ist besser, sie nicht zu stören, da sie unberechenbar sein können."

Oh. Er hat ein Gespenst auf seinem Dachboden? Ich würde das witzig finden, wenn ich nicht erlebt hätte, wie gruselig es sogar aus der Entfernung war. „Es kann nicht durch die verschlossene Tür hindurch?"

„Darüber musst du dir keine Sorgen machen. Das Problem habe ich im Griff." Er deutet zu einer Tür, die wir erreicht haben, und raunt rasch ein Wort, das sie öffnet. „Hier verbringe ich gerne meine Zeit an den relativ seltenen Gelegenheiten, wenn ich keinen Pflichten nachgehen muss."

Ich trete an ihm vorbei in einen Raum, der nach den Maßstäben des Palasts klein, jedoch aufgrund leuchtender, gelber Bereiche in der Kristalldecke sogar am Abend hellerleuchtet ist. Entsprechend Corwins bevorzugtem Stil gibt es nur wenige Möbelstücke: ein hoher Marmorschrank an einer Wand, ein Polstersofa gegenüber von diesem und eine riesige, elegante Harfe, die mitten im Raum zwischen ihnen steht.

Der Rahmen der Harfe sieht aus, als wäre er aus purem Elfenbein gemacht und die Saiten glänzen silbern. Es macht dem scheinbar berühmten Instrument, das Erzlord Donovan während eines Banketts in seiner Burg präsentierte, Konkurrenz. Ich weiß nichts über Harfen, kann allerdings erkennen, dass diese ausnehmend kunstfertig ist.

Eine Weichheit, die ich noch nie zuvor gesehen habe, tritt auf Corwins Gesicht, während er das Instrument mustert. „Meine Familie hat es immer geliebt, Musik auf jede erdenkliche Weise in unserem Leben zu haben. Es ist eine besondere Freude, sie mit den eigenen Händen zu erschaffen. Vielleicht könnte ich etwas für dich spielen?"

Der Vorschlag fühlt sich wie ein Friedensangebot an, ein zaghaftes Geschenk. Ich weiß nicht, ob ich bereit bin, es anzunehmen. Ich lege den Kopf schief. „Soll mich das davon ablenken, herauszufinden, warum deine Leute meine fast zu einem Krieg getrieben haben?"

Für diese Frage erhalte ich eine richtige Grimasse, doch Corwin versteift sich nicht wie gestern. Er reibt mit der Hand über seinen schmalen Kiefer. „Ich schätze, ich verdiene diesen Seitenhieb für meine Reaktion gestern. Ich hatte nicht erwartet … Ich hätte eindeutig …" Er atmet schnell aus. „Was ich dir hätte sagen sollen, ist, dass das Besprechen dieser Angelegenheiten komplizierter ist, als dir einfach die Fragen zu beantworten, die du stellst. Ich habe auch Schwüre bezüglich meines Amtes und meiner Kollegen abgelegt, die einschränken, was ich über unsere politischen Geschäfte erzählen kann und wann."

Oh. Das ergibt Sinn. „Wenn du das gleich gesagt hättest, wäre ich nicht so frustriert gewesen."

„Das ist mir bewusst. Ich war erschrocken und dann kam Verik …" Er schüttelt den Kopf. „Ich werde dir mehr erzählen können, wenn unsere Situation sicherer ist, was seine Zeit brauchen wird."

„Okay." Ich halte inne und dann setze ich mich auf das Sofa, weil die Enttäuschung, die sich auf seinem Gesicht ausbreitet, heftiger an meinem Herzen zupft, als sie sollte. „In der Zwischenzeit *würde* ich dich gerne spielen hören."

Daraufhin lächelt er so zurückhaltend wie Sylas, jedoch so strahlend, dass ich weiß, dass es ein aufrichtiges Lächeln ist. Ich lockere die Lichtbarriere so weit in mir, dass ich einen Eindruck seiner Freude spüren kann, als er sich auf den Hocker neben der Harfe setzt.

Diese Freude nimmt zu und strömt zwischen uns hin und her, als er seine schlanken Finger an die Saiten legt. Sie bewegen sich scheinbar mühelos und lassen eine Reihe Töne in die Luft schweben, die mich an die funkelnde Quelle erinnern, die in Whitts Lieblingstal über den felsigen Wasserfall sprudelt.

Die Musik kribbelt über meine Haut und in meine Lunge. Als die Melodie anschwillt, bewegen sich Corwins Hände schneller und die lebhaften Töne verschmelzen miteinander zu einer wundervollen Harmonie. Es ist schön, ihn so entspannt zu sehen, während er etwas tut, was rein dem Vergnügen dient. Wäre diese Vorführung nicht, hätte ich womöglich gedacht, dass er niemals etwas tut, was nicht irgendeinem Zweck dient.

Er geht seinen eigenen Vergnügungen nach und wollte dieses mit mir teilen. Ein Lächeln huscht über meine Lippen und ich schließe die Augen. Ich glaube nicht, dass Corwin irgendeine Magie gewirkt hat, aber die Töne reichen, um mich hinfort zu tragen – zu Erinnerungen an meine Freude in dem Reich, das ich zurückgelassen habe.

Die goldene Sonne, die durch hellgrüne Blätter fällt. Die Weichheit des Grases und die warme Brise, die um mich herum weht. August, der mich anlacht, als wir gemeinsam in der Küche backen, bevor er mich in seine kräftigen Arme fegt. Whitt, der mich auf dem Rücken durch den Wald zu seinem Tal trägt, wobei der Rhythmus seiner wölfischen Muskeln sein Vertrauen in mich widerspiegelt. Sylas, der innerhalb der funkelnden Mauern der Bastion steht, als er die Krone erhielt, die er so sehr verdient.

Ein Anflug von Sehnsucht und Einsamkeit durchfährt mich. Tränen brennen hinter meinen Augen – und die Musik verstummt.

Ich schaue auf und stelle fest, dass Corwins Blick auf mich geheftet ist. Sein Mund ist angespannt. Plötzlich bemerke ich die neuen Emotionen, die mich durch unsere Verbindung erreichen: eine gequälte Mischung aus Schmerz und Eifersucht.

Er schafft es, mit ruhiger Stimme zu sprechen, doch ein Hauch von Frust schwingt darin mit. „Sogar jetzt denkst du an sie. Es gibt *drei*, die du mir vorziehen würdest?"

Hat er gedacht, dass es nur Sylas sei? Ich spanne mich auf meinem Platz an und weiß nicht, wie ich antworten soll. Ich erzählte ihm, wie ich empfinde, als wir zum ersten Mal in diesem Traum miteinander sprachen. Kann er wirklich erwarten, dass sich die Dinge so schnell geändert haben?

Ich krümme meine Finger um die Polsterkante. „Ich kenne dich kaum. Sie waren seit dem ersten Moment, als sie mich retteten, für mich da. Hast du gedacht, dass ich mich einfach entlieben würde in dem Augenblick, in dem ich deinen Palast betrete?"

Er lässt die Hände an seine Seiten fallen und seine Fingerknöchel spielen. „Unsere Seelen sind *verbunden*. Du bist für mich bestimmt, so wie ich für dich bestimmt bin. Das Herz hat das so entschieden."

Ich runzle die Stirn. „Nun, ich denke, ich sollte dabei auch ein Mitspracherecht haben."

„So funktioniert das nicht."

„Vielleicht sollte es das." Das Wohlwollen, das sich wegen seines Harfenspiels in mir geregt hat, verblasst. Ich recke das Kinn. „Ich weiß, du hast gesagt, dass dich nur interessiert, was das Herz möchte. Dass ich deine Gefährtin bin, ergibt jedoch keinen Sinn. Ich kann dir keine reinblütigen Erben schenken. Ich wette, keiner deiner Kollegen würde mich respektieren ... sie hassen mich wahrscheinlich bereits, obwohl sie nur denken, ich sei eine Seelie."

„Das Herz hat es so gewollt – keiner meiner Kollegen kann etwas dagegen sagen. Das Band hätte sich nicht gebildet, wenn wir nicht in der Lage wären, die Probleme zu überwinden, die entstehen könnten."

„Ich weiß nicht, warum du dir dessen so sicher bist. Ich habe von einigen ziemlich schrecklichen seelenverbundenen Paarungen gehört." Ich deute wahllos in die Richtung der Welt hinter dem Palast. „Wäre es nicht für uns alle besser, wenn wir eine Möglichkeit finden könnten, das Band zu brechen, damit wir unser Leben so führen können, wie wir es wollen? Die meisten Fae haben nicht mehr als einen gewöhnlichen Gefährten. Du könntest dir eine reinblütige Unseelie-Lady suchen, die bestimmt gerne deine Gefährtin sein möchte."

Corwins Augen blitzen auf. „Das hier ist zwar nicht das, was ich erwartet habe, aber es *ist* das, was ich möchte. Ich habe Jahrhunderte darauf gewartet, der einen zu begegnen, die meine Seele anspricht. Ich kann mich gedulden, während wir uns mit den Schwierigkeiten befassen, die unsere ungewöhnliche Paarung mit sich bringt. Das wird es wert sein, eine Gefährtin zu haben, die wahrhaftiger mit mir vereint ist, als es irgendein ,reinblütiger' Fae jemals sein könnte."

Ein Kloß steigt in meiner Kehle auf. „Was ist mit mir? Spielt es keine Rolle, was *ich* will?"

Da fange ich einen Anflug von Mitgefühl von ihm auf. „Du willst die anderen nur, weil du nie wusstest, dass du ein tieferes Band finden könntest. Du hast zugelassen, dass deine Zuneigung so stark wächst, ohne zu realisieren, wie viel Schmerz dir das später einbringen wird. Ich wünschte, dass Herz wäre freundlicher zu dir gewesen. Aber wenn du anfangen kannst, sie gehen zu lassen …"

Ich stehe ruckartig und mit einem Aussetzen meines Herzens auf. „Du hast eindeutig noch nie jemanden in deinem Leben geliebt, wenn du denkst, dass es so leicht wäre. Ich sollte sie nicht gehen lassen *müssen*. Ich habe um nichts hiervon gebeten."

„Es wird dir nur noch mehr Schmerzen bereiten, dich an das zu klammern, das du zu haben meintest, anstatt zu akzeptieren, in welcher Situation du dich jetzt befindest."

„Und wenn ich nicht weiß, wie ich es jemals akzeptieren

werde? Wenn ich mir nicht sicher bin, ob ich das überhaupt kann?"

Ein kurzer Schimmer von Kummer springt auf mich über – und dann verriegelt Corwin die Verbindung auf seiner Seite. Sein Gesicht formt diese kühle Maske, die ich so häufig gesehen habe, und jegliche Freude über die Musik ist fort. Er steht ebenfalls auf.

„Ich bin mir sicher, das Herz hätte uns nicht sein Licht geschenkt, wenn es unmöglich wäre", sagt er mit so ruhiger Stimme, dass er mir damit auf die Nerven geht. „Wir müssen einfach unseren Weg finden und ich werde dir auf jede mir mögliche Weise helfen."

Ich will seine Hilfe nicht, habe es jedoch satt, zu streiten. Ich bin einfach nur müde. Ich reibe mir über die Augen und meine Schultern sacken herab. „Es tut mir leid. Ich wollte das hier nicht zu einem Streit machen. Ich habe dir gerne beim Spielen zugehört – danke, dass du mich hierher eingeladen hast. Lassen wir das Thema fürs Erste ruhen."

Wir müssen noch acht weitere Tage durchstehen. Mir wäre es lieber, wenn sie nicht qualvoller wären, als nötig ist.

Corwin scheint dem zuzustimmen. Er deutet zur Tür und versucht nicht einmal, mir seine Hand zu reichen. „Ich bringe dich zu deinem Zimmer. Morgen ist ein neuer Tag."

Wir laufen schweigend durch die Gänge. Als wir mein Schlafzimmer erreichen, ziehe ich in Erwägung, zu Harper zu gehen, um bei ihr Dampf abzulassen, doch was soll ich sagen? Sie wünscht sich vermutlich, sie hätte die Gelegenheit, einen seelenverbundenen Gefährten zu finden. Ich würde wie ein Arsch klingen, wenn ich mich darüber beschweren würde, dass ich *vier* äußerst geeignete Fae-Männer habe, die mich als Gefährtin wollen, selbst wenn einer davon ein Unseelie ist. Außerdem weiß sie von zweien dieser Männer nicht einmal.

Stattdessen gehe ich in mein Zimmer und lasse mich aufs

Bett fallen. Ich kann keine Begeisterung für die Bücher aufbringen, die ich mitgebracht habe. Nach einer Weile, als mir Erschöpfung in die Glieder kriecht, ziehe ich meine Schlafklamotten an und krabble unter die Decke in der Hoffnung, dass morgen ein neuer Tag ist, der weniger Schmerz für mich und Corwin bereithält.

Wie kann ich es ihm verständlich machen?

Während mir diese Frage durch den Kopf geht, schlafe ich ein. Ich liege auf weichem Gras unter einem strahlend blauen Himmel, ein träumerischer Nebel umgibt mich und eine sanfte Stimme raunt mir von irgendwo außerhalb meines Sichtfeldes Worte zu, die ich nicht verstehe.

Ein Beben durchfährt meinen Verstand und dann taumle ich noch tiefer zu einem Ort, an den mir nicht einmal Träume folgen werden.

16

*Talia*

Als ich die Augen in meinem Schlafzimmer in Corwins Palast öffne, fühlt sich der Raum irgendwie anders an. Ich setze mich auf und sehe mich um, kann jedoch nichts erkennen, was sich geändert hat. Mein Kopf ist ein wenig benebelt, als hätte ich den Schlaf noch nicht komplett abgeschüttelt, oder vielleicht liegt es an unserem Streit …

Worüber haben wir gestritten? Ich erinnere mich, dass ich ihn angeblafft habe und Frust in mir rumort hat, doch die genauen Worte, die gewechselt wurden, und die Dinge, die mich geärgert haben, entziehen sich mir.

Es war offensichtlich nichts Wichtiges. Ich bin einfach nur angespannt, seit wir hier angekommen sind.

Als ich aus dem Bett steige und mich für den Tag fertig mache, verfliegt der Nebel in meinem Kopf nicht vollständig.

Ich reibe mir über die Augen und gehe ans Fenster in der Hoffnung, dass mich das Sonnenlicht besser aufwecken wird. Sonnenstrahlen fallen durch die Wattewolken und winzige Schneeflocken tanzen zwischen den Strahlen. Sie reflektieren vom Schnee und der eisigen Ebene unter mir, mein Kopf fühlt sich allerdings nicht viel klarer an.

Mein Blick gleitet zu der dunstigen Grenze. Bilder huschen durch meinen Kopf – Pflanzen und goldenes Licht und etwas … etwas, was ich zurückgelassen habe.

Mein Rudel. Es war immer für mich da. Bald werde ich zu ihnen zurückkehren. Wenn ich ihnen die Nachricht überbringen kann, dass die Unseelie mit ihren Angriffen aufhören werden, wäre es noch besser.

Corwin bewegt sich durch den Palast. Er ist eine zaghafte, jedoch stete Präsenz in meinem Bewusstsein. Die Barriere in mir ist über Nacht verblasst und ich stelle fest, dass ich noch nicht das Bedürfnis verspüre, sie wieder aufzubauen. Der Gedanke, dass er mich genauso spürt, wie ich mir seiner bewusst bin, löst ein Beben der Furcht in mir aus, jedoch nur kurz.

Wir müssen lernen, einander zu vertrauen. Deswegen bin ich hier, oder? Das ist es, was für alle am besten sein wird. Er hat das Geheimnis meines Blutes und des Seelie-Fluchs bereits herausgefunden – was habe ich sonst noch zu verbergen?

Er gibt dem Küchenpersonal Anweisungen fürs Frühstück. Ich nehme das Wesentliche seiner Absicht wahr, jedoch nicht den genauen Wortlaut. Er ist anscheinend in der Lage, zu erkennen, dass ich auf ihn achte, denn einen Augenblick später reist seine Stimme sanft und ruhig durch die Verbindung zwischen uns.

*Das Essen sollte in Kürze fertig sein – es wird nichts Aufwendiges sein. Soll ich dich zum Esszimmer bringen?*

Mein erster Instinkt ist, abzulehnen, doch warum? Er

versucht, gastfreundlich zu sein und mir zu zeigen, wie sehr er es zu schätzen weiß, dass ich hier bin.

Er ist mein seelenverbundener Gefährte. Ich sollte *ihm* eine echte Chance geben, oder?

Etwas an diesem Gedanken nagt an meinem Bauch, doch ich komme nicht dahinter warum. *Danke*, antworte ich. *Ich werde nachschauen, ob Harper wach ist.*

Ich erinnere mich zu spät daran, dass Corwin nicht besonders glücklich über die Gesellschaft meiner Freundin war, aber vielleicht hat er seinen Frust überwunden. Ich spüre jetzt nämlich kein Unbehagen von ihm. Wenn überhaupt klingt er erfreut. *Dann werde ich euch beide abholen.*

Etwas von unserem Streit gestern Nacht oder den vorangegangenen Gesprächen muss zu ihm durchgedrungen sein. Er gibt ebenfalls sein Bestes. Ich muss lächeln, als ich durch den Gang laufe, um an Harpers Tür zu klopfen.

Harper öffnet die Tür mit einem Gähnen, sieht allerdings nicht vom Schlaf zerknautscht aus. Ich weiß nicht, ob ihre Haare überhaupt anders fallen können, als seidig glatt über ihre Schultern zu hängen. Sie dehnt den Hals und späht in den Gang. „Zeit fürs Frühstück? Hat der Erzlord aufgehört, darauf zu bestehen, dich zu begleiten?"

„Er ist auf dem Weg."

Sie mustert mein Lächeln und erwidert es. „Ist alles okay? Ich habe gestern Abend gehört, wie du in dein Zimmer zurückgekommen bist – du bist schnell gelaufen und hast die Tür ziemlich laut geschlossen. Ich wäre zu dir gekommen, um zu fragen, ob du etwas brauchst, aber ich ..."

Sie ist sich noch immer nicht sicher, wie sehr ich ihr wirklich *vertraue*. Ein Stich fährt mir ins Herz, ich packe ihren Unterarm und drücke ihn kurz. „Ich denke, es ist jetzt alles okay, und ich werde zu dir kommen, falls es ein echtes Problem gibt. Aber ich habe auch nichts dagegen, wenn du nach mir siehst."

„Okay." Ihr Lächeln wird breiter. Sie lässt ihren Blick durch den Gang schweifen und senkt verschwörerisch die Stimme. „Ich bin froh, dass Erzlord Corwin nichts allzu Schreckliches getan hat. August würde dafür sorgen, dass er es bereut, wenn er dich wirklich ärgert, das steht fest."

Als sie kichert, blinzle ich kurz verwirrt. Nun, August hegt einen großen Beschützerinstinkt für das ganze Rudel – er führt immerhin unsere Krieger an, oder? Und … ich glaube, er ist stets besonders schnell zu meiner Verteidigung geeilt.

War da nicht – ich habe eine vage Erinnerung daran, dass seine muskulöse Gestalt vor mich trat, um mich von Wölfen abzuschirmen, die miteinander kämpften … Die Erinnerungen sind jedoch nebulös und fühlen sich weit weg an, als wären sie vor langer Zeit passiert und nicht erst in den letzten Monaten.

Ich reibe mir über die Stirn und Corwins Stimme erreicht mich erneut. *Ist alles in Ordnung? Du wirkst ein wenig verunsichert.*

*Ich denke, ich habe vielleicht einfach nicht so gut geschlafen. Ich fühle mich wahrscheinlich besser, wenn ich etwas gegessen habe.*

*Nun, darum können wir uns gleich kümmern.*

Die letzten Worte dringen durch das Band, als er am anderen Ende des Ganges um die Ecke biegt. Seine Lippen sind zu dem gleichen sanften Lächeln gebogen, das ich sah, als er gestern Abend auf der Harfe spielte – *diese* Erinnerung ist mir noch klar im Gedächtnis.

Habe ich jemals zuvor bemerkt, was für ein markantes Gesicht er hat? Vielleicht wirkte er zuvor zu kalt, als dass ich es wertgeschätzt hätte. Doch jetzt, als er mit diesen Spuren von Zuneigung in seinem Lächeln und in seinen Augen auf uns zukommt, wobei er seine hochgewachsene, schlanke Statur mit ihrer offenkundigen Kraft bedächtig bewegt, setzt mein Herz einen Schlag aus. Ich stelle fest, dass ich an den Moment denke, als wir gemeinsam träumten und er meinen Arm berührte. Ich erinnere mich an die aufregende Empfindung, die mich durchlief.

Damals jagte sie mir Angst ein. Denn ... sie war unerwartet. Und – da war noch etwas, oder nicht? Ich erinnere mich an das Gefühl, dass ich aufwachte und getröstet wurde, aber ich weiß nicht, warum ich Trost brauchte.

Corwin hat uns erreicht und seine Wärme scheint hinter der gleichen Sorge zu verblassen, die er vorhin gezeigt hat. Ich schüttle meine Verwirrung ab und schenke ihm ein Lächeln. „Lass uns zum Frühstück gehen."

Der Unseelie-Erzlord hat womöglich um eine einfache Mahlzeit gebeten, die Auswahl ist jedoch trotzdem umfangreich und alles, von den gebratenen Eiern bis zu dem Beerensalat, schmeckt so köstlich wie alle Speisen, die seine Köche zubereiten. Ich frage mich, ob er immer so gut isst, oder ob er sich besondere Mühe gibt, mich zu verwöhnen. Er scheint sich kaum mit dem Essen zu beschäftigen, sondern achtet hauptsächlich auf meine Reaktionen. Ich nehme Spuren von Befriedigung wahr, während er meine Freude mit seinen Augen und durch unsere Verbindung beobachtet.

„Ich werde veranlassen, dass wir die jeden Morgen serviert bekommen in der Zeit, in der du hier bist", sagt er, als ich von einem Gebäck schwärme, das so buttrig ist, dass der blättrige Teig in meinem Mund schmilzt. Ich denke allmählich, dass die ganze Band-Geschichte doch nicht so schlecht ist.

Geistesabwesend strecke ich meinen Arm aus und ziehe den langen Ärmel meines winterfesten Kleides höher über meinen Unterarm, woraufhin ein Anflug von Entsetzen von Corwin auf mich übergeht. Er mustert die helle Narbe entlang der Innenseite meines Unterarms. „Was ist da passiert?"

Ein Schauder durchläuft mich, als ich mich daran erinnere. „Eine Reißkatze. Ich weiß nicht, ob ihr die im Winterreich habt. Sie sind wie Raubkatzen mit dem Kopf eines Wildschweins. Unsere Feinde belegten eine mit einem Zauber, damit sie mich angriff, doch eine der Kriegerinnen des Rudels tötete sie, bevor sie größeren Schaden anrichten konnte."

Harpers Kiefer spannt sich kurz an, vermutlich weil sie sich daran erinnert, dass diese Feinde diejenigen waren, mit denen sie kurz unter einer Decke steckte. Als wollte sie diese Spannung zerstreuen, lacht sie leise und sagt: „Lord Sylas und August sahen so wütend aus, als sie uns zur Hilfe eilten, dass ich überrascht wäre, wenn danach noch irgendwelche Reißkatzen in unserem Revier übrig waren."

Sylas und August … die zur Hilfe eilen. Diese Worte *klingen* nicht falsch, passen jedoch nicht ganz zu der Version der Szene in meinem Kopf. August muss die Wunde geheilt haben, oder? Denn … er ist auch der Heiler des Rudels. Ich bin mir ziemlich sicher, dass er sich bei anderen Gelegenheiten ebenfalls um mich gekümmert hat. Und Sylas hat immer auf mich aufgepasst – er weiß, wie wertvoll ich bin.

Warum fühlt sich mein Kopf so benebelt an, wenn ich versuche, mich an irgendetwas zu erinnern, was passierte, nachdem Astrid das Biest erstochen hatte? Mir ist es zuvor gelungen, auszublenden, wie komisch das ist, doch mittlerweile bin ich seit einer Weile wach und kann diese Verwirrung nicht mehr auf den Hunger schieben.

Kälte durchläuft mich. Ich blicke zu Corwin und schlucke schwer. *Er* hat geschworen, mir kein Leid zuzufügen, doch was, wenn es einem seiner Erzlord-Kollegen gelungen ist, mich irgendwie mit bewusstseinsverändernder Magie zu belegen?

„Ich glaube, etwas stimmt nicht. Ich kann mich auf bestimmte Erinnerungen nicht mehr konzentrieren, als wären Teile von ihnen verschwommen oder würden fehlen … Ich fühle mich erst so, seit ich aufgewacht bin. Hätte in der letzten Nacht jemand in den Palast eindringen und mir etwas antun können?"

Corwin spannt sich an – für meine Augen ist es kaum sichtbar, allerdings kann ich es durch das Band spüren zusammen mit einem Anflug von … Schuldgefühlen? Dann ist alles fort und wird weggesperrt, als wäre eine Tür zugeknallt worden. Er hat sich abgeriegelt.

„Ich bin mir sicher, dass niemand ohne meine Erlaubnis hätte eindringen können", antwortet er bestimmt. „Es könnte daran liegen, dass dir das neue Umfeld zu schaffen macht? Vielleicht könntest du etwas mehr Ruhe gebrauchen, wenn du nicht gut geschlafen hast, und ich könnte dir meinen Heiler schicken."

Ich mustere ihn und noch mehr Furcht kribbelt durch mich hindurch. Er verheimlicht etwas – warum sollte er mich sonst aussperren? *Er* konnte mir allerdings nicht wehtun. Er sollte nicht einmal in der Lage sein, es jemand anderem zu befehlen. Das gehört zu … den Schwüren … über die wir gesprochen haben …

Meine Erinnerungen an diese Gespräche sind ebenfalls trüb. Mein Herz schlägt schneller und Panik schwillt in mir an. Was stimmt nicht mit mir? Warum ist so viel …

Das sind alles Dinge, die mit den drei Männern zu tun haben, mit denen ich diese Gespräche geführt habe. Sylas und August und … und Whitt. Als Harper gerade den neuen Erzlord und August erwähnt hat und zuvor August. Der Streit im Musikzimmer gestern Abend, auf den ich mich auch nicht konzentrieren kann – ging es dabei ebenfalls um sie?

Mein Blick schnellt zu Harper. „Warum hast du vorhin das über August gesagt? Warum sollte er sich speziell um mich so große Sorgen machen?"

Sie starrt mich an, schaut zu Corwin und ihre Schultern versteifen sich. Corwin macht eine knappe Geste, als könnte er die Frage einfach wegwischen. „Ich halte es für das Beste, wenn wir nicht verschlimmern, was …"

„Nein", widerspreche ich mit zitternder Stimme. „Ich muss es wissen."

„Du bist … du bist mit August zusammen, seit du dich dem Rudel angeschlossen hast", antwortet Harper rasch und wappnet sich, als würde sie erwarten, dass Corwin *sie* angreifen wird, weil sie es erzählt hat. „Ich meine, als … als Liebhaber. Er würde niemals zulassen, dass dir ein Leid geschieht, wenn er es verhindern kann."

Was? Wie kann das so offensichtlich klingen und dennoch … und dennoch, wenn ich versuche, mir auch nur Augusts Gesicht vorzustellen …

Entsetzen packt mich. Es ist fort. Etwas *Kostbares* ist in meinem Kopf verzerrt worden und ich weiß nicht, wie ich es zurückkriegen kann.

„Talia", sagt Corwin und ich sehe, dass er seine Gabel umklammert und seine Fingerknöchel weiß hervortreten. Ich erinnere mich an das Aufblitzen von Schuldgefühlen. Verstehen durchströmt mich.

„*Du* hast das getan." Ich springe auf die Beine und schwanke, da ich meinen krummen Fuß falsch aufgesetzt habe. Meine Finger krallen sich um die Tischkante, damit ich das Gleichgewicht halten kann.

Corwin steht auf, um mir zu helfen, hält jedoch angesichts meines finsteren Blicks inne. Ich schleudere die volle Wucht meiner Wut und meiner Verzweiflung gegen das

Band zwischen uns und zwinge zumindest einen Teil, durch seine Mauer zu brechen. „Du hast meine Erinnerungen verändert. Sie verwischt. Du wolltest, dass ich vergesse … vergesse, dass ich mit jemand anderem zusammen war? Wie konntest du … du hast geschworen …"

Der Grundton von Corwins bronzefarbener Haut hat ein schwaches, kränkliches Grün angenommen. „Ich denke, du solltest gehen", sagt er zu Harper.

Ich schlage mit einer Hand auf den Tisch, weshalb das Geschirr klappert. „Nein. Sie ist hier die Einzige, die sich tatsächlich dafür interessiert, was *ich* will. Was auch immer du getan hast, du wirst es vor ihr nicht verbergen."

Harper steht auf, bleibt jedoch mir gegenüber stehen, den Rücken gerade und den Kiefer angespannt. Corwin schaut sie finster an und schnaubt, als er sich wieder an mich wendet.

„Ich habe geschworen, dir nicht zu schaden, und habe es nicht getan. Ich habe nur versucht, dir zu *helfen*. Ich konnte spüren, dass es dir wehtat, getrennt von ihnen zu sein und von deiner Loyalität zerrissen zu werden, obwohl du nie in diese Position hättest geraten sollen. Also … versuchte ich, das in Ordnung zu bringen, als wäre dir das nie passiert."

Er stockt angesichts des gequälten Zorns, den er jetzt zweifelsohne spüren und auch sehen kann, da meine Augen ihn mit Dolchen durchbohren. Ich glaube nicht, dass ich ihm vertraute, doch ich vertraute ihm so weit, dass sich dieses Vergehen wie der schlimmste Verrat anfühlt.

„Diese Entscheidung stand dir nicht zu", blaffe ich. „Ich bin, wer ich bin, und mein Leben ist, was es ist. Wolltest du mich als Nächstes vergessen lassen, dass ich ein Mensch bin? Oder wie mein Fuß gebrochen wurde? Oder warum mich die Seelie brauchen, in der Hoffnung, dass es einfacher wäre, mich zum Bleiben zu überreden? Sich am Kopf eines anderen zu schaffen zu machen, das ist … es ist *krank*. Die einzigen

Leute, die mir das jemals zuvor angetan haben, waren die Monster, die mich neun Jahre lang in einem Käfig eingesperrt haben, und selbst dann taten sie es nur vorübergehend mit Fae-Obst."

Corwin zuckt zusammen. „Talia, ich schwöre, ich habe nur versucht, dir zu ersparen …"

„Ich will deine Erklärungsversuche nicht hören." Vielleicht stimmt es, vielleicht haben die Schwüre sichergestellt, dass er meinen Verstand nur mit seiner Magie beeinflussen konnte, wenn er gute Absichten hegte. Es ist jedoch beinahe noch schlimmer, dass ihm nicht in den Sinn gekommen ist, dass ich ein Recht auf meine Erinnerungen habe. „Kannst du das wieder in Ordnung bringen? Kannst du den Nebel aus meinem Kopf vertreiben? Ich will mich an alles erinnern, so wie es sein sollte."

Er nickt. „Ich entschuldige mich. Mir war nicht bewusst, dass es dir so viel Kummer bereiten würde. Ich verspreche, meine Absichten waren das komplette Gegenteil. Wirst du … wirst du herkommen?"

Ich bin so angespannt, dass ich bei dem Vorschlag zusammenzucke, und Corwins Haltung wird noch steifer. Ich zwinge mich, zu ihm zu treten. „Mach schnell." Ich will nicht länger in seiner Gegenwart sein, als ich muss.

Er hebt seine Hände zu beiden Seiten meines Kopfes, lässt sie mit einem Zentimeter Abstand neben meinen Haaren in der Luft schweben und murmelt mehrere unbekannte Silben. Ein Rausch einer kribbelnden Energie fegt durch meinen Verstand – und alles ist wieder klar.

Ich atme scharf ein und verkneife mir ein Schluchzen. August und Sylas und Whitt. All die Hingabe, die sie mir gezeigt haben. All die Liebe, die ich für sie empfunden habe. Jeder Moment der Zuneigung und des Verlangens – die Wärme *dieses* Bandes legt sich wie eine Umarmung um mich und füllt meine Brust mit einem Schmerz, der so schneidend ist, dass mir Tränen in die Augen schießen.

Der Mann vor mir versuchte, mir all diese Freude zu nehmen.

Ich stoße mich von Corwin ab und marschiere wacklig zur Tür. „Halt dich von mir fern", sage ich ohne einen Blick zurück. „Ich will dich weder sehen noch mit dir reden oder *irgendetwas* mit dir zu tun haben, bis es an der Zeit ist, nach Hause zu gehen."

17

*Talia*

Ein Klopfen an meiner Zimmertür verrät mir, dass Corwin mein Abendessen gebracht hat. Er stellt das Tablett im Gang auf den Boden, damit ich es holen kann, wenn er fort ist.

Er geht jedoch nicht. Trotz all des Lichts, das ich in meinem Körper heraufbeschwört habe, um unsere Verbindung zu blockieren, kann ich spüren, dass er dort steht und die Tür betrachtet, als könnte er mich durch diese hindurch sehen.

„Talia, bitte", fleht er leise. „Was kann ich tun? Was brauchst du von mir? Erzähl es mir und ich werde es möglich machen."

Ich brauche es, dass er nicht meinen Verstand magisch beeinflusst hat und versuchte, mich so zu verbiegen, wie ich seiner Meinung nach sein und was ich fühlen sollte. Das kann er mir allerdings nicht geben, weshalb ich nichts sage.

Er hat sich seit gestern Morgen bereits einige Dutzend Mal entschuldigt. Er hat angeboten, einen neuen Schwur vor den anderen Erzlords abzulegen, überhaupt keine Magie auf mich anzuwenden, damit ich weiß, dass es nicht noch einmal vorkommen wird.

Er schlug sogar vor, mich durch das Band reinzulassen, damit ich sehen kann, dass er ehrlich dachte, es würde helfen, und dass er es jetzt bereut, und damit ich alles andere entdecke, was ich wissen muss, um ihm zu vertrauen. Allerdings bin ich mir ziemlich sicher, dass er seine Gedanken an Dinge wie den Krieg mit den Seelie aufgrund seiner beruflichen Diskretion abblocken könnte.

Nichts davon fühlt sich genug an. Nichts davon hat den Schmerz gelindert, der nach wie vor meinen Magen im Griff hat. Ich will einfach nur nach Hause und vergessen, dass das alles passiert ist, *das* hat er mir allerdings nicht angeboten. Ich weiß nicht, ob er das überhaupt kann.

„In Ordnung", sagt er schließlich. „Ich will nicht, dass dein Abendessen kalt wird. Ich werde zurückkommen, aber falls du vorher bereit bist, mit mir zu sprechen, kontaktiere mich durch das Band. Ich werde für dich geöffnet bleiben."

Ich warte, bis ich mir sicher bin, dass er außer Sichtweite ist, dann öffne ich die Tür, um meine Mahlzeit zu holen. Als ich mich bücke, um das Silbertablett mit seinem abgedeckten Teller und Saftkelch aufzuheben, erstarre ich.

Ein Blumenzweig liegt neben dem Teller. Die Blütenblätter sind hellblau und um eine rosa Mitte versammelt, die Blätter sind strahlend grün. Als ich ihn zaghaft berühre, steigt ein leicht süßer Duft in meine Nase.

Ich habe schon einmal Blumen wie diese gesehen, allerdings nicht auf dem kühlen Terrain um diesen Palast herum. Das hier sind Sommerblumen.

Hat es Corwin riskiert, erneut die Grenze zu überqueren, nur um mir diese zu besorgen?

Um mir ein kleines Stück von dem Zuhause zu bringen, das ich vermisse.

Es ist noch immer nicht genug, doch es ist das Erste, was er angeboten hat, das sich anfühlt, als würde er wirklich verstehen, warum ich so verletzt bin. Unerwartete Tränen steigen mir in die Augen und ich muss ein paarmal über sie reiben, bevor ich mich ausreichend gesammelt habe, um das Tablett aufzuheben.

Ich will mich Corwin von innen heraus nicht öffnen, doch morgen – morgen, wenn er das Frühstück bringt, werde ich mich wenigstens bei ihm bedanken. Das bedeutet jedoch nicht, dass ich ihm *vergebe*.

Als ich mich aufrichte, öffnet Harper die Tür gegenüber von mir. Sie hält ein ähnliches Tablett in den Händen – sie hat sich aus Solidarität geweigert, im Esszimmer zu essen. „Möchtest du ein wenig Gesellschaft?", fragt sie, wobei sie unterwürfig wirkt, als würde sie denken, sie wäre irgendwie beschmutzt, nur weil sie dabei war, als mir bewusst wurde, was Corwin getan hatte.

Ich zögere, doch in den letzten zwei Tagen habe ich nicht viel mehr getan, als mich in meinem Frust und Elend zu suhlen, weshalb ich es ehrlich satthabe. Und Harper *hat* nichts falsch gemacht. Ich weiß nicht, wie lange ich gebraucht hätte, herauszufinden, was mir fehlte, wären ihre Bemerkungen nicht gewesen.

Ich schenke ihr ein schwaches, jedoch aufrichtiges Lächeln. „Ja, das wäre schön. Komm rüber."

In meinem Zimmer steht ein kleiner Tisch, der allerdings nur einen passenden Stuhl hat. „Wenn man Frühstück im Bett haben kann, warum dann nicht auch Abendessen?", verkünde ich und stelle mein Tablett auf die Decke, bevor ich hochspringe, um mich gegen meine Kissen zu lehnen. Harpers Lippen zucken belustigt. Sie lehnt sich an einen der Pfosten am Fußende des Bettes und verschränkt die Beine, sodass sie ihr Tablett auf ihnen balancieren kann.

Zum Glück hat das Küchenpersonal nichts zubereitet, mit dem man eine große Sauerei machen kann. Es gibt ein säuerliches Blattgemüse, das gedünstet wurde, und eine Art gebratenes Fleisch in dünnen Streifen, die beinahe wie Speck aussehen, aber ein rauchigeres Aroma haben. In Hearthshire hätte ich vermutlich genau gewusst, was diese Dinge sind und wie man sie zubereitet, denn die Wahrscheinlichkeit wäre groß, dass ich in der Küche gewesen war und August bei deren Zubereitung geholfen hatte.

Dieser Gedanke geht mit einem frischen Anflug von Sehnsucht einher, bei dem sich mein Magen verkrampft. Ich zwinge noch einige Bissen hinunter, doch trotz der Köstlichkeit des Essens habe ich meinen Enthusiasmus verloren.

„Vielleicht sollten wir irgendwann die Küche übernehmen und Corwin zeigen, wie viel *du* tun kannst“, schlägt Harper mit einem frechen Funkeln in den Augen vor. „Ich bin nicht so geschickt, aber ich bin mir sicher, du hast genug von August gelernt, damit du mich herumkommandieren könntest.“

Ich muss lächeln, als ich mir das vorstelle, obwohl der Vorschlag mein Heimweh verstärkt. Ich winke mit der Gabel vor ihr herum. „Ich koche nicht so bald für ihn.“

„Stimmt. Er verdient das definitiv nicht nach diesem schrecklichen Streich, den er dir gespielt hat. Wir werden uns reinschleichen und uns Mitternachtssnacks machen müssen oder so etwas.“ Sie hält inne. „Mitternachtssnacks gibt es wirklich, oder? Ich glaube, ich habe das mal in einem Buch gelesen, das jemand aus deiner Welt mitgebracht hat.“

Aus der Menschenwelt, meint sie, auch wenn sich dieser Ort für mich sehr weit entfernt anfühlt jetzt, da ich seit beinahe einem Jahrzehnt nicht mehr dort war. Doch ich kann voller Zuversicht bestätigen: „Mitternachtssnacks gibt es auf jeden Fall. Meine Mom hat sich immer über meinen Dad aufgeregt, weil er Krümel auf der Küchentheke hinterlassen hat, wenn er sich mitten in der Nacht einen Keks oder eine Scheibe Toastbrot stibitzt hat."

Der Schmerz, der mit dieser Erinnerung einhergeht, ist stumpfer, reicht allerdings tiefer. Ich schlucke schwer und erinnere mich an Moms neckende Stimme und ihren wackelnden Finger. An Dad, der ihre Hand packte und schnell einen Kuss auf die Spitze dieses Fingers drückte, während er sich grinsend entschuldigte. Sie waren so glücklich. *Wir* waren so glücklich als Familie. Ja, wir haben uns gestritten und manchmal ging mir Jamie auf die Nerven, doch dazu sind kleine Brüder da, stimmt's?

Ganz gleich, wie viel Freude ich hier unter den Fae finden werde, ich werde Aerik und seinem Kader *niemals* verzeihen, dass sie all diese Leben zerstört haben.

Als ich wieder in die Gegenwart zurückkehre, beobachtet mich Harper mit Sorge in ihren übergroßen Augen. „Es hat dich traurig gemacht, daran zu denken. Das tut mir leid."

Ich schüttle den Kopf. „Es ist okay. Ich möchte mich lieber an meine Familie erinnern und traurig sein, als sie zu vergessen. Manchmal fühlt es sich nicht einmal mehr real an, als sollten sie in der Menschenwelt sein, obwohl ich weiß, dass sie es nicht sind. Der Angriff passierte so schnell und dann war alles so schrecklich für eine so lange Zeit ... ich konnte nicht wirklich trauern, da ich mich aufs Überleben konzentrieren musste und darauf, bei Verstand zu bleiben. Und jetzt weiß ich nicht, wie ich es tun soll."

Ihr Mund spannt sich vor Mitgefühl an. „Nun, es tut mir trotzdem leid. Manchmal ... manchmal vergesse ich, wie viel du durchgemacht hast, bevor du zu unserem Rudel kamst."

„Das ist nicht deine Schuld. Ich rede kaum darüber." Als Sylas mich ihnen vorstellte, habe ich ihr oder einem meiner anderen Rudelkollegen nicht einmal die Wahrheit erzählt, da er mich damals noch vor Aerik versteckte.

Harper wendet den Blick kurz ab, ehe sie wieder zu mir schaut. „Ich *sollte* mich daran erinnern. Es ist dir gegenüber unfair, wenn ich es nicht tue. Ich …" Sie sticht ihre Gabel in ein Stück Fleisch, hebt es allerdings nicht hoch. „So ziemlich mein ganzes Leben lang hatte ich das Gefühl, als wäre ich nutzlos für das Rudel, weißt du? Ich interessierte mich nicht so für Musik wie meine Eltern, obwohl sie mir einen musikalischen Namen gegeben haben. Daher konnte ich ihnen nicht dabei helfen, auf den Feiern für Unterhaltung zu sorgen. Und ich habe kein Händchen für die Gartenarbeit oder Tiere oder irgendetwas, was wirklich helfen würde."

„Aber du bist *brillant* im Schneidern von Kleidern", protestiere ich.

Sie zuckt mit den Achseln. „Hübsche Kleider nutzten niemandem etwas, während wir im Exil lebten. Meine Eltern beschwerten sich nie, aber ich weiß, dass mich einige unserer Rudelkollegen für albern hielten. Und es war ohnehin schwer für mich, eine Beziehung zu den anderen herzustellen. Ihnen lastete das Gewicht der Verbannung und die Erinnerung an den Verlust von Hearthshire auf den Schultern und ich konnte das nicht begreifen, weil ich nie etwas anderes gekannt hatte."

Es muss schrecklich einsam für sie gewesen sein als das einzige Kind, das nach der Verbannung im Rudel geboren worden war. Ich suche nach den richtigen Worten. „Wenigstens liegt das alles jetzt hinter uns. Und ich wette, eine Menge Leute im Rudel wollen nun diese Kleider, da wir Bälle und Bankette haben und alle möglichen Arten von Feiern."

„Ja." Der Schatten eines Lächelns huscht über ihr Gesicht und verschwindet genauso schnell wieder. „Aber es war … Als du bei uns ankamst, dachte ich, du wärst wie ich. Du hast mir nicht deine ganze Vergangenheit verraten, genauso wie ich es nicht getan habe. Und da du ein Mensch warst … würdest du offensichtlich nicht das Gleiche zum Rudel beitragen wie alle anderen. Doch dann …"

Sie beißt sich auf die Lippe und sieht so gequält aus, dass ich nicht einmal das kleinste bisschen beleidigt sein kann wegen ihrer Worte. Ich stelle mein Tablett auf die Seite und beuge mich zu ihr. „Ich verstehe es. *Ich* habe nicht das Gefühl, dass ich genauso viel beitragen kann wie der Rest von euch. Du warst wenigstens von Anfang an nett zu mir."

„Das ist jedoch das Problem. Ich meine, *mein* Problem, nicht deines." Harper atmet tief ein und blickt mir wieder in die Augen. „Du hast so schnell einen Platz für dich im Rudel geschaffen. Du hast gezeigt, wie viel du tun *kannst* und wie sehr du dich anstrengen wirst, zu helfen. Und schon bald interessierte eigentlich keinen mehr, dass du kein Fae bist, und ich … ich war ein wenig eifersüchtig. Ich glaube, deswegen haben es diese Mädchen, die aus Ambrose' Rudel zu Besuch kamen, geschafft, mich in ihren Plan zu verwickeln. Sie redeten, als wäre ich *besonderer* als alle anderen im Rudel, die sich auf alltägliche Dinge konzentrierten, und sie sagten Dinge über dich …"

Sie verzieht das Gesicht. „Daran war nichts Nettes, genauso wenig wie daran, dass ich mitgemacht habe, selbst wenn ich nicht wusste, wie schlimm es werden würde."

Vielleicht sollte ich sauer auf sie sein wegen dem, was sie gerade zugegeben hat, doch stattdessen verspüre ich bloß eine eigenartige Form der Erleichterung. Es macht jetzt mehr Sinn, dass sie sich von mir zurückgezogen und auf Ambrose' Rudelmitglieder eingelassen hat. Sie entdeckten eine Schwäche in ihr, einen Groll, den sie nicht ausleben wollte, und sie fanden heraus, wie sie diese ausbeuten konnten.

„Ich weiß", erwidere ich. „Ich hätte dich nicht gebeten,

mich zu begleiten, wenn ich geglaubt hätte, dass du dir jemals gewünscht hast, mich zu verletzen.“

„Und ich bin so froh darüber. Als mir bewusst wurde, wobei ich womöglich geholfen hatte … das Ambrose dich wegen mir hätte wegholen können … und vielleicht wäre er zu dir noch schlimmer gewesen als der Lord, der dich vor Sylas hatte …“ Sie erschaudert. „Ich hasste mich selbst. Du und ich … wir sind *nicht* gleich. Du hattest es so viel schwieriger als ich. Dir wurde so viel geraubt und so viele Leute haben dich verletzt. Trotzdem versuchst du es immer wieder aufs Neue und schaffst dir einen Platz. Ich bin *stolz*, deine Freundin zu sein. Und wenn dieser Federhirn-Erzlord nicht kapiert, wie gut du behandelt werden solltest, dann bist du ohne ihn besser dran.“

Sie spricht den letzten Teil so entschlossen aus und ihre Augen sprühen bei der Beleidigung des Unseelie Funken, dass ein Teil des Schmerzes in mir schmilzt, an dem ich festgehalten habe. Sie kann nicht in Ordnung bringen, was Corwin zerbrochen hat, aber es hilft sehr, zu wissen, dass ich hier definitiv nicht allein bin, nicht im praktischen Sinne und auch nicht mit meiner Wut auf sein Handeln.

Ich rutsche über das Bett, sodass ich direkt neben ihr sitze. „Dankeschön. Vielleicht ist es dumm, doch es bedeutet mir viel, jemand anderen das sagen zu hören, vor allem jemand, der ein Fae ist. Es ist schwer, zu wissen, ob meine menschlichen Erwartungen vernünftig sind.“

Harper schnaubt. „Mehr als vernünftig. Zu versuchen, dich all die guten Dinge vergessen zu lassen, die Sylas und August für dich getan haben? Das ist so egoistisch von ihm.“

Ich glaube nicht, dass sie kapiert hat, dass diese ‚guten‘ Dinge auch Whitt involvieren oder dass sie bei jemand anderem als August romantischer Natur waren. Eines Tages werde ich mich vielleicht wohler damit fühlen, ihr dieses

Geheimnis anzuvertrauen … falls es noch eine Rolle spielt, wenn das alles vorbei ist.

Ich massiere mir die Stirn. „Ich weiß einfach nicht, was passiert, wenn ich beschließe, dass ich ohne Corwin besser dran bin. Was machen wir dann? Das Seelenband wird nicht einfach verschwinden, weil ich es nicht mag." Wenn es das tun würde, hätte es sich bereits vor Tagen aufgelöst.

Harper runzelt die Stirn. „Ich wünschte, ich wüsste, was wir deswegen tun können. Ich bin mir sicher, Sylas arbeitet im Moment daran, sich etwas zu überlegen. In der Zwischenzeit … willst du dich mit mir zur Küche schleichen und schauen, ob wir uns einen kleinen Nachtisch holen können?"

Ich muss über ihren verschwörerischen Tonfall lachen und meine Laune ist besser, als sie das war, seit ich Corwins Verrat aufgedeckt habe. „Tun wir es. Zucker macht alles zumindest ein bisschen besser."

Den Rest werde ich klären, wenn ich es muss.

18

*Corwin*

Talias Zimmertür wirkte in den letzten zwei Tagen jedes Mal undurchdringlicher auf mich, wenn ich davorstand. Während ich sie jetzt betrachte, ringe ich erneut mit widersprüchlichen Impulsen.

Meine seelenverbundene Gefährtin befindet sich auf der anderen Seite dieser Tür. Obwohl das Band zwischen uns von ihrem Widerstand gedämpft wird, zupft es an meinem Herzen. Das Wissen darüber, wie wütend sie ist und wie stark ich ihr Vertrauen in mich erschüttert habe, hat sich seit dem Moment wie eine sengende Klinge in mich gebrannt, in dem sie im Esszimmer mit mir geschimpft hat. Würde ich meine Emotionen aus dem festen Griff entlassen, mit dem ich sie gepackt habe, würde ich vermutlich genauso verrückt werden wie es die Wölfe bei Vollmond tun, die ihr so wichtig sind.

Es war ein Fehler, kein absichtlicher Verrat. Ich hätte sie

nicht absichtlich verletzen *können*. Sie weiß das und dennoch hat es nicht gereicht, um die Sache vernünftig zu erklären und ihr alles in meiner Macht Stehende anzubieten. Sie ist nicht zu mir zurückgekehrt.

Vielleicht ist das fair. Das Herz arbeitet nicht mit Vernunft, oder? Was für ein Wahnsinn ist es, dass ich an eine Menschenfrau gebunden bin, die sich bereits nicht nur einem, sondern gleich drei Seelie verpflichtet hat?

Ein Seelenband sollte keine geschäftliche Partnerschaft sein. Es geht um die tiefste Zuneigung und Intimität. Ich hätte nicht gedacht, dass ich in der Lage sein würde, mich so sehr zurückzuhalten, wie ich es in jedem anderen Bereich meines Lebens tue. Ich hätte nie erwartet, dass es so sein würde, dass es so komplex werden und es so viele Hindernisse geben würde …

Ich schließe die Augen und balle meine Hände an den Seiten zu Fäusten. Jeder Nerv in meinem Körper sträubt sich gegen die Geste, die ich geplant habe. Ich bin mir sehr bewusst, zu was unkontrollierte Leidenschaft führen und wie gründlich sie alles um sich herum zerstören kann.

Doch Talia muss wissen, wie wichtig mir dieses Band ist. Wie wichtig *sie* mir ist. Sie ist den ganzen Weg hierhergekommen und hat alles zurückgelassen, was sie kennt und ihr wichtig ist, um mir eine Chance zu geben. Wie kann ich behaupten, dass ich sie verdiene, wenn ich selbst keine Kompromisse eingehe?

Die letzten zwei Tage, in denen ich wusste, dass sie hier ist, und sie nicht sehen konnte, haben meine Brust auf eine Weise ausgehöhlt, die ich nicht mehr gespürt habe, seit … Nun, daran möchte ich lieber nicht denken. Und um ehrlich zu sein, ist das hier noch schlimmer.

Das Esszimmer, wo ich einst allein aß, brüllt mir jetzt ihre Abwesenheit entgegen. Ich kann mich nicht an meine Harfe setzen, ohne mich daran zu erinnern, wie sie auf dem

Sofa saß und mir beim Spielen zuhörte in diesem kurzen, wunderschönen Moment, als wir vollkommen im Reinen miteinander waren. Wenn ich zu schlafen versuche, hallt ihre Stimme scharf von den Schmerzen durch meinen Kopf, die sie ausdrückte, als sie von meinem ungebetenen Zauber erfuhr.

So sollten diese zehn Tage nicht ablaufen. Und mit jeder verstreichenden Stunde entgleitet sie mir immer weiter.

Wenn ich sie zurückholen will, bevor sie so weit weg ist, dass ich sie unmöglich jemals erreichen kann, muss ich ihr alles geben, was ich kann.

Ich wappne mich, sinke auf die Knie und lege meine Unterarme auf den Boden. Ich verbeuge mich so tief, dass meine Stirn meine ineinander verschränkten Hände berührt. Diese Pose lässt Scham durch mich hindurch kribbeln, aber ich ignoriere die Empfindung. Ich ziehe den Deckel weg, mit dem ich den Aufruhr in mir fest unter Verschluss gehalten habe – ich ziehe ihn nicht ganz weg, aber so weit, dass der Ansturm von Kummer und Entsetzen durch mich hindurch schwappen.

Sie muss das spüren, zumindest ein bisschen.

„Talia", sage ich so laut, dass meine Stimme auf jeden Fall durch die Tür dringen wird. „Ich habe dich auf eine skrupellose Art verletzt und das Einzige, was mir einfällt, ist, mich vor deinem rechtmäßigen Zorn zu demütigen. Ich werde hierblieben und mich deiner Gnade ausliefern, bis du es für angebracht hältst, mit mir zu sprechen, egal wie lange es dauern mag. Nichts in meinem Revier oder anderswo ist wichtiger, als mich mit dir zu versöhnen."

Es ist möglich, dass nicht nur die Sicherheit meines Herzens und meiner Seele, sondern die meines gesamten Reiches davon abhängen, dass ich ihr meine Hingebung beweise. Ihre Verbindung zum Fluch der Seelie birgt Möglichkeiten, die ich nie in Erwägung gezogen habe …

aber ich kann diese Information nicht nutzen, um meine Erzlord-Kollegen zu überreden, solange der Schwur, den ich ablegte, meine Zunge lähmt. Und ich kann mit Talia nicht darüber sprechen, während sie den Fae noch so treu ergeben ist, die uns als ihre Feinde sehen.

Also verharre ich in meiner Position, knie vor ihrer Tür und erlaube mir nicht, darüber nachzudenken, wie es auf einen der Bediensteten oder jemanden aus meinem Zirkel wirken wird, sollte einer von ihnen hier vorbeikommen. Ich habe mir selbst Schande bereitet, indem ich in Talias Verstand herumgepfuscht habe. Warum sollten sie nicht sehen, welche Konsequenzen das nach sich zog? Ich kann nur mir selbst die Schuld daran geben.

Mein Rücken ziept und meine Flügel brennen darauf, hervorzubrechen und mich abzuschirmen. Ich kämpfe den Drang nieder. Meine Reue wogt durch mich hindurch, aber ich empfange nichts vom anderen Ende des Bandes.

Meine Ohren nehmen ganz schwach einen Laut auf der anderen Seite der Tür wahr – das Flüstern ihrer Füße, die mit ihren unrunden Schritten den Boden überqueren. Der Gedanke an die Bestien, die ihren Fuß zertrümmert haben, beschwört einen beschützenden Zorn in mir herauf, den ich jedoch verdränge. Das hier ist nicht der richtige Zeitpunkt.

Doch wenn meine Gefährtin vollständig mir gehört, werde ich jeden Wolf mit Vergnügen in Stücke schneiden, der sie verletzt hat.

Die Gewalt dieser Idee verunsichert mich – *das passiert, wenn man die eigenen Emotionen von der Leine lässt* – aber dann öffnet sich die Tür und ich kann mich auf nichts anderes konzentrieren als die Frau, die auf mich herabspäht.

Mein Kopf ist noch gebeugt, ich höre jedoch, dass Talia leise der Atem stockt, und das Rascheln ihres Kleides, als sie sich so weit nach vorne beugt, dass sie in den Gang blicken kann. Als würde *sie* sich Sorgen machen, wer meine Demonstration der Reue sehen könnte.

„Was *machst* du da?", fragt sie mit schockierter Stimme und möglicherweise sogar entsetzt.

Meine Kehle schnürt sich um die Worte herum zu, doch ich kann nicht behaupten, dass sie sich falsch anfühlen, als sie rauskommen. „Ich knie zu deinen Füßen, um dich um Vergebung zu bitten. Ich habe meine Befugnisse überschritten ... ich habe es versäumt, dich so zu ehren, wie du es verdienst ... es stand mir nicht zu, deine Vergangenheit zu ändern, oder zu entscheiden, welche Teile für dich von Wert sein sollten. Ich biete keine Entschuldigungen an. Ich möchte dir nur zeigen, dass ich verstehe, wie schrecklich ich mich geirrt habe."

Talia schluckt hörbar. „Stört es dich nicht, dass dich jemand sehen könnte? Was für ein Fae-Erzlord kniet vor einem Menschen?"

Da erlaube ich mir, zu ihr aufzuschauen, so gut ich das eben kann, während ich meinen Rücken beuge. Ihr Mund ist zu einem schmalen Strich zusammengepresst, ihre Augen sind weit aufgerissen und eine ungewisse Emotion lodert in ihnen. Sie packt den Türrahmen und sieht aus, als würde sie sich jeden Moment zurückziehen und mir die Türe vor der Nase zuschlagen – doch sie hat es noch nicht getan.

Sie ist hier. Sie hört zu.

„Dass du ein Mensch bist, spielt keine größere Rolle, als wenn du ein Fae wärst", erkläre ich. „Selbst wenn du nur ein Gast in meinem Haushalt wärst, wäre mein Benehmen grässlich gewesen. Aber du bist nicht nur ein Gast. Du bist meine seelenverbundene Gefährtin."

„Du hast mich genauso wenig ausgesucht, wie ich dich. Und sag nicht, dass du wegen des Herzens und alldem mitmachen wirst."

Ich halte ihren Blick trotz des merkwürdigen Winkels

und hoffe, dass sie die Wahrheit dieser Aussage fühlen kann, als ich sie ausspreche: „Ich wähle dich jetzt. Nicht weil es der Wille des Herzens ist, sondern auch meiner. Du bist eine intelligente, entschlossene Frau, die sich jedes bisschen Respekt verdient hat, das dir dein Seelie-Rudel angeboten hat. Das kann ich jetzt sehen. Es wird mir eine Ehre sein, dich als Ebenbürtige neben mir stehen zu haben, und es macht mich krank, dass ich diese Zukunft durch meine Taten bedroht habe."

Ihre Lippen teilen sich, aber sie zögert und denkt nach. Steht jedoch immer noch kurz davor, zu gehen.

Ich war zu abgelenkt von all den Überraschungen, die mit ihrer Ankunft einhergingen, und all der Politik, die diese umgab, dass ich ihre Stärke zuerst nicht erkannte. Sie hat so viel ertragen – sie erträgt jetzt so viel. Anstatt diesen stählernen Willen und ihre Edelmüdigkeit wertzuschätzen, die es sie kostete, trotz der Liebe, die sie für diese anderen Männer empfindet, hierherzukommen, behandelte ich sie, als wäre sie etwas Gebrochenes, was ich reparieren muss.

Was für eine Rolle spielt es, dass sie sterblich ist? Ich kann mir vorstellen, dass sie jedem meiner Kollegen auf eine Art die Stirn bieten kann, wie ich es nie wagen würde. Die anderen Liebhaber aus ihrem Verstand zu löschen, wäre nicht mehr als ein billiger Trick. Wenn ich mir ebenfalls ihre Liebe oder zumindest ihre Hingabe verdienen will, muss ich beweisen, dass ich ihnen ebenbürtig sein kann.

Ich muss beweisen, dass ich die anderen Männer akzeptieren kann und was sie ihr bedeuten.

Ich wappne mich gegen das zusätzliche Unbehagen, das mit dem Angebot einhergeht, von dem ich weiß, dass ich es machen muss. „Du musst mir noch nicht vergeben. Ich möchte dich nur darum bitten … würdest du mit mir teilen, was ich dir so gedankenlos zu stehlen versuchte? Ich will von den Männern hören, die du liebst, und wie es dazu gekommen ist, dass sie dir so viel bedeuten, damit ich es verstehen kann. Damit ich dich kennenlernen und alles darüber erfahren kann, wie *du* zu derjenige wurdest, die du heute bist. Sie sind dir wichtig, also sind sie auch mir wichtig.“

Daraufhin erzittert die Barriere in unserem Band. Sie wird weicher und ein Hauch ihrer Emotionen weht zu mir hindurch: eine verworrene Mischung aus Schmerz und Wut und die Erkenntnis, wie schwer mir diese Bitte gefallen ist.

Talia befeuchtet ihre Lippen. Dann sagt sie leise, jedoch deutlich: „In Ordnung. Du kannst reinkommen. Nimm den Stuhl am Tisch. Ich denke darüber nach, womit ich anfangen soll.“

Erleichterung durchfährt mich so scharf, dass sie beinahe schmerzhaft ist. Ich richte mich auf und folge ihr in den Raum, wobei ich die Distanz respektiere, die sie zwischen uns geschaffen hat. Als ich auf dem Stuhl Platz nehme, auf den sie deutet, hockt sie sich zögernd mir gegenüber auf die Bettkante.

„Wie viel möchtest du wissen?“, fragt sie mit einer erstaunlichen Zärtlichkeit angesichts dessen, wie sehr ich sie verletzt habe und wie frisch diese Wunde noch ist. „Ich weiß, dass es dir unangenehm ist, davon zu hören – von ihnen.“

Schmerzen durchfahren meine Brust scharf und unverkennbar. Die Widerstandsfähigkeit dieser Frau und ihr Wille würden sie zu einer würdigen Partnerin für jeden Erzlord machen, doch ihr Mitgefühl … Das macht sie zu genau der Partnerin, die *ich* möchte.

Ich könnte mich in sie verlieben, wenn ich es mir erlauben würde. Ich weiß das jetzt ohne jeden Zweifel.

Ich lehne mich auf dem Stuhl zurück und versuche, entspannt zu wirken, um sie nicht zu beunruhigen. „Alles. Alles, was du mir erzählen möchtest. Alles, was du gewillt bist, mir durch das Band zu zeigen. Du kannst natürlich

Informationen auslassen, von denen du denkst, dass sie sie um ihres Volkes willen geheim halten wollen, aber ich möchte dich so gut kennenlernen, wie ich kann. Das ist die einzige Möglichkeit, wie ich der Gefährte sein kann, den du verdienst."

„Okay." Sie verschränkt ihre Finger ineinander und legt sie auf ihren Schoß. Ihr Blick richtet sich in die Ferne und ein zärtliches Licht leuchtet in ihren Augen, das einen Funken Eifersucht in mir entzündet, den ich nicht vollständig unterdrücken kann. „Es war August, in den ich mich als Erstes verliebte. Er gehört zu Sylas' Kader und ist der Anführer der Rudelkrieger. Mir gegenüber war er jedoch ausschließlich sanft. Von Anfang an hat er keine Mühen gescheut, mir das Gefühl zu geben, als könnte ich dazu gehören ..."

Sie erzählt weiter und spricht von den ersten Wochen, die sie in Erzlord Sylas' Rudel verbrachte, wobei lebhaftere Eindrücke durch die Verbindung zwischen uns dringen. Sie senkt ihre Schutzschilde. Jeder freudige Ruck und jedes Beben erinnerter Wonne pikt mich wie eine Reihe Dornen, doch ich verhalte mich ruhig und still und nehme alles in mir auf.

Es *tut* weh, zuzuhören, während sie voller Zuneigung von diesen Männern spricht, die ihr Herz gewonnen haben, bevor ich wusste, dass sie für mich bestimmt ist. Ich muss jedoch jeden Teil von ihr willkommen heißen und alles, was sie durchgemacht hat.

Es ist die einzige Chance, die ich habe, ebenfalls einen Platz in diesem Herzen zu gewinnen für mein eigenes Glück – und vielleicht für das Überleben meines Volkes.

19

*Sylas*

„Nun", meint Whitt, während er die zerstörten Behälter betrachtet, die unordentlich in dem kleinen Schuppen liegen, „die Murk hätten keine schlimmeren Fae angreifen können. Und damit meine ich, dass ich die Wahl ihrer Opfer absolut befürworte."

August lässt ein Schnauben fahren, das wie Zustimmung klingt. Ich verziehe das Gesicht und meine Fangzähne pressen sich gegen die Innenseite meines Mundes. Ich konnte sie nicht zurückhalten, als ich die Nagetierfußabdrücke in der Erde um den Schuppen herum entdeckte und ihren unverkennbaren Ungeziefergestank im Inneren roch.

„Es wäre besser, wenn die Murk niemanden der Seelie drangsalieren würden, nicht einmal diejenigen, die wir als Feinde betrachten", brumme ich. „Und ganz gleich, was wir von ihrem Lord und dem Kader halten, der Rest des Rudels verdient nicht zwangsläufig unseren Zorn, einschließlich des armen Kerls, der wegen dieser Schweinerei sein Leben gelassen hat."

Es ist jedoch schwierig, sich in der Gegenwart dieser knochenweißen Burg zu befinden, ohne an das letzte Mal zu denken, als wir im schwachen Abendlicht hier waren und Talia von ihrem dreckigen Gefängnis wegtrugen. Meine Fangzähne wären womöglich rausgekommen, selbst wenn die Murk Copperweld nicht angegriffen hätten.

Wenn nicht eines der Rudelmitglieder ermordet worden wäre, das vermutlich zufällig zur falschen Zeit über die Rattengestaltwandler gestolpert war, würde dieser Saustall den Anschein reinen Schabernacks machen. Ich würde es Aerik trotzdem nicht vorwerfen, dass er will, dass sich ein Erzlord der Sache annimmt. Sämtliche offene Aktivitäten der Murk müssen im Auge behalten werden, ganz gleich, wie harmlos sie wirken. Sie halten sich zwar normalerweise daran, uns auf geringfügige Arten zu ärgern, doch ich weiß, wie bösartig Rattengestaltwandler sein können, was von dem Ziepen unterstrichen wird, das in mein totes Auge kriecht. Dieses Auge fängt das geisterhafte Flackern wuselnder Gestalten auf, die in den Trümmern herumhüpfen. Das Bild ist da und dann fort.

Den Murk gefällt nichts besser, als uns so stark wie irgendwie möglich zu demütigen. Ich bin mir sicher, sie wünschen sich, sie könnten uns auf ihr elendes Niveau herabziehen. Dem Mann, den sie unter einer dünnen Dreckschicht hinter diesem kleinen Lagergebäude verbluten ließen, haben sie jedenfalls keinerlei Respekt erwiesen.

Wo wir gerade von elenden Gestalten sprechen … Aeriks Schatten huscht über den Türrahmen. Seine Arme sind vor seiner Brust verschränkt. Ich vermute, dass er genauso wenig erfreut darüber ist, dass ich der Erzlord bin, der diese Ermittlung übernommen hat, wie ich es bin, hier zu sein. „Nun, was halten Sie davon?", will er wissen.

Whitt antwortet für mich. „Es sieht wie ihre typische Herangehensweise aus. Reinschleichen, Chaos und Verwüstung anrichten, rausschleichen." Er betrachtet die Körbe voller Pilze, die schwarz und matschig vor Schimmel geworden sind, und rümpft die Nase. „Auch wenn dein Rudel diese Delikatessen geschätzt hat, ist deren Verlust wohl kaum eine Katastrophe. Aber sprich bitte der Familie deines Rudelmitgliedes mein Beileid aus, das ihnen so unglücklich in die Quere gekommen ist. Wenn wir sie erwischen, kannst du dir sicher sein, dass die räudigen Ratten dafür bezahlen werden."

„Mir gefällt im Allgemeinen nicht, dass sie so dreist waren", ergänze ich. „Dass sie sich in ein Gebäude geschlichen haben, das so nah bei der Burg und dem Dorf ist. Hat noch jemand irgendeinen Hinweis auf sie entdeckt?"

Aerik versteift sich, als hätte ich ihn beschuldigt, sein Revier schlecht zu schützen. Ich mache mir größere Sorgen, weil ich annehme, dass er wachsam *war*. Er hat vermutlich wegen *uns* Wache gehalten, seit wir ihn und seinen Kader um Talias Willen zu einer Kapitulation zwangen.

Doch vielleicht haben seine Wachen nach Wölfen Ausschau gehalten und nicht genug auf Ratten geachtet. Das räudige Ungeziefer ist so klein, dass es nicht schwer für sie ist, in unseren Gebieten herumzulungern, ohne erwischt zu werden.

Einer von Aeriks Kader-Gewählten erscheint an seiner Seite. Es ist Cole, vor dem Talia noch größere Angst hat als vor seinem Lord, glaube ich, was bedeutet, dass sein Anblick dafür sorgt, dass meine Krallen am Ansatz meiner Finger kribbeln. „Sie sind verschlagen vorgegangen, wie es diese Quälgeister immer tun", berichtet er. „Das restliche Rudel hat es erst bemerkt, als jemand vom Küchenpersonal herkam, um einige Pilze für unser Frühstück zu holen."

Aerik wirkt ziemlich traurig, während er seine ruinierten

Vorräte betrachtet, als würde ihn deren Verlust mehr belasten als der seines Rudelmitglieds. Es *war* eine beeindruckende Pilzsammlung mit vielen seltenen Sorten, die sein Rudel vermutlich im Lauf der Zeit gesammelt hat. Ich bin mir nicht zu schade dafür, eine geringfügige Befriedigung zu verspüren, dass ihm diese Delikatessen nun verwehrt werden. Ich bin mir nämlich ziemlich sicher, dass sie hauptsächlich von ihm und seinem Kader verspeist worden wären und nicht vom Rest ihres Rudels.

Ich trete nach vorne und er weicht zurück, um mich vorbeizulassen, wobei er sorgsam Distanz zu mir wahrt, die nicht dem Respekt für meine Position geschuldet ist. Wenn er eine falsche Bewegung macht, breche ich dem Monster mit Freuden das Genick. Ich wünsche mir schon seit jenem Nachmittag, dass er mir einen Grund dafür liefert.

Die Wärme der Mittagssonne durchdringt kaum meine Haut. Ich mustere erneut die winzigen Pfotenabdrücke in der Erde um das Gebäude herum und betrachte die helle Burg. Es gibt keine ‚falsche‘ Magie in der Welt und dennoch jagen Aeriks Vorliebe für Knochen und deren Nutzen für den Bau seines Heimes ein Beben der Abscheu durch meinen Magen hindurch. „Das war die einzige Ressource, die sie zerstört haben?“

Aerik nickt. „Deren wir uns bewusst sind, aber sobald wir diesen Angriff bemerkt hatten, ließ ich mein Rudel das Revier durchstreifen. Es gibt keine weiteren Spuren von ihnen. Es gibt auch keine Anzeichen darauf, wie sie unsere Ländereien betreten und wieder verlassen haben. Die einzigen Hinweise auf ihre Anwesenheit sind die, welche Sie um dieses Gebäude herum sehen und riechen können – und natürlich die Wunden, die sie an meiner gefallenen Wache hinterlassen haben.“

Sie haben ihre Spuren ansonsten überall verwischt. Das ist ein weiterer Hinweis darauf, dass die Murk diese Spuren nicht aus Nachlässigkeit zurückließen, sondern weil sie uns mit der Tatsache verspotten wollten, dass sie diesen Angriff so offenkundig durchziehen konnten. August knurrt und scannt die Landschaft um uns herum, als würde er denken, er könnte einen der Täter jetzt entdecken und in Fetzen reißen.

Ich verkneife mir ein Seufzen. „Es scheint, als gäbe es nichts, was wir im Moment tun können, aber ich werde meinen Kollegen von ihrer Unverschämtheit berichten und im Reich die Nachricht verbreiten lassen, dass all unsere Brüder besonders wachsam sein müssen. Falls ihr Hilfe dabei braucht, den angemessenen Schutz einzurichten …“

„Nein“, blafft Aerik in einem Tonfall, der beinahe an Aufsässigkeit grenzt. „Ich kann selbst problemlos auf meine Leute aufpassen.“

Ich bedenke ihn mit einem strengen Blick und beobachte, dass er ein Zusammenzucken nicht ganz verbergen kann. Ich habe ihn überwältigt, als wir uns noch als Lords auf Augenhöhe befanden. Er weiß, wie schlimm die Konsequenzen für den Verrat an einem Erzlord sind. Nicht einmal Ambrose konnte mit dieser Art von Verrat davonkommen.

„Dann machen wir uns auf den Weg“, verkünde ich. „Informiere die Ländereien des Herzens augenblicklich, falls du weitere Informationen zu den Schuldigen findest.“

Wir haben Copperwelds Burg gerade erst mit unserem Gefährt hinter uns gelassen, da schüttelt sich August, als würde er die Atmosphäre des Ortes dadurch loswerden. „Ich kann nicht auf sein ganzes Rudel sauer sein – keiner von ihnen wusste von dem, was er Talia antat – aber es gibt nichts, was ich lieber sehen würde, als dass diese Burg dem Erdboden gleichgemacht wird.“

Ich neige den Kopf zu ihm. „Ich vermute, dir würde es

noch mehr gefallen, Talia die Grenze überqueren zu sehen, damit sie sich mit uns treffen kann."

Ein Lächeln, das viel kleiner und trauriger ausfällt, als für meinen jüngeren Bruder üblich ist, huscht über sein Gesicht. „Nun, ja, das stimmt." Er atmet tief ein und strafft die Schultern. „Wir haben fast die Hälfte hinter uns gebracht."

Vorausgesetzt alles läuft gut. Vorausgesetzt Talia geht es jetzt noch gut. Mich hat die Trennung zwischen den Sommer- und Winterreichen nie sonderlich interessiert, doch jetzt, da mir das, was auf der anderen Seite der Grenze geschieht, so wichtig ist, kribbelt meine Haut wegen des immerwährenden Schweigens.

„Es wurde kein Krieg erklärt und es gab keine weiteren Scharmützel", merkt Whitt an. „Alles in allem kann es nicht allzu schrecklich laufen." Sein Blick ist jedoch nachdenklich, als er die Landschaft um uns herum betrachtet.

Es gibt eine Menge schlimmer Folgen, die wir nicht wollen und die keinen Krieg bedeuten. Es bringt mir allerdings nichts, mir über diese den Kopf zu zerbrechen oder darüber, ob die Frau, die ich liebe, noch immer *mein* sein wird, wenn sie zurückkehrt. Ich habe Pflichten zu erledigen, die mein ganzes Reich betreffen.

Als wir das neue Hearth-by-the-Heart erreichen, ziehe ich etwas Befriedigung daraus, die wachsenden Mauern unserer neuen Burg zu sehen, die mit jedem Tag ihrer Fertigstellung ein Stückchen näher kommt. Der Großteil des Rudels wird seinen ersten Vollmond seit meiner Krönung in Hearthshire verbringen, doch kurz darauf werden wir alle hierherholen und wieder vollständig vereint sein. Ich mag es genauso wenig, dass sie so weit weg von mir sind, wie es mir gefällt, dass Talia fort ist.

„Ich werde die Baufortschritte im Dorf und jegliche neuen Entdeckungen bezüglich Ambrose' Waffenvorrat überprüfen", verkündet August und springt aus dem Gefährt.

Whitt folgt ihm. „Ich erwarte, dass sich ein paar unserer Wachen bei mir melden. Falls sie eine Nachricht von den Unseelie oder über Murk-Aktivitäten erhalten haben, gebe ich dir sofort Bescheid."

Und einfach so bin ich allein. Es braucht nicht viele Pflichten, um mich sogar regelmäßig von meinem Kader zu trennen.

Ich kann mich keinem von ihnen anschließen, da ich meinen Erzlord-Kollegen von meinen Beobachtungen in Copperweld berichten muss. Ich strecke meine Glieder, um die Steifheit von der Fahrt loszuwerden, und sende mithilfe meiner Magie eine kurze Nachricht an Celia und Donovan. Anschließend mache ich mich auf den Weg zur Bastion, wo sie sich mit mir treffen werden.

Bevor ich die Burg hinter mir gelassen habe, holt mich Astrid ein, die sich angesichts ihres Alters in einem beeindruckend sportlichen Galopp bewegt. Egal, wie viele Jahrhunderte sie bereits auf dem Buckel hat, es wird noch viel Zeit vergehen, bis sie wirklich langsamer macht, denke ich.

Sie läuft neben mir her. „Ich bin gerade mit der neuen Gruppe Arbeiter aus Hearthshire zurückgekommen, die sich um die zusätzlichen Aspekte des Baus kümmern werden. Die ursprüngliche Crew gibt ihnen bereits Anweisungen und erklärt alles. Gibt es noch etwas, um das ich mich kümmern soll, mein Lord, oder soll ich meinen üblichen Patrouille-Pflichten nachgehen?"

Ich bleibe stehen und Astrid tut es mir gleich. Ihre Augen verdunkeln sich sofort vor Sorge. Diese Frau kennt mich, seit ich ein Kleinkind war, und sie bemerkt meine Stimmungen schneller als jeder andere abgesehen von meinem Kader. Zu diesem Zeitpunkt bezweifle ich, dass mich mein eigener Vater so gut kennt wie sie.

Der Gedanke, der mir gerade gekommen ist, ist

allerdings kein besorgniserregender. Zumindest glaube ich nicht, dass er das ist.

Ich behandle Astrid bereits beinahe wie einen Teil meines Kaders, oder? Wenn Whitt und August nicht verfügbar sind, ist sie diejenige, an die ich mich instinktiv wende. Ich habe ihr Talias Sicherheit anvertraut, wenn wir nicht da sein konnten, und sie ist dieser Pflicht tadellos nachgekommen. Mir fällt keine Aufgabe ein, die ich nicht guten Gewissens in ihre fähigen Hände legen würde.

Ich habe mich einfach so sehr daran gewöhnt, mich bei den nervenaufreibendsten Angelegenheiten nur auf mich selbst und meine Brüder zu verlassen, dass ich nicht gesehen habe, was direkt vor mir war. Ich *brauche* weitere Rudelmitglieder an meiner Seite, wenn ich als Erzlord effektiv herrschen möchte. Wenn ich irgendwelche Geheimnisse hätte, wegen denen Astrid schlecht von mir denken würde, würde ich das zweifelsohne verdienen.

Es scheint ein wenig zu viel zu sein, um sie aus heiterem Himmel damit zu überfallen, wenn sie nach nichts anderem als einfachen Befehlen gefragt hat. Ich suche nach einer Möglichkeit, das Thema anzuschneiden – um sicherzugehen, dass sie das Angebot nicht als eine Bürde, sondern eine Ehre sieht. „Astrid, du hast mir und davor meiner Familie lange Zeit gedient."

Ihre Augenbrauen heben sich leicht. „Das habe ich, mein Lord."

„Hast du jemals das Gefühl gehabt, dass du den Dienst womöglich aufgeben möchtest, um den Rest deines Lebens in einem gemächlicheren Tempo zu genießen?"

Ihre Augenbrauen klettern noch höher. „Falls Sie andeuten wollen, dass meine Leistungen nicht angemessen waren und es an der Zeit ist, dass ich diese alten Knochen zur Ruhe bette, hoffe ich, dass Sie geradeheraus mit mir sprechen. Doch ich fühle mich absolut dazu in der Lage, meine Pflichten auszuführen, und ich mache mich lieber nützlich, als herumzusitzen und Moos anzusetzen."

Ihre Antwort ist so wenig überraschend, dass es mir absurd vorkommt, dass ich sie überhaupt gefragt habe. Mein Mundwinkel biegt sich nach oben. „Also hättest du nichts dagegen, von noch größerem Nutzen zu sein, als du es bereits bist?"

Astrid bedenkt mich mit einem schiefen Blick. „Ich würde niemals einen Erzlord rügen, mein Lord, aber Sie werden schneller eine Antwort erhalten, wenn Sie sagen, was Sie im Sinn haben. Ich kann auf jeden Fall mehr Aufgaben übernehmen, wenn das notwendig ist. Ehrlich gesagt, gibt es mir das Gefühl, lebendig zu sein, wenn ich Arbeit im Auftrag des Rudels ausführen kann. Mit dem Tod meines Gefährten wurde meine Familie sowohl kleiner als auch größer. Ich betrachte jetzt ganz Hearthshire als meine Familie."

Ihre Worte lösen Wärme in meiner Brust aus. Ich hätte auf keine bessere Perspektive hoffen können und bin mir meiner Entscheidung nun absolut sicher.

„In diesem Fall, was würdest du davon halten, meinem Kader beizutreten?"

Astrid hat eindeutig nicht erwartet, dass ich das sagen würde. Sie starrt mich mehrere Sekunden lang an, bevor sie ihre Sprache wieder findet. „Ich ... Ihr Kader ... sind Sie sich *sicher*, mein Lord?"

Ich kann mir ein Glucksen nicht verkneifen. Wann war das letzte Mal, dass ich sie so verblüfft sah, dass sie die Fassung verlor? Möglicherweise nie. „Ich bin mir sicher, ich würde dich nicht fragen, wenn ich mir nicht sicher wäre."

„Natürlich. Ich ..." Sie schüttelt den Kopf, als wollte sie ihn klären, und lächelt mich schief, jedoch eindeutig erfreut an. „Ich hätte nie erwartet, eine solch erhabene Einladung zu erhalten. Oder vielleicht ging ich davon aus, dass es früher passiert wäre, sollte ich mich jemals in einem Kader wiederfinden.“

„Nun, wenn ich eines gelernt habe, dann, dass das Leben selten den Mustern folgt, die wir erwarten.“ Ich erwartete, dass sich der Kader meiner seelenverbundenen Gefährtin mit meinem vermischen würde. Ich erwartete, über Hearthshire zu regieren und nicht über das gesamte Sommerreich. Doch hier sind wir und alles in allem kann ich nicht behaupten, dass es mir leidtut. „Ein Erzlord hat viel mehr zu tun als der Lord von Hearthshire. Ich habe realisiert, dass es an der Zeit ist, meinen inneren Kreis auszuweiten. Selbstverständlich nur, wenn du dazu gewillt bist …“

„Ja, ja, das sollte keine Frage sein.“ Sie lächelt breiter und ich will mir selbst in den Hintern treten, weil ich so lange damit gewartet habe, diese Einladung auszusprechen. Sie hat es verdient, die Jahre, die ihr noch bleiben, in einer Position zu verleben, in der ihr der gebührende Respekt entgegengebracht wird.

Sie hält inne und ein sanftes Funkeln tritt in ihre Augen. „Es gibt jedoch einen Punkt, den ich zuvor vermutlich klarstellen sollte.“

„Welcher ist das?“

„Ich habe das Gefühl, dass ich bezüglich der, äh, Übereinkünfte, die zwischen Ihnen und den aktuellen Mitgliedern Ihres Kaders bestehen, klarmachen sollte, dass ich keinerlei Wunsch hege, weitere Gefährten anzunehmen, und vollkommen zufrieden damit bin, all diese Angelegenheiten Ihnen dreien zu überlassen.“

Ein Lachen entweicht mir. Wir waren vorsichtig, doch auch das hat seine Grenzen, vor allem bei derjenigen, die wir darum baten, auf Talia aufzupassen. „Ich kann mir vorstellen, dass weder wir noch Talia etwas anderes als eine professionelle Beziehung von dir erwarten.“

„Exzellent." Sie lacht ebenfalls und reckt das Kinn. „Nun, dann … wann fange ich an, mein Lord?"

*Talia*

„Das ist erledigt", verkündet Corwin und tritt von dem kristallenen Stallgebäude zurück, an das er gerade mit seiner Magie einige Meter angebaut hat. „Es tut mir leid … Ich bin mir sicher, das war nicht die aufregendste Arbeit zum Zuschauen."

„Ich beschwere mich nicht." Ich zögere und ziehe meine innere Mauer etwas weiter zurück, als ich es bereits getan hatte, damit er mehr von meiner aufrichtigen Bewunderung für seine Fähigkeiten spüren kann. Ich habe mich zwar daran gewöhnt, dass Fae-Bekannte Magie um mich herum wirken, doch es erfüllt mich immer noch mit Staunen, zu sehen, wie einer von ihnen die Welt nach seinem Willen beugt.

Und es war irgendwie schön, zu sehen, wie die Intensität von Corwins Konzentration diese kühle, gefasste Maske vertrieb, die er so häufig aufsetzt. Das entschlossene Glühen in seinen Augen und die Macht, die durch seine bedachten wahren Namen hallte, haben meinen Puls womöglich auf eine Weise zum Stocken gebracht, die nicht vollkommen unangenehm war. Mir wäre es jedoch lieber, wenn er *diese* subtile Reaktion nicht bemerkt hat.

Falls er es getan hat, lässt er es sich nicht anmerken, sondern schenkt mir nur eines seiner zurückhaltenden Lächeln. „Ihr müsst herkommen und den neuen Hengst kennenlernen, wenn er angekommen ist. Wie ich höre, ist er ziemlich beeindruckend."

Ich ziehe die Augenbrauen hoch. „Ich versuche noch immer, zu verstehen, warum du überhaupt ein Pferd brauchst, wenn du Flügel hast."

Der Unseelie-Erzlord gluckst kurz, was ihn genauso zu überraschen scheint wie mich. Sein Mund zuckt leicht beschämt, doch seine Emotionen beruhigen sich schnell und seine Stimme ist entspannt, als er antwortet. „Aufgrund der unterschiedlichen Geländearten brauchen wir viele Optionen, um optimal reisen zu können. Weder Flügel noch heraufbeschworene Fahrzeuge kommen mit Wäldern so gut zurecht wie unsere Pferde, sollten wir uns mit dem befassen müssen, was zwischen den Bäumen liegt. Dann können wir nämlich nicht einfach über sie hinwegfliegen."

„Verständlich." Ich blicke über die kleinen Eisfelder zu seinem hoch aufragenden Palast. Die Sonne beginnt, unterzugehen, und das dunkler werdende Lila des Himmels gleitet über die Diamanttürme. Dank des Wärmezaubers an meinen Klamotten berührt mich die Kälte in der Brise kaum, bevor sie davongeweht wird. Die Winterlandschaft um Corwins Zuhause herum fühlt sich allerdings noch einsamer an als die Gänge seines Palasts. „Wohin gehen wir als Nächstes?"

„Jetzt würde ich normalerweise mit meinem Küchenpersonal das Abendessen besprechen. Wenn du möchtest, kannst du dich selbst davon überzeugen, dass Charles und seine Tochter gerne hier unter den Fae leben."

Liegt in diesem Vorschlag der Hauch einer Neckerei? Ich mustere Corwin doch wie üblich gibt sein Gesichtsausdruck nicht viel preis, obwohl ich durch unser Band ein klitzekleines bisschen Belustigung spüre. „In Ordnung. Dann lass uns in die Küche gehen."

Ich weiß nicht, ob ich behaupten könnte, dass ich Spaß habe, aber das Schweigen auf dem Rückweg zum Palast fühlt sich angenehmer an, als ich es vor ein paar Tagen erwartet habe. Seit seiner verzweifelten Bitte vor meinem Zimmer gestern Morgen zeigt sich Corwin von seiner besten Seite.

Gestern haben wir den gesamten Tag damit verbracht, über meine Vergangenheit unter den Sommer-Fae zu sprechen – nun, *ich* habe hauptsächlich gesprochen und Corwin hat zugehört und die Erfahrungen aufgenommen, die ich ihn durch mich erleben ließ, obwohl ich spüren konnte, dass er sich ab und zu ärgerte. Ich kann ihm seine instinktiven Reaktionen nicht vorwerfen. Etwas an dem Seelenband versetzt *mir* einen Stich aus Schuldgefühlen, wenn ich an andere Männer als ihn denke, obwohl ich weiß, dass ich nichts Falsches getan habe.

Er ließ sich jedoch keinerlei Feindseligkeit anmerken und sagte kein Wort gegen meine Liebhaber oder die Seelie im Allgemeinen. Ich glaube nicht, dass er die Dankbarkeit hätte vorspielen können, die ich bei ihm wahrnahm, als er mir sagte, wie froh er sei, dass Sylas und die anderen mich so unerbittlich beschützt haben.

Mit jedem Moment, den wir gemeinsam mit dem Besprechen der Liebe verbrachten, die ich bereits erlebt hatte, schrumpfte jede Angst, die ich hegte, dass er erneut versuchen könnte, sie mir zu rauben, bis diese Sorge vollständig verschwand. Als er also anbot, dass ich mich ihm heute bei seinen Pflichten im und um den Palast herum anschließen und die Bediensteten etwas besser kennenlernen könnte, nahm ich das Angebot an. Bisher hat er mir keinen Grund geliefert, mich wieder in meinem Zimmer einzuschließen und den Rest meiner Zeit hier abzusitzen, allerdings bin ich nach wie vor auf der Hut.

Die Küche, in die Harper und ich uns vor zwei Nächten geschlichen haben, sieht vollständig beleuchtet noch größer aus. Das verblassende Sonnenlicht und das gelbliche Glühen der zusätzlichen Lampen bringen die Diamantoberflächen und die silbernen Formen der Öfen zum Glänzen.

Das Menschenmädchen holt gerade einen Brotlaib aus dem Ofen, dessen frischer, teigiger Duft in der Luft hängt. Ihr Vater – Charles – spricht mit einer Fae-Frau, die Gemüse gebracht zu haben scheint. Er dreht sich zu Corwin um, sobald wir eintreten.

„Mein Lord", sagt er mit einem viel breiteren und wärmeren Lächeln, als es die Unseelie-Fae normalerweise zustande bringen. „Heute haben wir eine sehr reichhaltige Ausbeute. Gibt es etwas Bestimmtes, worauf Sie Lust haben?"

Corwin nickt zu mir. „Vielleicht sollte mein Gast beim heutigen Abendessen ein Wörtchen mitreden. Talia, die Mahlzeiten, die wir bisher genossen haben, verdanken wir alle Charles' und Beths beeindruckenden Kochkünsten. Ich vermute, dass sie einen Weg finden können, dir zuzubereiten, was du möchtest."

Beth kommt herüber und reibt ihre Hände aneinander. „Absolut. Eine Herausforderung macht es interessanter."

Okay, diese menschlichen Bediensteten scheinen sich definitiv mit ihren Aufgaben hier wohlzufühlen. Ich denke an die Mahlzeiten, die wir bisher hatten und die allesamt köstlich waren, und versuche, zu entscheiden, um welche meiner Lieblingsgerichte ich sie bitten könnte. „Habt ihr schon einmal Fisch mit der rötlichen Soße gemacht, die ihr mit den Wachteln serviert habt? Und ich mochte das geschmorte Gemüse sehr, das irgendwie wie Spargel aussah und wir gestern zum Mittagessen hatten."

Charles stupst seine Tochter spielerisch mit dem Ellenbogen an. „Sie hat einen guten Geschmack, nicht wahr? Das klingt nach einer perfekten Kombination. Warum holst du nicht ein paar Forellen?"

Als Beth in die Kältekammer eilt, bedankt sich Corwin bei seinem Koch und macht Anstalten, zu gehen. Etwas tief in mir sträubt sich. Der Erzlord bleibt stehen, bevor ich etwas gesagt habe, da er meine Stimmung bemerkt. „Ist alles in Ordnung, Talia?"

„Ja. Es ist nur …" Wird diese Bitte wie eine Zumutung klingen? Oder einfach nur lächerlich? Ich ringe kurz mit dem Impuls, bevor ich ihn ausspreche. „Ich habe viel in der Küche geholfen … zu Hause. Wäre es okay, wenn ich beim Abendessen helfe?"

Corwin blinzelt und ist definitiv überrascht, doch er blickt fragend zu Charles, anstatt mir die Bitte abzuschlagen. Der Menschenmann zuckt mit den Achseln und seine hellen Augen funkeln. „Es schadet nie, ein zusätzliches Paar Hände zu haben, vor allem, wenn sie wissen, was sie tun. Denkst du, du kannst die Moossprösslinge schneiden?"

Ich erwidere sein Lächeln und eine unerwartete Leichtigkeit schwappt über mich hinweg. „Zeig es mir an einem und ich werde es mir für den Rest merken. Ich lerne schnell."

Die Moossprösslinge entpuppen sich als das spargelähnliche Gemüse, um das ich gebeten habe. Charles bringt mir die bevorzugte Schneideart bei und dann mache ich mich an die Arbeit und schneide mit dem Messer methodisch den Haufen an Sprösslingen klein, während er die Soße für den Fisch zubereitet. Corwin beobachtet uns aus einiger Entfernung. Unsere Rollen sind heute zum ersten

Mal vertauscht. Ein schwaches Leuchten der Befriedigung wäscht durch unsere Verbindung über mich hinweg.

Es gefällt ihm, dass ich mir hier einen Platz suche, obwohl es fürs Erste unter den Bediensteten ist – und mir gefällt es ebenfalls. Der Rhythmus der Arbeit und die vertraute Geschäftigkeit sowie das Klappern der Küchenaktivitäten um mich herum beruhigen meine Nerven besser als alles, was ich bisher im Winterreich erlebt habe.

Als ich mit den Sprösslingen fertig bin, reicht mir Charles einen Mörser, einen Stößel und eine kleine Schale mit Gewürzsamen. Er vertraut darauf, dass ich weiß, was ich mit ihnen tun muss. Ich lasse eine Handvoll Samen in den Mörser fallen und lege die Kraft meiner Schulter in das Zerstoßen der Gewürze. Mir läuft das Wasser im Mund zusammen wegen des herben Aromas, das aufsteigt. Der Geruch erinnert mich an die Nelken, die August bei manchen Gerichten benutzte …

Eine Woge des Heimwehs durchläuft mich so schnell, dass ich sie nicht unterdrücken kann. Vor einer Woche hätte ich so neben Augusts muskulöser Gestalt gesessen, gewärmt von seinem Lächeln und seinen aufmunternden Worten. Wir hätten gemeinsam eine Mahlzeit in perfekter Harmonie zubereitet, die in Monaten geteilter Erfahrungen – und Liebe – entstanden ist.

Ein Anflug von Schmerz und Eifersucht kribbelt von Corwin in mich und mein erster Instinkt besteht darin, diese Erinnerungen so schnell wie möglich zu verdrängen. Doch … war der Sinn von gestern nicht, zu beweisen, dass er mit mir und meinen Emotionen klarkommt, so wie sie sind? Dass er die Verpflichtungen akzeptieren kann, die ich schon eingegangen bin? Die Freude, die ich bei den Liebhabern verspürte, die ich bereits fand?

Wenn zwischen uns eine Chance auf Vertrauen bestehen

soll, muss ich wissen, dass diese Akzeptanz keine eintägige Angelegenheit war.

Ich bin kaum zu diesem Schluss gelangt, als Corwin seine Reaktion auch schon in den Griff bekommen hat. Das kribbelnde Unbehagen verklingt. Er schickt mir eine Entschuldigung und dann sagt seine innere Stimme vorsichtig: *Wenn du Zutaten und Rezepte mitnehmen möchtest, um sie mit ihm zu teilen, hätte ich nichts dagegen. Das heißt, wenn er nichts dagegen hat, die Kochweise der Unseelie auszuprobieren.*

Ich blicke mit einem Anflug von Überraschung und unerwarteter Zuneigung zu ihm. *Ich glaube, er hätte Spaß daran, sein Repertoire zu erweitern. Dankeschön.*

Jetzt schwingt definitiv Belustigung in Corwins Tonfall mit, auch wenn sie dezent ist. *Ich sollte mich bei dir bedanken. Du bist diejenige, die unser Abendessen zubereitet.* Er hält inne. *Und ich sollte auch ihm danken, dass er dir einen Ort geschenkt hat, an dem du dich unter den Fae zu Hause fühlen konntest, ganz gleich, in wessen Haus du bist. Wird er immer noch so viel Zeit in der Küche verbringen, jetzt, da er der Kader-Gewählte eines Erzlords ist?*

Ich lache laut auf. *Vielleicht nicht ganz so viel, aber ich glaube nicht, dass man August lange von einer Küche fernhalten könnte, außer das Herz selbst befiehlt es.*

*Ich schätze, sein Rudel kann sich darüber freuen.*

Wir verfallen in Schweigen, während sich Charles und Beth gutmütig über die exakte Größe streiten, die die Forellenfilets haben sollten. In diesem Moment fühle ich mich zu Hause. So sehr ich zu Hause sein *kann*, während mein echtes Zuhause nicht zugänglich ist.

Dann schlüpft ein weiterer Fae-Diener in den Raum, der ein Tablett mit leerem Geschirr trägt. Er richtet sich beim Anblick seines Lords auf – und mein Bewusstsein von

Corwin wird plötzlich gedämpft, als hätte er seine eigene Mauer gegen unser Band hochgezogen.

„Es ist okay", sagt Corwin mit einer knappen Bewegung zum gegenüberliegenden Ende der Theke. „Du störst nicht. Ich hoffe, dass alles in Ordnung ist?"

„Ja, mein Lord. So gut wie eh und je."

In ihren Stimmen liegt eine gewisse Steifheit. Der Diener huscht zur Ecke, stellt das Tablett ab, geht auf die Zehenspitzen und seine Hand greift in einen der Schränke, doch ich sehe nicht, dass er etwas rausholt. Merkwürdig. Ich werfe Corwin einen fragenden Blick zu und die Barriere zwischen uns verblasst wieder.

*Ich entschuldige mich. Eine instinktive Reaktion auf einen unerwarteten Besucher. Ich hätte mich daran erinnern sollen, dass nicht alle im Palast zur gleichen Zeit essen.*

Schämt er sich dafür, dass ich an die Trennung von seinen Bediensteten erinnert werde? Diese Antwort passt mir nicht so recht, ich weiß allerdings nicht, was ich fragen soll. Der Fae-Mann geht wieder nach draußen, ohne ein Anzeichen von Sorge, weshalb ich vielleicht kein großes Aufheben darum veranstalten sollte. Corwin und ich sind immerhin noch dabei, eine gemeinsame Basis zu finden.

Beth kommt herbei, um neben mir die Gewürze in die Filets zu reiben. Dann lässt mich Charles die Soße probieren und innerhalb kürzester Zeit ist die Mahlzeit fertig. Corwin schickt einen Diener los, damit er Harper holt, während der Koch die Mahlzeit auf mehreren Tellern verteilt, wozu zwei für sie zählen sowie einige, von denen ich annehme, dass sie für das andere Personal sind.

Corwin, Harper und ich versammeln uns in dem kleinen Esszimmer wie so viele Male zuvor – nur bin ich dieses Mal nicht nur eine Empfängerin der Mahlzeit, sondern habe auch bei deren Zubereitung mitgewirkt. Irgendwie sorgt dieses Wissen dafür, dass die Kombination aus zartem Fisch und pikanter Soße noch intensiver schmeckt. Ich beiße mit einem eigenartig besitzergreifenden Gefühl in die Moossprösslinge, die ich geschnitten habe, obwohl Charles sie geschmort hat.

Harper schluckt ihren letzten Bissen mit einem anerkennenden Summen. „Das Essen hier ist immer köstlich, doch ich glaube, das war das bisher beste Abendessen."

Corwins Lächeln zeigt sich. „Es war Talias Wahl – und sie hatte auch bei der Zubereitung ihre Hand im Spiel."

Meine Freundin grinst mich an. „Das erklärt es."

Der Erzlord betrachtet uns beide nachdenklich und fragt schließlich: „Würdet ihr zwei mich gerne zu meinem Musikzimmer begleiten? Vielleicht sollte ich meine eigenen dürftigen Fähigkeiten nutzen, um meine Gäste zu unterhalten."

Mein Blick huscht zu ihm. Er hat sich zuvor gesträubt, Harper in unsere Aktivitäten einzubeziehen, aber ich nehme keinerlei Anzeichen von Groll auf seinem Gesicht oder durch unser Band wahr. Ich schicke ihm einen Hauch Dankbarkeit. „Das würde mir gefallen." Ich wende mich an meine Freundin. „Er ist sehr gut an der Harfe. Ich denke, sogar deine Eltern wären beeindruckt."

„Nun, bei so einer Empfehlung kann ich mir die Vorführung nicht entgehen lassen", verkündet sie. „Vor allem nicht, wenn das Instrument gespielt wird, das mein Namensvetter ist."

Ich habe ein wenig Angst, dass ich Corwins Fähigkeiten etwas zu stark angepriesen habe, da ich keine Musikexpertin bin. Es braucht jedoch nur wenige Töne, die von den Saiten erklingen, bis Harper strahlt. Sie wiegt sich leicht im Takt mit der Melodie, die er erschafft. Es ist eine lebhaftere als die, die er zuvor spielte. Sie ruft mir Bilder von den Tänzern auf Whitts Feiern in Erinnerung.

Haben die Winter-Fae überhaupt Partys oder ist das zu wild für sie?

*Wir haben viele Arten, das zu feiern, was wir wertschätzen,* sagt Corwin, der den Kern meiner neugierigen Gedanken aufgefangen hat. *Vielleicht keine ganz so … ausgelassenen Arten.* Er hört am Ende des Liedes auf und reibt sich mit den Händen über die Schenkel. *Der Seelie, der diese Festlichkeiten anführte – du hast mir gezeigt, dass er dich einmal zu einer Stelle brachte, die du sehr bewundertest. Vielleicht kann ich dir ein ähnliches Geschenk machen.*

Bevor ich ihn fragen kann, was er meint, geht er dazu über, laut zu sprechen. „Ich würde morgen gern ein Revier besuchen, das ein paar Stunden entfernt von hier liegt. Es verfügt über einige beeindruckende Sehenswürdigkeiten. Falls ihr zwei mich auf die Reise begleiten möchtet, würde ich mit Vergnügen eines der größten Wunder des Winterreichs mit euch teilen."

Kurz spanne ich mich bei dem Gedanken an, die relative Vertrautheit dieses Palasts zu verlassen und mit diesem Mann weiter weg zu gehen, dem ich gerade erst vergeben konnte. Doch er betrachtet uns so aufrichtig. Bei seiner Erwähnung von Whitt drang keine Eifersucht zu mir durch, nichts als …

Nichts als Hoffnung.

Ich wollte vor meiner Abreise mehr von diesem Reich sehen. Ich glaube, ich könnte es sogar genießen, es mit der entspannten, großzügigen Version von Corwin zu besichtigen, die er mich kennenlernen lässt.

Zum ersten Mal, seit ich hierhergekommen bin, kann ich wirklich glauben, dass eine Art von Frieden zwischen meinem Volk und seinem möglich ist.

Harper beobachtet mich und wartet auf meine Antwort. Ich weiß, dass sie es lieben würde, aus dem Palast rauszukommen. Also lächle ich und meine eigenen Hoffnungen heben sich um eine Spur. „Tun wir es."

*Talia*

Trotz all der Unterschiede zwischen den Winter- und Sommer-Fae, benutzen die Unseelie ziemlich ähnliche Methoden wie die Seelie, wenn sie ohne ihre Flügel irgendwo hingelangen wollen. Das Fahrzeug, das Corwin für diesen Ausflug heraufbeschworen hat, sieht wie eine breitere und flachere Version eines Sommer-Fae-Gefährts aus. Am Bug ragt jedoch ein klarer, kristalliner Keil empor, um den kalten Wind zu durchbrechen, und es gibt keinen Baldachin, der die helle Sonne daran hindert, uns zu wärmen. Ein dunkleres Holz als der Wacholder, an den ich gewöhnt bin, bildet den Rumpf des Gefährts und die nicht gepolsterten Sitze verlaufen entlang der Mitte anstatt entlang der Seiten.

Da dies das erste Mal ist, dass ich das Winterreich außerhalb von Corwins Ländereien sehe, habe ich den Großteil der Reise damit verbracht, an der Seite des Gefährts zu stehen, anstatt auf diesen Plätzen zu sitzen, und die vorbeiziehende Landschaft zu betrachten. Vieles war verschneit oder felsig oder beides, aber ich schätze, ich kann mich nicht darüber beschweren, wenn der Großteil des Sommerreichs entweder aus Wäldern oder Wiesen besteht. Wir passierten ein ausgedehntes Feld funkelnder Blumen, die sich in willkürlichen Intervallen drehten, und eine Landschaft, in der mehrere Flüsse einander durchschnitten und ein Flickwerk aus Inseln erschufen.

Corwin blickt von seinem Platz am Bug zu mir und die Wärme seines Lächelns reist durch unser Band und zeichnet sich auf seinem Gesicht ab. *Ich bin zuversichtlich, dass dir das, was ich dir zeigen werde, besser gefallen wird als alles, was du bisher gesehen hast.*

*Du weckst hohe Erwartungen*, kann ich mir nicht verkneifen. *Du forderst die Enttäuschung heraus.*

Seine Mundwinkel biegen sich etwas höher. *Wenn du davon nicht beeindruckt bist, verdiene ich es nicht, ein Erzlord zu sein.*

Harper, die neben mir auf der Bank sitzt, stupst mich mit der Spitze ihres Stiefels an und zieht ihre Augenbrauen hoch, als würde sie bemerken, dass wir ein stummes Gespräch ohne sie führen. Ihr schiefes Lächeln deutet an, dass sie nichts dagegen hat. Sie war zwar gewillt, Corwin in die Wüste zu schicken wegen der Art und Weise, wie er mich behandelt hatte, ist jedoch glücklich, dass wir uns jetzt verstehen.

Und … wir verstehen uns tatsächlich, oder? Im Lauf der vergangenen zwei Tage haben wir zu unserer eigenen Art von Frieden gefunden. Er weiß, wo ich stehe, und er hat mich meine zunehmende Offenheit nicht bereuen lassen seit diesem schrecklichen Vergehen, für das er sich vor mir auf den Boden geworfen hat.

Ich habe ihn nicht komplett reingelassen. Ich vermeide es noch immer, ihn irgendetwas sehen zu lassen, was mit meiner unerwarteten Fähigkeit zu tun hat, wahre Namen zu benutzen, was er aufgrund seiner Schwüre vor seinen Kollegen geheim halten müsste. Auch wenn er meine Seelie-Liebhaber mittlerweile akzeptiert, gibt es intime Momente, die ich für mich behalten möchte, weil sie zu persönlich sind, um sie mit anderen zu teilen.

Er hat mich jedoch nicht bedrängt. Ich bin mir sicher, dass er selbst viel für sich behält. Er hat mir noch immer nicht erzählt, was hinter den Unseelie-Angriffen auf die Grenze steckt. Falls er allerdings andere Schwüre abgelegt hat, um derartige Informationen geheim zu halten, ist das nicht seine Schuld. Er hat mir auf jede erdenkliche Weise gezeigt, wie wichtig es ihm ist, unseren schlechten Start wiedergutzumachen.

Ich kann mir nicht vorstellen, die Männer aufzugeben, die ich zurückgelassen habe. Ein Anflug von Sehnsucht durchfährt mich noch immer, wenn ich an mein Zuhause denke. Doch es *ist* eine Erleichterung, sich mehr zu entspannen und nicht das Gefühl zu haben, als müsste ich mich eines Feindes erwehren. Corwin geht die Dinge anders an als die Sommer-Fae und die Menschen, an die ich mich erinnern kann, aber … ich halte mich allmählich gerne in seiner Gegenwart auf. Vielleicht wären wir Freunde geworden, wenn wir uns auf andere Weise und ohne all den Druck kennengelernt hätten.

Während ich ihn erneut betrachte sowie das Sonnenlicht, das das Saphirblau in seinen schwarzen Haaren und die Bronzetöne auf seinem hübschen Gesicht betont, fällt mir auf, dass ich diesen Gedanken womöglich korrigieren muss. Wenn er mir eines seiner seltenen breiten Lächeln schenkt, das seine Augen erreicht, setzt mein Herz einen Schlag aus.

Meine Wertschätzung von ihm ist nicht *rein* freundschaftlicher Natur. Daran ist jedoch zumindest teilweise das Seelenband schuld.

Ich weiß noch immer nicht, was ich wegen dieses

Problems tun werde. Ich hoffe, dass mir die Antwort einfallen wird, wenn wir mehr Zeit miteinander verbringen, auch wenn es schwierig ist, sich eine Lösung vorzustellen, die nicht mein oder sein Herz brechen wird.

Corwin muss den Ruck der verworrenen Emotionen spüren, die mit dieser Sorge einhergehen. Eine Woge beruhigender Beschwichtigungen fließt durch unsere Verbindung. *Du musst noch keine Entscheidung treffen. Du musst gar nichts entscheiden, bevor du zu den Seelie zurückkehrst. Ich möchte nur, dass die Entscheidung, die du fällen wirst, auf der Grundlage eines vollständigen und akkuraten Bildes dessen getroffen wird, wie dein Leben hier sein könnte.*

*Also unternehmen wir diesen Ausflug allein im Interesse der Genauigkeit und nicht, damit du beweisen kannst, dass du ebenfalls einen fantastischen Tagesausflug organisieren kannst?,* frage ich leicht belustigt und erinnere mich daran, dass er, als er die Einladung aussprach, meine Erinnerung an Whitt erwähnte, der mich zu seinem Lieblingstal brachte.

*Es steht mir zu, mehrere Beweggründe zu haben, oder? Du bist in deinem Herzen eindeutig eine Abenteurerin und es liegt mir fern, dir diese Gelegenheit zu verwehren.* Er hält inne und wendet seinen Blick kurz ab, bevor er mir wieder in die Augen schaut. *Und es bereitet mir große Freude, dich glücklich zu sehen.*

Die Zuneigung, die sich um diese Worte legt und durch meine Brust fließt, bringt meinen Puls erneut zum Stocken. Dieses Mal schaue *ich* weg. Ich kann mich noch immer durch seine Augen sehen. Ich spüre, dass er bewundert, wie das Sonnenlicht die Farbe meiner Haare unterstreicht und mein Gesicht erhellt. Er ist sich auch meiner Begeisterung und meines Staunens darüber bewusst, dass ich so weit reisen darf.

Falls er zu Beginn Bedenken hatte, weil ich ein Mensch

bin, so habe ich nichts mehr wahrgenommen, was mich auf den Gedanken bringen würde, dass er diese nach wie vor hegt. Die Fae setzen so viel Vertrauen in das Herz und was es erschafft.

Es wäre einfacher, wenn ich den Segen akzeptieren würde, den es uns angeblich geschenkt hat, oder?

Eine Burg aus hellgrauen Steinen kommt vor uns in Sicht und das Gefährt wird langsamer. Ich richte mich auf und bin dankbar, dass ich von der Richtung abgelenkt werde, in die meine Gedanken unterwegs waren. Als Corwin das Gefährt anweist, am Rand der Steinhäuser zu landen, die sich in einem Bogen um die Burg herum befinden, steht Harper auf und kommt zu mir.

Einige Fae kommen herbei, um uns zu begrüßen. Corwin lässt seine Hand über meiner Schulter schweben und achtet wie immer sorgsam darauf, mich nicht zu berühren. „Ich habe ein paar Gäste mitgebracht, um ihnen den bemalten Wald zu zeigen. Sie haben ihn noch nie zuvor gesehen."

Die Frau an der Spitze der kleinen Gruppe strahlt. „Dann hoffe ich, dass ihr Spaß an unserer Arbeit habt. Ich werde unserem Lord Bescheid geben, dass Ihr vorbeigekommen seid, für den Fall, dass er sich Ihnen anschließen möchte, Erzlord Corwin."

Sie verneigen sich alle und ziehen sich zurück. Corwin bedeutet uns, ihm zu einer Ansammlung kleiner, heller Bäume zu folgen, die etwas weiter weg auf der anderen Seite des eisigen Bodens wachsen. Ich kann nichts an ihnen erkennen, was gemalt oder besonders beeindruckend aussieht.

*Geduld. Wir sind noch nicht ganz dort*, sagt Corwin mit einer Zärtlichkeit, die sich beinahe wie eine Liebkosung anfühlt.

Ein schmaler Pfad wurde zwischen die Bäume und

frostigen Büsche geschlagen. Ein zarter Duft, der so riecht, wie es kandierte Kiefernnadeln eventuell tun würden, kitzelt meine Nase. Wir laufen ungefähr fünf Minuten lang, wobei Harper dicht neben mir hergeht. Dann lichten sich die kleinen Bäume und verschwinden vollständig, um Platz für eine Ansammlung größerer Bäume zu machen, die ihre hohen, spindeldürren Äste zum Himmel strecken.

Die Stämme dieser Bäume sind mit einem Tumult aus Farben verziert. Als ich näher trete, stockt mir der Atem, denn jetzt verstehe ich, warum man das hier den bemalten Wald nennt – und warum die Frau ihre ‚Arbeit‘ erwähnt hat.

Von den Wurzeln zu den Stellen, wo die Äste hoch über meinem Kopf sprießen, wird jeder Zentimeter der glatten Rinde von farbigen Bildern bedeckt, die eine enorme Auswahl an Szenen darstellen. Ein Baum zeigt eine Art Feier, die auf einem Burggelände stattfindet. Auf einem anderen sind Fae zu sehen, die gegen magische Bestien kämpfen, während sich andere um die Verwundeten kümmern. Ich bleibe vor einem Baum stehen, auf dem sich die Winter-Fae in die Lüfte geschwungen haben. Manche sind in ihrer Rabengestalt, andere Männer und Frauen haben nur ihre Flügel gespreizt. Sie schweben hier und da zwischen den Wolken und anderen Flugwesen. Die Pinselstriche erwecken die Bewegungen beinahe zum Leben.

„Wow!“, flüstert Harper und starrt einen Nachbarbaum mit offenem Mund an. „Dieses Ru… ich meine, dieser Schwarm, hat das alles gemalt?“

„Es ist eine Tradition, die Jahrhunderte zurückreicht“, erklärt Corwin. „Sie betrachten es als eine Ehre, wenn der Schwarm entscheidet, dass jemand bereit ist, seinen Baum zu beanspruchen. Aber ihr habt das Beste noch nicht gesehen.“

Ich lege den Kopf schief. „Was meinst du?“ *Es ist bereits spektakulär*, füge ich schweigend hinzu. *Danke, dass du mir das hier gezeigt hast.*

Er schenkt mir sein bisher breitestes Grinsen. „Es muss lediglich der Wind zunehmen – dann werdet ihr es sehen." *Und dann wirst du mir noch mehr danken, ich verspreche es.*

Ich trete zurück und spähe zu den Ästen hoch und in dem Moment weht eine Brise durch sie hindurch. Ein funkelnder Staub, so fein und hell wie Zuckerkristalle, flirrt von den Ästen. Ich verfolge seinen Fall – und eine Woge des Staunens raubt mir erneut den Atem.

Die Gemälde bewegen sich *wirklich*. Als das Pulver, das von den Ästen geblasen wurde, über die Bilder gleitet, erwachen die Figuren zum Leben. Die fliegenden Vögel und Fae sausen aneinander vorbei, drehen sich und segeln durch die Luft. Ich kann sogar erkennen, wie sich Gesichter vor Freude und Lachen bewegen. Am nächsten Baum kraxeln Fae-Kinder einen Berg hinauf, wobei sie springen und wieder hinabrutschen.

Ich blicke von einem Stamm zum nächsten, mein Kiefer erschlafft und meine Brust ist voller Bewunderung. Der Impuls, mit den gemalten Figuren zu springen und zu tanzen, steigt in mir auf, als könnte ich mich ihrer Magie anschließen. Als würde ich nicht nach wenigen Schritten stolpern, wenn ich versuchen würde, mit meinem krummen Fuß so elegant zu sein.

Das ist in Ordnung. Es reicht, es zu beobachten.

Corwins Stimme dringt in meine Gedanken und wird von unverkennbarer Freude begleitet. *Das ist die Reaktion, auf die ich gehofft habe.*

Das Pulver wird weggeblasen. Die Luft ist wieder reglos. Ich trete zurück, um andere Bäume zu betrachten. „Wie oft passiert das?"

„Die Brise ist nie lange komplett weg. Sieh dich ruhig um."

Als die Luft die Äste erneut bewegt, wandere ich zwischen den Bäumen umher, denn ich möchte einen Blick auf jede Szene in dieser umfangreichen Sammlung werfen. Ich weiß nicht, ob ich die Hälfte der Wunder gesehen habe, die dieser Ort bereithält, als Schritte über den Pfad auf uns zukommen.

„Erzlord Corwin?", fragt ein Fae-Mann und verbeugt sich tief. „Mein Lord wünscht, in einer ernsten Angelegenheit mit Ihnen zu sprechen. Es gab …"

Als ich zu Corwin zurückschaue, sehe ich, wie er die Hand hebt, damit der Mann den Satz nicht beendet. Die Freude auf seiner Miene verblasst bereits und eine unbehagliche Kälte geht von ihm auf mich über. Eine Sekunde später verschwindet mein Gespür für ihn. Er hat teilweise eine Barriere hochgezogen, mit der fast mein gesamtes Bewusstsein seines inneren Zustandes gedämpft wird.

„Ich verstehe", antwortet er dem Mann. Als ich mich anspanne, fängt er meinen Blick mit entschuldigender Miene auf. „Es tut mir leid. Es handelt sich um eine politische Angelegenheit. Ihr werdet hier in Sicherheit sein. Ihr könnt diesen Wald erkunden, bis ich zurückkehre, oder zurück zur Burg gehen, wenn ihr so weit seid, und der Schwarm wird sicherstellen, dass es euch gut geht."

„Gibt es irgendeine Möglichkeit, wie ich helfen kann …", biete ich an.

Er schüttelt den Kopf. „Mit etwas Glück werde ich nicht allzu lange fort sein. Lasst euch davon nicht die Freude an dem Wald verderben."

Dass er sich vor mir verschlossen hat und nun geht, tut das allerdings. Harper und ich schlendern zwischen den Bäumen umher, während weiterer Male der Staub herabfällt, und jede gemalte Szene löst eine frische Woge des Staunens aus, mein Magen bleibt jedoch verknotet.

Was wollte der Mann sagen, was mich Corwin nicht hören lassen wollte? Was geht in dem Unseelie-Erzlord vor sich, dass er beschlossen hat, mich auszuschließen nach all seiner Arbeit, mein Vertrauen zu gewinnen?

Ich sollte nicht umherwandern und hübsche Bilder bewundern, ganz gleich, wie magisch sie sind, wenn hier etwas Wichtiges geschieht.

Harper ist so wachsam, dass sie meine Stimmung bemerkt. „Zeit, zurückzugehen?"

„Ja. Ich will wissen, was diese ‚sehr ernste Angelegenheit' ist."

Ich hätte in Erwägung gezogen, mich in die Burg zu schleichen, wenn ich der Meinung gewesen wäre, dass ich eine Chance hätte, das Geheimnis zu belauschen. Doch als wir den Rand des Dorfes erreichen, entdecke ich Corwin, der gerade die Burg verlässt. Ein älterer Fae-Mann in edlen Kleidern, der vermutlich der hiesige Lord ist, läuft mit niedergeschlagener Miene neben ihm.

Ich schlüpfe so heimlich, wie es mein Humpeln erlaubt, zwischen die Gebäude und Harper folgt mir.

„Ich habe nur nicht erwartet ... es ist das zweite Mal dieses Jahr", sagt der Lord mit rauer Stimme. „Gab es überhaupt keine Fortschritte?"

„Wir beim Herzen tun alles in unserer Macht Stehende", versichert ihm Corwin und dann kommt die Fae-Frau, die uns begrüßt hat, zu meinem großen Frust herbeigeeilt, um mich zu ihm zu bringen.

Sowie der Erzlord Harper und mich sieht, erstirbt das Gespräch. Er wendet sich an den Lord und sein Mund verzieht sich in einem gequälten Winkel. Ich spüre momentan zwar nicht viel durch das Band, doch seine Traurigkeit über die Situation, welche das auch sein mag, schwingt in jedem seiner Worte mit. „Sie haben mein Wort, dass ich jede Möglichkeit ausschöpfen werde, bis wir eine Lösung finden."

Ich halte den Mund, bis wir wieder in das Gefährt gestiegen sind. „Eine Lösung wofür?"

Corwin schaut zu mir und die Traurigkeit, die ich zuvor hörte, steht ihm ins Gesicht geschrieben. „Es ist eine private Angelegenheit. Falls es irgendwann etwas *gibt*, was du tun kannst, werde ich es dir mitteilen."

„Okay", erwidere ich, denn ich glaube ihm. Das reicht allerdings nicht, um den Kloß daran zu hindern, in meiner Kehle aufzusteigen.

Wir sind so fest aneinandergebunden, wie es zwei Seelen nur sein können, und dennoch herrscht so viel Distanz zwischen uns.

*Talia*

Zuerst weiß ich nicht, was mich aufgeweckt hat. Ich wache in meine Bettwäsche verheddert auf und ein unbestimmtes Gefühl des Grauens kriecht durch mich hindurch. Allerdings erinnere ich mich an keinen Traum, der dies hervorgerufen hat.

Es ist für mich nichts Neues, mitten in der Nacht aufzuwachen. Mein letzter Albtraum von meiner Zeit in Aeriks Käfig ist Wochen her, sie plagten meinen Schlaf jedoch lange Zeit, nachdem Sylas und sein Kader mich gerettet hatten.

Mein erster Gedanke ist, dass mir die alten Qualen in einer verschwommenen Form hierher gefolgt sind. Ich versuche, das Unbehagen abzuschütteln, und drücke meinen Kopf wieder ins Kissen, doch das Grauen wird stärker und schwillt in mir zu einem schärferen Entsetzen an.

Als ich mich aufsetze und die Arme um meine Knie

schlinge, wacht mein Verstand so weit auf, dass ich realisiere, dass die Eindrücke nicht meine sind. Die verstörenden Emotionen schwappen durch das Seelenband in mich. Corwin ist derjenige, der dieses Grauen und Entsetzen verspürt.

Bilder sausen durch meine Gedanken, die von seinen Qualen aufgewühlt wurden: Gestalten, die ich nicht kenne, ihre Haut ist bleich und ihre Augen starren blicklos ins Leere, während ihre Münder vor offensichtlichen Schmerzen verzerrt sind. Mein Magen schlingert. Die Gesichter – die Leichen? – tauchen in eine Dunkelheit ein und wieder auf, die sich erstickend um beide wickelt sowie um das Bewusstsein, das von Corwin in mich sickert. Mit diesen Bildern geht weder ein bewusster Gedanke noch das Verstehen einher, dass ich dies ebenfalls sehe.

*Corwin?*, melde ich mich gedanklich bei ihm. *Geht es dir gut?*

Er antwortet nicht. Das Entsetzen nimmt eine schärfere Kälte an, als die Bilder schwanken. *Er* muss träumen – er träumt irgendeinen grauenhaften Albtraum, aus dem er nicht aufwacht.

*Corwin!*, brülle ich ihn innerlich so laut an, wie ich meine innere Stimme erheben kann, es ändert sich jedoch nichts.

Ich erschaudere und versammle mein ausgedachtes Licht, um die Barriere zwischen uns wieder aufzubauen. Als die Bilder verblassen, füllen stattdessen Schuldgefühle meine Brust. Ich habe die Schrecken von mir gestoßen, meine Bemühungen haben allerdings nichts für ihn bewirkt. Er ist noch immer in ihnen gefangen – wie lange wird der Traum andauern?

All die Male, in denen Sylas kam, um mich aus meinen Albträumen zu reißen … Er bot mir diese Freundlichkeit an, bevor wir einander wirklich etwas bedeuteten. Werde ich den

Kummer meines seelenverbundenen Gefährten ignorieren? Mir gefällt die Vorstellung nicht, dass sich Corwin hin und her wirft, während ihn diese furchtbaren Bilder quälen.

Ich zögere kurz und dann schlüpfe ich aus dem Bett.

Ich erinnere mich nicht mehr daran, welche Tür zu Corwins Zimmer führt, doch als ich die Mauer aus Licht dünner werden lasse, ist es ein Leichtes, unserer Verbindung zu ihm zu folgen. Mein Gespür für ihn leitet mich und führt mich durch den Gang zu einer Tür. Ich klopfe und als niemand antwortet, drehe ich den Knauf. Die Tür öffnet sich ohne Weiteres.

Das Zimmer auf der anderen Seite ist dunkel. Das Geräusch von Corwins Atem erreicht mich leise, jedoch abgehackt. Die Decke bewegt sich, als seine Glieder zucken. Qualen fahren trotz meiner leuchtenden Barriere durch unser Band hindurch und mir stockt der Atem.

„Corwin", sage ich laut. „Wach auf."

Er steckt so tief in dem Albtraum, dass meine Stimme nicht reicht, um seinen Bann zu brechen. Ich humple barfuß über den Boden zum Bett. Er befindet sich direkt am Rand der Matratze, der mir am nächsten ist. Sein Geruch füllt meine Lunge so kühl und harzig wie eine verschneite Waldnacht.

Mich wappnend für den Fall, dass er erschrickt, packe ich durch die Decke hindurch seine Schulter. „*Corwin.*"

Der Erzlord zuckt zusammen. Meine Sicht hat sich so weit an die Dunkelheit gewöhnt, dass ich sehen kann, wie seine Augen auffliegen. Er starrt mich an und ein weiterer kratzender Atemzug entringt sich ihm. Seine Stimme klingt heiser. „Talia?"

„Du hattest einen Albtraum", erkläre ich rasch. „Ich wollte nicht … ich wollte nicht, dass du weiterhin darin gefangen bist."

Eine Mischung aus Erleichterung, Scham und

Dankbarkeit trifft mich, bevor er seine Mauern wieder hochzieht. Er setzt sich sachte auf und die Decke rutscht zu seiner Taille herab. Ich kann nur die schwachen Formen der wahre Namen Tattoos ausmachen, welche die dunkle Haut seiner Brust und Arme zeichnen. Seine Stimme wird steif. „Dankeschön. Es tut mir leid, dass ich deinen Schlaf gestört habe.“

„Das ist in Ordnung. Ich weiß, wie es ist – in Albträumen gefangen zu sein.“ Ich zögere und beiße mir auf die Lippe, weil ein Teil von mir zurück zu meinem Zimmer fliehen möchte. Der andere Teil ist in einem verworrenen Netz aus Sorge und Neugier gefangen. „Du hast von Leuten geträumt … die gestorben sind? Ist das wirklich passiert?“

Ich glaube, sie waren Unseelie. Demzufolge, woran ich mich von den flüchtigen Bildern erinnere, hatten sie alle zumindest ein wenig spitzzulaufende Ohren, weshalb sie definitiv Fae waren. Und ich kann mir nicht vorstellen, dass Corwin wegen der Tode von Seelies Albträume haben würde, auch wenn er gegen die Angriffe auf sie ist. In dem Traum waren jedoch kein Blut oder andere offensichtliche Verletzungen zu sehen. Falls diese Bilder auf Erinnerungen beruhten, was *ist* mit ihnen passiert?

Corwin reibt mit einer Hand über sein Gesicht. „Du weißt von deinem Erzlord Sylas, dass man manchmal Entscheidungen treffen muss, bei denen es keinen guten Weg gibt. Manches von dem, was ich bereue, kommt in Menschengestalt zu mir. Es ist nichts, worüber du dir den Kopf zerbrechen musst.“

Ich glaube, er deutet an, dass die Leute in seinem Traum nicht echt waren, nur Repräsentanten seiner Emotionen, er benutzt jedoch diese geschickte Fae-Formulierung, die dem Thema ausweicht, ohne etwas so Direktes zu sagen, dass es eine Lüge wäre. Worum es auch bei dem Albtraum ging, er will eindeutig nicht mit mir darüber sprechen.

Ich weiche instinktiv zurück und will gehen, aber bei der gleichen Bewegung landet mein Blick auf seiner Hand. Sie ist in der hellen Decke verkrampft – sein ganzer Arm ist starr, die sehnigen Muskeln sind von seinem Handgelenk bis zur Schulter angespannt, und zwar so fest, dass es sogar in der Dunkelheit offensichtlich ist.

Er will mir zwar nicht von dem Albtraum erzählen, er beschäftigt ihn jedoch trotzdem – sehr.

Ohne einen bewussten Gedanken gefasst zu haben, und nur angetrieben von einem Anflug von Mitgefühl, das durch mich hallt, sowie dem Eindruck von Nähe, der noch nicht vollständig verblasst ist, obwohl unsere Verbindung jetzt blockiert wurde, greife ich nach ihm. Meine Finger streifen seinen Unterarm – und Empfindungen explodieren in meinem gesamten Wesen.

Es ist zehnmal so intensiv, wie als er mich in unserem gemeinsamen Traum berührte. In diesem ersten Moment werden alle Barrieren zwischen uns hinfort gefegt. Genauso klar wie ich seine Gestalt auf dem Bett durch meine Augen sehe, erblicke ich mich selbst durch Corwins Augen, wie ich vor dem schwachen Licht stehe, das durch die geöffnete Tür hereinfällt. Ich spüre den Satz, den sein Herz macht, sowohl begeistert und panisch wegen der plötzlichen Intimität. Der Schmerz hat seine Krallen tief in Corwins Lunge geschlagen und die Spannung beherrscht seinen gesamten Körper, während er die widersprüchlichen Dränge niederkämpft, entweder all diese Emotionen so tief wie möglich in sich zu vergraben oder sie mir anzubieten.

Er ist auch von Staunen erfüllt, das auf mich übergeht, als es sich in seiner Brust ausdehnt – weil ich diesen Körperkontakt riskiert habe, nachdem ich ihn so lange gemieden habe – weil ich es aus Sorge um ihn riskiert habe. Es schwillt so schnell und vollkommen in mir an, dass ich beinahe daran ersticke.

Ich weiß nicht, was ich mit all diesen Emotionen von ihm tun soll. Ich weiß nicht, wie ich antworten soll …

Er zügelt sie. Die Mühe, die ihn das kostet, fegt durch mich hindurch, die Empfindungen schrumpfen jedoch. Sie sind nicht vollständig verschwunden, doch es ist so, als wäre die Lautstärke von ohrenbetäubend zu einem Flüstern herabgedreht worden.

Ich bin entblößt und all meine Nerven zittern. Ich scheine nicht einen Partikel Licht heraufbeschwören zu können, um meine Verteidigung zu stärken.

Wie viel hat er in *mir* gesehen? Habe ich verraten … nein, ich darf an nichts denken, von dem ich nicht möchte, dass er es erfährt … sieht er noch immer …?

Meine Hand ist zu seinem Handgelenk geglitten. Ich umklammere ihn und vielleicht ist es unsere körperliche Verbindung, die das Seelenband daran gehindert hat, vollständig abgeriegelt zu werden. Ich kann meine Finger allerdings nicht dazu bringen, sich zu lockern. Unter der Kakophonie all der Eindrücke und Emotionen, die noch durch mich hindurch wirbeln, läutet ein Ton so klar wie einer, der von den Saiten von Corwins Harfe gezupft wurde.

Wir sind dazu bestimmt, so miteinander verbunden zu sein. Das Herz hat unsere Seelen aneinandergebunden und so verwirrend diese Erfahrung auch ist, irgendetwas daran ist absolut *richtig*.

Ich schließe die Augen und schüttle diesen Gedanken mental ab. Ich empfinde nur so *wegen* des Bandes. Es ist immer noch meine Entscheidung – das Herz darf mir nicht mein Leben vorschreiben, ohne dass ich ein Mitspracherecht habe.

Vorsichtig legt Corwin seine Hand auf meine. Als ich ihn anschaue, heben sich seine dunklen Iriden von dem Weiß seiner Augen ab und richten sich eindringlich auf mich. „Dankeschön", sagt er erneut und dieses Mal schwappt seine

Dankbarkeit mit den Worten durch mich hindurch. „Ich weiß, dass es schwer ist, mit dem Band zurechtzukommen. Ich hatte auch keine Ahnung, wie es sich anfühlen würde. Vielleicht habe ich dich mehr auf Distanz gehalten, als ich es hätte tun sollen, wenn ich möchte, dass du dich mir öffnest. Angesichts meiner Position ...“

Er verstummt, als wäre er sich nicht sicher, wie er diesen Satz beenden soll. Doch ich verstehe es. Er hält Dinge aus genau dem gleichen Grund vor mir geheim, aus dem ich Geheimnisse vor ihm habe – wegen unserer anderen Bündnisse, wegen der Konflikte, die wir nicht allein lösen können, ganz gleich, wie großzügig wir zueinander sind.

Ob wir dieses Band akzeptieren oder nicht, ist unsere Entscheidung, aber die Spannungen zwischen seinen Leuten und meinen gehen weit darüber hinaus.

Ich bin mir ziemlich sicher, dass ich die Antwort bereits weiß, stelle jedoch fest, dass ich sie von seinen Lippen hören muss, wenn ich weiß, dass er nicht lügen wird und die Verbindung zwischen uns so mächtig summt, dass ich die Wahrheit sogar in mir spüren werde. „Du willst, dass ich das Band akzeptiere und bei dir bleibe – liegt das nur daran, dass du dich nicht dem Herzen widersetzen willst und denkst, dass es dabei helfen wird, die Kämpfe zu beenden? Für das Allgemeinwohl?“

Sein Blick bleibt auf meinem Gesicht liegen. Die Zuneigung, die er während unserer Reise ausstrahlte, kribbelt zusammen mit einer mächtigeren Sehnsucht durch meine Brust, die sich langsam entfaltet. Ganz zaghaft zeichnet sein Daumen eine Spur über meine Fingerknöchel, was eine bebende Empfindung auslöst, auf die ich mich aus Angst nicht stärker konzentriere.

„Nein“, antwortet er. „Ich habe auch eine Menge egoistischer Gründe. Du bist ... nichts, was ich von einer Partnerin erwartet hätte, und viele Dinge, die ich mir nicht zu wünschen wagte. Dinge, die ich gerne in meinem Leben hätte." Er schluckt hörbar. „Ich denke, es ist mir gelungen, jeglichen Groll auf deine Seelie-Männer beizulegen, allerdings werde ich nicht leugnen, dass ich noch immer neidisch auf die Bande bin, die sie mit dir aufbauen konnten. Ich weiß nicht, wie ich dir anbieten kann, was sie getan haben, wenn unsere Situation so komplex ist. Doch ich werde es versuchen, solange du es mir erlaubst. Ich denke, ich könnte auch ein guter Partner für dich sein."

Das sollte alles sein, was ich hören muss. Zu wissen, dass er mich als Person schätzt, dass er diese Art von Vertrauen und Hingabe zwischen uns aufbauen will – und vielleicht *wäre* es genug, wenn ich nicht diese anderen Männer in meinem Leben hätte.

Doch ich habe sie und auch wenn der Drang in meinem Herzen hämmert, Corwin zu umarmen und mich in dieses Schicksal zu stürzen, um das ich nicht gebeten habe, schmerzt es ebenfalls, weil es ohne die Liebe auskommen muss, die ich bereits gefunden habe.

Ich muss nichts davon aussprechen. Corwin bemerkt meinen inneren Aufruhr anscheinend durch das Band.

Er hebt seine Hand, um meine Wange zu streicheln. „Ich nehme es dir nicht übel, dass du unsicher bist. Ich werde es dir nicht übelnehmen, wenn du dich für sie entscheidest. Dass sie dir so wichtig sind, ist ein Teil dessen, was ich an dir bewundere. Ich bin einige Dinge sehr schlecht angegangen, als du hier angekommen bist, und ich bereue das alles noch immer. Ich fühle mich … geehrt, dass dir trotz allem mein Wohlbefinden so sehr am Herzen liegt, dass du heute Nacht hergekommen bist, um mir zu helfen, und dass du mich nicht sofort abgelehnt hast."

Die Hoffnung, die mit diesen Worten einhergeht, bebt zwischen meinen Rippen und breitet sich warm aus. Wie kann er mir *nicht* am Herzen liegen, wenn er so mit mir spricht?

Seine Fingerspitzen verharren so sanft auf meiner Haut, dass sich seine Berührung wie ein Atemzug anfühlt, und ich bemerke den Impuls, den er zügelt, die kurze Entfernung zwischen uns zu überwinden und mich zu küssen. Hitze breitet sich in meinen Lippen aus. Das Band schlängelt sich durch mich hindurch und zupft noch drängender an meinem Herzen.

Corwin beobachtet mich einfach nur. Wenn ich jetzt gehen will, würde er mich gehen lassen.

Ich will nicht gehen.

Whitts beruhigende Bemerkungen kommen mir in den Sinn. Er erwartete, dass ich herausfinde, was ich aus diesem Band machen kann – alle drei Seelie-Männer taten das. Sie wussten, wie mächtig es sein würde, wie viele Dränge es auslösen würde. Wie kann ich entscheiden, was das Beste ist, wenn ich mir nicht erlaube, mehr davon zu erleben?

Ich trete näher und neige meinen Kopf, um meinen Mund zu Corwins zu heben.

Es ist nur ein hauchzarter Kuss, unserer Lippen streifen sich bloß, doch der elektrische Schock der Intimität schießt mir geradewegs in die Knochen. Die feste Hitze seines Mundes verschmilzt mit seinem Bewusstsein der Weichheit und Süße meiner Lippen. Freude und Wonne knistern zwischen uns, als wäre es ein geschlossener Kreislauf.

Bevor ich mir meiner Absichten bewusst bin, presse ich meine Lippen noch fester auf seine und nehme den Rausch der Empfindungen in mir auf. Jeder Teil von mir wird von dem Knistern des Verlangens erhellt, das nur zu wachsen scheint, während es zwischen uns hin und her saust. Ich will … ich will … wenn sich ein einfacher *Kuss* so gut anfühlen kann …

Mir wird schwindlig vor Begehren, es überwältigt mich –

es jagt mir Angst ein. Urplötzlich ertrinke ich in dieser Woge, anstatt von ihr getragen zu werden.

Ich reiße mich mit einem Keuchen los. Meine Haut brennt und mein Körper zittert. Corwin sieht selbst ziemlich durcheinander aus.

„Ich … ich kann nicht", gelingt es mir, zu stammeln. „Es ist zu viel."

„Ich weiß", erwidert er abgehackt. „Es ist okay." Die Glückseligkeit, die er in dem Moment verspürte, summt in mich, doch seine innere Stimme, die sie begleitet, ist zärtlich. *Nimm dir so viel Zeit und Raum wie du brauchst. Du sollst einfach nur wissen, dass ich in dieser Sache auf deiner Seite bin, egal, was du brauchst. Wir werden den Weg finden, der richtig ist.*

Ich will das glauben, es fällt mir jedoch schwer, auch nur zu atmen, während die Erinnerung an diesen Kuss durch meinen Verstand lärmt. Ich trete noch einen Schritt zurück und meine Mauer aus Licht lässt sich jetzt leichter errichten, da ich ihn nicht mehr berühre. „Ich denke … ich sollte noch ein wenig schlafen."

Er nickt ohne eine Spur von Frust, doch als ich in den Gang fliehe, kann ich das Gefühl nicht abschütteln, dass ich irgendwie ihn *und* meine Liebhaber im Sommerreich verrate – und vielleicht sogar mich selbst.

23

*Talia*

Das Frühstück ist eine relativ einfache Angelegenheit: hartgekochte Eier und frisch gebackene Brötchen, die fluffiger und dicker sind als die, die August für gewöhnlich macht. Dazu gibt es Sahne, pfirsichähnliche Marmelade und Honig direkt aus einer Wabe, die darauf verteilt werden können. Corwin bemerkt, wie sehr ich den Honig liebe, und bietet mir noch ein Stück Wabe an. Ich stelle fest, dass ich erröte, als ich meinen Teller ausstrecke, um sie anzunehmen.

Ich fühlte mich ziemlich ruhig, als ich heute Morgen aufwachte, doch es hat mich erneut aus dem Gleichgewicht gebracht, mich in seiner Gegenwart aufzuhalten und mir durch das nur teilweise blockierte Band seiner Präsenz bewusst zu sein. Mein Blick bleibt immer wieder an seinen Lippen hängen und ein Kribbeln rast durch meine, wenn ich mich an unseren Kuss erinnere.

Er lässt sich nicht anmerken, dass er bemerkt hat, worüber ich nachdenke. Ich kann allerdings nicht glauben, dass er nicht das geringste bisschen davon wahrgenommen hat. Ab und zu geht eine ähnliche eifrige Wärme von ihm auf mich über.

Wie beispielsweise jetzt, als ich in das Brötchen beiße, auf das ich gerade Honig geträufelt habe.

Meine Wangen brennen erneut, doch ich werde von Harper von meiner Scham abgelenkt, die auf ihrem Stuhl herumrutscht. Als sie bemerkt, dass ich meine Aufmerksamkeit auf sie gerichtet habe, lächelt sie mich kurz an. Einen Augenblick später wickelt sie jedoch einige Haarsträhnen um ihren Finger. Sie ist normalerweise nicht so zappelig. Es erinnert mich daran, wie sie sich benahm, als Ambrose' Rudelmitglieder sie beschwatzten und einschüchterten.

Einer der Bediensteten erscheint in diesem Augenblick im Türrahmen. „Mein Lord, Olander ist angekommen und bittet darum, mit Ihnen zu sprechen, sobald Sie Zeit haben."

Corwin wischt die Finger an einer Serviette ab und betrachtet seinen leeren Teller. „Das ist in Ordnung. Ich bin hier fertig. Ich komme jetzt." Er blickt zu mir. „Olander gehört zu meinem Zirkel, aber es wird vermutlich nicht lange dauern. Du kannst hier auf mich warten. Ich werde dich über meine Pläne in Kenntnis setzen, sobald ich mich um diese Angelegenheit gekümmert habe."

Ich nicke und er geht. Harper zerreißt den Rest ihres aktuellen Brötchens in kleine Stücke. Ich beobachte sie dabei, schlucke meinen Bissen hinunter und frage: „Hast du heute Morgen keinen Hunger?"

Sie zuckt leicht mit den Achseln und scheint sich zu schütteln. „Sorry. Ich … ich habe nur nicht so gut geschlafen."

Sie zögert und ich mustere sie genauer. „Falls dich etwas bedrückt, erzähl es mir bitte."

„Ich will nur nicht, dass es sich anhört, als würde etwas nicht stimmen, wenn die Dinge für dich gerade erst angefangen haben, besser zu laufen." Sie reibt sich über den Mund und ihr Blick huscht nervös umher.

Ich beschwöre noch mehr von meinem inneren Licht herauf, um sicherzustellen, dass Corwin nicht aus Versehen überhört, was Harper zu sagen hat. „Schieß los. Ich kann keine richtige Entscheidung treffen, wenn es Dinge gibt, die ich nicht weiß."

„Okay." Sie senkt ihre Stimme. „Ich … ich bin heute Morgen früh aufgewacht und konnte nicht mehr einschlafen. Es ist einfach so anders wie zu Hause. Jedenfalls verließ ich mein Zimmer, wanderte ein wenig umher und landete wieder an dieser Stelle, wo wir zuvor die merkwürdigen Geräusche hörten, bei dem Alkoven, wo die Tür verriegelt war. Zuerst war es still, doch als ich wegzulaufen begann, dachte ich, ich hätte eine echte *Stimme* von dort oben gehört. Die Stimme einer Person. Sie hat etwas gemurmelt – ich konnte die Worte nicht verstehen – aber es klang definitiv fast wie jemand, der sprach. Ich habe noch nie von einem Geist gehört, der ein Gespräch führen konnte. Es ist normalerweise nur ein Ball aus Energie, der gegen Dinge stößt."

Sie sieht mich an, als würde sie sich Sorgen machen, dass ich sauer sein werde, obwohl ich ihr das Gegenteil versichert habe. Ich weiß nicht, was ich sagen soll. Das Erlebnis hat sie eindeutig aus der Bahn geworfen, aber …

„Ich habe nicht den Eindruck erhalten, dass Corwin jemandem schaden möchte", erwidere ich langsam. „Oder dass er hier Gefangene hat oder etwas dergleichen. Wir haben uns einander noch nicht vollständig geöffnet, aber ich denke nicht, dass er es vollkommen verbergen könnte, wenn er die Art von Person wäre, die Leute wegsperrt, die so große Schmerzen haben, dass sie Laute wie die von sich geben, die wir zuvor hörten. Vielleicht ist jemand dort hochgegangen und hat versucht, den Geist zu beruhigen, oder … was auch immer man normalerweise tut, wenn man einen rastlosen Geist hat?"

„Ich weiß nicht. Es war früher, als die Bediensteten normalerweise wach sind. Wer auch immer es war, klang, als ginge es ihm ziemlich schlecht und als wäre er verstimmt. Ich wartete danach eine Weile und niemand kam durch die Tür raus." Harper erschaudert. „Aber es war nur einen Moment lang. Dann wurde wieder alles ruhig. Vielleicht habe ich es in meiner Erinnerung zu etwas Größerem aufgeblasen."

Das scheint ebenfalls möglich zu sein, da sie erzählt hat, dass sie nicht genug Schlaf bekommen hat und sich hier im Winterreich im Allgemeinen unwohl fühlt. Ich will ihren Kummer allerdings nicht komplett ignorieren. Sie hat sehr viel weniger Grund als Corwin, mich bezüglich etwas Verstörendem anzulügen, das hier vor sich geht. Ich kann mich nicht an seine genaue Wortwahl erinnern, als wir über Geister sprachen, doch sie war womöglich so vage, dass er es vermeiden konnte, mir die ganze Geschichte zu erzählen.

„Ich werde besser aufpassen, wenn ich mich mit Corwin unterhalte, und nach Anzeichen Ausschau halten, dass es etwas gibt, wegen dem wir uns Sorgen machen sollten. Vielleicht kann ich ihn dazu überreden, uns diesem Geist vorzustellen, sobald wir uns etwas mehr vertrauen, dann können wir uns selbst davon überzeugen, was dort drin ist."

„In Ordnung." Harper lacht leise. „Es würde mich tatsächlich interessieren, einen zu sehen. Ich habe bisher nur Geschichten gehört."

Eine stupsende Empfindung in meinem Inneren verrät mir, dass Corwin mich zu kontaktieren versucht. Ich lasse das Leuchten in mir schwächer werden. *Sorry, ich höre jetzt zu.*

*Ich befürchte, ich muss heute runter zum Dorf gehen, um mich mit meinem Schwarm bezüglich einiger Angelegenheiten zu beraten,* sagt er in einem entschuldigenden Tonfall. *Ich weiß nicht, wie lange es dauern wird – momentan vermute ich, dass ich zum Mittagessen zurückkehren werde.*

*Das ist in Ordnung. Ich weiß, dass ich nicht deine einzige Verpflichtung bin.* Ganz im Gegenteil. Ich zögere, sauge meine Unterlippe zwischen die Zähne und wage mich vor: *Kann ich mitkommen? Ich bin mit dem Frühstück fertig und würde das Dorf gerne sehen und weitere Mitglieder deines Schwarms kennenlernen. Ich werde mich nicht in die Angelegenheiten einmischen, die du zu erledigen hast. Ich werde mich einfach im Hintergrund halten und zuschauen.*

Es entsteht eine Pause. Mein Bewusstsein von ihm wird wieder schwächer, vermutlich weil er unsere Verbindung blockiert hat, um sich mit seinem Zirkel-Mann zu beraten. Mein Herz sinkt aufgrund der Annahme, dass er mir eine Abfuhr erteilen wird, wie er es bei jedem anderen Mal getan hat, als ich versucht habe, mehr über seine tatsächliche Arbeit als Erzlord herauszufinden. Als seine Stimme zurückkehrt, ist sie vorsichtig, aber nicht widerborstig. *Das ist eine vernünftige Bitte. Ich habe meine Leute losgeschickt, um alles für das Treffen vorzubereiten. Kannst du zu mir auf die Terrasse kommen, damit ich dich nach unten begleiten kann?*

Ein Lächeln breitet sich auf meinen Lippen aus. *Ja, ich bin gleich da.* Ich nehme nicht an, dass dies Harpers Rätsel lösen wird, doch vielleicht werde ich heute ein oder zwei Dinge erfahren, die mir dabei helfen werden, den Konflikt zwischen Sommer und Winter zu verstehen.

Harper verabschiedet mich mit einem Winken und wirkt jetzt entspannter, da sie ihre Ängste mit mir geteilt hat. Ich finde Corwin auf der Terrasse, wo er wie versprochen auf mich wartet. Es fällt ein wenig Schnee, der hier und da funkelt, wenn ihn das schwache Sonnenlicht erwischt. Die

Flocken streifen kühl meine Wange, bevor der Wärmezauber in meinen Kleidern aktiv wird und sie zum Schmelzen bringt.

Der Unseelie-Erzlord dreht sich zu mir um und seine Flügel öffnen sich im gleichen Moment auf seinem Rücken. Ich bleibe wie angewurzelt stehen und eine eigenartige Mischung aus Staunen und Ungewissheit breitet sich bei seinem Anblick in meiner Brust aus.

Ich gewöhne mich noch immer daran, dass mir die dunklen Locken seiner Haare und diese burgunder-braunen Augen gefallen, die ich bisher nur für mich sanft werden gesehen habe. Die schwarz gefiederten Flügel, die sich zu beiden Seiten von ihm ausstrecken, verleihen seiner hochgewachsenen Gestalt eine Erhabenheit, die ich nicht mehr gesehen habe seit damals, als ich ihn noch als Feind betrachtete.

Es ist ... es ist irgendwie umwerfend und furchterregend, wie schwer es mir fällt, ihn nicht mit offenem Mund zu bestaunen.

Ich schaffe es, die Kontrolle über meine Zunge wiederzuerlangen. „Ich ... müssen wir nach unten fliegen?"

Corwins Mund spannt sich an und der Hauch einer Entschuldigung zeichnet sich darauf ab. „Es gibt Pfade entlang der Klippen, aber das würde viel länger dauern. Ich kann dich so tragen, dass sich unsere Haut nicht berührt, falls du die Intensität vermeiden willst, die Körperkontakt in dem Band auslöst."

Die Intensität, die ich gestern Nacht zumindest ein Weilchen akzeptiert habe. Doch ich will auch nicht so stark von unserer Verbindung abgelenkt werden, dass ich mich nicht auf die Angelegenheiten konzentrieren kann, die er besprechen wird – und von ihm getragen zu werden, während er fliegt, wird an und für sich schon ablenkend sein.

Ich trete näher und hole tief Luft. „Das hört sich nach einem guten Plan an."

Er hebt mich vorsichtig hoch, wobei er einen Arm um meinen Rücken legt und den anderen unter meine Schenkel, und gibt mir Zeit, mich an ihn anzupassen, sodass ich mich wohlfühle. Falls ‚wohlfühlen' überhaupt das richtige Wort dafür ist. Sogar ohne Hautkontakt summt jeder Zentimeter meines Körpers in seiner Nähe und seine Körperhitze schwappt von seinen Armen und seiner Brust, an der ich lehne, auf mich über. Sein winterlicher Waldgeruch legt sich um mich.

Ich schlucke schwer und senke den Blick, denn ich habe Angst davor, ihm in die Augen zu schauen, während unsere Gesichter einander so nahe sind. „Ich bin bereit."

Wir schwanken beim ersten Schlag von Corwins Flügeln, der uns vom Boden hebt. Mein Herz setzt aus und ich packe seinen gepolsterten Waffenrock. Doch innerhalb weniger Flügelschläge beruhigt die Beständigkeit des Rhythmus meine Nerven. Es ist nur ein sanftes Schaukeln, als er das Tempo beschleunigt, bevor auch dieses verebbt, während er über die Klippenkante zu den Häusern segelt, die sich zu beiden Seiten eines glitzernden, gefrorenen Wasserfalls an die Felswand klammern.

Die Häuser, an denen wir vorbeigleiten, sehen selbst beinahe wie Eis aus und wurden wie Corwins Palast aus Kristall geformt, wobei sie nicht alle aus farblosen Diamanten zu sein scheinen, sondern viele andere Farbtöne haben. Sie besitzen alle eine kleine Terrasse, die nach vorne ragt und auf der jeder mühelos landen kann, der aus der Luft kommt. Einige Mitglieder aus Corwins Schwarm heben die Hände zum Gruß, als wir vorbeifliegen.

Er landet leichtfüßig auf einer Terrasse auf halber Höhe des Eisfalls, die sich direkt neben diesem befindet. Der gefrorene Wasserfall sieht vollkommen starr aus, doch ein leises Tropfgeräusch verrät mir, dass hinter dieser Masse zumindest ein wenig Wasser über die Klippe fällt.

Corwin stellt mich sofort ab und mustert mich, während ich mein Kleid glattstreiche, als würde er nach irgendwelchen Anzeichen für Stress Ausschau halten. Ich gewinne einfach nur meine Fassung wieder. Als ich aufschaue und mein Gleichgewicht ausreichend gefunden habe, lächle ich ihn an. „Das hat irgendwie Spaß gemacht."

Eines der seltenen, wärmeren Lächeln, die ich einfach wertschätzen muss, huscht über seine Lippen. Er zieht seine Flügel ein und bedeutet mir, ihm ins Haus zu folgen.

Zwei Männer und eine Frau warten in dem Raum. Die Frau und einer der Männer sitzen auf Hockern aus hellem Holz, der andere Mann steht gegenüber von ihnen. Abgesehen von einigen Stühlen, die an den Wänden stehen, gibt es in dem kreisrunden Raum keine anderen Möbelstücke. Er wird wahrscheinlich hauptsächlich für Treffen wie dieses benutzt.

Als wir den Raum betreten, verändert sich Corwins Gesichtsausdruck zu seiner üblichen ernsten Maske. Er bedeutet mir, mich auf einen der Stühle an der Wand zu setzen, und stellt mich mit der gleichen Geste vor. „Das ist Talia, ein wichtiger Gast von mir. Talia, das sind Olander und Zelpha aus meinem Zirkel und Mithron, eine der engagiertesten Wachen meines Schwarms. Ihm wurde die Aufgabe übertragen, die Ländereien an den Rändern unseres Reiches zu bereisen."

Die drei neigen ihre Köpfe zweifellos mehr aus Respekt vor ihrem Lord als vor mir. Ich frage mich, ob irgendjemand in seinem Zirkel weiß, warum ich wirklich hier bin, aber ich komme nicht umhin, dankbar dafür zu sein, dass er meine wahre Rolle verschweigt. Ich kann mir nicht vorstellen, was für Blicke ich kassieren würde, wenn ich als seine seelenverbundene Gefährtin vorgestellt werden würde. Wenn ich mich am Ende entscheide, das Band zu vollziehen, werde ich mich mit dem Chaos auseinandersetzen, das darauf folgt.

Als ich mich setze, verschränkt Corwin die Arme vor der Brust und konzentriert sich auf Mithron, einen schlanken, sehnig aussehenden Mann mit einem vorspringenden Kinn, das beinahe ein Schnabel sein könnte. „Wie ich gehört habe, hast du einen Bericht über die zunehmende Anwesenheit feindseliger Bestien in diesen Randländereien erhalten.“

Mithron nickt scharf. „Ja, mein Lord, und in anderen Ländereien ebenfalls. Zuerst waren es nur einige zusätzliche Berichte von Bissen und anderen Angriffen in den Dörfern, die den Rändern der Nebelwelt am nächsten sind. Doch im vergangenen Monat sind es mit jeder Woche mehr Berichte geworden. Was mich dazu bewog, sofort herzukommen, ist, dass in den letzten Tagen mehrere Berichte aus den Ländereien reinkamen, die sich eher im Landesinneren befinden. Dorthin haben sich die Wesen früher nie gewagt.“

„Von was für Bestien sprechen wir?“

„Es war nicht nur eine, sondern einige unterschiedliche Arten. Die meisten Tode wurden von Chimären und Searmaws verursacht, wie man annehmen würde.“

Corwin runzelt die Stirn. „Und *diese* sind ebenfalls ins Landesinnere gezogen?“

„Ja, mein Lord.“ Die Wache verzieht das Gesicht. „Die Krieger dieser Schwärme haben ihre Anzahl so gut wie möglich dezimiert, doch wegen … wegen der reduzierten Situation befindet sich fast jede Länderei in … es ist schwieriger als früher, die Bestien unter Kontrolle zu halten.“

Seine Augen huschen kurz zu mir. Ein Kribbeln rast über meine Haut. Reduzierte Situation – weniger Krieger, weil so viele im Kampf gegen die Seelie starben? Es fällt mir schwer, viel Mitgefühl aufzubringen, da sie nie ,reduziert' worden wären, hätten sie meine Leute erst gar nicht angegriffen.

„Die Lords, mit denen ich sprach, baten mich, zu den

Erzlords zu gehen und um Rat sowie andere Hilfe zu bieten, die sie anbieten können", fügt Mithron hinzu. „Ich hielt es für das Beste, zuerst mit Ihnen zu sprechen."

„Und ich weiß das zu schätzen." Corwin betrachtet seine Zirkel-Mitglieder. „Was haben wir vom restlichen Reich gehört?"

Der Mann, der steht – Olander – ist dicker als die Wache, besitzt jedoch eine robuste Art von Eleganz. Er antwortet nicht, sondern tigert langsam von einer Seite des Raumes zur anderen, seine hellen Augen sind vor Konzentration in die Ferne gerichtet.

Die Frau – Zelpha – neigt ihre muskulöse Figur auf ihrem Stuhl nach hinten und ihr kastanienbraunes Gesicht ist vor Sorge verzerrt. „Uns erreichten ähnliche Berichte aus anderen Gebieten entlang der Ränder, auch wenn diese nicht so drängend waren, dass jemand die Erzlords darauf aufmerksam gemacht hätte. Ich vermute, dass sie mehr Schwierigkeiten haben, als sie zugeben, da sie die Probleme nicht vergrößern wollen, die uns bereits auf Trab halten."

Olander summt. „Ich habe mir die alten Aufzeichnungen durchgelesen, bevor ich Sie kontaktiert habe. Es gab seit mehreren Jahrhunderten keinen derartigen Einfall der Bestien mehr und selbst damals hatte er nicht dieses Ausmaß. Nach ihrer plötzlichen Ankunft wurden sie rasch zurückgeschlagen."

Corwin atmet langsam aus. „In Ordnung. Lasst uns die Strategien besprechen, die die betroffenen Schwärme bereits anwenden, und schauen, wie wir diese ausbauen können."

Während sie die Einzelheiten besprechen, sitze ich einfach nur da und höre zu, so wie ich es versprochen habe. Ich kann nicht allem folgen, was sie erwähnen, und manche Begriffe kenne ich nicht, doch ich verstehe das Wesentliche. Ab und zu wirft mir einer der drei einen Blick zu und macht eine Pause in einem Satz oder im allgemeinen Gespräch. Sie fragen sich zweifelsohne, warum ich hier bin, wenn ich sie nur anschaue.

Was weiß ich schon über bösartige Fae-Bestien? Meine Gedanken wandern zu der Reißkatze, die mich angriff. Astrid tötete sie mit einem angespitzten Stock – Corwin hat die Waffen bereits besprochen, die die Winter-Fae benutzen.

Doch die Reißkatze hatte ebenfalls ihr übliches Revier verlassen. In diesem Fall war sie gekommen, weil sie Ambrose' Rudelmitglieder mithilfe von Magie in Sylas' Ländereien gelockt hatten. Ich bezweifle, dass diese große Zunahme an Wesen in allen möglichen Ländereien absichtlich geschehen würde, doch vielleicht …

Ich öffne den Mund und zögere, weil ich nicht weiß, wie ich mich in das Gespräch einbringen kann. Stattdessen nehme ich zaghaft durch unser Band Kontakt zu Corwin auf. *Wäre es okay, wenn ich etwas einwerfe?*

In der nächsten natürlichen Pause dreht er sich zu mir um, als wäre es seine Idee – da die anderen nicht wissen, dass ich lautlos mit ihm gesprochen habe. „Hast du irgendwelche Ideen bezüglich dieser Angelegenheit, die wir noch nicht besprochen haben, Talia?"

Ich schicke ihm einen Hauch Dankbarkeit. „Ja. Ich … gibt es irgendwelche Fae, die die wahren Namen für diese Wesen gemeistert haben? Falls diese Leute jetzt in den Ländereien verstreut sind, wäre es vielleicht hilfreich, sie an einem Ort zu versammeln und sie ein Gebiet nach dem anderen in Angriff nehmen zu lassen, sodass es genügend Leute gibt, um die Bestien unter Kontrolle zu kriegen. Falls es keine Möglichkeit gibt, die Wesen einfach von ihren Vorhaben abzubringen, könnten sie sie in eine Falle locken oder zumindest in eine Situation, in der es einfacher wäre, sie zu jagen …"

Meine Kehle schnürt sich unter dem Druck der vier Fae-Augenpaare zu, die jetzt auf mich gerichtet sind. „Ich meine, ihr habt das alles wahrscheinlich schon in Erwägung gezogen.“

„Nein“, antwortet Corwin. „Es ist ein gutes Argument, dass wir unsere Bemühungen zu einer Kraft vereinen sollten. Olander, finde heraus, wer noch übrig ist, der die notwendigen wahren Namen für die Wesen kennt. Sie *haben* immer eine Rolle in der Aufrechthaltung der Grenzgebiete gespielt, die wir für selbstverständlich genommen haben, doch ihre Zahlen sind womöglich ebenfalls geschrumpft. Wir sollten vielleicht auch eine längerfristige Strategie verfolgen und schauen, ob wir weitere Fae dazu ausbilden können, diese Namen zu meistern.“ Er fährt sich mit einer Hand über den Kiefer.

In dem darauffolgenden restlichen Gespräch hört es sich nicht so an, als wäre ich auch nur annähernd an eine Lösung des Problems herangekommen, andererseits habe ich das auch nicht erwartet. Ich erhalte zumindest den Eindruck, dass ich einen kleinen Unterschied gemacht habe. Es ist besser, als die ganze Zeit wie ein Klumpen hier zu sitzen und gar nichts beizutragen.

Zurück zu Corwins Palast zu fliegen, ist einfacher, denn ich weiß jetzt, was ich zu erwarten habe. Ich schaue ihm immer noch nicht ins Gesicht, während er mich trägt, doch er gibt mir die Gelegenheit, das Winterreich aus einem Winkel zu betrachten, wie ich es noch nie zuvor tun konnte. Die Berge sehen noch unglaublicher aus, wenn man sie aus der Luft betrachtet.

Wir scheinen viel zu früh auf seiner Terrasse zu landen. Der Schnee fällt dichter, doch ich bin noch nicht bereit, nach drinnen zu gehen. Ich streiche mir die kalten Flocken von den Haaren und schenke Corwin ein hoffnungsvolles Lächeln. „Es war nicht so schlimm, mich dabei zu haben, oder? Ich bin dir nicht in die Parade gefahren?“

Er gluckst. „Nein. Es … es hat mir gefallen.“ Seine

Augen fangen meine mit plötzlicher Intensität auf. Seine Stimme wird sanft. „Ich stelle mir gerne vor, dass es viele weitere Treffen wie dieses geben könnte, bei denen du eine noch größere Rolle spielst, wenn du meine Leute besser kennengelernt hast."

Falls ich ihn als meinen Gefährten akzeptiere. Mir das vorzustellen, sendet ein freudiges Beben durch meine Brust hindurch, doch zugleich regen sich Erinnerungen: die Freude, die ich verspürte, als mich Sylas zum ersten Mal an seinen Gesprächen mit seinem Kader teilnehmen ließ. Die Pläne, die wir zusammen schmiedeten, die Herausforderungen, die wir bewältigt haben.

Ich kann nicht mehr behaupten, dass ich nichts mit diesem Ort hier zu tun haben will. Tief in meinem Inneren weiß ich jedoch, dass ich die Männer nicht aufgeben kann, die ich so sehr liebe. Diese Situation ist einfach … unmöglich.

Ich habe einen Geistesblitz, der mit einem noch freudigeren Rausch an Empfindungen einhergeht. Außer …

Corwin legt den Kopf schief. „Weshalb siehst du so selbstzufrieden aus?"

„Ich …" Ich zaudere und nehme dann all meinen Mut zusammen. Ich bin nur noch wenige Tage hier. Ich *muss* es irgendwann sagen. Es ist besser, wenn er länger Gelegenheit hat, die Idee sacken zu lassen.

„Ich habe nur gerade gedacht, dass ich das vielleicht mit dir haben könnte … ohne alles andere zu verlieren. Ich weiß nicht genau, wie es funktionieren würde, und ich sage nicht einmal, dass ich das Band vollziehen möchte – ich bin noch nicht bereit, das zu entscheiden – doch, wenn ich es täte … Ein Lord wie Sylas hätte sich normalerweise nicht auf eine Frau eingelassen, die auch andere Liebhaber hat, aber er war in der Lage, sich an die Idee zu gewöhnen und sogar wertzuschätzen, was es bedeutet. Wenn er und sein Kader zustimmen würden, und du zustimmen würdest – vielleicht müsste ich dann *niemanden* aufgeben."

Corwin starrt mich an. Ein Anflug von Schock und etwas Gequältes gehen in mich über und verblassen, als er rasch eine Mauer um seine Emotionen errichtet. Die Wärme, die noch vor einem Augenblick auf seinem Gesicht zu sehen war, verschwindet. „Ein Lord, der dich mit seinen engsten Vertrauten teilt, ist wohl kaum mit einer Vereinbarung zwischen Fae unterschiedlicher Reiche – zwischen keinen geringeren als Erzlords – mit keiner geringeren als *meiner* seelenverbundenen Gefährtin zu vergleichen."

Der Wind peitscht über mich hinweg und wirft meine Haare durch die Luft, aber ich erlaube mir nicht, den Blick von ihm abzuwenden. „Wenn es keine Vereinbarung gibt, hast du am Ende womöglich überhaupt keine seelenverbundene Gefährtin. Mir ist egal, was das Herz denkt, dass es tut. Ihnen gehörte ich zuerst."

Seine Stimme wird noch flacher. „Es geht nicht einmal um mich. *Sie* würden dem nie zustimmen. Sie waren kaum gewillt, dich aus den Augen zu lassen, damit du zu mir kommen kannst."

„Das ist etwas anderes. Sie hatten keine Ahnung, wie du bist. Sie haben mich beschützt." Ich stemme die Hände in die Hüften. „Du wirst es nur erfahren, wenn du sie danach fragst."

„Ich versichere dir, dass das nicht nötig ist." Corwin wirbelt ruckartig zur Palasttür herum. „Betrachte die Angelegenheit als erledigt. Eine Diskussion dieses Themas wird nichts nützen und uns beiden nur mehr Kummer bereiten."

24

*Corwin*

In dem Moment, in dem ich die Halle des Herzens betrete, merke ich, dass mir dieses Gespräch mit den anderen Erzlords nicht gefallen wird. Natürlich war ich mir dessen bereits ziemlich sicher, seit sie mich aus meinen Gemächern zitierten, noch bevor ich Gelegenheit hatte, ans Frühstück zu *denken*. Hinzu kommt, dass wir uns erst gestern Nachmittag bezüglich der zunehmenden Probleme mit den umherstreifenden Bestien getroffen haben, die aus den Randgebieten hereinkommen.

Keiner meiner Kollegen hat sich die Mühe gemacht, sich zu setzen. Laoni, Terisse und Uzziah mustern mich alle mit kalten Mienen, als ich meinen Platz an dem polierten Marmortisch einnehme. Nur Neve sieht unbeeindruckt aus, doch dieser Tage scheint sich die zerbrechliche, ältere Fae-Frau selten vollkommen bewusst zu sein, was um sie herum vorgeht, weshalb keine Garantie besteht, dass sie auf meiner

Seite ist. Falls ihre unklaren Perioden anfangen, ihre klaren Momente zu überwiegen, wird ihr Sohn vermutlich verlangen, dass sie ihm ihren Posten überlässt.

Ich war zwar nicht vorbereitet, als *mir* diese Stellung übertragen wurde, hatte seitdem jedoch genügend Zeit, meine Herangehensweise zu verbessern. Die beste Möglichkeit, mich gegen meine Kollegen zu behaupten, die alle um Jahrhunderte älter und etablierter sind als ich, besteht darin, selbst die kälteste und undurchdringlichste Front aufrechtzuerhalten.

Ich verschränke die Arme vor der Brust und drücke mein Rückgrat so stark wie möglich durch, wodurch ich sogar Laoni mit all ihren Muskeln um einige Zentimeter überrage. „Was ist so dringend, dass wir uns schon so kurz nach unserem letzten Treffen versammeln müssen? Hat sich eine Katastrophe ereignet?"

„Das könnte man so sagen,", blafft Laoni und wirft ihre türkisen Haare nach hinten. Sie sieht sich als die höchste Autorität unter uns allen aufgrund dessen, dass sie am längsten im Amt ist, obwohl das nicht an einem Übermaß an Kompetenz liegt, sondern daran, dass ihr Vater sie spät in seinem Leben bekam und verstarb, als sie nicht viel älter war als ich bei meiner eigenen Krönung. Diese Tatsache hat bei ihr allerdings kein Mitgefühl für meine Lage heraufbeschworen. Wenn überhaupt ist das Gegenteil der Fall.

Sie fährt mit spröder Stimme fort. „Uns ist zu Ohren gekommen, dass die Seelie-Frau, die du in deinen Palast gebracht hast und von der du behauptest, sie sei deine seelenverbundene Gefährtin, gar kein Seelie ist. Sie ist ein *Mensch*."

Ah. Ich hatte keine Notwendigkeit dazu gesehen, meine Kollegen über diese Entwicklung in Kenntnis zu setzen, bis ich mir sicher war, dass Talia längere Zeit bei uns bleiben würde. Hauptsächlich, weil ich erwartete, dass die Nachricht mit genau der Reaktion aufgenommen werden würde, der ich mich jetzt gegenübersehe. Einer der Fae, der uns auf unseren kurzen Reisen beobachtet hat, muss so viel darüber getratscht haben, dass die Nachricht einen anderen Erzlord erreicht hat.

„Ich habe die Information nicht als dringend eingestuft", erwidere ich, zügele das Aufflammen von Verärgerung und spreche mit ruhiger Stimme. „Es ändert nichts daran, dass sie Verbindungen zu den Seelie hat und die Wahl des Herzens unerwartet ist."

Uzziah stottert, was ein Beben durch das teigige Fleisch seines mürrischen Gesichts jagt, das herabhängt, als würde die Schwerkraft ihm stärker zusetzen als einem durchschnittlichen Fae. „Unerwartet? Es ist eine Tragödie. Es muss irgendein fieser Trick der Wölfe sein, indem sie dir eine Verbindung vorgaukeln. Das Herz würde niemals …"

„Das hat es", unterbreche ich ihn. „Ich bin nicht irgendein Küken, das sich von glänzenden Gegenständen ablenken lässt. Ich war in ihrem Verstand und sie in meinem. Wir haben Träume geteilt, bevor wir jemals persönlich miteinander gesprochen haben. Kennst du irgendeinen Zauber, der so ein Band kreieren könnte?"

Das tut er eindeutig nicht, denn er schaut mich zur Antwort nur finster an.

Laoni schüttelt den Kopf. „Es spielt keine Rolle, ob es ein wahres Band gibt oder nicht. Du kannst es nicht akzeptieren. Wenn sie ein reinblütiger Seelie wäre, hätten wir das womöglich als Druckmittel benutzt. Nicht einmal ein hauptsächlich verblasster Fae würde uns viel bringen, geschweige denn irgendein Mensch, der vermutlich nicht mehr als ein Bediensteter war."

Als bestünde der einzige mögliche Nutzen, dass ich eine seelenverbundene Gefährtin habe, darin, uns bei der

Verhandlung unserer Ziele zu helfen. Wut regt sich in meiner Brust. Ich habe Grund zu der Annahme, dass Talia die Lösung für die Notlage unserer Leute sein könnte, die alles übersteigt, was wir zu hoffen gewagt haben – doch meine Schwüre hindern mich daran, diesbezüglich etwas zu den vieren um mich herum zu sagen. Ich habe es noch nicht einmal riskiert, irgendetwas zu *Talia* zu sagen aus Angst vor den Konsequenzen, falls sie ihrem Seelie-Erzlord erzählt, womit wir es zu tun haben.

Meine Gefährtin würde unsere Verletzlichkeit nicht gegen uns verwenden. Ich habe genug gesehen, um zu wissen, dass sie viel zu ehrenhaft dafür ist. Doch die Seelie – ganz gleich, wie sehr *sie* ihnen vertraut, ganz gleich, wie freundlich sie zu ihr waren – sie verwandeln sich nicht umsonst in Wölfe. Sie können so bösartig wie die Biester sein, die wir zurück an die Ränder der Nebelwelt drängen müssen. Und ich sehe keinen Grund, aus dem sich ihre Herzen für einen von uns aus dem Winterreich erweichen sollten.

Ich atme langsam ein, um mein Temperament zu zügeln. „Ich kann sie wohl schlecht ablehnen und das Herz um eine andere Gefährtin bitten. Sie ist die Einzige, die es mir gegeben hat."

Terisse schnaubt. „Es ist besser, eine gewöhnliche Gefährtin zu haben, als mit der Seele an ein dem Staub bestimmten Sterblichen gebunden zu sein. Du kannst doch nicht ernsthaft in Erwägung ziehen, dich dauerhaft an dieses schwache Ding zu binden und es in dein Vertrauen zu ziehen …"

„*Sie* ist so, wie sie ist, ein absolut fähiges Wesen." Ich lasse meinen Blick um den Tisch herum wandern und noch mehr Zorn steigt in mir auf. „Wie gründlich habt ihr *eure* seelenverbundenen Gefährten durchleuchtet, bevor ihr sie akzeptiert habt? Welche Tests mussten sie bestehen, um sich als würdig zu erweisen? Oder seid ihr einfach dem Band gefolgt, weil es eindeutig das war, was euch das Herz angeboten hat?"

„Wenn es jemand unserer Art ist, besteht kein Grund, so besorgt zu sein", erwidert Uzziah. „Es ist wohl kaum die gleiche Situation."

„Ich denke, das ist es. Die Frage ist, was das Herz will. Und das Herz will, dass ich mich an diese Frau binde." Ich wedle mit der Hand in die Richtung der leuchtenden Masse, die ihre pulsierende Energie sogar über mich schickt, während ich spreche. „Würdet ihr euch der Quelle all unserer Macht widersetzen?"

Laoni summt auf eine herablassende Art vor sich hin, was mich stinksauer macht. „Der Wille des Herzens ist, dass wir zuallererst so gut wie möglich unseren Leuten dienen. Doch vielleicht lässt du deine Gedanken von Rührseligkeit anstatt Logik leiten. So wie es aussieht, hängst du bereits sehr an diesem Menschenmädchen. Du hast sie auf romantische Ausflüge durch das Reich mitgenommen? Du hast ihre wahre Natur vor dem Rest von uns geheim gehalten?"

So gut ich kann, widerstehe ich dem Drang, mich zu empören, was noch schwieriger wird, als Terisse mit der Zunge schnalzt. „Es wäre nicht das erste Mal, dass jemand in deiner Familie von Emotionen von seinen Pflichten abgelenkt wird ..."

„Ich bin mir meiner Pflichten sehr wohl bewusst", unterbreche ich, wobei ich nicht schreie, jedoch so viel Schärfe in meine Stimme lege, dass ich innerlich zusammenzucke. Die drei, die mich geschimpft haben, sehen mich beinahe mitleidig an, als hätte ich bewiesen, dass sie recht haben, und ich aufgrund dieses kleinen Ausbruchs inkompetent bin. Sogar Neve mustert mich mit leicht traurig verzogenem Mund.

In diesem Moment erreicht mich Talias Stimme. Es ist

kaum mehr als ein Flüstern, das durch die mentale Kristallmauer dringt, die ich in mir heraufbeschworen habe, um sie von diesem Gespräch abzuschirmen, doch sie schleudert ihre Stimme so kraftvoll dagegen, dass sie hindurchdringt. *Corwin, ist alles in Ordnung? Du wirkst … aufgebracht.*

Bei Vergänglichkeit und Verderben. Ich kann mir nicht vorstellen, wie viel mehr als ‚aufgebracht' die Emotionen waren, die sie gespürt hat, dass sie sie überhaupt erreicht haben und sie das Gefühl hatte, sie müsste Kontakt mit mir aufnehmen. Ich presse die Kiefer zusammen und will ihr erzählen, dass alles in Ordnung ist, doch die Blicke, die noch immer anschuldigend und voller Abscheu auf mir liegen, lassen mich zögern.

Egal, was sie behaupten, Talia ist nicht zerbrechlich. Es würde ihr keinen Schaden zufügen, zu hören, dass sie über sie sprechen, als wäre sie schwach. Wenn sie eine ehrliche Entscheidung bezüglich ihrer Zukunft treffen soll, verdient sie es wenigstens über das Bescheid zu wissen, was ihr dann bevorstünde, oder nicht?

Sie verdient einen Gefährten, der sie behandelt, als hätte sie hier einen richtigen Platz.

*Meine Erzlord-Kollegen haben herausgefunden, dass du nicht die Seelie-Lady bist, für die sie dich gehalten haben,* antworte ich und lasse meine innere Mauer fallen. *Es misslingt mir, ihre Ratschläge in dieser Sache wertzuschätzen.* Dann straffe ich die Schultern und richte mich an die Gestalten vor mir. „Meine seelenverbundene Gefährtin ist jetzt durch mich Zeugin dieses Treffens. Wenn ihr das Band, das uns das Herz geschenkt hat, respektlos behandeln wollt, könnt ihr das genauso gut im Angesicht dieses Bandes tun."

Talia schweigt, doch ich kann ihr Bewusstsein in mir hören und fühlen, dass sie den Raum durch meine Augen betrachtet, wobei ein Kribbeln des Zorns auf mich übergeht, von dem ich weiß, dass es auf meine Kollegen und nicht mich gerichtet ist. Terisse hat sich versteift.

Laonis Gesicht wird vollkommen starr genauso wie ihre Stimme. „Einer anderen Partei Zugang zu den privaten Treffen dieses Quintetts zu erlauben, ist in höchstem Maße irregulär."

„Ein Seelenband infrage zu stellen, ist in höchstem Maße irregulär", erwidere ich. „Kann einer von euch ehrlich vor dem Herzen sagen, dass ihr noch nie Teile unserer Gespräche hier mit euren Gefährten geteilt habt?"

Das darauffolgende Schweigen ist Antwort genug. „Das ist wohl kaum das Gleiche", beginnt Uzziah.

Ich bedenke ihn mit meinem strengsten Blick. „Es ist *genau* das Gleiche. Sie ist meine seelenverbundene Gefährtin, so wie es das Herz festgelegt hat, und keines der Worte, mit denen ihr um euch werft, kann diese Tatsache schmälern."

Laoni richtet einen eisigen Blick auf mich und tritt vom Tisch zurück. „Du hast unsere Meinung in dieser Angelegenheit gehört. Ich erwarte, dass du darüber nachdenkst – und dir überlegst, was wirklich das Beste ist für die Leute, denen du zu dienen geschworen hast."

Oh, das habe ich bereits getan. Sie hat nicht den blassesten Schimmer.

Die anderen Erzlords verlassen den Tisch, ohne sich zu verabschieden. Ich drehe mich ebenfalls um und ein eigenartiges Hochgefühl fegt durch mich hindurch, obwohl sich mein Magen verkrampft hat.

Ich habe ihnen noch mehr Munition für ihren Vorrat gegen mich gegeben, der ihre Rechtfertigung dafür ist, dass sie meine Sichtweise nie so ernst nehmen wie ihre eigenen. Doch ich stelle fest, dass ich es nicht bereuen kann. Was ich gesagt habe, musste gesagt werden, ansonsten könnte ich genauso gut auf eine viel größere und dauerhaftere Art klein beigeben.

Wenn ich Talia verliere, wird es daran liegen, dass *sie* mich ablehnt, nicht daran, dass ich mir von diesen höhnischen Mistkerlen die Bedingungen meines Lebens vorschreiben lasse.

Talias Stimme dringt mit einer sarkastischen, jedoch zaghaften Frage zu mir. *Ich schätze, ich habe die Party gesprengt?*

*Nicht deine Schuld. Sie haben eine kleine Kostprobe ihrer eigenen Heuchelei erhalten und sie für ungenießbar befunden. Ich entschuldige mich dafür, dass ich dich gestört habe.*

*Nein, es war in Ordnung. Ich … ich mag es, wenn du mir zeigst, was bei dir los ist.* Sie hält inne und durch meine Eindrücke von ihr gelange ich zu der Erkenntnis, dass sie ihr Zimmer verlässt und bereits angezogen ist. Die Emotionen, die durch unser Band dringen, sind eine so verworrene Mischung aus Gegensätzen, dass ich Probleme habe, eine getrennt von der Masse wahrzunehmen. *Kommst du jetzt zurück? Es riecht so, als wäre das Frühstück gleich fertig.*

*Ja. Wir sehen uns im Esszimmer.*

Mir kommt nicht in den Sinn, darauf zu achten, wie sie dorthin läuft. Ich muss mich genug auf mein eigenes Umfeld konzentrieren, als ich die schneebedeckte Ebene zwischen der Halle des Herzens und meinem Palast überquere. Daher überrascht es mich, als ich durch die Eingangstür marschiere und Talia in der Empfangshalle vorfinde.

Ich bleibe wie angewurzelt stehen. Sie lächelt ein wenig schüchtern und der Anflug von Zuneigung, der durch unser Band flirrt, sorgt dafür, dass ich noch unsicherer auf den Beinen bin. Kurz kann ich nur an den Kuss denken, den wir vor zwei Nächten teilten, an die zarte Wärme ihres Atems und die unterschwellige Stärke, die sich durch ihren gesamten Körper zieht, an die Lust, die ich zusammen mit meiner heraufbeschwören konnte …

Als sie zu mir tritt, schiebe ich diesen Gedanken einen

Riegel vor, auch wenn mir das schwerfällt, während sich dieses leuchtende Gesicht und diese strahlend grünen Augen vor mir befinden. Sie hat sich für das gleiche helle, perlmuttfarbene Kleid entschieden, das sie bei ihrer Ankunft trug, und obwohl sie damals aussah, als wäre ihr unbehaglich zumute, bewegt sie sich jetzt in den Falten glänzenden Stoffs, als wäre er ein Teil von ihr. Das einzige Detail, was sie daran hindert, wie die reizendste aller Unseelie-Ladys auszusehen, sind ihre gerundeten Ohren, die größtenteils von ihren pinken Haaren verdeckt werden.

In diesem Moment ist mir dieses Detail wirklich vollkommen egal. Das hier ist meine Gefährtin. Und sie *ist* reizend, und zwar nicht nur bezüglich ihres Erscheinungsbildes.

Sie zieht den Kopf ein. „Ich weiß, sie setzen dir wegen mir zu. Ich … ich wollte mich nur bei dir bedanken. Für das, was du zu ihnen gesagt hast. Weil du dich für mich eingesetzt hast."

Als sollte sie dankbar sein, anstatt es zu erwarten. Ich beschwöre so viele bestärkende Gedanken herauf, wie ich ihr durch das Band schicken kann. „Natürlich. Es musste gesagt werden. Ich muss es womöglich noch viele Male wiederholen."

„Dann bedanke ich mich schon einmal im Voraus für all diese Male." Sie macht noch einen Schritt, wodurch sie mir so nahe kommt, dass sie ihre Arme um mich schlingen und ihren Kopf auf meine Brust legen kann.

Mein Herz setzt aus und der Rest von mir erstarrt. Ich will *so viel* – es ist schwindelerregend, als befände ich mich im freien Fall und würde feststellen, dass ich meine Flügel nicht bewegen kann. Die Unterstellungen meiner Kollegen hallen mir noch immer durch den Kopf und die Erinnerungen an das Schluchzen und Wehklagen und …

Ich schließe die Augen und andere Erinnerungen, die

nicht meine eigenen sind, schweben durch unsere Verbindung: Talias Arme, die andere Männer umschließen, die ihre Umarmung mit enthusiastischer Zärtlichkeit erwiderten. Die nicht steif wie ein Brett dastanden, so wie ich das jetzt tue.

Ein Anflug von Panik – dass ich versage und nicht den Erwartungen entspreche – durchbricht den Aufruhr in mir und ich zwinge mich, mich zu bewegen. Mich in ihrer Umarmung zu entspannen. Meine eigenen Arme um sie zu legen und sie noch etwas dichter an mich zu ziehen.

Talia drückt mich fester mit einem Anflug von Zuneigung, der dem zu entsprechen scheint, was durch ihre Erinnerungen hallt. Trotz all des Neids in mir, dass diese Männer eine so große Rolle in ihrem Leben spielen, ist es auch eine Ehre, zu erfahren, dass ich einen Platz neben ihnen haben könnte, wie heikel der auch sein mag.

Ich weiß nicht, wie ich irgendetwas davon laut aussprechen soll, weshalb ich so viel von dem Gefühl, wie ich zusammenhängend übermitteln kann, von mir zu ihr wandern lasse.

Ist das Rührseligkeit? Gebe ich meinen Erzlord-Kollegen recht, dass ich meinem Herzen und nicht meinem Verstand folge?

Ich weiß nur, dass sich dieser Moment vollkommen richtig anfühlt. *Talia* ist richtig für mich und für die Leute, denen ich diene.

Das Herz möge mir beistehen, damit ich sie auch davon überzeugen kann.

25

*Talia*

Ich bin gerade aus der Badewanne gestiegen. Das Zimmer um mich herum ist dampfig und was ich davon sehen kann, ergibt keinen Sinn. Diese farbigen Fliesen auf dem Boden gehören zur Sauna in Hearthshire, doch die Kristallwände sind aus Heart's Cadence.

Ich greife nach meinem Handtuch und irgendwie ist Corwin da und reicht es mir. Er betrachtet mich, während ich nackt vor ihm stehe. Begehren rast durch unser Band und entzündet etwas Scharfes und Schwindelerregendes in mir.

Er ist ebenfalls beinahe nackt und hat selbst ein Handtuch um seine schlanken Hüften gewickelt. Über und unter diesem sind so viele glatte, wohlgeformte Muskeln zu sehen. Seine Augen glühen, als sie meinen begegnen.

Verlangen saust zwischen uns hin und her, schlängelt sich durch meine Brust und ruft ein Pochen zwischen meinen Beinen hervor. Jedes Pulsieren zieht mich zu ihm. *Mein.*

*Mein. Mein Gefährte.* Der Ruf scheppert so laut, dass ich kaum denken kann.

„Talia", krächzt Corwin, der genauso überwältigt aussieht. Eine Wildheit liegt auf seinem Gesicht, die ich noch nie zuvor gesehen habe. Mein Puls schlägt schneller, als würde er mich zu ihm befördern – und dann krachen unsere Münder aufeinander, seiner liegt hart und heiß auf meinem. Seine Finger vergraben sich in meinen feuchten Haaren, seine andere Hand fährt die Kurve meiner Taille nach und zerrt mich an sich.

*Ja.* Jede Faser in meinem Körper schreit vor eifriger Erleichterung, als hätte ich jahrelang auf diesen Moment gewartet. Seine Haut brennt an meiner, doch es ist nicht genug. Ich sehne mich danach, in ihn zu fallen und meinen Körper so gründlich mit seinem zu verschmelzen, wie unsere Seelen ineinander verwoben sind. Eine entsprechende Sehnsucht erreicht mich von ihm.

Ich küsse ihn mit all dem angestauten Begehren und er stöhnt an meinen Lippen. *Talia,* raunt er durch das Band. *Talia.* Als gäbe es in seinem Kopf keinen Platz für etwas anderes als mich. Er neigt den Kopf, um den Kuss zu vertiefen, und umfängt zur gleichen Zeit meinen Busen. Sein Daumen, der über meinen Nippel gleitet, jagt Wonne durch mich hindurch und ich wimmere.

Meine Hüften reiben sich wie von selbst an ihm. Diese erhitzte Reibung erreicht jedoch bloß, dass sich der Schmerz in meiner Mitte verstärkt. Ich *brauche* ihn, ich muss mit ihm vereint sein, ich muss unser Band in jeder möglichen Hinsicht vollziehen …

*Ja*, brummt er und seine Zunge taucht zwischen meine Lippen, um über meine zu gleiten. *Ja, alles von dir, jetzt. Mein.* Die Worte sind nicht schlüssig, aber die gleichen Gedanken wirbeln in meinem Kopf umher.

Seine Hand gleitet zu meinem Po, er hebt mich hoch

und lehnt mich an eine Wand, die plötzlich hinter mir ist. Die Wölbung unter dem Handtuch presst sich zwischen meine Beine und ich schluchze fast vor Verlangen nach Erlösung. Ich packe ihn, küsse ihn leidenschaftlich, fahre mit den Fingern über jeden Zentimeter straffer Muskeln, den ich erreichen kann, und ziehe ihn näher. Meine Hüften schaukeln in einer Bewegung gegen ihn, die nichts Geringeres als ein Betteln ist.

Das Handtuch fällt. Das Inferno aus Sehnsucht und Lust, das zwischen uns tobt, brennt heißer, als seine steife Länge über meine empfindsamste Stelle reibt. Ich keuche und klammere mich an ihn. Mit einem Stöhnen positioniert er sich und stößt in mich, um die Stelle zu erreichen, wo ich ihn am dringendsten brauche …

Und ich schrecke aus dem Schlaf. Mein Herz rast und die Bettdecke, in die ich verheddert bin, ist feucht von Schweiß. Ich bin in meinem Schlafzimmer und in Dunkelheit gehüllt.

Es war ein Traum. Nur ein Traum.

Die Gefühle habe ich mir allerdings nicht eingebildet, zumindest nicht vollkommen. Ich winde mich und meine harten Nippel streifen den Stoff über ihnen, was wundervolle Beben auslöst. Meine Haut fühlt sich noch immer so heiß an, als könnte sie mein Nachthemd verbrennen, und ein quälender Schmerz strahlt von meiner Mitte aus durch mich hindurch.

Und nicht nur von *meiner* Mitte. Die Hitze, die mich durchströmt, schmeckt auch nach Corwin.

Als mein Verstand munterer wird, spüre ich ihn am anderen Ende unserer Verbindung in seinem Bett. Sein Körber brennt vor unbefriedigtem Verlangen und seine steife Erektion presst sich gegen die Bettdecke.

Ich komme nicht umhin, mich daran zu erinnern, wie es sich anfühlte, von dieser Länge gefüllt zu werden, bevor ich aufwachte. Noch eine Woge des Begehrens bebt durch mich hindurch. Corwins stockender Atem erreicht mich von innen – und dann taucht seine Hand unter die Decke, um sich um seine Härte zu krümmen.

*Oh.* Ein echtes Keuchen entwischt meinen Lippen wegen der Woge aus Lust, die ihm diese Geste verschafft – und mir durch ihn. Er lässt seine Hand seinen Schaft hoch und runter gleiten und verteilt die Flüssigkeit, die sich bereits an der Spitze gebildet hat, woraufhin die Stelle zwischen meinen Beinen noch feuchter wird, als sie es bereits von dem Traum war.

Angetrieben von meiner Reaktion, beschleunigt er sein Tempo und stellt sich die enge, feuchte Hitze vor, in die er sich in der erträumten Sauna gerammt hatte. Er denkt an den Geschmack meiner Haut. Wie sich mein Körper an und um seinen herum anfühlte.

Ich atme zitternd aus. Es schwillt so viel Spannung in mir an, dass ich glaube, ich werde explodieren. Ich schiebe meinen Arm unter die Bettdecke und lege meine Finger auf meine Mitte.

Die erste Berührung geht mit einem Schock der Erleichterung und einer berauschenderen Gier einher – und einem Ruck drängender Lust von Corwin, der direkt in meine Mitte schießt. Ich verschließe meine Zähne vor einem Stöhnen und bin dankbar, dass die Diamantwände dieses Palasts so dick sind, dass sie jegliche Laute dämpfen, die mir womöglich entwischen, während ich mit meinem Handballen über die empfindliche Perle reibe, die sich nach Kontakt sehnt.

Oh Gott, es fühlt sich so gut an. Das flammende Verlangen baut sich mit jedem Mal auf, wenn Corwins Hand über seine Härte streichelt. Ich ahme diese Wonne mit dem Rhythmus meiner Finger nach, die ich jetzt in mich stoße.

Es reicht nicht, ich bin nicht annähernd gefüllt, aber ich halte mich so gut, ich kann, an sein Tempo. Meine Hüften bäumen sich auf und mein gesamter Körper strebt dem Höhepunkt entgegen.

Die Ekstase, die zwischen uns fließt, brennt mit jedem elektrischen Ruck, der zwischen uns knistert, heißer und heller. Corwin packt sich selbst fester und ich bewege meine Hand schneller auf meiner Mitte.

Mit einem letzten Aufflammen zersplittern wir gemeinsam in einer schwindelerregenden Explosion aus Empfindungen. Ein Sternschnuppenregen lässt mein Sichtfeld hinter meinen geschlossenen Augen weiß werden und kracht in den Rest von mir, sodass ich knochenlos zurückbleibe.

Ich breche auf der Matratze zusammen, meine Finger sind feucht von meiner Erregung und meine Nerven kribbeln. Mein Gespür für Corwin wird schwächer. Infolge unseres Höhepunktes schwappt Erschöpfung über mich hinweg und ich falle wieder in einen Schlaf, der tief und traumlos ist.

———

Als ich im Licht der Morgensonne aufwache, brauche ich einen Augenblick, um mich daran zu erinnern, warum meine Finger ein wenig klebrig sind. Hitze brennt in meinen Wangen. Ich krabble aus dem Bett und wasche mich so schnell wie möglich am Waschbecken.

Als ich mich anziehe, lassen sich Schuldgefühle in meinem Magen nieder. Ich habe nicht *wirklich* etwas mit Corwin getan. Ich hatte keine Kontrolle über den Traum und danach … ich weiß nicht, ob ich gegen den Sog des Verlangens hätte ankämpfen können, der durch unser Band drang, ganz gleich, wie sehr ich mich angestrengt hätte. Ich habe ihn kein einziges Mal richtig berührt.

Der Akt, den wir miteinander teilten, fühlt sich dennoch

unglaublich intim an. Wir sind weiter gegangen, als ich in unserer Beziehung jemals gehen wollte, solange ich mir nicht sicher bin, ob wir überhaupt eine Beziehung haben werden.

Meine Männer zu Hause würden es mir nicht übelnehmen. Ich weiß, dass sie darauf vorbereitet waren, dass unsere Verbindung so stark sein könnte, dass ich Sex mit Corwin habe – dass ich das Band vollziehe und sie für immer verlassen würde. Sie würden nicht sagen, dass ich sie verraten habe. Doch ich kann die Schuldgefühle nicht abschütteln.

Nachdem ich diese so weit wie möglich von mir geschoben habe, teste ich mein aktuelles Gespür für den Unseelie-Erzlord. Ich bin mir seiner Existenz vage bewusst – ich glaube, er ist noch im Palast – aber es kommt nichts so stark durch, dass ich mir sicher sein kann, wo genau er ist oder was er tut. Ich habe nichts besonders Intensives an seiner Stimmung wahrgenommen, also hat er die ganze Sache vielleicht ohne große Mühe weggesteckt? Er hat womöglich sogar erwartet, dass so etwas passieren würde.

Wird er *besprechen* wollen, was wir getan haben? Noch mehr Hitze flutet mein Gesicht. Ich reibe mit den Händen über meine Wangen und nehme mir viel Zeit, um meinen Stiefel mit der Orthese um meinen krummen Fuß zu schnüren, während ich darauf warte, dass sich meine Emotionen beruhigen.

Als ich in den Gang trete, glaube ich, dass auf meinem Gesicht nichts Merkwürdiges zu sehen ist. Harper erscheint beim Klicken meiner Tür und reagiert nicht auf meinen Gesichtsausdruck. Natürlich sieht sie selbst irgendwie abgelenkt aus.

„Noch ein Tag“, murmelt sie und reibt sich über die Arme, während wir durch den Gang zu dem kleinen Esszimmer gehen. „Ich kann es nicht erwarten ...“ Sie verstummt, als würde ihr bewusst werden, dass ich womöglich nicht die gleichen Gefühle bezüglich unserer bevorstehenden Rückkehr hege, und betrachtet mich aufmerksamer. „Weißt du, was du tun wirst?"

Das ist die große Frage, oder? Ich verziehe das Gesicht und mein Magen verkrampft sich aus einem ganz anderen Grund. „Nein. Es ist so kompliziert. Und es gibt noch immer so viel, was ich nicht weiß." Wie kann ich mich entscheiden, wenn ich nicht einmal weiß, warum die Unseelie das Sommerreich angegriffen haben und ob Corwin diesem Konflikt zustimmt oder nicht? Ich muss ihn davon überzeugen, dass er mir vertrauen kann und sich mir öffnen kann – es muss *etwas* geben, was er mir erzählen kann, ohne seine anderen Loyalitäten zu verraten.

Doch ich kann verstehen, warum er mit dieser Art von Information vorsichtig umgegangen ist. Er weiß, dass *meine* Loyalität nach wie vor größtenteils bei den Seelie liegt. Argh, das alles ist so ein Schlamassel.

„Ich werde das Band definitiv nicht ablehnen", ergänze ich. „Es macht den Anschein, als wäre das ohnehin irgendwie gefährlich. Aber ich bin auch nicht bereit, hierzubleiben, und zu Hause brauchen alle meine Hilfe bei dem Fluch. Ich schätze, ich werde sehen, wie ich empfinde, wenn ich wieder im Sommerreich bin." Vielleicht muss ich einfach noch ein paar Mal hin und her reisen und Corwin so schnell kennenlernen, wie er es mir erlaubt.

Ich mustere Harper. „Es ist allerdings in Ordnung, dass du dich darauf freust, nach Hause zu gehen. Ich denke, wenn ich noch eine Reise hierher unternehme, würde ich mich so wohl fühlen, dass ich allein herkommen kann."

Sie erschaudert, presst den Kiefer jedoch trotzig zusammen. „Nein, ich würde nicht wollen, dass du hier allein unter Raben festsitzt. Ich weiß noch immer nicht, ob dieser Palast sicher ist." Sie zögert. „Ich bin heute Morgen wieder zu diesem Alkoven bei der verschlossenen Tür gegangen. Ich habe keine Geräusche gehört, doch ich sah eine Dienerin mit einem Essenstablett rauskommen. Mit einem richtigen Teller und Kelch und allem – schmutzig, als wären sie benutzt worden. Ein Geist würde *definitiv* keine gewöhnlichen Mahlzeiten essen."

Unbehagen windet sich um meine Lunge. „Nein. Das klingt komisch." Und da war das eine Mal, als ich in der Küche beim Abendessen half – Corwin benahm sich ein wenig seltsam, als ein Bediensteter mit einem Tablett hereinkam. Vielleicht hat er seine Schutzschilde nicht nur hochgezogen, weil er erschrocken war, sondern weil es etwas mit demjenigen zu tun hatte, der die Mahlzeit gegessen hatte. Ich runzle die Stirn. „Ich werde Corwin danach fragen und schauen, ob ich etwas herausfinden kann."

Als wir das Esszimmer betreten, ist der Erzlord bereits dort. Er hält ein paar leere Kelche in den Händen und scheint über deren genaue Anordnung nachzudenken, als wäre es ein kompliziertes Rätsel. Bei unserem Anblick zuckt er kaum merklich zusammen. Vielleicht hat er erwartet, dass ich in meinem Zimmer warte, bis er kommt, um uns hierherzubringen.

Ein flackernder Hitzestrahl schießt von Corwin in mich und ich meine, eine leichte Röte unter der bronzefarbenen Haut seines Gesichts zu entdecken. Dann findet er seine Fassung wieder und ist erneut der kühle, leidenschaftslose Winter-Erzlord, an den ich gewöhnt bin.

Nun, kühl, leidenschaftslos und ein wenig verlegen. Er fummelt kurz an den Kelchen herum, bevor er sie dort abstellt, wo sie vermutlich zuvor schon waren, und scheint nach Worten zu suchen, bevor er ein schlichtes „Guten Morgen" zustande bringt.

Ich bin also definitiv nicht die Einzige, die sich unsicher ist, wo wir nach letzter Nacht stehen. Irgendwie beruhigt mich das ein wenig, auch wenn nach wie vor Nervosität in meinem Bauch rumort. „Guten Morgen.“

Da wirft mir Harper einen nachdenklichen Blick zu, weshalb ich rasch Platz nehme und meinen Blick auf die Platten hefte, die das Küchenpersonal bringt. Corwin setzt sich ebenfalls, wobei seine Haltung steifer ist als üblich. Ich habe noch nicht entschieden, wie ich die Sache mit der verschlossenen Tür ansprechen soll, als eine andere Dienerin in den Raum eilt.

Sie verneigt ihren Kopf tief. „Ich entschuldige mich für die Unterbrechung, mein Lord. Sie wurden unverzüglich zur Halle des Herzens zitiert.“

Corwin atmet hörbar aus und steht auf. „Sag meinen Kollegen, dass ich in Kürze da sein werde.“ Er blickt zu mir. „Ich werde versuchen, die Angelegenheit mit meinen Kollegen so schnell wie möglich zu regeln, aber warte nicht auf mich.“

Werden sie ihn wieder wegen meiner Präsenz in seinem Leben drangsalieren? Als er das Zimmer verlässt, schicke ich ihm Mitgefühl und Beruhigung durch das Band – nur um gegen eine Mauer zwischen uns zu prallen, die so dick ist, dass sich mir kurz der Kopf dreht. Er hat mich wieder blockiert, und das so gründlich, dass ich rein gar nichts von ihm spüren kann.

Was auch immer er denkt, dass die Erzlords dieses Mal mit ihm besprechen wollen, er will nicht, dass ich es höre.

26

*Talia*

Ich esse mein Frühstück mechanisch und schmecke die buttrigen Eier und das krümelige Gebäck kaum. Corwin ließ mich während des letzten Treffens hören, was die anderen Erzlords über mich sagten. Welche Geheimnisse, denkt er, werden sie jetzt enthüllen, dass es so wichtig ist, sie geheim zu halten?

Glaubt er, dass sie über den Krieg mit den Seelie sprechen werden?

Dass ich den Grund für die Angriffe noch immer nicht kenne, nagt an mir. Ich sehe jedoch keine Möglichkeit, Corwin davon zu überzeugen, mir mehr anzuvertrauen, wenn er von seinen Pflichten den anderen Erzlords gegenüber eingeschränkt wird, die offensichtlich keine Fans von mir sind. Ein ruheloser Drang zupft immer stärker an mir, je länger wir dasitzen, ohne dass er zurückkehrt. Dort, wo unsere Verbindung sein sollte, herrscht nichts als Leere.

Es gibt noch eine Sache, wegen der ich zumindest etwas unternehmen kann. Ich fange Harpers Blick auf der anderen Tischseite auf, wo sie gerade ihren nun leeren Kelch abstellt. „Da ich Corwin momentan nicht *fragen* kann, was hinter der verschlossenen Tür ist ... was hältst du davon, wenn wir es uns selbst genauer anschauen?"

In Harpers übergroßen Augen leuchtet ein eifriges und zugleich nervöses Funkeln auf. „In Ordnung."

Jetzt, da sie mehrere Male in diesem Teil des Palasts war, findet sie den Weg zu der Stelle mühelos und bleibt nur einmal stehen, um bei einer Gabelung im Gang zu überlegen. Der Alkoven mit der verschlossenen Tür liegt aktuell leer und schweigend da.

Ich mustere diese Tür, die am tiefsten in den Alkoven gebaut wurde. Indem ich näher trete, presse ich mein Ohr an die schmale Lücke am Türrahmen. Harper wartet schweigend, während ich lausche.

Zuerst ist da nichts außer dem Pochen meines Pulses. Die Sekunden verstreichen. Ich will mich gerade zurückziehen, als ein schwaches Geräusch an meine Ohren dringt. Ein Wimmern und dann ein gequältes Murmeln. Mein Körper versteift sich.

Es ist so gedämpft, dass ich nicht erkennen kann, ob die Stimme keine richtigen Worte sagt oder ob ich sie einfach nicht verstehen kann, doch es besitzt definitiv die Eigenschaften einer Person, von der ich annehme, dass sie noch lebt.

Ich strenge mich an, noch mehr auszumachen. Das Murmeln verklingt. Da ist ein ersticktes Schluchzen und dann ein abgehackter Schrei, der gerade so laut ist, dass ich etwas verstehen kann. „... Herz nimm mich ..."

Mein eigenes Herz macht einen Satz. Ich weiche zurück und starre Harper an. „Dort oben ist definitiv jemand. Bist du dir sicher, dass Geister nicht wie Leute sprechen können?"

Sie nickt und wringt die Hände. „Mein Vater liebt es, alle möglichen Berichte über Geister und derlei Dinge zu sammeln. Er erzählte immer, dass sie sich aus Frust so sehr aufführen, weil sie sich kaum noch daran erinnern können, was sie einst waren, und weil sie nichts von den Dingen tun können, zu denen sie zuvor in der Lage waren. ‚Nur ein Wirrwarr aus Energie, von dessen Existenz man nicht einmal weiß, außer es kracht gegen etwas.‘“

„Nun, wen auch immer ich gerade gehört habe, klang, als wäre er aufgebracht oder verletzt.“ Was zur Hölle geht dort vor sich? Warum sollte Corwin jemanden einsperren – warum sollte er der Frage ausweichen, anstatt mir die Wahrheit zu erzählen, wenn er einen guten Grund hat? Außer das Winterreich verfügt über Geister, die reden *können* … Natürlich würde das nicht den Diener mit dem Essenstablett erklären.

Harper schlingt die Arme um sich. „Was sollen wir tun?“

Corwin schließt mich nach wie vor aus – und ich bin mir ohnehin nicht sicher, ob er mir eine echte Antwort geben würde. Ich kaue auf meiner Unterlippe herum. „Die Dienerin, die du gesehen hast – wie hat sie die Tür verschlossen, nachdem sie rausgekommen war?“

„Sie hatte ein paar Schlüssel an einem Ring. Ich fand es merkwürdig, dass sie physische Schlösser benutzen anstelle von Magie. Aber vielleicht ist derjenige dort oben ein Fae und könnte sich ansonsten mithilfe von Magie befreien.“

Was bedeutet, dass wir nicht mithilfe von Magie hineingelangen können, selbst wenn wir die richtigen Worte wüssten. Ich zögere und ein weiterer leiser Schrei dringt durch die Tür, der so gequält klingt, dass es mir eiskalt über den Rücken läuft.

„Lass uns in die Küche gehen“, sage ich. „Wenn das der Hauptgrund ist, aus dem die Diener da hochgehen, können wir dort vielleicht den Schlüssel finden und selbst nachschauen, was los ist."

Harper sieht noch nervöser aus als zuvor, hastet jedoch neben mir her nach unten. Wir spähen in die Küche.

Es sieht so aus, als hätten Charles und Beth gerade erst unser weniges Frühstücksgeschirr abgespült – falls dieser Raum Augusts Küche ähnelt, hat Corwin veranlasst, dass sie dieses spezielle Fae-Wasser haben, das den Großteil der Putzarbeit für sie übernimmt. Der funkelnde Raum, der nur aus Kristallen und silbernem Metall zu bestehen scheint, wirkt jetzt verlassen.

Wir schleichen uns weiter hinein und scannen die Theken und Wände. Harper beginnt, die Schubladen zu öffnen und verschiedene Geräte sowie Tücher durchzugehen. Ich lasse meinen Blick durch den Raum schweifen und erinnere mich an den Abend, als der Diener mit dem Tablett reinkam. Er stellte ihn am anderen Ende der Theke ab – und griff nach oben in den Schrank dort.

Allerdings zog er eine leere Hand heraus. Wenn er nichts rausgeholt hat … hat er vielleicht etwas hineingetan.

Er ist zu hoch oben, als dass ich ihn ohne Weiteres erreichen könnte. Ich winke Harper zu mir. „Kannst du in diesem Schrank nachsehen?"

Sie öffnet ihn und geht auf die Zehenspitzen, um hineinzuspähen. Ein triumphierendes Lächeln biegt ihre Lippen nach oben. Vorsichtig greift sie hinein und holt einen silbernen Ring mit zwei Schlüsseln heraus, der neben den Kelchen lag. „Gut geraten! Ich bin mir fast sicher, dass dies der Schlüsselring ist, den ich gesehen habe. Ich frage mich, warum sie ihn dort drin aufbewahren?" Ihre Brauen ziehen sich zusammen. „Die Kelche in diesem Regal – sie unterscheiden sich von denen, die wir benutzt haben. Ich glaube, es war einer mit diesem Muster, der auf dem Tablett stand, das die Dienerin rausgebracht hat."

Ich blicke an ihr vorbei auf die Reihen an Kristallkelchen, die ein Muster haben, das wie blühende Blumen aussieht anstatt wie spitze Eiszapfen. Sie sind zwar unterschiedlich verziert, doch gleichermaßen edel. Warum sollte dieser Gefangene seine Getränke in speziellen Kelchen kriegen, die so elegant sind wie die, die der Erzlord benutzt?

Nichts davon macht Sinn.

Ich gebe ihr ein Zeichen, dass wir gehen sollten, bevor uns das Personal erwischt – und bevor ich den Mut verliere. „Komm.“

Wir eilen zurück zum Alkoven, wobei Harper die Schlüssel in ihrer Hand versteckt. Als wir an einem Bediensteten vorbeigehen, der gerade einen Putzzauber über dem Boden murmelt, spannt sie sich an, doch der Mann widmet uns keinen zweiten Blick.

Der Alkoven ist nach wie vor verlassen. Wer auch immer dort oben ist, ist wieder verstummt. Harper und ich wechseln einen Blick, ihr Mund ist zu einem blassen Strich zusammengepresst. „Was, wenn die Person dort oben gefährlich ist?“, fragt sie. „Der Erzlord hat womöglich einen guten Grund dafür, sie einzusperren.“

Diese Sorge ist mir bereits durch den Kopf gegangen. Ich gebe ihr die gleiche Antwort, die ich für mich gefunden habe. „Derjenige befindet sich nicht direkt auf der anderen Seite. Wir können ihn kaum hören. Er muss weiter weg sein in einem anderen Zimmer oder irgendwo ein ganzes Stück entfernt. Deswegen gibt es zwei Schlüssel, oder? Wir müssen nicht zu nahe rangehen.“ Und falls Corwin einen *wirklich* guten Grund hatte, hätte er mir von Anfang an die Wahrheit erzählt.

Harper nickt und mehr Wagemut kehrt auf ihr Gesicht zurück. Während sie einen Schlüssel in das Schloss steckt, beobachte ich den Gang und achte darauf, ob jemand in diese Richtung kommt. Der erste Schlüssel passt nicht, der zweite gleitet jedoch hinein und dreht sich mit einem leisen Klicken.

Gespannte Erwartung kribbelt über meine Haut. Harper atmet scharf ein und gibt ein leises Geräusch von sich, als würde sie einen Zauber vorbereiten, um uns zu verteidigen. Ich lächle sie an, ein wenig verängstigt, allerdings plötzlich so unfassbar dankbar, dass sie hier bei mir ist und ich mich den möglichen Schrecken des Unseelie-Reichs nicht allein stellen muss.

Sie stößt die Tür auf. Auf der anderen Seite windet sich eine Wendeltreppe empor und außer Sichtweite. Nur ein schwacher Sonnenstrahl durchdringt die dicken Diamantmauern.

Wir schließen die Tür sachte hinter uns, damit sie keine Aufmerksamkeit auf sich zieht, und schleichen die Treppe hoch. Wir haben es zu der Etage mit dem ersten Fenster geschafft, als ein leises Stöhnen zu uns herabhallt, das jetzt so viel lauter ist, da wir hinter der Tür sind.

„Die Tür muss mit einem Zauber zur Schalldämpfung belegt sein, damit die schlimmsten Laute geschluckt werden", flüstert Harper. Sie zögert und geht dann weiter.

Ich halte neben ihr Schritt und erschaudere innerlich wegen des rasselnden Seufzens, das uns als Nächstes erreicht. Eine traurige Stimme – definitiv weiblich, das kann ich jetzt hören – wogt die Treppe herab. „Oh, mein Herz, mein Herz." Dann folgt eine Reihe Silben, die ich nicht kenne, vielleicht sind es wahre Namen.

Wir laufen weiter, bis es sich anfühlt, als hätten wir mindestens drei Stockwerke erklommen. Dies muss einer der Türme des Palasts sein – einer, von dem mir nicht einmal bewusst war, dass er über Zimmer verfügt.

Mein krummer Fuß beginnt, zu ziepen. Ich bleibe kurz stehen, um ihm eine Pause zu gönnen, und Harper späht um die nächste Biegung.

„Ich sehe die zweite Tür", wispert sie. „Was machen wir jetzt?"

Ich treibe mich dazu, mit ihr zu einem kleinen Treppenabsatz zu gehen, der mehrere Stufen über uns ist. Er ist kaum groß genug, dass wir problemlos nebeneinander stehen können. Eine einzelne, solide Tür befindet sich vor uns. Ein stotternder Laut und ein Knall dringen hindurch.

Corwins Gefangene befindet sich auf der anderen Seite.

Wir haben viel riskiert, indem wir hier hochgegangen sind. Ich bin nicht so leichtsinnig, diese Tür aufzustoßen und mich dem zu stellen, was dahinter lauert.

Ich atme langsam ein und spreche mit so lauter Stimme, dass sie durch die Tür dringt: „Hallo? Ist jemand da drin? Brauchst du Hilfe?"

Jemandem stockt der Atem und dann herrscht kurz Stille. Anschließend erklingt ein scharrendes Geräusch, das beinahe animalisch ist wie Krallen, die über Stein kratzen. Die Stimme, die daraufhin folgt, ist jedoch unverkennbar die einer Person. „Oh, bitte. Oh, bitte. Ich kann es nicht mehr ertragen. Ich muss raus. Ich muss ihm folgen."

Wem folgen? Corwin? Mein Herz zieht sich wegen der Qualen in ihren Worten zusammen. „Wir werden alles in unserer Macht Stehende tun. Wer bist du? Wie bist du …"

Die Gefangene unterbricht mich und wird mit jeder Sekunde panischer. „Bitte! Es ist so lange her, so lange, dass ich … Oh, es ist so falsch." Ihre Stimme hebt sich zu einem Wehklagen. „Ich kann es nicht ertragen … Du musst mich gehen lassen! Jetzt!"

Am Ende dieser gebrochenen Tirade klingelt mir das Trommelfell. Fäuste hämmern gegen die Tür, gefolgt von dem Kratzen von Fingernägeln und ihre Stimme wird noch höher, bevor sie zu einem schrillen Schrei wird. Ich taumele gegen die Wand, mein Herz macht einen Satz – und Schritte trampeln unter uns die Treppe herauf.

Ich wirble in dem Moment herum, als Corwin um die letzte Ecke biegt. Er starrt mich an. Seine bronzefarbene Haut ist grau, seine Augen sind weit aufgerissen und er sieht noch viel verstimmter aus als heute Morgen beim Frühstück. „Talia", spricht er mit angespannter Stimme. „Du ..." Er scheint nicht zu wissen, was er sonst noch sagen soll.

„Was ist hier los?", will ich wissen, als der Schrei in einem Schluchzen verklingt. „Wer *ist* das? Was hast du mit ihr gemacht?"

Ein Beben durchläuft meinen Körper wegen des Wissens, dass weder Harper noch ich annähernd genügend Macht besitzen, um gegen ihn zu kämpfen, sollte Corwin vertuschen wollen, was wir entdeckt haben. Er schwor, uns nicht zu verletzen, doch wer weiß, ob er nicht irgendeine teuflische Methode kennt, diesen Schwur zu umgehen. Harper tritt trotzdem neben mich, sodass sich unsere Schultern berühren, und reckt aufsässig das Kinn.

Der Unseelie-Erzlord steht da und sein hübsches Gesicht wirkt mit jeder verstreichenden Sekunde gequälter. Er schließt die Augen und scheint sich zu sammeln. „Ich schätze, du hättest es ohnehin irgendwann erfahren. Ich werde sie dir vorstellen."

Er geht um uns herum zur Tür und zieht einen Schlüssel aus seiner Tasche. Als er einige Worte spricht, in denen mächtige Magie summt, verstummt das Schluchzen auf der anderen Seite. Es ertönt ein Seufzen, das eher resigniert als gequält klingt.

„Ich beruhige sie, so viel ich kann, doch die Wirkung hält nie lange an, ganz gleich, was ich versuche", erklärt Corwin offensichtlich reumütig. „Sie sollte zumindest einige Minuten gebändigt sein." Er schließt die Tür auf und bedeutet uns, vor ihm in den Raum zu treten.

Ich betrete einen kleinen, runden Raum, in dem – größtenteils leere – Bücherregale stehen sowie ein Tisch, ein

Stuhl und mehrere kleine Objekte, die verstreut herumliegen, einschließlich einige der Bücher, die einst in den Regalen gewesen sein mussten. Auf der gegenüberliegenden Seite zeigt eine zweite Tür noch mehr Treppen, die zu anderen Zimmern weiter oben führen.

Der Stuhl liegt auf der Seite. Auf dem Boden daneben kauert eine ausgemergelte Frau, die ihren beinahe skelettartigen Arm auf die hölzerne Rückenlehne gelegt hat.

Ihre schwarzen Haare, die von grauen Strähnen durchzogen sind, hängen beinahe bis zu ihrer Taille und sind wild um ihre Schultern und ihren Rücken zerzaust. Dunkle Augen brennen sich aus einem verkniffenen braunen Gesicht heraus in uns. Ihr gebeugter Körper zittert beim Atmen. Ihre Finger krümmen sich dort, wo sie ihre Hände auf den Boden gestützt hat. Ein zerschlissenes Kleid hängt von ihrer abgemagerten Figur – der Stoff sieht relativ sauber aus, ist jedoch entlang der Nähte gerissen.

Corwin schließt die Tür und stellt sich neben mich. Er spricht in einem bedächtigen und sanften Tonfall. „Hallo, Mutter. Talia und Harper sind hergekommen, um dich kennenzulernen.“

*Mutter?* Mein Blick zuckt zu ihm und ein bestätigender Schmerz gleitet durch unser Band, das er ein Stück weit geöffnet hat.

Die Frau schaut uns nur böse an. Dann presst sie ihre Hände mit einem leisen Schniefen an ihr Gesicht. Sie schüttelt den Kopf, als würde sie uns ablehnen, den Raum im Allgemeinen, vielleicht sogar die ganze Welt.

„Es ist alles in Ordnung“, versichert ihr Corwin mit der gleichen ruhigen Stimme, doch ich kann die Traurigkeit darin hören. „Es war schön, dich zu sehen.“

Ich halte den Mund, bis er uns nach draußen geführt und die Tür wieder verschlossen hat. Meine Fragen kommen zaghafter heraus als bei der ersten Runde. „Was ist ihr zugestoßen? Warum sperrst du sie so ein?"

Corwin streckt seine Hand vor Harper aus, die ihm mit schuldbewusst verzogenem Mund die Schlüssel aus der Küche überreicht. Er betrachtet den Schlüsselring, dann mich, als er antwortet: „Mein Vater – der Erzlord vor mir – starb ziemlich plötzlich in der Blüte seiner Jahre vor fünf Jahrzehnten. Der Tod eines seelenverbundenen Gefährten ist immer schwer für den überlebenden Partner, doch meine Mutter wurde besonders ... von Trauer überwältigt. Zuerst weigerte sie sich einfach nur, ihr Zimmer zu verlassen, und versank tief in ihrer Trauer, doch nach einiger Zeit wurde sie besessen von der Idee, sich ihm im Tod anzuschließen."

Harper zuckt zusammen. Ich verstehe die Enormität seiner Aussage nicht, bis er es mir erklärt. „Fae sterben unter normalen Umständen nicht so einfach, nicht einmal wenn sie es sich wünschen. Es ist beinahe unmöglich, sich über unsere inneren Instinkte, unser Leben zu schützen, hinwegzusetzen. Sie unternahm einige Versuche, die ihren Zweck verfehlten, ihr nur große Schmerzen verursachten und die Schwarmmitglieder verstörten, die sie dabei beobachtet hatten. Wenn sie frei umherlaufen darf, versucht sie fortwährend, sich zu verletzen. Ich sperre sie hier nur mit den Objekten ein, die sich als sicher herausgestellt haben oder dahingehend verzaubert wurden. Außerdem gebe ich mein Bestes, ihre Qualen zu lindern."

Der Schmerz, der von ihm in mich hallt, spricht davon, wie sehr er das Gefühl hat, er hätte diesbezüglich versagt. Meine Kehle schnürt sich zu. Ich verspüre den Impuls, ihn zu umarmen, wie ich es neulich nach seinem vorhergehenden Treffen mit den Erzlords getan habe. Er ist jedoch so angespannt, dass ich nicht weiß, ob er die Geste zu schätzen wüsste. Der Großteil seiner Emotionen ist noch gedämpft.

„Es tut mir leid", sagt Harper leise. Ich weiß nicht, ob sie sich dafür entschuldigt, dass sie die Schlüssel gestohlen hat, oder dafür, was seiner Mutter zugestoßen ist, oder möglicherweise für beides.

„Wir haben sie wieder gehört ... Harper sah jemanden ein Essenstablett nach unten bringen ... es schien offensichtlich zu sein, dass es kein Geist ist." Ich halte inne. Muss ich wirklich fragen, warum er das Thema gemieden hat? Es ist eindeutig schmerzhaft für ihn, darüber zu sprechen. Aber trotzdem ...

„Du bist hierhergekommen, um zu verstehen, was es bedeuten würde, meine Gefährtin zu sein", sagt Corwin ohne eine Spur von Wut. „Vielleicht hätte ich von Anfang an offener sein sollen. Es ist nur ..." Er bleibt abrupt stehen und Emotionen flammen in ihm auf, wegen denen er sich eigenartigerweise frustriert und beschämt fühlt aus Gründen, die ich nicht begreife. Seine Mauer kracht wieder an Ort und Stelle und blockiert auch diese Gefühle. „Nun, du weißt es jetzt. Überlassen wir sie dem bisschen Frieden, den sie finden kann."

Wir steigen ohne ein weiteres Wort die Wendeltreppe hinab. Als wir in den Gang treten, bleibt Corwin stehen, um die zweite Tür hinter sich abzuschließen. Ich trete von einem Fuß auf den anderen. „Wirst du dein Frühstück beenden?"

„Es wurde in mein Büro gebracht. Ich muss dort einige Dinge durchsehen." Er nickt mir höflich, jedoch distanziert zu – es ist eine Distanz, die sich erzwungen anfühlt nach der Nähe, die wir absichtlich und anderweitig miteinander geteilt haben.

Die Bewegung fühlt sich an, als würde er mich entlassen, was mir nicht gefällt, nicht nach dem, was wir gerade gesehen haben. Als er davongeht, sträuben sich meine Beine kurz. Ich blicke zu Harper. Sie runzelt die Stirn, bedeutet mir jedoch, ihm zu folgen.

Ich eile Corwin so schnell, wie es mein Humpeln erlaubt,

hinterher und ich glaube, er wird gerade so langsam, dass er mich nicht abschüttelt. Er nimmt mich allerdings nicht zur Kenntnis, bis er sein Büro erreicht. Mit einer Hand am Türrahmen blickt er zu mir.

Als ich ihm das erste Mal begegnete, hätte ich die undurchdringliche Maske, die er jetzt aufgesetzt hat, und die unnachgiebige Anspannung in seinen Schultern als kalte Gleichgültigkeit aufgefasst. Jetzt, sogar ohne den Vorteil unserer Verbindung, kann ich sehen, wie viel Mühe es ihn kostet, diese Fassade zu wahren. Wie sehr es eine Fassade ist.

Zieht er diese Mauern hoch, weil er dem Rest von uns nicht zeigen will, was in seinem Inneren vor sich geht, oder weil sich nicht einmal *er* damit befassen will?

„Ja?", fragt er. Es ist eine einzelne Silbe, in der so viele unterdrückte Emotionen liegen. Ich kann nicht sagen, ob es ihm lieber wäre, wenn ich gehe oder ihn weiter bedränge. Diese Entscheidung liegt allerdings nicht nur bei ihm.

Meine Hände zucken wegen des Drangs, zu zappeln. Ich stecke sie mir unter die Ellenbogen. „Was du mir gerade erzählt hast – es ist offensichtlich eine große Sache. Du hast beinahe mehr darüber erzählt. Ich weiß nicht warum – du hättest mir mehr von der Wahrheit verraten können, als ich dich zuvor danach fragte. Dass sie krank ist oder so etwas. Falls es noch etwas gibt ... ich *will* verstehen, was es bedeutet, deine Gefährtin zu sein. Aber ich kann das nicht tun, wenn du mich aus Dingen ausschließt, die dir so wichtig sind."

Corwins Schultern sacken ganz leicht herab. Er öffnet die Tür und wartet darauf, dass ich an ihm vorbei hineinlaufe.

Sein Büro ist aus den gleichen funkelnden Diamantsteinen geformt wie der restliche Palast, die Möbel hier drin bestehen jedoch aus hellem Holz anstatt aus Marmor, so wie der Stuhl im Zimmer seiner Mutter. Alles auf dem glatten Schreibtisch und in den Regalen, die in die Wände gehauen wurden, ist picobello und hat eindeutig seine Ordnung. Sogar das Frühstückstablett wurde mit Präzision abgestellt. Ich bezweifle, dass es in diesem Zimmer eine Sache gibt, die Corwin nicht sofort finden könnte, sollte er sie brauchen.

Anstatt sich hinter seinen Schreibtisch zu setzen, sinkt der Unseelie-Erzlord auf einen der dünn gepolsterten Sessel, die im Kreis um einen niedrigen Tisch herum auf der anderen Zimmerseite stehen. Vielleicht hält er hier manchmal Meetings mit seinem Zirkel ab. Ich folge ihm und lasse mich auf einem der anderen Sessel nieder.

Er betrachtet die Regale auf eine losgelöste Art und Weise, doch zugleich öffnet er sein Ende unseres Bandes. Er öffnet es nicht vollständig – nur so weit, dass ein Strom verworrener Trauer und Scham über mich wäscht. Seine Hände zucken auf den Armlehnen.

„Du hast recht. Es gab keinen Grund, das vor dir geheim zu halten. Es hat keine Bedeutung für politische Angelegenheiten und stellt keinerlei Bedrohung für meinen Schwarm oder den Rest meiner Leute dar." Er seufzt und richtet seinen Blick auf mich. „Es war egoistisch. Ich wollte nicht, dass du schlechter von mir denkst."

Ich blinzle ihn an. „Warum sollte ich schlechter von dir denken wegen etwas Schrecklichem, was deine Mutter durchmacht? Es ist nicht deine Schuld. Es muss auch für dich furchtbar sein." Seinen Vater so plötzlich zu verlieren, die Erzlord-Position früher, als er jemals erwartet hätte, übernehmen zu müssen, und gleichzeitig zu versuchen, seiner Mutter zu helfen oder sie zumindest daran zu hindern, sich selbst zu schaden …

Mitgefühl wallt in mir auf und ich übermittle es ihm so gut wie möglich durch die Verbindung zwischen uns.

Corwins Mund verzieht sich. „Ich schätze, es ergibt Sinn, dass du es so siehst. Ich bin mehr daran gewöhnt ... Die anderen Unseelie, insbesondere meine Kollegen, betrachten den Zustand, in den meine Mutter verfallen ist, als einen Makel in ihrem Wesen. Einen recht gravierenden. Und sie machen sich besonders große Sorgen darum, dass dieser Makel an mich weitergegeben wurde.“

Erinnerungen, die nicht meine sind, flackern in meinem Kopf auf: die Gesichter, die ich in seiner Halle des Herzens um den Tisch herum sah, kalt vor Verachtung; Satzfetzen in spöttischen Stimmen. *Übersentimental. Emotionen außer Kontrolle. Instabil. Wie können wir darauf vertrauen ...?*

„Sie hat ihren Gefährten verloren“, protestiere ich und rege mich wegen der Erinnerungen an diese hochmütigen Fae auf. „Ist es nicht normal, dass sie danach zu kämpfen hat?“

„Es ist immer schmerzhaft und es gibt immer einen Trauerprozess, doch wir aus dem Winterreich rühmen uns mit unserer Selbstbeherrschung.“ Corwin fährt mit einer Hand über sein Gesicht und zerzaust die glänzenden Locken entlang seiner Stirn. „Vollkommen unfähig zu sein, zu funktionieren, vor allem, wenn man andere Pflichten zu erledigen hat – an einen Punkt zu gelangen, sich zu wünschen, man könne sich vor der eigenen Zeit ins Herz stürzen ... Ich weiß nicht, ob das unter den Seelie üblicher ist, doch hier ist es ziemlich ungewöhnlich. So ungewöhnlich, dass es eine Menge Bemerkungen nach sich gezogen hat.“

„Aber es besteht kein Grund für sie, anzunehmen, dass es irgendetwas mit *dir* zu tun hat.“

Er zuckt mit den Achseln. „Ich war ziemlich jung, als die Pflichten meines Vaters an mich weitergegeben wurden, und ich konnte nicht zulassen, dass wir auch unsere Ländereien verloren. Ich traf einige meiner ersten Entscheidungen übereilt, setzte mein Vertrauen in die Falschen … und ließ mindestens einmal zu, dass mein Temperament mit mir durchging." Seine Sprechpause spricht von weiterem Schmerz. „Wenn du und ich unser Band vollziehen, werde ich dir eines Tages mehr darüber erzählen. Es genügt zu sagen, dass meine Kollegen genug Ausreden fanden, meine Eignung für die Position anzuzweifeln. Ich habe Glück, dass ich relativ schnell Fuß gefasst habe und so eine offene Herausforderung vermeiden konnte."

So viele Dinge, die er nicht offen ausgesprochen hat, hängen schwer in der Luft, aber ich kann genug der Stücke zusammensetzen, um das ganze Bild des Fae-Mannes vor mir zu sehen, so klar, wie ich es noch nie getan habe. Ich wusste bereits, dass er nicht annähernd so kühl und emotionslos ist, wie er sich gerne präsentiert. In dem Traum letzte Nacht zeigte er eine Leidenschaft, die es mit der jeder meiner Liebhaber zu Hause aufnehmen könnte.

Ich dachte, er würde sich zurückhalten und mich auf Distanz halten, weil er mir noch nicht vertraute, doch es ist so viel mehr als das, oder? Er scheint nicht einmal sich *selbst* zu vertrauen.

Er glaubt nicht, dass er überhaupt Gefühle haben sollte. Er *schämt* sich dafür, dass er so viel empfindet, wie er es tut. Sein Vater starb vor fünfzig Jahren … Wie lange hat sich Corwin antrainiert, jedes Gefühl zu unterdrücken, das über mildes Interesse oder Verärgerung hinausgeht?

Wie schwer ist es für ihn gewesen, sich auf mein Drängen hin so weit zu öffnen, wie er es getan hat?

Eine schärfere Wertschätzung für die zärtlichen Worte, die er mir anbieten konnte, für die Ankündigung, die er um meinetwillen gemacht hat, sogar diese Umarmung neulich, der er zuerst widerstand, bevor er sie erwiderte, schwappt durch mich hindurch. Ich bedeute ihm so viel, dass er das Risiko eingeht, dass seine Erzlord-Kollegen schlecht von ihm denken – dass er schlecht von sich denkt – um sich meine Hingabe zu verdienen.

Ich stehe auf und überwinde die kurze Distanz zu seinem Sessel. Corwin beobachtet mich argwöhnisch, jedoch mit einem Hauch von Freude, wie ich anhand der Reaktionen spüre, die durch das Band sickern. Ich erlaube mir nicht, zu zögern, als ich meine Hand ausstrecke, um mit den Fingern über seine hohen Wangenknochen zu streichen.

Empfindungen zucken zwischen uns hin und her, doch dieses Mal bin ich besser darauf vorbereitet. Ich *will*, dass er spürt, wie ernst ich das hier meine.

„Ich denke, es muss unglaubliche Kraft gekostet haben, deinen Schwarm so gut zusammenzuhalten, wie du es getan hast angesichts all der Umstände. Jeder, der sich darüber beschwert, dass du nicht absolut perfekt warst, ist ein voreingenommener Idiot. Falls ich das Band nicht akzeptiere, hat das nichts damit zu tun, dass ich von dir erwarte, gleichgültig zu sein. Falls ich es akzeptiere, wird es daran liegen, dass du dir erlaubt hast, bei mir mehr als Diamant und Eis zu sein."

Corwins Lippen biegen sich zu einem schwachen Lächeln. Etwas, was inmitten all seiner anderen Emotionen straff gespannt war, löst sich bei meinen Worten auf. Er nimmt meine Hand und drückt einen sanften Kuss auf die Innenseite meines Handgelenks. Irgendwie kribbelt diese kleine Geste der Zuneigung doppelt so heiß durch mich hindurch wie alles, was wir gestern Nacht in unserem gemeinsamen Traum getan haben.

„Das machst du mir allmählich begreiflich", erwidert er mit leiser Stimme. Er dreht meine Hand um, um sie erneut zu küssen, dieses Mal auf die Knöchel, und lässt meine Finger los. Und da kommt mir der Gedanke, dass das, was ich gerade gesagt habe – was *er* gerade gesagt hat – womöglich genau der Grund ist, aus dem es dem Rest der Unseelie-Erzlords lieber wäre, wenn sie mich nie wieder in ihrem Reich sehen würden, als wenn ich mich mit diesem Mann vereinen würde.

ich gerade gesagt habe – was *er* gerade gesagt hat – womöglich genau der Grund ist, aus dem es dem Rest der Unseelie-Erzlords lieber wäre, wenn sie mich nie wieder in ihrem Reich sehen würden, als wenn ich mich mit diesem Mann vereinen würde.

27

*Talia*

Ich habe nur wenig ins Winterreich mitgenommen und es sollte jetzt alles mit mir zurückkommen. Am Morgen meiner Rückkehr ins Sommerreich stelle ich jedoch fest, dass ich den Inhalt des Koffers durchgehe und mich nicht entscheiden kann, was ich anziehen soll. Ich habe meine Kleider vorerst liegen gelassen, um mich zu waschen, mir vor dem Spiegel die Haare zu raufen und schließlich mehrere Male ziellos durch den Raum zu tigern, als es an der Tür klopft. Ich spüre, dass es Corwin ist, bevor er spricht.

„Talia, ich … ich habe etwas für dich.“

Die Worte gehen mit einem Anflug von Hoffnung und Nervosität einher. Ich schaue an mir hinab und beschließe, dass es keine Rolle spielt, dass ich nur mein Nachthemd trage. Er hat mich ohnehin schon darin gesehen.

Er hat mich in viel weniger gesehen, wenn wir Träume zählen.

Gefolgt von dem Begehren aus dieser Erinnerung öffne ich die Tür. Corwin steht etwas steif auf der anderen Seite, aber mein Gedankengang hat ein leichtes Glühen in seinen burgunder-braunen Augen hervorgerufen. Ich widerstehe dem Drang, meine innere Mauer zu stärken, damit er das Kribbeln der Anziehungskraft nicht spürt, das mich durchfährt.

Ich werde nur noch wenige Stunden mit ihm zusammen sein. Das Mindeste, das ich tun kann, ist, für diese Zeit zumindest teilweise empfänglich für unser Band zu bleiben.

Weil er Corwin ist, spricht er keine unserer Reaktionen an. Sein Blick wandert von meinem Gesicht zu meiner Schulter und seine Stirn runzelt sich vor Sorge. „Du wurdest verwundet."

Meine Kleider haben bisher die Narben von Aeriks Maul verborgen. Und neulich nachts war es so dunkel und er in den Nachwehen seines Albtraums gefangen, dass er sie anscheinend nicht bemerkt hat. Ich frage mich, ob sie in dem anderen Traum überhaupt sichtbar waren – in diesem Traum waren wir beide schwer mit anderen Emotionen beschäftigt.

Ich streichle mit den Fingern über die harten Wülste dunklerer Haut. „Vor langer Zeit. Als die Fae, die mich gefangen nahmen, meine Familie angriffen. Es tut nicht mehr weh. Es ist nur … nicht hübsch."

Fassungslosigkeit blitzt auf Corwins Gesicht auf. „Es gibt *nichts,* was dich daran hindern könnte, absolut reizend zu sein", erwidert er und blickt mir wieder in die Augen. Wut tröpfelt durch das Band. „Wenn ich eine Gelegenheit erhalte, tiefer ins Sommerreich zu dringen, werde ich dem Monster, das dir diese Schmerzen bereitet hat, diese mit Vergnügen hundertfach vergelten."

Mein Mund zuckt und seine Heftigkeit lindert den Schmerz, der von dieser Erinnerung noch vorhanden ist. „Ich kenne mindestens drei Seelie, die sich dir gerne anschließen würden.“

„Ja. Nun.“ Er blickt auf das gefaltete Stoffbündel hinab, das er in den Händen hält, wirkt plötzlich verlegen und reicht es mir. „Das hier ist nicht so aufwendig wie die Arbeit, die deine Freundin macht, aber ich ließ den Schneider, der den Großteil meiner Kleider herstellt, etwas für dich nähen. Falls du gewillt bist, es anzuziehen. Ich wollte dir etwas aus dem Winterreich geben, was du mitnehmen kannst.“

Ich erkenne, wie viel ihm meine Reaktion bedeutet. Ich nehme das Bündel entgegen, dessen Tuch sich daunenweich in meinen Händen anfühlt. „Dankeschön“, bedanke ich mich. „Ich werde es jetzt gleich anziehen.“

Er schenkt mir ein winziges Lächeln. „Ich freue mich darauf, dich darin zu sehen.“

Bevor ich es mir anders überlegen kann, purzelt ein Angebot über meine Lippen. „Warte hier. Du kannst die erste Person sein, der ich es zeige.“

Ich schließe die Tür – denn ich bin noch nicht an dem Punkt angelangt, an dem ich mein Nachthemd vor ihm *ausziehe*, ganz gleich, welche Ideen in meine Träume gelangen – und ziehe mich rasch um. Das Kleid, das Corwin mir gegeben hat, gleitet mit einer angenehmen Wärme über meinen schmalen Körper, die den Wunsch in mir weckt, mich zusammenzurollen und damit zu kuscheln. Dennoch schafft das Kleid es, geschmeidig und elegant zu sein. Als ich es betrachte und mich auf den Füßen vor dem Ganzkörperspiegel drehe, bildet sich ein bittersüßer Schmerz in meiner Brust.

Das Kleid wurde in dem Unseelie-Stil geschneidert, den ich verschiedene Schwarmmitglieder tragen sehen habe: strukturierter als die typischen fließenden Seelie-Kleider mit getrennten Stoffbahnen um die Taille und am Mieder. Der schmalere Rock schmiegt sich fast bis zu den Knien an meine Schenkel und dann weitet er sich.

Corwin hat das Kleid allerdings in einer Farbe in Auftrag gegeben, die ich noch keinen der Winter-Fae habe tragen sehen. Sie greifen alle zu gedämpften Grautönen, egal ob hell oder dunkel. Mein Kleid leuchtet in einem kräftigen Grün, das beinahe die gleiche Schattierung wie meine Augen hat.

Er hat mir ein Winterkleid in Sommerfarben geschenkt. Es ist das Gegenstück des luftigen, schneeweißen Kleides, in dem ich angekommen bin, um mich mit ihm zu treffen.

Ein kleiner Teil der Spannung, die sich in meinem Magen verkrampft hat, lockert sich. Vielleicht ... vielleicht wird doch alles gut werden.

Ungewisse Erwartung dringt von dem Mann, der draußen wartet, zu mir. Ich öffne erneut die Tür und trete zurück, um ihn hereinzulassen, weil ich mir nicht sicher bin, ob ich eine Modenschau im Gang aufführen möchte, wo das Personal vorbeikommen könnte.

Corwin betritt das Zimmer zögernd. Seine Unsicherheit verschwindet mit einem Aufbranden von Bewunderung, die durch mich hindurch wogt und in seinen Augen funkelt. Er lässt allerdings nicht zu, dass sie sich auf seinem restlichen Gesicht abzeichnet. „Es passt dir gut.“

„Das tut es. Ich mag auch, wie es sich anfühlt.“ Ich streiche mit den Händen über den Rock und schaue zu ihm auf. „Es ist perfekt. Dankeschön.“

Daraufhin lässt er zu, dass sein Lächeln breiter wird, und Erleichterung schwappt durch ihn hindurch, die von Traurigkeit gefärbt ist.

Weil ich gehe und er nicht weiß, wann ich zurückkommen werde – *ob* ich überhaupt zurückkommen werde.

Doch falls ich diesbezüglich noch irgendwelche Zweifel hegte, so hat sie dieses Geschenk vertrieben. Ich weiß nicht, wie wir mit diesem verworrenen Wirrwarr aus vernetzten Leben und Liebe umgehen werden, ich bin allerdings noch nicht gewillt, irgendeinen Teil dieses Wirrwarrs aufzugeben.

Ich lege meine Hand auf seine Brust, sein gepolstertes Wams ist so weich wie mein Kleid, und halte seinen Blick. „Ich muss zu ihnen gehen. Sie brauchen mich und ... und ich liebe sie zu sehr, um sie gehen zu lassen. Aber ich werde zurückkommen. Wir werden einen Kompromiss finden, wie ich hin und her reisen kann, bis wir uns auf eine dauerhaftere Lösung einigen können.“

Sein Kummer weicht nicht, doch ein Leuchten der Freude wärmt trotzdem unser Band. „Ich hoffe, deine Seelie-Männer werden so großzügig wie du sein.“

Ich gebe einen abweisenden Laut von mir. „Es wird meine Entscheidung sein. Sie kontrollieren mich nicht.“ Wenn es eine Sache gibt, die ich mit Sicherheit weiß, dann ist das, dass mich Sylas nie wieder in irgendeiner Weise einsperren wird.

Dieser Gedanke ruft andere Sorgen hervor, die ich nicht komplett ignorieren kann, auch wenn ich das gerne tun würde. Ich halte inne und zwinge mich, zu sagen: „Du weißt, wie ich für sie empfinde. Wie nahe ich ihnen stehe. Ich ... ich werde weiterhin mit ihnen *zusammen* sein, solange ich es kann. Ich werde das Band so viel wie möglich blockieren, damit du nicht ...“

Corwin berührt mich am Arm und bedeutet mir so, zu schweigen. Sein Kiefer spannt sich kurz an, ich spüre jedoch nichts Schlimmeres als ein Beben des Unbehagens.

„Verschließe dich vor mir, wenn *du* das Gefühl hast, du müsstest es tun“, sagt er leise. „Ich kann verstehen, dass es womöglich Momente geben wird, die ihr lieber zwischen euch behalten möchtet. Um meinetwillen musst du allerdings nichts verbergen. Tu das nur, wenn du dich wohler damit fühlst. Sie sind Teil deines Lebens und ich möchte so viel von deinem Leben erfahren, wie du mir erlaubst. Ich werde nicht wissen, wie viele Kompromisse ich eingehen kann, wenn ich so tue, als würde die Wahrheit unserer Situation nicht existieren.“

Mir vorzustellen, dass er sich einiger der besonders intimen Momente bewusst ist, die ich in der Vergangenheit mit meinen Liebhabern geteilt habe, treibt mir die Röte in die Wangen – und sorgt dafür, dass sich mein Magen schuldbewusst verkrampft. „Bist du dir sicher? Dass ich sie in meinem Leben haben will, bedeutet nicht, dass ich *dir* wehtun möchte.“

„Ich kann mich um meine eigenen Reaktionen kümmern. Wenn es mich in dem Moment zu sehr stört, werde ich auf meiner Seite zurücktreten.“ Sein Daumen streichelt meine Haut zärtlich durch den Stoff des Kleides hindurch. „Ich mache dir keinen Vorwurf daraus, dass du Schwierigkeiten hast, dich zu entscheiden. Allerdings möchte ich, dass du weißt, dass ich dir vollkommen ergeben bin und akzeptiere, was damit einhergeht, dich als Gefährtin zu haben.“

Die Entschlossenheit in seiner Stimme sorgt dafür, dass sich mir die Kehle zuschnürt. Ich lasse mich von meinem Instinkt auf die Zehenspitzen heben und meine Hand über seine Brust wandern, um seinen Hals zu packen.

Corwin bückt sich, um meinem Kuss entgegenzukommen, und Emotionen purer Freude schwellen in ihm an. Als unsere Münder miteinander verschmelzen, fließt diese Freude durch mich hindurch und bringt jeden Nerv zum Summen.

Es ist nicht fair, dass ich so tief mit einem Mann verbunden bin, der so weit weg von den anderen ist, die ich liebe. Bloß diese kurze Umarmung löst ein Zupfen der Sehnsucht aus, uns vollständig zu vereinen, wie es das Band verlangt, und ein Hitzefunken schießt in meinen Unterleib.

Ich weiche zurück, bevor dieser Funke heißer brennen kann, senke den Kopf, schließe die Augen und zwinge das Knistern des Verlangens zurück. Des *Begehrens*. Abgesehen von jenem Traum haben wir nichts miteinander getan. Dieser hat meinen Körper und meine Seele jedoch auf die vielen Dinge aufmerksam gemacht, die wir miteinander tun könnten.

Corwin zügelt seine Lust. Als er wieder spricht, ist seine Stimme leise und rau. „Weißt du … ich habe den Traum in keiner Weise gelenkt … ich fand mich so unerwartet darin wieder, wie es dir vermutlich auch ergangen ist. Das Band zieht uns automatisch zusammen. Ich hätte nicht versucht, dich zu irgendetwas zu zwingen, zu dem du nicht bereit warst."

„Ich weiß." Doch plötzlich fällt es mir sehr schwer, an etwas anderes zu denken als an die erregende Präsenz des Mannes vor mir, die Verbindung, die mich zu ihm ziehen will, und das Bett, das nur wenige Schritte entfernt ist. „Vielleicht sollten wir jetzt zum Frühstück gehen."

Er lacht ein wenig angespannt. „Es wäre mir ein Vergnügen, dich zum Esszimmer zu begleiten."

Harper stößt im Gang auf uns und lässt ihrer Begeisterung über mein Kleid freien Lauf. Sie strahlt noch breiter, als Corwin sagt, dass es wohl kaum mit ihren Fähigkeiten im Umgang mit Nadel und Faden mithalten kann. Eine Weile konzentriere ich mich beim Frühstück auf nichts als das Essen und das entspannte Gespräch, zu dem wir finden konnten, nun, da der Großteil der Geheimnisse zwischen uns ausgesprochen wurde.

Doch es dauert nicht lange, bis meine Freude auf die Rückkehr so kraftvoll an die Oberfläche blubbert, dass mich nichts mehr ablenken kann. Es sind zehn Tage vergangen, seit ich Sylas, August und Whitt zuletzt gesehen habe. Ich habe keine Ahnung, was in dieser Zeit im Seelie-Reich los war. Um unseren größten Feind auf der Sommerseite haben wir uns bereits gekümmert und ich habe keinerlei Anzeichen bemerkt, dass die Unseelie weitere Angriffe gestartet haben, während ich hier war, aber trotzdem …

Es ist zu lange her, seit ich ihre Arme um mich spürte, ihre Liebkosungen willkommen hieß und ihre Stimmen Worte der Zuneigung in mein Ohr flüstern hörte. Seit ich ihnen sagen konnte, wie sehr ich *sie* liebe. Obwohl hier alles absolut friedlich war, haben sie keinen blassen Schimmer, wie es *mir* ergangen ist. Ob ich nur zurückkehren werde, um ihnen mitzuteilen, dass ich nur einmal im Monat mein Blut spenden und mich ansonsten vollkommen meinem seelenverbundenen Gefährten widmen werde.

Vielleicht spürt Corwin meine wachsende Unruhe – und die Schuldgefühle, die ich nicht unterdrücken kann, weil ich weiß, dass er es spürt – und überlässt mich deshalb den Rest des Morgens Harpers Gesellschaft, bis es an der Zeit ist, aufzubrechen. Er hebt meinen Koffer ohne ein Wort hoch und wir drei laufen über die kalte Ebene zu dem funkelnden Dunst der Grenze.

Nachdem er die Sonne gemustert hat, um die Zeit einzuschätzen, spricht Corwin die Worte des Schwurs, der ihm erlauben wird, die Grenze so nah beim Herzen ungehindert zu überqueren. „Ich schwöre beim Herzen, den Fae hinter dieser Grenze kein Leid zuzufügen. Möge ich in Frieden und Freundschaft hinübergehen.“

Mein Herz macht einen Satz bei dem Gedanken an das Risiko, das er eingeht, und das Vertrauen, das er in meine Leute setzt. „Du musst nicht mit mir kommen, wenn du das Risiko nicht eingehen möchtest. Ich kann nur mit Harper hindurchgehen.“

Der Unseelie-Erzlord schüttelt den Kopf. „Ich werde mich nicht in der Sicherheit meiner Ländereien verschanzen, wenn es um meine seelenverbundene Gefährtin geht. Und ich würde es vorziehen, die Einzelheiten deines nächsten Besuchs im Winterreich direkt mit Erzlord Sylas zu besprechen, sollte er dem zustimmen. Ich bin nicht ungeschützt. Ich werde den Zauber wirken, der sich gegen jeden zu Wehr setzen wird, der zum ersten Schlag ausgeholt hat."

Ich beobachte, wie er die Zauberworte murmelt und das Pulsieren der Energie zunimmt, das von dem leuchtenden Herzen hergetragen wird. Ein schwaches Funkeln lässt sich auf seinen Kleidern nieder und sinkt in ihn. „Bist du bereit?"

Ich nicke. Meine Brust ist zum Bersten voll mit einer eigenartigen Mischung aus Ungeduld und ein wenig Traurigkeit. Ich kann es nicht erwarten, zu Hause zu sein, doch ich merke bereits, dass ich Corwins Anwesenheit vermissen werde, wenn ich fort bin. Das Band zwischen uns wird mich nicht vergessen lassen, dass ich ihn verlassen habe.

Er reicht mir seine Hand, ich ergreife sie und schrecke nicht vor dem schärferen Rausch an Empfindungen zurück, der mit dieser Berührung einhergeht. Vermischt mit dem Kummer und der Zuneigung, die sich durch ihn winden, nehme ich auch eine Spur Stolz wahr.

Er hat mir viele Male zuvor erzählt, dass er möchte, dass das hier funktioniert trotz meiner Identität und Herkunft. Bis zu diesem Moment habe ich ihm, denke ich, jedoch nie richtig geglaubt, dass er über die Entscheidung des Herzens *froh* ist und sie nicht einfach nur akzeptiert.

Harper nimmt meine andere Hand und wir treten gemeinsam in den Dunst der Grenze. Die Kälte in der Luft nimmt mit jedem Schritt ab. Die sommerlichen Gerüche von frischem Gras und sonnengewärmter Erde dringen mir in die Nase, bevor ich mehr als deren schwache Umrisse sehen kann. Mein Heimweh überwältigt jedes andere Gefühl in mir und beschleunigt meine unrunden Schritte.

Wir treten aus dem Dunst auf das Feld, von dem aus ich

abgereist bin. Meine drei Seelie-Männer stehen in einer Reihe mehrere Schritte von der Grenze entfernt. Ihre Haltung ist angespannt, doch Erleichterung huscht bei meinem Anblick über ihre Gesichter.

Als ich sie sehe, schlägt mein Herz mit einem noch tieferen Ruck der Sehnsucht einen Salto. Es fühlt sich an, als wären hundert Jahre vergangen, seit ich in Sylas' ungleiche Augen geblickt habe, seit ich beobachtet habe, wie sich Whitts Mund zu diesem liebevollen Grinsen bog, seit ich in der Wärme von Augusts strahlendem Gesicht gebadet habe.

Keine Macht der Welt könnte mich daran hindern, die Hände fallen zu lassen, die ich gehalten habe, und nach vorne zu rennen. Ich bemerke die Instabilität meines krummen Fußes kaum. Da ich nicht weiß, wer aus einiger Entfernung zuschaut, kann ich mich nicht aus ganzem Herzen all meinen Liebhabern an den Hals werfen, weshalb ich geradewegs in Augusts Arme renne.

Sein Glucksen klingt ein wenig erstickt, als er mich von den Füßen reißt. Ich drücke meinen Kopf in seine Halsbeuge, als gehöre er nirgendwo anders hin, und erwidere seine Umarmung mit allem, was in mir steckt. Sein herber Geruch mit dem Hauch von Süße hüllt mich ein und in diesem Moment fühle ich nichts als Freude.

Ich habe sie noch. Sie sind alle hier und es geht ihnen gut – sie sind wegen mir hergekommen.

Als sich die anfängliche Explosion der Freude beruhigt, wird mir mein Gespür für Corwin wieder bewusst: ein Kribbeln des Unbehagens, ein Drang, mich zurückzureißen. Doch da ist auch ein unerwarteter Faden Zärtlichkeit, der sich durch den Rest webt.

August stellt mich vorsichtig auf den Boden und ich blicke mit einem Lächeln zu Sylas und Whitt, von dem ich hoffe, dass es ausdrückt, wie glücklich ich bin, auch wieder bei ihnen zu sein, selbst wenn ich das nicht zeigen kann. „Ihr könnt sehen, dass es mir gut geht. Corwin hat sein Wort gehalten. Er war ein sehr guter Gastgeber, obwohl alles so … kompliziert ist."

Sylas neigt den Kopf vor dem Unseelie-Erzlord. „Ich weiß Ihren Willen zu schätzen, in dieser Angelegenheit einen Kompromiss einzugehen."

„Sie ist das wert", erwidert Corwin von der Stelle in der Nähe der Grenze, an der er stehen geblieben ist. Er spricht schlicht und leise, in seinen Worten liegt jedoch eine Macht, die sich genauso um mein Herz legt, wie Augusts Arme gerade meinen Körper umschlossen haben.

Ich greife nach Sylas' Hand und verschränke meine Finger mit seinen, da ich beschlossen habe, dass man mir wenigstens so viel Intimität zugestehen kann. Sein antwortender Griff ist fest und beruhigt mich. „Ich betrachte das hier immer noch als mein Zuhause", erkläre ich. „Aber … ich bin noch nicht bereit, das Band abzulehnen. Ich weiß nicht genau, wie das alles auf lange Sicht funktionieren soll, doch ich möchte irgendwann nach dem Vollmond auf einen weiteren Besuch ins Winterreich zurückkehren. Es gibt noch eine Menge, was wir klären müssen."

Jegliche Angst, die ich in Bezug auf Sylas' Reaktion hatte, verschwindet mit seinem Nicken, obwohl er meine Finger etwas fester drückt, als wäre es ihm lieber, mich nie wieder gehen zu lassen. „Natürlich gibt es das." Er hält inne und dann richtet er seine Aufmerksamkeit wieder auf Corwin. „Ich vermute, Sie würden es vorziehen, die Einzelheiten von Talias nächster Reise zu Ihrem Reich jetzt zu besprechen, während wir uns von Angesicht zu Angesicht unterhalten können."

„Ja, das wäre meine bevorzugte Vorgehensweise." Corwin kommt einige Schritte näher und seine Schultern, die zuvor steif waren, entspannen sich ein wenig. „Mir ist bewusst, dass

Talia hier noch andere Verpflichtungen hat als die Sache mit dem Fluch. Vielleicht können wir …"

Bevor er diesen Satz beenden kann, brechen mehrere Fae zwischen den vereinzelten Bäumen hervor, und überqueren das Feld, das diese umgeben.

In dem Moment, in dem ein erschrockener Schrei aus meiner Kehle hervorbricht, stürzen sie sich bereits auf Corwin. Er taumelt zurück und reißt seine Arme um sein Gesicht herum hoch, als würde er sich dafür wappnen, dass sein Schutzzauber sie wegfegt – doch sie greifen ihn nicht an. Als sich die meisten von ihnen in einem Ring um ihn herum aufstellen, schließt der Mann, der ihn als Erstes erreicht hat, zwei Metallstücke wie ein Halsband um seinen Hals.

Corwin keucht abgehackt und ein Ruck schockierter Verzweiflung schießt durch unsere Verbindung. Ein stechender Schmerz strahlt von dem Halsband in seinen gesamten Körper aus und dämpft sein Gespür für die Energie des Herzens.

„Was macht ihr?", kreische ich und humple nach vorne.

Die anderen Fae ziehen den Ring um Corwin enger und gehen jetzt viel weniger vorsichtig mit ihm um. Einer wickelt eine Ranke um seine Handgelenke, um sie zu fesseln. Ein anderer schubst ihn auf die Knie. Und er kann sich nicht wehren, weil er den Schwur abgelegt hat.

Die Pein über seine Hilflosigkeit hallt lauter als der Schmerz ihrer Misshandlungen durch das Band. Der Zauber, den er gewirkt hat, um sich zu verteidigen, funktioniert anscheinend nicht.

„Was hat das zu bedeuten?", will Sylas wissen, als er zu mir marschiert, und in seiner Aura der Autorität lodert kontrollierter Zorn. „Dieser Mann ist auf unsere Einladung hier und …"

„Sie führen meine Befehle aus, Sylas." Eine hochgewachsene, stattliche Gestalt tritt zwischen den

Bäumen hervor. Ihre schimmernden, elfenbeinfarbenen Haare wogen über ihre dunklen Schultern, als würden sie von einer Brise bewegt werden, und ihre halb geschlossenen Augen blicken streng drein.

Erzlord Celia betrachtet Corwin mit einem verächtlichen Blick und wendet sich an uns. „Ich befürchte, es gab eine kleine Meinungsverschiedenheit bezüglich unseres Umgangs mit den Unseelie. Er kam auf deine Einladung her; jetzt ist er mein Gefangener."

*Talia*

Meine Füße können einfach nicht stillstehen, obwohl der Krumme bereits zu schmerzen beginnt. Ich tigere von einer Seite von Sylas' neuem Büro zur anderen in einem ruhelosen, wenn auch wackligen Kreis. „Wie konnte sie das tun? Dich so zu hintergehen …"

Sylas' Mund ist seit seinem Gespräch mit Celia vor weniger als einer Stunde zu einem schmalen Strich zusammengepresst. Sie bestand darauf, dass er mit ihr beiseitetrat, um die Situation zu besprechen. Donovan kam heraus und schloss sich ihnen an, doch ich weigerte mich, das Feld zu verlassen, obwohl es nichts gab, was ich tun konnte, um ihre Krieger daran zu hindern, Corwin wegzubringen nach … nach wo auch immer sie ihn hingebracht haben.

Unser Band ist seit dem ersten Aufflammen von Schmerz

und Panik während des Angriffs verstummt. Schließt er mich aus, weil er nicht will, dass ich fühle, was sie ihm *jetzt* antun? Oder weil er denkt, ich hätte von dem Plan gewusst?

Beide Möglichkeiten sorgen dafür, dass sich mir der Magen umdreht.

„Sie und Donovan haben beschlossen, dass die ‚Gelegenheit‘ zu gut war, um sie verstreichen zu lassen", erklärt Sylas, dessen Stimme rau vor kaum verhohlenem Frust ist. „Ich vermute, es war fast ausschließlich Celias Idee und sie hat Donovan einfach überzeugt, mitzumachen. Zwei Erzlords haben die Mehrheit im Trio – sie brauchten meine Erlaubnis nicht, um ihren Plan durchzuführen, allerdings hat sie zugegeben, dass es ‚unglücklich‘ war, dass sie mich überrumpelt hat."

„Du hattest nicht einmal eine Gelegenheit, zu sagen, was du davon hältst! Sie hätten es dir wenigstens vorher sagen sollen."

Er seufzt. „Ich habe diese Stelle seit weniger als einem Monat, weshalb sie mich vermutlich noch nicht als ebenbürtig sehen. Und sie betrachten meine Beiträge wegen meiner Verbindung zu dir als voreingenommen."

Celia war wahrscheinlich bewusst, dass Sylas nicht nur gegen den Plan protestiert, sondern sich auch eingemischt hätte, wenn sie darauf bestanden hätten, ihn dennoch durchzuführen. Corwin weiß das allerdings nicht. Was auch immer er über meine Beteiligung denkt, ich bin mir sicher, dass er annimmt, meine Seelie-Männer wären teilweise für seine Gefangennahme verantwortlich.

August tritt näher an mich heran, packt mich, bevor ich weiter hin und her laufen kann, und umarmt mich fest. Ich kann mich nicht vollkommen entspannen, sacke in seiner Umarmung jedoch ein wenig zusammen und lehne meinen Kopf an seine Brust. „Was wollen sie ihrer Meinung nach damit gewinnen? Ist es nicht wahrscheinlicher, dass sie einen Krieg auslösen, indem sie einen Erzlord als Geisel nehmen?"

„Sie wollte die Einzelheiten ihrer Strategie nicht vor so vielen Zeugen besprechen", antwortet Whitt und der bissige Ton in *seiner* Stimme ist unverhohlen. „Wir sollen uns mit ihnen in der Bastion treffen, um die Angelegenheit formeller zu besprechen, sobald wir eine Nachricht erhalten."

Kälte bebt durch mich hindurch. „Sie werden ihn nicht töten, oder?"

August streichelt mit der Hand über meine Haare. „Ich kann nicht sehen, wie das den Seelie nützen sollte." Er blickt zu seinen Brüdern.

Sylas schüttelt den Kopf. „Zu diesem Zeitpunkt vermute ich, dass sie ihn benutzen und nicht töten will. Ihre Männer haben ihn allerdings brutaler behandelt, als es mir lieb ist. Ich verstehe nicht, wie sie seine Magie unterdrücken konnten."

„Es war eines der Artefakte aus Ambrose' geheimem Vorrat", wirft Astrid ein, die in der Nähe der Tür steht und das Treffen von dort beobachtet hat. Auf dem Weg zur Burg erzählte mir Sylas, dass er sie in seinem Kader aufnehmen würde, sie jedoch noch keine Gelegenheit hatten, die formelle Zeremonie durchzuführen. „Ich habe einen ihrer Leute, der dabei geholfen hat, die Gegenstände durchzugehen, zum Reden gebracht. Anscheinend hat das Halsband, das sie um seinen Hals befestigt haben, einen Eisenkern. Wenn der Ring geschlossen ist, zersplittert das Eisen jegliche Magie, die der Gefangene zu wirken versucht – und jeglichen Zauber, mit dem er sich bereits belegt hat, könnte ich mir vorstellen."

August verzieht das Gesicht. „Das verstößt gegen unsere Regeln der Kriegsführung – es hätte zerstört werden sollen. Ich kann mir nicht einmal vorstellen, so etwas *herzustellen*."

„Anscheinend ist Celia in einigen Angelegenheiten einer Meinung mit Ambrose und dazu gehören illegale Waffen", sagt Whitt.

Ich drehe mich in Augusts Armen, um die anderen anzuschauen. „Was für ein Vorrat? Was hat das mit Ambrose zu tun?"

Sylas' finstere Miene verzerrt sich zu einer Grimasse. „Ein Mitglied aus Ambrose' ehemaligem Rudel ist von Tristans Rudel in unseres übergelaufen. Er kam mit der Information bezüglich eines Lagerraums voller Waffen in Ambrose' ehemaliger Burg. Viele davon verstoßen gegen unsere Moralstandards. Ich informierte natürlich Celia und Donovan darüber und ihre Rudel haben dabei geholfen, die Dinge durchzugehen, die wir fanden. Ich nahm an, dass alles entsorgt werden würde, was wir als unnatürlich grausam betrachten."

Whitt schnaubt schroff. „Ambrose hat die Waffen für seinen beabsichtigten Angriff gegen das Winterreich gesammelt. Wir wissen, dass Celia dagegen war, ein Massaker anzuzetteln, und lieber Rache im Allgemeinen nehmen wollte. Sie hat einfach die Werkzeuge, die er zurückgelassen hat, zu ihren eigenen Zwecken benutzt."

Ein Blatt peitscht durchs Fenster und flattert so zielgerichtet zu Sylas, dass ich weiß, dass es verzaubert ist, bevor er irgendetwas sagt. Er fängt es aus der Luft. „Da ist unsere Vorladung. Whitt, komm mit mir zu dem Treffen — wir können auf dem Weg alle möglichen Argumente durchgehen, die dagegensprechen, Erzlord Corwin gefangen zu halten. Astrid, überwache das Gelände um das Herz herum und benachrichtige mich, falls du irgendwelche anderen besorgniserregenden Entwicklungen bemerkst. August, du bleibst bei Talia."

Normalerweise beruhigt mich die Leichtigkeit, mit der er

seinen Kader befehligt. Jetzt erinnert sie mich jedoch nur daran, wie ernst diese Situation ist.

Ich hebe den Kopf. „Ich will ebenfalls zu dem Treffen. Ich bin hier diejenige, die Corwin kennt. Ich kann mich für ihn einsetzen.“

„Es tut mir leid“, erwidert Sylas grimmig. „Celia würde das auf keinen Fall dulden. Sie ist sich bewusst, dass du alles, was wir sagen, durch euer Seelenband an ihn weitergeben könntest. Doch ich weiß genug, um ihn zu verteidigen – und selbst wenn er ein Schurke *wäre*, ist das nicht die richtige Vorgehensweise, um unsere Probleme mit den Unseelie zu lösen. Ich werde im Anschluss an die Diskussion sofort zu dir kommen.“

Als er, Whitt und Astrid den Raum verlassen, sinke ich tiefer in Augusts Arme. „Ich habe das Gefühl, als sollte ich *etwas* tun, um zu helfen, aber ich habe keine Ahnung was.“

Er streichelt meinen Rücken. „Sylas wird sich auf jede ihm mögliche Weise für Corwin einsetzen. Donovan hat zuvor schon auf seinen Rat gehört – hoffentlich kann er ihn umstimmen, wenn schon nicht Celia.“

Richtig. Denn wenn zwei reichen, könnten Sylas und Donovan Celia überstimmen. Ich klammere mich an diesen Hoffnungsfunken. „Ich schätze, es besteht keine Chance, dass ich zu ihm darf?“

„Celia hat nicht einmal *Sylas* erlaubt, mit Corwin zu sprechen. Kannst du ihn nicht durch dein Band erreichen?“

„Ich kann im Moment nichts von ihm spüren. Vielleicht stört dieses Stahlhalsbandding auch unsere Verbindung.“

August summt nachdenklich. „Das glaube ich nicht. Ein Seelenband besteht nicht aus Magie, es ist die reine Energie des Herzens. Nichts sollte das stören können. Ich könnte mir allerdings vorstellen, dass er dich vor dem schützen will, was er gerade durchmacht.“ Er senkt den Kopf, um mit der Nase über meine Schläfe zu reiben. „Du hast ihn schätzen gelernt.“

Es ist eine Aussage, keine Frage, er sagt es jedoch ohne den Hauch einer Anschuldigung. Ich schlucke schwer. „Ja. Er ist … er ist eine gute Person, obwohl er manche Dinge anders sieht als ihr. Zuerst haben wir uns *nicht* so gut verstanden, doch als ich ihm die Stirn geboten habe, hat er zugehört und wirklich versucht, mir das Gefühl zu geben, ich wäre zu Hause. Und ich glaube, er ist der Einzige der Unseelie-Erzlords, der Frieden mit dem Sommerreich will. Ich sehe nicht, wie es etwas nutzen soll, ihn als Geisel zu halten. Es wird alles nur verschlimmern."

„Celia hat eine Menge zur Abwehr der Angriffe beigetragen – sie hat viele ihrer Rudelmitglieder an die Winter-Fae verloren. Es ist möglich, dass sie bei diesem Plan nicht rational vorgeht. Doch wenn das der Fall ist, sollte Sylas kein Problem haben, das aufzuzeigen." August hebt mich vom Boden. „Lass uns in die Küche gehen. Ich weiß, du machst dir Sorgen, aber du hast noch nichts zu Mittag gegessen. Du wirst dich noch schlimmer fühlen, wenn du Hunger hast."

„Immer auf der Suche nach einer Gelegenheit, mich mit Essen zu versorgen", brumme ich, beschwere mich allerdings nicht, als er mich nach unten trägt. Im Moment nehme ich all den Trost, den ich kriegen kann.

Wir sind in der Küche und August schneidet frisch gebackenes Brot auf, um Sandwiches zu machen, als der erste Blitz aus Empfindungen, den ich seit einer Ewigkeit von Corwin gespürt habe, durch meine Nerven bebt. Ich erstarre auf meinem Hocker und konzentriere mich so angestrengt wie möglich auf die Eindrücke, die mich erreichen.

Da ist ein stechender Schmerz, der zwar mild ist, jedoch durch seinen gesamten Körper strahlt, sowie der Eindruck eines harten Bodens unter ihm, wo er sitzt. Ich kann nichts sehen – ich glaube, seine Augen sind womöglich geschlossen. Das Gewicht des Eisenhalsbandes drückt gegen seine Kehle.

Meine Hände ballen sich aus einer Mischung aus Kummer und Wut zu Fäusten. Ich treibe meine innere Stimme mit so viel Kraft, wie ich sammeln kann, nach vorne. *Corwin? Kannst du mich hören?*

*Talia.* Seine Antwort klingt schwach, aber wenigstens nicht anschuldigend. *Mir war zuerst nicht bewusst, dass ich dich ausgesperrt habe. Ich war so neben der Spur ...*

*Es ist alles in Ordnung. Ich mache mir nur Sorgen um dich. Es tut mir so leid. Ich hatte keine Ahnung, dass so etwas passieren würde.*

*Es ist nicht dein Verbrechen und du musst dich nicht dafür entschuldigen. Ich konnte spüren, wie aufgebracht du warst — ich weiß, dass du nicht daran beteiligt warst.*

Ich beuge mich auf meinem Hocker nach vorne und stütze meine Ellenbogen auf die Kücheninsel. August blickt zu mir, schweigt jedoch, vermutlich weil er erkennen kann, wie stark ich mich konzentriere, und errät warum.

*Sylas wusste es auch nicht — die anderen Erzlords haben gehandelt, ohne es mit ihm zu besprechen. Er versucht gerade, deine Entlassung zu verhandeln.*

Corwins erste, wortlose Antwort ist eine Woge zweifelnder Resignation. *Er würde dir nichts anderes erzählen, oder? Mich aus dem Weg zu räumen, würde jedenfalls eine Menge Probleme für ihn lösen.*

*So löst er* keine *Probleme. Und er respektierte unsere Band so sehr, dass er mich zu dir gehen ließ.* Ich unterbreche mich und schüttle mich. Ich will jetzt nicht streiten. Meine Verzweiflung über Corwins Festnahme schluckt alles andere in mir. *Bist du okay, abgesehen von diesem Halsbandding, das deine Magie blockiert? Sie tun dir nicht weh?*

*Sie waren nicht unbedingt rücksichtsvoll, aber sie haben mir auch nicht besonders zugesetzt. Bis jetzt.* Er hält inne und ein Beben einer Emotion, die ich nicht identifizieren kann, geht auf mich über. Sein Tonfall wird sarkastisch, jedoch leise. *Ich hätte gedacht,* du *wärst vielleicht erleichtert, wenn mir die Seelie den Garaus machen. Es würde deine Situation um einiges vereinfachen.*

Das aufbrandende Entsetzen, das mich bei der Vorstellung durchflutet, dass ihm ‚der Garaus gemacht' wird – dass ich ihn an einen so grausamen Akt verlieren könnte – lässt sich nicht zurückhalten. Tränen schießen mir so schnell in die Augen, dass sie überlaufen, als ich diese vor ihnen verschließe.

*Natürlich nicht. Mir ist egal, wie kompliziert alles ist – ich will nicht, dass du stirbst. Ich ...* Mein Verstand reist zurück zu dem Morgen, an dem er sich vor meiner Zimmertür in seinem Palast zu Boden warf, zu der Art und Weise, wie er mich ansah, als er erklärte, warum er gewillt war, sich vor einem bloßen Menschen zu erniedrigen, als sollte es überhaupt keiner Erklärung bedürfen. Die Worte kommen so mühelos in meiner inneren Stimme heraus, als hätte ich sie schon eintausend Mal zuvor gesagt. *Du bist mein Gefährte.*

Und das ist er auf die wichtigste Art, die für die Fae und andere von Bedeutung ist. Obwohl ich neben dem ersten Mann sitze, den ich jemals liebte, weiß ich das mit einer Heftigkeit, die sich durch meine Brust windet und durch meine Knochen bebt. Ich verstehe nicht, warum das Herz uns füreinander ausgesucht hat, oder was daraus werden wird, aber Corwin ist *mein.*

Corwin erschrickt, sein Schock verblasst jedoch rasch zu einem Anschwellen von Freude, die in seiner aktuellen Situation vollkommen fehl am Platz wirkt. *Ja, das bin ich,* bestätigt er mit so viel Vorsatz, als hätte er meine Wange mit den Fingerspitzen gestreift.

*Wir werden alles in unserer Macht Stehende tun, um dich dort schnell rauszuholen,* informiere ich ihn. *Ich kann nicht viel tun – ich habe hier keine echte Autorität – aber es sind nur noch wenige Tage bis zum Vollmond. Da habe ich Macht, selbst wenn ich sonst keine habe.*

*Ich kann das hier überleben. Ich will nicht, dass du etwas tust, was dich gegen dein Rudel aufbringt, Talia.*

*Das wird nicht passieren. Wenn Sylas die Sache nicht durch Reden beilegen kann, wird er diese Taktik womöglich selbst vorschlagen.*

Corwin antwortet nicht mit Worten, aber ich kann seine Skepsis spüren. Er hat seine weniger als vorteilhaften Gedanken bezüglich der Sommer-Fae zwar zurückgehalten, nachdem ich mich deswegen mit ihm gestritten hatte, und er hat meine Zuneigung für meine drei wölfischen Liebhaber akzeptiert, doch er vertraut den Seelie nach wie vor nicht.

Ich kann vielleicht nicht die Meinung der Erzlords ändern, allerdings etwas gegen *dieses* Problem tun, oder?

Freudige Erregung kitzelt durch mich hindurch wegen der Möglichkeit, dass ich mich mit etwas Konkretem befassen kann. August schiebt mir ein Sandwich zu und mustert mein Gesicht. „Hast du mit Corwin geredet? Ist dir etwas eingefallen?"

„Nicht … nicht unbedingt." Ich falle über das herzhafte Brot her, woraufhin sich Butter und Räucherfleisch mit seinem Aroma zu einer köstlichen Kombination vermischen, die ich jetzt zumindest ein bisschen wertschätzen kann. Beim Kauen gehe ich meine Optionen durch. Ich werde das nicht allein durchziehen können – so viel steht fest.

August verputzt sein Sandwich in unter einer Minute. Ich blicke zu ihm, als er seinen Teller ins Spülbecken mit Waschwasser legt. Wird er beleidigt sein, dass ich das von ihm verlange?

Ich schlucke meinen letzten Bissen. „August, ich möchte hören, was bei diesem Treffen in der Bastion gesagt wird. Ich weiß, dass es Sylas und Celia nicht erlauben werden. Gibt es ... eine Möglichkeit, wie du mich dort reinbringen könntest, ohne dass sie es merken? Nur zum Zuschauen?"

Durch unsere Verbindung spüre ich, dass sich Corwin regt und wieder aufmerksam wird, er gibt allerdings keinen Kommentar zu meiner Bitte ab. Ich lasse das Band vollständig offen. Ich tue das, *weil* ich will, dass er sieht, dass sich all meine Männer für ihn einsetzen werden.

August reibt sich nachdenklich über den Mund. Er betrachtet mich von Kopf bis Fuß. „Du bist kein ganz so winziges Ding mehr wie, als wir dich fanden, aber du bist immer noch so klein, dass ich einen Trick habe, der funktionieren könnte."

Er hat sich keine Sekunde lang geweigert oder versucht, es mir auszureden. Ich strahle ihn an. „Dann lass uns das versuchen. Solange du nicht denkst, dass du dafür in Schwierigkeiten geraten wirst."

Er grinst. „Ich habe nicht vor, mich erwischen zu lassen, doch selbst wenn wir ertappt werden, behaupten wir einfach, dass das Herz dich dazu angestiftet hat und ich die Pflicht verspürte, das zu respektieren."

August schlüpft aus der Küche und kehrt mit einem dicken Tuch zurück. Nachdem er mir bedeutet hat, aufzustehen, wickelt er das Tuch um mich herum und hebt mich in seine Arme, wie er es getan hat, um mich die Treppe hinabzutragen. Dieses Mal drückt er mich jedoch zu einem festeren Ball zusammen, sodass meine Knie dicht an meiner Brust ruhen. Ich kuschle mich an ihn und schließe die Augen in der Dunkelheit unter dem Stoff. „Werden sie nicht merken, was du trägst, selbst wenn ich bedeckt bin?"

August gluckst. „Ich kenne ein oder zwei Zaubersprüche, die mir dabei helfen können, das Aussehen einer Sache zu verändern. Die Wachen sollten sehen, dass ich einen Sack mit ‚Beweisen' bringe. Ich kann mir nicht vorstellen, dass sie einen der Kader-Gewählten des Erzlords abweisen."

Ich verharre in meiner kauernden Position und reglos in seinem Griff, während er die Burg verlässt. Nur ein schwacher Hauch der frischen Außenluft dringt durch das Tuch, doch sie riecht vertraut wie das Holz, aus dem sämtliche Burgen von Sylas gebaut wurden. Ich konzentriere mich darauf sowie auf die verlässliche Kraft von Augusts Armen und blende meine Nervosität so gut wie möglich aus.

*Was auch immer du hörst, ich werde es ihm nicht übelnehmen,* sagt Corwin. *Ich habe versucht, sie aus deinen Gedanken zu löschen, auch wenn ich das jetzt bereue. Ich kann es Sylas nicht vorwerfen, wenn er mich loswerden will.*

Ich übermittle ihm meine Gewissheit durch das Band. *Darüber mache ich mir keinerlei Sorgen. Du wirst schon sehen.*

Ich weiß nur, dass wir die Bastion erreicht haben, weil August stehen bleibt und spricht. „Mein Lord erwartet, dass jegliche neuen, nützlichen Beweise in der Unseelie-Angelegenheit zu ihm gebracht werden."

Es ist eine perfekte Lüge, die keine richtige Lüge ist – Sylas *würde* das erwarten, aber August hat nie gesagt, dass das, was er trägt, dieser Beweis *ist*.

Die Wache am Eingang hat ihn anscheinend durchgewinkt. Seine Schritte poltern lauter über den Steinboden im Gebäude. Er dreht sich und wir gehen eine Treppe hinauf.

August raunt einige weitere Worte – andere Zauber oder wahre Namen, um uns besser zu tarnen? Schließlich bleibt er erneut stehen und senkt mich vorsichtig auf den Boden.

Er schiebt die Falten des Tuchs beiseite, sodass nur mein Gesicht unverhüllt ist. Wir kauern in einem Alkoven mit einer schmalen Öffnung, der den Hauptsaal der Bastion darunter überblickt. „Ich weiß nicht, ob jemand in diese Richtung schauen wird", flüstert August. „Aber bewege dich nur für den Fall langsam. Wir müssen bloß darauf achten, dass wir gehen, bevor das Treffen vorbei ist."

Ich nicke, drücke dankbar seine Hand und lehne mich so weit nach vorne, dass ich die Gestalten auf dem Boden darunter ausmachen kann.

Ich habe einen ziemlich großen Teil der Diskussion verpasst, die Erzlords diskutieren allerdings noch immer. Celia sitzt auf ihrem Thron und ihre Haltung ist majestätisch. Sylas und Donovan stehen vor ihr. Sylas blickt beim Sprechen vom einen zum anderen. „… die vergangenen Wochen, seit das Seelenband gebildet wurde, waren unsere bisher friedlichsten. Es ist wahrscheinlicher, dass sich diese Einstellung wieder zu offener Feindseligkeit wandelt, wenn wir einen ihrer Anführer bedrohen, als dass es den Konflikt beendet."

„Wir waren beinahe dreißig Jahre lang ständigen Angriffen und Überfällen ausgesetzt", entgegnet Celia. „Wir haben endlich ein echtes Druckmittel, um ihre Kooperation zu erzwingen. Wie viele weitere unserer Brüder sollen deiner Meinung nach noch sterben?"

„Ich glaube nicht, dass dies unsere einzigen Möglichkeiten sind." Sylas wendet sich an Donovan. „Du hast gesehen, wie weit ich zu gehen bereit bin, um unsere Leute zu beschützen. Aber das hier ist nicht die richtige Vorgehensweise. Wie können wir uns auf das Niveau herablassen, auf das sich Ambrose fallen lassen wollte? Wir gewinnen diesen Kampf, indem wir unsere Ehre wahren, nicht indem wir sie aus dem Fenster werfen, selbst wenn es die Unseelie nicht getan haben."

Donovans Miene wirkt gequält. „Ich weiß nicht, Sylas. Celias Argumente sind stichhaltig. Wir waren in all dieser Zeit *nicht* in der Lage, die Angriffe zu beenden, obwohl wir unsere moralische Überlegenheit gewahrt haben."

Celia schnaubt. „Was sollen wir *deiner* Meinung nach mit dem gefiederten Schurken tun?"

„Was wir von Anfang an hätten tun sollen", antwortet

Sylas. „Ihn nach Hause zurückkehren lassen und damit fortfahren, so viel Verständnis, wie wir können, zwischen den Winter- und Sommer-Völkern zu fördern, jetzt, da einer ihrer Anführer Interesse an einer der Unseren hat. *Das* ist eine Gelegenheit, die wir nie zuvor hatten ...“

„Und was macht dich so sicher, dass du dieses Menschenmädchen ‚eine der Unseren‘ nennen kannst?“, fällt ihm Celia so scharf ins Wort, dass ich innerlich zusammenzucke. „Sie schuldet uns keine echte Loyalität und jetzt, da ihre Seele durch einen merkwürdigen Akt mit einem von ihnen verbunden ist, ist es zweifelsohne nur noch eine Frage der Zeit, bis sie dem Unseelie vollkommen ergeben ist. Ich werde mich nicht zurücklehnen und darauf warten, dass das passiert.“

Sylas empört sich nicht sichtbar, doch ich kann das Knurren in seiner Stimme hören. „Talia hat sich mehrmals als ein loyales Mitglied meines Rudels erwiesen.“

„Und das ist genau der Grund, aus dem ich deine Gedanken zu diesem Thema nicht lange in Erwägung ziehen kann, Sylas.“ Celia erhebt sich so hochmütig wie einer der Winter-Fae-Erzlords. Witzigerweise würde sie sich wahrscheinlich gut mit ihnen verstehen, wenn sie nicht die vergangenen drei Jahrzehnte gegeneinander gekämpft hätten. „Du magst das dem Staub bestimmte Mädchen und ich mache dir daraus keinen Vorwurf, aber du musst einsehen, dass es dein Urteilsvermögen trübt.“

„Celia, wir haben wohl kaum fertig diskutiert ...“

„Meiner Meinung nach haben wir das.“ Sie marschiert davon und August flucht leise. Während er mich wieder in das Tuch wickelt, höre ich die letzte Stimme, die Donovan gehört, entschuldigend, jedoch unnachgiebig. „Es tut mir leid, Sylas. Ich muss daran denken, was für all unsere Leute am besten ist. Die Unseelie haben bereits mit einem offenen Krieg gedroht. Wenn das hier nötig ist, um eine faire

Verhandlung zu sichern ... dann muss ich mich auf Celias Seite stellen." Seine Schritte hallen vom Boden wider, als er ebenfalls geht.

Als August mich in die Arme hebt, sinkt mein Herz. Ich habe das bekommen, von dem ich dachte, dass ich es wollte – Corwin hat gesehen, dass meine Männer für seine Freiheit kämpfen. Doch jetzt bin ich mir noch unsicherer, ob der Kampf, zu dem sie imstande sind, reichen wird, um diese Schlacht zu gewinnen.

*Whitt*

Als wir Donovans glasierte Tonburg im schwindenden Tageslicht erreichen, lässt Sylas einen rauen Laut fahren. „Mir wäre es lieber, wenn wir auf eine Einladung hierherkommen würden, anstatt unerwartet zu erscheinen."

An die glatten, braunen Mauern gewandt verziehe ich das Gesicht, wie ich es nie tun würde, wenn ihr Eigentümer vor mir stünde. „Oh, ich bin mir sicher, er rechnet eher früher als später mit einem derartigen Besuch. Er weiß, dass er die entscheidende Stimme ist, vor allem wenn Celia so starr wie ein Schieferbaum geworden ist. Er erwartet vermutlich, dass wir auftauchen und zu seiner Unterhaltung viel Trara veranstalten."

Sylas besitzt irgendwo unter der Grimmigkeit des Tages noch immer einen Sinn für Humor, denn er zieht eine

Augenbraue hoch. „Wie viel Trara willst du heute Abend veranstalten? Hätte ich unsere Musiker mitbringen sollen?"

Ich schnaube und remple ihn mit dem Ellenbogen an – leicht, denn er ist immerhin noch mein Lord. Doch mit unserem kurzen Geplänkel lässt sich ein erneutes Gefühl der Gewissheit auf mir nieder.

Wir müssen uns immer noch aus einem potenziellen Desaster befreien und viele andere Dinge hängen in der Schwebe, doch die Kluft zwischen uns beiden scheint sich geschlossen zu haben. Ich weiß nicht, ob wir einander jemals so gut verstanden haben wie jetzt. Der Groll, den ich zu vergraben versuchte, reichte viel weiter zurück als zu dem Punkt, an dem Isleen in unsere Leben trat. Er belastet mich jetzt überhaupt nicht mehr.

Vielleicht gab es etwas klitzekleines Gutes inmitten all der Verwüstung, die Sylas' Gefährtin anrichtete, denn dadurch wurden diese Bruchlinien ans Licht gezerrt, wo wir uns mit ihnen auseinandersetzen mussten. Ich beabsichtige allerdings nicht, ihr den Verdienst an irgendetwas anzuerkennen.

Obwohl ich angenommen habe, dass Donovan mit unserem Besuch gerechnet hat, bin ich überrascht, dass er uns begrüßt, als wir die Eingangstür der Burg erreichen. Einer seiner Diener muss ihn über unser Herannahen in Kenntnis gesetzt haben. Sein jugendliches Gesicht sieht müde aus und die verirrten Strähnen seiner feurigen Haare sind noch wilder zerzaust als üblich. Ich glaube nicht, dass er sich leichtfertig auf Sylas' Gegenseite gestellt hat.

Und das sollte er auch nicht tun. Er wäre nicht mehr *am Leben*, wenn Sylas nicht sein eigenes Leben aufs Spiel gesetzt hätte.

„Ich weiß nicht, ob irgendetwas, was du sagst, meine Meinung in Bezug auf diese Angelegenheit ändern kann", verkündet er ohne Einleitung, „aber ich werde zuhören."

Sylas nickt mit unendlich mehr Geduld, als ich nach dieser Aussage habe. „Das ist ein Anfang."

Donovan führt uns durch die warm erleuchteten Gänge zu seinem Büro, dessen Inhalt ähnlich durcheinander ist wie seine Haare. Er lässt sich auf den Stuhl hinter seinem Schreibtisch sinken und Sylas und ich nehmen ihm gegenüber auf den Sesseln Platz, als würden wir ein absolut zivilisiertes Gespräch darüber führen, einen anderen Erzlord als Geisel gefangen zu halten.

Vernünftigerweise beginnt Sylas mit dem Hauptgrund, aus dem dieser Welpe froh sein sollte, dass mein Bruder zivilisiert spricht und ihm keine Ohrfeige verpasst. „Du hast meinem Urteilsvermögen genug getraut, um mich in dein Vertrauen zu ziehen, als Ambrose eine Bedrohung darstellte, und um mich danach als Erzlord vorzuschlagen. Ich glaube nicht, dass ich irgendetwas getan habe, um dieses Vertrauen zu beschädigen. Und ich kann dir versichern, dass ich mit dieser Taktik auch dann nicht einverstanden wäre, wenn Erzlord Corwin nicht der seelenverbundene Gefährte eines meiner Rudelmitglieder wäre."

Donovans Mund verzieht sich. „Das kannst du nicht mit Sicherheit sagen, denn er ist es. Du würdest weder seinen Namen kennen noch sonst etwas über ihn wissen, wäre da nicht seine Verbindung zu der Menschenfrau. Ich weiß, dass du sie wertschätzt – und sie hat den Seelie viel gegeben – doch wie können ihre Berichte von seinen Absichten etwas anderes als verzerrt sein? Sie *ist* seine seelenverbundene Gefährtin; sie wird vom Herzen dazu gezwungen, das Beste in ihm zu sehen."

„Er war gewillt, sein Leben aufs Spiel zu setzen, indem er zu uns kam und uns zeigte, wie viel ihm die Kooperation zwischen unseren Reichen bedeutet", sagt Sylas. „Er hat seine Schwüre gehalten und Talia und ihre Begleitung wie vereinbart unversehrt zurückgebracht. Er hat offen zugegeben, dass er derjenige war, der uns vor dem bevorstehenden Angriff vor zwei Monden gewarnt hat – mit so einer unverfrorenen Lüge wäre er in solcher Nähe des Herzens nicht davongekommen. Das sind alles objektive Fakten."

„Dennoch war er nicht in der Lage, die bisherigen Angriffe aufzuhalten, oder?"

Ich lehne mich auf meinem Stuhl zurück und mustere den anderen Erzlord durch schmale Augen. „Ich würde sagen, das ist eher ein Argument *gegen* diesen Plan. Seine Kollegen haben seine Meinung nicht genug geschätzt, um auf sie einzugehen. Warum sollten sie klein beigeben, nur weil sein Leben in Gefahr ist? Mir scheint es viel wahrscheinlicher zu sein, dass sie dieses Verbrechen als eine neue Ausrede nutzen werden, uns noch erbitterter anzugreifen. Es lässt sich nicht leugnen, dass die Entführung einer ihrer Herrscher eine kriegerische Handlung ist. Wenn Ihnen das egal ist, um was haben Sie sich dann mit Ambrose gestritten?"

Donovan erwidert meinen Blick finster. „Ambrose wollte einen ausgewachsenen Angriff führen – so viele Krieger wie möglich, wobei auf beiden Seiten zweifellos hunderte, wenn nicht sogar tausende Leben verloren worden wären. Wir möchten einfach nur einen Waffenstillstand erzwingen."

„Aber mein Stratege hat recht", wirft Sylas ein. „Erzlord Corwin festzuhalten, verleiht uns keine Macht, wenn die anderen Unseelie-Erzlords gewillt wären, ihn zu opfern, um dafür ihren Krieg führen zu können. Wir haben Glück, dass sie seine Abwesenheit noch nicht bemerkt haben und über die Grenzen in unsere Ländereien gestürmt sind."

Donovan rutscht hin und her und fühlt sich eindeutig unwohl bei diesem Gedanken. „Wir haben bereits Krieger aus den Rudeln in der Nähe angefordert. Wir haben diesen Schritt nicht unvorbereitet unternommen. Sicherlich werden sogar diese Federhirne ihre Schwüre an das Herz so sehr wertschätzen, dass sie sich nicht für Blutvergießen entscheiden, wenn wir gewillt sind, ihren Kollegen im Austausch für ein einfaches Friedensversprechen zurückzugeben.“

Ich zucke mit den Achseln. „Es wäre schön, so zu denken. Womöglich haben Sie sogar recht. Doch es scheint das Risiko kaum wert zu sein, wenn sie sich bereits viele Male als blutrünstig erwiesen haben. Und was für einen Frieden würden wir erhalten, wenn er unter Zwang anstatt bei einem echten Waffenstillstand erzielt wurde? Sie werden uns diesen Verstoß übelnehmen, bis sie einen Weg finden, sich an uns zu rächen. Egal, zu welcher Vereinbarung wir gelangen, sie werden sich Methoden überlegen, sie zu umgehen, und zwar noch in dem Moment, in dem sie getroffen wird.“

„Dann stellen wir sicher, dass es keinerlei Schlupflöcher gibt“, erwidert Donovan stur.

Sylas schüttelt den Kopf. „Nicht einmal die klügsten Köpfe haben es geschafft, einen Handel auszuarbeiten, aus dem sich keine der Parteien winden konnte. Wenn wir Corwin befreien und jetzt Wiedergutmachung für dieses Vergehen leisten, wird er sich vielleicht für den Frieden einsetzen, den du willst. Wir werden beweisen, dass wir vernünftig sein können, selbst wenn manche von uns heute von ihren niederen Instinkten überwältigt wurden. Doch dieses Zeitfenster schließt sich. Wenn wir irgendetwas ändern wollen, müssen wir das tun, bevor Celia morgen das Winterreich benachrichtigt.“

Der Blick des jüngeren Erzlords wendet sich von uns ab und seine Augen werden ausdruckslos, während er nachdenkt. Eine Falte gräbt sich auf seine Stirn. Als er seine Aufmerksamkeit wieder auf uns richtet, kann ich an der Anspannung in seiner Stimme erkennen, dass wir bei ihm so weit gekommen sind, wie es möglich war.

„Vielleicht hätte ich mich mit dir beraten sollen, bevor wir dieses Vorgehen in die Tat umgesetzt haben. Ich kann sehen, dass ich dann vielleicht anders entschieden hätte. Andererseits wussten wir noch nicht, wie die Rückkehr des Menschen verlaufen würde, als wir die Entscheidung treffen mussten.“

„Ich hätte trotzdem gesagt …“

„Ich kann deine Einstellung nachvollziehen“, unterbricht ihn Donovan leise, jedoch bestimmt. „Bitte verstehe Folgendes: Ich kann mich als eigenständiger Erzlord nicht von deinem Urteil abhängig machen. Ich wurde von den Argumenten überzeugt, die Celia angesprochen hat … und ich habe jetzt das Gefühl, dass wir zu weit gegangen sind, um einen Rückzieher machen zu können. Was für einen Frieden könnte unser Gefangener mit uns wollen, ganz gleich, wie wir fortfahren? Wenn wir ihn befreien, werden wir unter all den negativen Konsequenzen des Versuchs leiden und keine der guten erleben. Es tut mir leid, Sylas.“

Sylas neigt den Kopf und akzeptiert die ausweglose Situation. „Dann lass uns hoffen, dass wir die Schlimmsten dieser möglichen Konsequenzen vermeiden können.“

Auf dem Großteil des langen Spaziergangs zurück zu der neuen Burg schweigen wir. Es juckt mich in den Gliedern, meinen Wolf zu befreien und so schnell durch den Wald zu rennen, dass sich die Welt auf das Trommeln meiner Pfoten auf der Erde und das Keuchen meines Atems verengt. Sylas verwandelt sich allerdings nicht, weshalb ich neben ihm bleibe und darauf warte, dass er andeutet, er sei bereit, unsere nächsten Schritte zu planen.

„Gibt es irgendeinen Grund, aus dem wir Celias Angebot an die Unseelie morgen hinauszuzögern können?“, fragt er, als die Burg in Sicht kommt, deren Fenster teilweise noch in einem bernsteinfarbenen Licht glühen.

„Ich bin mir sicher, ich könnte irgendeine Ausrede

formulieren, die halbwegs plausibel klingt, aber ich weiß nicht, ob sie irgendetwas akzeptieren würde, was nicht eindeutig von der Hand zu weisen ist."

„Das stimmt." Er atmet langsam aus. „Was sind meine Optionen, Whitt? Ich habe jetzt noch eine größere Verantwortung, die Entscheidungen der Erzlords zu tragen, da ich einer *bin*. Ich kann mir nicht ausmalen, was für ein Chaos es geben würde, wenn ich gegen Celia und Donovan vorgehen würde. Aber ihr Plan ... ich kann mir nicht vorstellen, dass er gut enden wird."

Ich weiß sein Vertrauen in mich zu schätzen. Wenn ich ihm doch nur einen hilfreicheren Rat geben könnte. „Ich kann es mir auch nicht vorstellen, aber dir *sind* die Hände gebunden. Vielleicht gibt es eine Möglichkeit, wie Talia den Vorteil ihres Blutes nutzen könnte, da der Vollmond so bald bevorsteht?"

Sylas gibt einen abweisenden Laut von sich. „Celia interessiert sich abgesehen von ihrem Blut nicht für sie. Sie würde einfach befehlen, dass es ihr durch Zwang entnommen wird, falls Talia versucht, irgendwelche Bedingungen an ihren Beitrag zu knüpfen. Dann hätten wir einen ganz anderen Krieg zwischen den Erzlords am Hals."

Ich lasse meine Schultern kreisen und sauge die Wärme der Brise in mich auf, bevor wir die Burg betreten. Ich sehe eine schlaflose Nacht auf mich zukommen. „Ich werde jeden Bericht durchgehen, den ich in die Finger kriegen kann. Wenn es irgendeine brauchbare Lösung gibt, erfährst du davon, sowie ich auf sie stoße."

Als wir die Eingangshalle durchqueren, taucht Talia im Torbogen auf der anderen Seite auf, leuchtend wie immer mit ihren kräftig gefärbten Haaren, die um ihr blasses, hübsches Gesicht fallen, und in diesem neuen grünen Kleid, das ihren schlanken Kurven folgt. Die Hoffnung auf ihrem

Gesicht verblasst bei unserem Anblick. „Er hat seine Meinung nicht geändert?"

Der Frust auf Sylas' Miene vertieft sich. „Er hat die Argumente, die wir vorgebracht haben, nicht vom Tisch gewiesen, hat jedoch Angst, dass die Unseelie beleidigt sein werden, selbst wenn wir unseren Kurs jetzt ändern, sodass wir so oder so einen Krieg am Hals haben werden."

Sie runzelt die Stirn und verschränkt die Arme vor der Brust. „Sie wissen noch nicht, dass er gefangen genommen wurde, oder?"

„Ich rechne damit, dass sich mittlerweile jemand fragt, wo er abgeblieben ist, doch Celia wird vor morgen keine formelle Ankündigung machen." Sylas verzieht das Gesicht. „Ich schätze, wir sollten froh sein, dass sie uns eine so lange Gnadenfrist gewährt hat, um unsere Argumente vorzubringen, so erbärmlich es auch gelaufen ist. Donovan nimmt an, dass Corwin, selbst wenn sie keine Gelegenheit hat, ihren Plan zu enthüllen, nicht zögern wird, es zu tun, nachdem sie ihn so behandelt hat."

„Er will auch keinen Krieg. Ganz egal, was heute passiert ist."

„Ich weiß. Aber ich kann verstehen, warum meine Kollegen das nur schwer glauben können."

Sylas geht zu Talia, vergewissert sich, dass keines unserer Rudelmitglieder in der Nähe ist, und zieht sie in eine Umarmung. Jegliche Eifersucht, die ich einst verspürt habe, wenn sie seine Umarmung derartig fest erwiderte, ist längst verschwunden. Ich wünschte nur, wir hätten bessere Nachrichten, um sie zu trösten.

Wir drei werden gemeinsam zu ihr halten, egal ob ihre Seele an diesen vermaledeiten Vogelgestaltwandler-Erzlord gebunden ist oder nicht.

„Wir haben nicht aufgegeben", versichert ihr Sylas, als er sie loslässt. „Wir haben noch immer ein wenig Zeit."

Talia richtet ihren hellen, besorgten Blick auf mich. „Wirst du nach Antworten suchen – nach irgendeiner Regel oder einem Präzedenzfall, der Donovan überzeugen oder Celia aufhalten wird? Kann ich helfen?"

Ich denke an die Kartons voller Pergamentpapier und Aufzeichnungen, die vor kurzem von Hearthshire hierhergebracht wurden und nun mein neues Büro verstellen. Ich weiß nicht, ob sie etwas mit der altmodischen Fae-Handschrift anfangen kann, in der viele unsere Vorfahren und Kollegen ihre Gedanken dokumentierten. Das Verlangen, *etwas* zu tun, geht jedoch in Wellen von ihr aus. Ich weiß nicht, wie ich diesem süßen, leidenschaftlichen Geist etwas abschlagen soll, den ich so sehr zu lieben gelernt habe, dass während der letzten zehn Tage ein konstanter Schmerz in mir herrschte.

Es könnte *mir* etwas nützen, sie an meiner Seite zu haben für die kurze Zeit, die sie hierbleiben kann.

Ich winke sie zu mir. „Mehr Augen, die sich auf die Aufgabe konzentrieren, können nicht schaden."

Sie läuft neben mir her, als wir die Treppen erklimmen, und schiebt ihre Hand so mühelos in meine, als wäre sie nie gegangen. Als würde sie nicht theoretisch gesehen einem anderen Mann auf eine Weise gehören, mit der ich nie mithalten kann. Ich drücke ihre Finger und sie spannt ihre im Gegenzug an.

„Also", sage ich leichthin, „dein winterlicher Erzlord hat sich nicht als ganz so schrecklich entpuppt, wie wir befürchtet haben?"

„Nein, ganz und gar nicht. Nur … anders. Es hat eine Weile gedauert, bis wir richtig miteinander warm geworden sind. Und wir haben noch einen steinigen Weg vor uns." Talia blickt zu mir auf. „Das hat nichts geändert. Ich … ich liebe dich oder Sylas oder August nicht weniger als zuvor."

Ich kann das Lächeln nicht daran hindern, sich auf

meinen Lippen auszubreiten. „Und ihn stört es nicht, das zu wissen?"

„Ich denke, er kann nicht anders, als sich ein wenig daran zu stören. Er schien nicht der Meinung zu sein, dass wir einen Kompromiss finden können. Doch er ist gewillt, geduldig zu sein, während ich mir alles überlege."

„Vielleicht ist er jetzt weniger geduldig, da ihm unsere Leute wie einem Hund ein Halsband umgelegt haben." Celias Plan hat womöglich nicht nur unsere Chancen auf einen echten Frieden mit den Unseelie beschädigt, sondern auch jegliche Hoffnung darauf, dass Talias seelenverbundener Gefährte unseren Platz in ihrem Leben akzeptiert, verdammt soll sie sein. Ich widerstehe dem Drang, mit den Zähnen zu knirschen.

„Er weiß, dass es nicht eure Schuld war", versichert mir Talia mit so viel Zuversicht, dass ich sie beneide. Sie berührt mein Gesicht und zieht mich zu sich, und das Herz möge mir beistehen, selbst wenn sich ihr seelenverbundener Gefährte dieses Moments durch ihr Band bewusst ist, schaffe ich es nicht, mich dafür zu interessieren. Ich werde ihr nichts von der Leidenschaft verwehren, die ich unbedingt in unseren Kuss gießen möchte.

Talias Finger krümmen sich in meinem Nacken. Ich genieße die weiche Hitze ihres Mundes und entlocke ihr mit einer Bewegung meiner Zunge ein Wimmern. Sie gehört ihm, doch für den Moment gehört sie auch zu *mir*.

Und ich würde auf jede mir mögliche Weise zu ihr gehören, wenn nicht so viel auf dem Spiel stünde. Sie weicht zurück, ihre Hand bleibt an meinem Hals liegen und ihr Kopf neigt sich dicht zu meinem. „Es ist noch nicht sicher, dass ich deinen wahren Namen erfahre, aber ich hoffe noch immer, dass es das eines Tages sein wird. Wenn du ihn mir dann noch anbieten möchtest."

Ich drücke noch einen Kuss auf ihre Schläfe. „Ich werde

dich nie nicht wollen, Allkräftige." Das Verlangen, ihr zu zeigen, wie sehr ich sie will, schlängelt sich in einer sengenden Strömung durch mich hindurch, doch ich zügle es. Unsere Chancen, jemals diesen Tag zu erreichen, hängen stark davon ab, dass wir uns heute Nacht auf produktivere Arten beschäftigen. „Komm, lass uns nachschauen, ob wir die morgige Katastrophe abwenden können."

„Wir werden uns etwas überlegen", verkündet Talia, als wir weiter die Treppe hochgehen. „Es muss einfach etwas geben." Doch sie klingt, als würde sie sich genauso sehr davon zu überzeugen versuchen wie mich.

*Talia*

Als ich nach draußen trete, schließt sich die Dunkelheit zusammen mit der kühlen Nachtluft um mich. Nur in einem Fenster über mir brennt noch Licht – es ist das Fenster in Whitts Büro. Es hat nicht lange gedauert, bis ich herausfand, dass mir der Großteil der Fae-Berichte eher Kopfschmerzen bereitet, als dabei hilft, unsere aktuellen Probleme zu lösen. Ich erhielt allerdings den Eindruck, dass Whitt vorhat, die ganze Nacht lang wach zu bleiben, wenn das nötig ist.

Ich sagte ihm, dass er mir Bescheid geben soll, wenn er etwas findet, was Corwin helfen könnte, selbst wenn er mich dafür aufwecken muss. Doch nachdem ich das Büro verlassen hatte, stellte ich fest, dass ich zu ruhelos war, um ins Bett zu gehen. Stattdessen ging ich nach unten in der Hoffnung, dass die frische Luft und die Ruhe der Nacht meine Nerven ein wenig beruhigen würden.

Corwin hat es geschafft, einzuschlafen, soweit ich das anhand der definitiv vorhandenen, jedoch formlosen Präsenz am anderen Ende unseres Bandes erkennen kann. Wenigstens bekommt er ein wenig Ruhe. Mein Herz zieht sich bei dem Gedanken an ihn zusammen, wie er zusammengesackt in dem Gefängnisraum aus Steinmauern sitzt, auf den ich durch sein Bewusstsein Blicke erhascht habe. Celia behandelt ihn nicht mit viel mehr Würde als einen einfachen Verbrecher.

Soweit ich weiß, könnte sie einen Fae, der *kein* Erzlord ist, natürlich noch schlimmer behandeln.

Eine schlanke Gestalt kommt aus einem der Häuser des Rudeldorfes, das meine Rudelkollegen zu seiner vollen Größe auszubauen begonnen haben. Harper bleibt stehen, als sie mich sieht, und gesellt sich zu mir. Ihr Mund presst sich zusammen. „Keine Neuigkeiten zur Sache mit Corwin?"

Ich schüttle den Kopf. „Bis jetzt nicht." Und morgen früh wird Celia die Unseelie-Erzlords über seine Gefangennahme und ihre Forderungen in Kenntnis setzen. Wenn sie das erst einmal getan hat, weiß ich nicht, wie man das rückgängig machen soll.

Ich reibe mir über die Arme, da mir von innen heraus kalt ist, und Harper rückt näher an mich heran. „Es ist nicht richtig, was sie getan hat. Ich weiß, dass sie ein Erzlord ist, und ich liebe die Raben nicht … aber ich denke, dass sie ihm gegenüber nicht fair ist."

„Das Problem besteht darin, *ihr* das klarzumachen." Ich seufze. „Die Seelie und Unseelie haben sich nie richtig verstanden, stimmt's? Und die Winterseite hat euch fast dreißig Jahre lang angegriffen. Es macht Sinn, dass sie die Nase voll hat. Ich habe keine Ahnung, wie man jemandes Meinung in einer solchen Situation ändern kann."

Harper senkt den Blick und schaut mich wieder an. „Ich habe dir etwas Schreckliches angetan und du konntest mir verzeihen. Wenn das möglich ist … muss es doch eine

Möglichkeit geben, ihr zu zeigen, dass er keine schlechte Person ist."

„Oder zumindest müssen wir es Donovan zeigen. Aber Sylas und Whitt haben bereits mit ihm gesprochen und konnten ihn nicht überzeugen. Sie kennen sich mit Fae-Politik aus … wenn *sie* nicht zu ihm durchdringen konnten …"

Meine Freundin schenkt mir ein sanftes Lächeln. „War es Politik, die dich davon überzeugt hat, mir noch eine Chance zu geben? Soweit ich gesehen habe, hast du eine Menge Fae dazu bringen können, ihre Meinung darüber zu ändern, wie sehr sie *dich* respektieren sollen. Vielleicht kannst du das auch für deinen seelenverbundenen Gefährten tun."

Ein Schmerz setzt in meiner Brust ein. Ich wünschte, es wäre so einfach. „Ja." Erschöpfung rollt über mich hinweg und ich reibe mir über die Augen. „Ich schätze, ich werde darauf hoffen, dass mir der Schlaf Antworten bringt."

„Dann sehen wir uns morgen." Harper drückt meinen Arm tröstend und ich lächle sie kurz an, bevor ich wieder nach drinnen gehe.

Doch nachdem ich mich unter meiner Bettdecke vergraben habe, schlafe ich nicht sofort ein. Harpers Worte gehen mir unentwegt durch den Kopf.

Es stimmt – ich *habe* ihr nicht vergeben, weil es Sinn machte oder wegen irgendeiner politischen Strategie. Es lag nicht einmal daran, dass sie immer wieder bewies, wie entschlossen sie war, ihre Fehler wiedergutzumachen, obwohl es das erleichtert hat, ihr zu vertrauen.

Nein, ich fing erst an dem Abend in Corwins Palast an, sie wirklich wieder als meine Freundin zu betrachten, als sie bei mir saß und zugab, dass sie mich beneidet hatte und wie sehr sie mich bewunderte. Als wir wie zwei Leute miteinander sprachen, die einander verstehen wollten, und es sich anfühlte, als wären wir einander ebenbürtig. An jenem

Abend ignorierten wir die Unterschiede zwischen Fae und Mensch, die sich zwischen uns hätten schieben können.

Hat Donovan sich überhaupt mit Corwin unterhalten? Hat er irgendeine Ahnung, wer der Feind ist, den er verurteilt? Bevor ich den Unseelie-Erzlord kennenlernte, hielt *ich* alle Winter-Fae für grausame Schurken.

Vielleicht gibt es etwas, was ich Donovan erzählen kann, was meine Männer nicht konnten. Ich kann es persönlich anstatt politisch machen.

Dieser Gedanke folgt mir in einen unruhigen Schlaf. In der Morgendämmerung wache ich mit kribbelnden Nerven auf.

Es ist nicht mehr viel Zeit. Wenn ich mit dem jüngsten Erzlord reden will, muss ich es jetzt tun.

Ich wasche mich schnell und ziehe mich an, wobei ich mit mir ringe, ob ich einen meiner Männer bitten soll, mich zu begleiten. Aber wenn sie noch nicht zu mir gekommen sind, um mir zu erzählen, dass sie eine Lösung gefunden haben, dann arbeiten sie noch an dem Problem oder gönnen sich selbst eine dringend benötigte Pause.

Außerdem möchte ich, dass Donovan weiß, dass ich für mich spreche und nicht als Sprachrohr für Sylas agiere. Ich habe noch nie zuvor mit ihm gesprochen. Er muss mich als eigenständige Person sehen, als eine Person mit berechtigten Ansichten, die er womöglich noch nicht in Erwägung gezogen hat.

Als ich die Burg verlasse, schlägt mein Herz schneller. Das Tageslicht ist noch schwach und die Sonne ist noch nicht so hochgestiegen, dass sie am Himmel sichtbar wäre. Ich weiß nicht, ob Donovan überhaupt schon wach ist.

Tja, Pech. Ich kann nicht darauf warten, dass er einen geruhsamen Morgen verbringt. Wenn nötig, werde ich ihn aus dem Bett zerren, damit er mich anhört.

Ich bin noch nie von unserem neuen Revier zu Donovans

gelaufen. Obwohl die Burgen relativ nah an die zentrale
Bastion gebaut wurden, ist es eine kleine Wanderung. Als die
glänzenden Tonmauern vor mir in Sicht kommen, pocht
mein krummer Fuß in seinem Orthesenstiefel und mein
Humpeln verstärkt sich.

Mein Kiefer mahlt und ich zwinge mich, so schnell und
stetig weiterzugehen, wie ich kann. Ich brauche es nicht, dass
er mich für schwach hält.

Corwins Stimme dringt von innen heraus zu mir. *Was
machst du, Talia?* Die Worte gehen mit einem Gefühl der
Resignation und Erschöpfung einher, als hätte ihm der Schlaf
nicht gutgetan.

*Alles in meiner Macht Stehende, um dich zu befreien,*
erwidere ich bestimmt. *Ich gebe nicht auf, ohne alles probiert
zu haben.*

Ein Funken der Furcht brennt von ihm durch mich
hindurch. *Bring dich nicht meinetwegen in Gefahr.*

*Ich glaube nicht, dass das hier gefährlich werden wird.* Das
Schlimmste, was passieren kann, ist, dass ich mich blamiere.
Zumindest denke ich das. Sylas hat immer gesagt, dass
Donovan von all den ursprünglichen Erzlords Menschen am
freundlichsten gesinnt ist, und ich bin immer noch die
Quelle ihres Heilmittels. Er wird wahrscheinlich nicht
zulassen, dass ich verletzt werde, selbst wenn er wegen der
Störung verärgert ist, oder?

Allerdings würde ich das hier auch tun, wenn ich denken
würde, er könnte mir schaden.

Die Schmerzen von Corwins Körper, weil er auf dem
harten Boden liegen musste, hallen durch mich hindurch.
Anscheinend bemerkt er meine aufflammende Wut um
seinetwillen. *Ich werde das hier überleben. Ich habe schon
Schlimmeres durchgemacht.*

*Ich würde gerne auf etwas abzielen, das ein wenig darüber
liegt, dass du einfach nur überlebst,* erwidere ich.

Als ich die letzten Schritte zur Burgtür hinke und mir der immer höher steigenden Sonne unangenehm bewusst bin, erscheinen ein paar Wachen an der Eingangstreppe. Ich recke das Kinn, um einen anzustarren und dann den anderen. „Ich muss mit Erzlord Donovan sprechen."

Sie mustern mich skeptisch. Aufgrund meiner pinken Haare in Kombination mit meinen menschlichen Merkmalen kann ich vermutlich sofort identifiziert werden, doch für die meisten Fae bin ich nach wie vor eher ein Blutspender als ein Wesen mit einem eigenen Willen. Sie würden nie erwarten, dass ich selbst herkomme und nach ihrem Lord verlange.

„In welcher Angelegenheit?", fragt einer.

„Das werde ich mit ihm besprechen." Ich schaue ihn finster an. „Sie wissen, dass ich zu Erzlord Sylas' Rudel gehöre. Sie wissen, dass ich für keinen Fae, geschweige denn für einen Erzlord eine Gefahr darstelle." Ich halte die Hände in einer Geste der Hilflosigkeit hoch. Ich habe mir nicht einmal meinen Gürtel mit meinem Dolch und Salzbeutel umgelegt. Es ist besser, wenn sie mich als harmlos betrachten.

Die Wachen treten näher zueinander, um sich leise zu unterhalten, und ich widerstehe dem Drang, ungeduldig von einem Fuß auf den anderen zu treten. Schließlich bedeutet mir die Frau, ihr nach drinnen zu folgen. „Komm mit mir. Ich werde nachfragen, ob er gewillt ist, dich zu empfangen."

Ich eile hinter ihr durch die Gänge, an dem Ballsaal vorbei, in dem wir uns für ein Bankett versammelten, das gefühlte Jahre zurückliegt, in ein engeres Netzwerk aus Gängen. Die Wache bedeutet mir, in einem Knick im Gang stehen zu bleiben, und marschiert allein davon. Ich stehe dort, schlinge die Arme um mich und blende den Schmerz in meinem Fuß so gut aus, wie ich kann.

Falls sie zurückkommt und versucht, mich wegzuschicken, muss ich eine Szene veranstalten. Ich werde aus voller Kehle schreien und hoffen, dass mich Donovan hört und ich etwas sagen kann, was seine Aufmerksamkeit erregt. Was würde das tun?

Zum Glück muss ich das nicht herausfinden. Eine Minute später erscheint die Wache wieder und bedeutet mir mit einem Ruck ihrer Hand, ihr zu folgen. Ihr zusammengepresster Mund deutet darauf hin, dass sie nicht erfreut über die Situation ist. Sie führt mich um eine weitere Biegung zu einer Tür, die leicht offensteht.

„Sie ist hier", verkündet sie durch die Lücke.

„Schick sie rein", erwidert Donovan in seinem warmen Tenor.

Ich schlüpfe an der Tür vorbei und finde mich in einem Zimmer wieder, das eindeutig sein Büro ist, wenn auch viel unordentlicher als Sylas', ganz zu schweigen von Corwins. Donovan lehnt ziemlich lässig vorne an seinem Schreibtisch, beobachtet mein Eintreten allerdings mit argwöhnischer Aufmerksamkeit und Neugier. In seinen hellbraunen Augen leuchtet Wachsamkeit beinahe so hell wie seine flammenähnlichen Haare. Wenigstens sieht es nicht so aus, als hätte ihn mein Besuch aus dem Bett geholt.

„Du bist allein gekommen?", fragt er, obwohl ihm die Wache das erzählt haben muss. Es erklingt ein Klicken, als sie die Bürotür hinter uns schließt.

Ich würde mich gerne setzen, um meinen Fuß auszuruhen, doch solange er steht, richte ich mich stattdessen so gerade auf, wie ich kann. „Sie haben bereits mit Sylas und Whitt gesprochen. Ich bin hier, um meine Argumente darzulegen. Wären Sie geneigter, mir zuzuhören, wenn ich einen Fae bei mir hätte?"

Donovan blinzelt mich an, als wäre er verdutzt, dass ich die Aufmerksamkeit so direkt auf meine Menschlichkeit und die Vorurteile gelenkt habe, die damit einhergehen. Er braucht einen Moment, um sich davon zu erholen. „Nein.

Ich bin gewillt, mir anzuhören, was du zu sagen hast, auch wenn ich dir mitteilen muss, dass es meine Meinung wahrscheinlich nicht ändern wird."

„Vielleicht sollten Sie warten, bis Sie mich tatsächlich angehört haben, bevor Sie das entscheiden", erwidere ich schroffer, als ich es mir normalerweise erlauben würde. Doch ich habe es satt, dass Fae ständig annehmen, dass ich nicht nur harmlos, sondern auch hoffnungslos bin, und meine Unverschämtheit bringt immerhin eine schärfere Aufmerksamkeit in Donovans Blick.

Er macht einen Schlenker mit seiner Hand. „Gewiss, fang an."

Ich atme tief ein und mein Puls beschleunigt sich. Corwins Anwesenheit in meinem Hinterkopf stärkt meine Entschlossenheit und rechtfertigt sie. „Ich bin hergekommen, um für meinen seelenverbundenen Gefährten zu sprechen. Um Sie zu bitten, sich auf Sylas' Seite zu stellen und darauf zu bestehen, dass Celia ihn gehen lässt und ihren Plan nicht fortsetzt."

„Und darüber haben Sylas und ich bereits gesprochen. Ich habe meine Gefühle hinsichtlich dieser Angelegenheit deutlich gemacht. Nichts, was du sagst, könnte die Tatsachen der Situation ändern."

„Ich will die Tatsachen nicht ändern. Ich denke nur, dass es viele gibt, von denen Sie nicht wissen und die Sie wahrscheinlich nicht bedacht haben. Sie glauben nicht, dass Corwin vergeben wird, was Celia ihm angetan hat. Ich *weiß*, dass er es tun wird. Ich weiß, dass er daran arbeiten wird, den Angriffen auf die Seelie ein Ende zu setzen, wenn er freigelassen wird."

Donovans Miene nimmt mitleidige Züge an, die mir überhaupt nicht gefallen. „Ich kann verstehen, dass du dich ihm angesichts eures Bandes nahe fühlst, aber natürlich stellt er sich in diesem Licht dar, wenn er denkt, dass er dadurch aus dem Gefängnis kommt."

Ich muss mir einen finsteren Blick verkneifen. „Denken Sie, ich kann nicht den Unterschied zwischen einer direkten Aussage und der Art erkennen, auf die die Fae gerne um ein Thema herumreden, damit sie nicht lügen müssen? Das Problem besteht nicht darin, dass ich nicht weiß, was ich glauben kann – es besteht darin, dass Sie annehmen, es gäbe keine Möglichkeit, dass Sie ihm vertrauen können. Aber Sie haben viel mehr mit ihm gemeinsam, als Sie sich die Mühe gemacht haben, herauszufinden. Ich wette, Sie sind ihm ähnlicher als Celia."

Der Erzlord lacht schallend bei dieser Vorstellung. „Ich denke wohl kaum, dass einer der Unseelie und ich …"

Ich unterbreche ihn und schicke eine kurze Entschuldigung an Corwin, da ich einen Teil seiner Vergangenheit enthülle. „Wussten Sie, dass er sich unerwartet in der Erzlord-Position wiederfand, weil sein Vater vor seiner Zeit starb? So wie es Ihrer Mutter passiert ist. Er musste sich beweisen und mit älteren Kollegen befassen, die denken, sie wüssten es besser als er, genauso wie Sie es tun mussten."

Donovans Gesicht verdüstert sich. „Zieh meine Mutter nicht in diese Sache."

„Das tue ich nicht. Ich sage nur, dass Sie eine Menge der gleichen Hürden überwinden mussten." Ich such nach einem weniger nervenaufreibenden Beispiel. „Sie lieben Musik, nicht wahr? Sie haben diese berühmte Harfe, die alle während Ihres Banketts sehen wollten. Corwins Familie hat ihr Revier nach der Musik benannt, die die Burg macht, die sie gebaut haben. Heart's Cadence. Er hat eine umwerfende Harfe … und er spielt sie auch gut."

„Ich sehe nicht, was irgendetwas davon mit dem potenziellen Krieg zwischen unseren Völkern zu tun hat."

Oh um Himmels willen. Ich schaue ihn finster an.

„Wollen *Sie*, dass es einen ausgewachsenen Krieg gibt? Nach all den Angriffen und den Toten, die Sie bereits zu verzeichnen hatten?"

„Natürlich nicht", antwortet Donovan. „Doch das ist nicht meine Entscheidung. Sobald die Unseelie-Erzlords erfahren, was wir getan haben, werden sie noch wütender sein. Deswegen brauchen wir ein Druckmittel."

„Nein, deswegen müssen Sie Corwin gehen lassen, bevor ihnen Celia davon erzählt. Das ist die einzige Möglichkeit, wie sie es nicht erfahren werden."

„Du erwartest, dass ich glaube, dass er, nachdem er gefangen und eingesperrt wurde ..."

„Ja", gifte ich. „Wenn Sie selbst nach dreißig Jahren an Überfällen und Morden immer noch einen Weg finden wollen, Frieden zu schließen, dann sollten Sie sich auch vorstellen können, dass er nach einer einzigen Nacht in einer Gefängniszelle ebenfalls nach wie vor Frieden anstrebt. Vielleicht aus den genau gleichen Gründen, die Ihnen wichtig sind."

Danach zucke ich zusammen, obwohl sich Donovan nicht bewegt hat, denn ich bin mir bewusst, wie feindselig mein Tonfall klang. So sollte definitiv niemand mit einem Erzlord sprechen.

Donovan starrt mich an. Meine offenkundige Furcht vor seiner Reaktion lässt ihn womöglich innehalten und etwas länger darüber nachdenken.

„Bitte", sage ich und zwinge meine Stimme, sanfter zu werden. „Ich dachte auch, dass alle Winter-Fae schrecklich sein müssen. Ich weiß nicht, warum sie die Seelie angegriffen haben, aber ich weiß, dass sie immer noch *Fae* sind und keine hirnlosen Monster. Ich verspreche Ihnen, diesen Unterschied kann ich ebenfalls erkennen. Die schlimmsten Fae, mit denen ich es bisher zu tun hatte, befanden sich hier im Sommerreich."

Die Mundwinkel des Erzlords verziehen sich nach unten
– und sein Blick senkt sich auf meinen krummen Fuß. Auf
die Art und Weise, wie ich stehe und hauptsächlich den
anderen Fuß belaste, um die Schmerzen zu lindern. „Du
solltest dich hinsetzen", sagt er plötzlich.

„Mir geht es gut. *Ich* bin nicht diejenige, um die Sie sich
im Moment Sorgen machen müssen."

Er hebt den Kopf, um mir in die Augen zu schauen.
Seine Haltung ist jetzt weniger angespannt, sein Blick jedoch
bohrend. „Und was wirst *du* tun, wenn wir deinen Gefährten
freilassen? Wirst du zurück ins Winterreich gehen und dir
ein Zuhause bei diesen Fae einrichten?"

„Machen Sie sich Sorgen, dass ich vergessen werde, bei
dem Fluch zu helfen?" Ich lache kurz. „Ich habe hier die
schlimmsten Fae kennengelernt, aber auch die besten. Meine
Loyalität gilt vor allen Dingen dem Sommerreich."

„Vorerst."

Die Idee kommt mir mit einem kribbelnden Gefühl, das
in meinem Bauch beginnt. Doch nachdem sie mir
eingefallen ist, kann ich sie nicht mehr abschütteln.
Vielleicht werde ich das hier bereuen, aber ich muss sein
Vertrauen für *mich* gewinnen, damit er Corwin vertraut.

„Ich werde es schwören. Dass ich nie mehr als eine
Woche am Stück bei den Unseelie verbringen werde und dass
ich stets bei Vollmond zurückkehren werde, solange der
Fluch existiert. Sie und die anderen Erzlords können die
genaue Formulierung des Schwurs festlegen sowie die
Konsequenzen, sollte er gebrochen werden, und ich werde
ihn ablegen. Heute Morgen, wenn das nötig ist. Dann haben
Sie diese Garantie. Alles, was mir schadet, wird auch Corwin
schaden. Sie werden immer noch Ihr Druckmittel haben,
falls jemand versucht, mein Versprechen zu brechen."

Mein Magen verknotet sich, doch Corwin greift von
innen nach mir, als würde er meine Hand drücken. *Es ist alles*

*in Ordnung. Wenn sie diese Verpflichtung brauchen, nehme ich es dir nicht übel, dass du sie eingehst. Ich wusste bereits, dass du nicht mir allein gehören wirst.*

Donovan betrachtet mich mehrere Sekunden lang. Dann gluckst er rau. „Ich beginne, zu verstehen, wie du so viel von Sylas' Respekt gewonnen hast. Ich weiß dein Engagement zu schätzen und dass du so mutig warst, den Mund aufzumachen. Allerdings läuft immer noch alles auf diesen Unseelie-Erzlord hinaus, der eine unbekannte Größe ist, und ein Seelenband beweist seine Loyalität nicht. Ich bin mir sicher, du glaubst, was du sagst, aber seine Wahrheit ist die Einzige, die von Bedeutung ist."

Ich schlucke schwer. *Corwin, ich weiß nicht, ob dir das gefallen wird, es könnte jedoch unser einziger Ausweg sein. Kannst du mir vertrauen?*

Er antwortet, ohne zu zögern. *Was brauchst du von mir, Talia?*

Ich antworte ihm und Donovan gleichzeitig. „Dann reden Sie mit Corwin. Sprechen wir sofort mit ihm. Sie können hören, wie viel ihm der Friede bedeutet, und zwar aus seinem eigenen Mund."

Wenigstens hoffe ich, dass er seine Mauern so weit senken wird, dass er Donovan zeigen kann, wie viel es ihm bedeutet – bevor es zu spät ist, um einen Unterschied zu machen.

31

*Corwin*

Ich wappne mich, während ich an den Steinmauern meiner Gefängniszelle lehne, und zügle den Drang, an dem lächerlichen Halsband zu zerren, das meinen Hals aufschürft. Die sengende Empfindung, die das Eisen in dessen Innerem verursacht, ist auf ein stumpfes Brennen geschrumpft, breitet sich jedoch nach wie vor bei jeder Bewegung in meinem Körper aus.

Dafür wappne ich mich allerdings nicht. Ich bereite mich auf die Befragung vor, die gleich beginnen wird.

Talia hat ihre Seite unseres Bandes offengelassen, seit wir hier angekommen sind. Ich kann ihr jetzt folgen, während sie und der rothaarige Seelie-Erzlord zum Eingang der gleichen Kalksteinburg laufen, in die ich gestern gebracht wurde. Ihre Entschlossenheit schneidet durch ihre Angst, aber sie *ist* nervös. Sie befürchtet, dass sich ihr Schachzug nicht zu unseren Gunsten entwickelt.

Ich bin mir auch nicht sicher, ob er das tun wird, werde jedoch mein Bestes geben.

Vor ihren Augen erscheint die ältere Erzlord-Sommer-Fae, die die Krieger befehligte, die mich in Gewahrsam genommen haben. Sie und der andere Erzlord wechseln ernste Worte. Talia beobachtet das alles mit einem Knoten im Bauch. Ich versuche, sie zu beruhigen, was eventuell nicht sonderlich überzeugend ist. Mein Magen hat sich nämlich ebenfalls zu einem Ball zusammengezogen.

Was wird mich dieser junge Erzlord fragen wollen, dessen Vergangenheit meiner so bemerkenswert ähnelt? Wie viel werde ich überhaupt beantworten können? Ich muss nach wie vor an meine Pflicht meinen eigenen Leuten gegenüber denken. Es bringt mir nichts, aus dem Gefängnis entlassen zu werden, wenn ich im Gegenzug alle Winter-Fae mit dem in Gefahr bringe, was ich enthülle.

Wenigstens wirkt er relativ wortgewandt. Er erklärt meiner Geiselnehmerin, dass sie keinen Grund hat, ihn daran zu hindern, mit mir zu sprechen, und dass es umso wichtiger ist, dass er sich anhört, was ich zu sagen habe, wenn es seine Meinung bezüglich ihres Plans ändern könnte. Daraufhin seufzt sie, gibt jedoch klein bei. Mit einem zaghaften Anflug der Erleichterung folgt ihm Talia in die Burg.

Ihr Fuß tut weh. Ein Stechen schießt bei jedem humpelnden Schritt von ihr in mich. Meine Hände ballen sich an meinen Seiten aus dem Wunsch zu Fäusten, ich wäre in der Lage sie von ihren Füßen zu heben – so wie es einer ihrer Männer, August, getan hat, als sie bei unserer Ankunft zu ihm gerannt ist.

Die Erinnerung macht mich nicht wütend, wie sie das einst getan hätte. Es durchströmte sie allein beim Anblick der drei Seelie so viel Freude. Wenn ich akzeptiere, dass diese drei beinahe so stark mit ihrem Leben verflochten sind wie ich – in mancherlei Hinsicht sogar stärker – und die Eifersucht beiseiteschiebe ... dann ist diese Freude auch meine. Ich kann sie von ihr akzeptieren und zu meiner eigenen machen.

Ich kann mich nicht an das letzte Mal erinnern, als ich annähernd so viel Freude empfand wie die, die sie in diesen ersten kurzen Momenten mit mir teilte, bevor sich die Krieger auf mich stürzten.

In diesem Moment gibt es jedoch sehr wenig, über das ich glücklich sein kann. Die Wahrnehmungen, die ich durch Talia erhalte, und die Außenwelt beginnen, mit dem Klopfen von Schritten miteinander zu verschmelzen, die meine Ohren weiter weg in dem schummrigen Gang hören können. Talias Nase rümpft sich wegen des feuchten, matschigen Geruchs, an den sich meine Sinne vor vielen Stunden gewöhnt haben. Erneut durchfährt sie Wut, weil sie weiß, dass ich hier eingesperrt wurde.

Meine seelenverbundene Gefährtin ist so leidenschaftlich. Es scheint absurd zu sein, dass ich bei der Vorstellung ihrer menschlichen Mängel zurückschreckte, als ich realisierte, was sie war. Würde sie jetzt jemand in meiner Hörweite schwach nennen, würde ich denjenigen auslachen.

Selbst in dieser gefährlichen Lage, in der so viel von dem bevorstehenden Gespräch abhängt, wickelt das Wissen, dass ihre Leidenschaft wegen mir aufgeflammt ist, Wärme um mein Herz.

Dann schwingt die Zellentür auf und ich sehe sie vor mir – meine Gefährtin und den rothaarigen Erzlord neben ihr. In dieser ersten Sekunde fällt es mir schwer, mich auf irgendetwas anderes als auf sie zu konzentrieren: Ihr Blick erfasst das getrocknete Blut von der Wunde an meiner Schläfe, die ich nicht magisch verschließen konnte, die Fesseln, die meine Handgelenke und Knöchel binden, um sicherzustellen, dass ich genauso wenig mit meinem Körper wie mit Magie angreifen kann. Noch mehr Wut flammt hinter ihren zarten Zügen auf.

„Wer hat ihn verletzt?", will sie von der Wache wissen, die wahrscheinlich die Tür aufgeschlossen hat.

Das Gesicht des Seelie-Kriegers wird sorgsam ausdruckslos, doch er spricht mit einem hörbaren Knurren. „Eine Wunde lässt sich manchmal nicht vermeiden, wenn man sicherstellt, dass ein Gefangener nicht entkommen kann. Es kann ihn keine Magie berühren, damit der Schnitt verheilt, während er das Halsband mit dem Eisenkern trägt."

„Ich kann mich darum kümmern", verkündet der Erzlord – Donovan wurde er in Talias Anwesenheit genannt. Er scheucht die Wache weg, bevor er seinen skeptischen Blick auf mich richtet. „Wenn Sie es mir erlauben."

„Es stört mich nicht so sehr, dass ich Sie damit belasten würde", erwidere ich ruhig. „Doch wenn es Ihnen wichtig ist, würde ich nicht protestieren."

Er geht in meiner Nähe in die Hocke, wobei er so sehr auf seine Kraft und meine Fesseln vertraut, dass er keine Furcht vor einem Angriff zeigt. „Was auch immer Sie momentan von uns denken, wir sind keine Rohlinge."

Ich könnte argumentieren, dass ich diesen einen Vorfall nicht brauchte, um die hitzköpfigen, wolfgestaltwandelnden Sommer-Fae als Rohlinge zu sehen, doch meine missliche Lage und die Erinnerung an Talias Tadel sorgen dafür, dass ich den Mund halte. Es stimmt, dass wir Unseelie in den letzten Jahrzehnten diese Rolle genauso sehr gegenüber den Seelie eingenommen haben wie umgekehrt. Die meisten der Eindrücke, die ich durch Talias Augen von ihrem Rudel erhielt, waren jedenfalls unerwartet zivilisiert, selbst wenn ihr anderswo in diesem Reich eine Menge Bösartigkeit widerfahren ist.

Donovan zieht ein quadratisches Tuch aus einer Tasche sowie ein kleines Fläschchen aus einer anderen und träufelt etwas Flüssigkeit auf das Tuch. Als er damit über den Kratzer tupft, brennt meine Haut und Talia spannt sich an.

Donovan richtet sich auf und tritt einen Schritt zurück. „Das ist das Beste, was ich im Moment für Sie tun kann. Wenigstens ist es sauber."

Talia bleibt neben der Tür stehen, wobei sie die Sehnsucht ausstrahlt, zu mir zu kommen und mir mit ihrer Umarmung so viel Trost wie möglich zu spenden. Sie will allerdings nicht das Gespräch stören oder meine aktuelle Hilflosigkeit betonen. Ich schicke ihr eine Woge der Zuneigung durch unser Band.

„Ihre seelenverbundene Gefährtin hat sich beherzt für Sie eingesetzt", berichtet Donovan, als wüsste ich nicht von diesem Gespräch. Vielleicht ist ihm das nicht bewusst. „Ich würde gerne aus Ihrem eigenen Mund von Ihren aktuellen Gefühlen hinsichtlich der Beziehung zwischen unseren Völkern hören, während das Herz über uns wacht."

Ich bin geübt darin, unter Druck zu sprechen und jegliche Emotionen zu verdrängen, die an mir nagen, um die kristalline Sachlichkeit zu präsentieren, die von einem Erzlord erwartet wird. Ich entscheide mich für die Worte, die meine Gedanken am genausten ausdrücken werden, sodass kein Raum für Diskussionen bleibt.

„Ich glaube, wie ich das von Anfang an getan habe, dass die Gewalt, welche die Unseelie entlang der Sommergrenze verübt haben, unnötig war, und dass wir besser damit beraten gewesen wären, Kontakt zu Ihnen aufzunehmen und unsere Sorgen friedlich anzusprechen. Meine aktuelle Lage hat nichts an dieser Meinung geändert."

„Was würden Sie tun, wenn Sie ohne Konsequenzen befreit werden würden?"

„Ich würde in meine Ländereien zurückkehren und diesen Fehltritt meinen Kollegen gegenüber nicht erwähnen. Und ich würde sie weiterhin drängen, mit Ihnen und den anderen Seelie-Erzlords in den Dialog zu treten, jetzt noch energischer, da ich ein persönliches Interesse an den Leben der Bewohner des Sommerreichs habe." Mein Blick gleitet kurz zu Talia, bevor ich ihn wieder auf Donovan richte.

Der Seelie-Erzlord mustert mich, als würde er meine Worte im Geiste auf alle möglichen Lügen überprüfen. Nun, das *denkt* er wahrscheinlich – dass ich meine Aussagen verdrehe, um meine wahren Absichten zu verbergen. Doch ich weiß nicht, ob ich ehrlicher hätte sein können.

Ich beginne beinahe, mich zu entspannen, als er seine Arme verschränkt und mir seine nächste Frage stellt. „Und was können Sie uns über die Gründe Ihrer Leute verraten, aus denen sie all diese Angriffe gegen uns gestartet haben?"

Mir stockt der Atem. Ich habe nicht einmal mit Talia darüber gesprochen. Wie sie sehr gut weiß. Meine noble Gefährtin eilt mir zur Hilfe, bevor ich etwas sagen muss. „Er kann ohne die Erlaubnis der anderen Unseelie-Erzlords nicht darüber sprechen."

Das stimmt, allerdings nicht ganz so umfassend, wie ich sie glauben ließ. Ich unterdrücke mein Bewusstsein dieser Tatsache und zwinge mich für Donovan zu einem angespannten Lächeln. „Ich kann nur sagen, dass ich zwar absolut nicht mit ihren Methoden einverstanden bin, jedoch verstehe, warum sie das Bedürfnis verspürten, etwas zu unternehmen. Es geschah nicht aus Bösartigkeit."

Ich kann es ihm nicht übelnehmen, dass er skeptisch wirkt. „Warum sind Sie dann nicht einer Meinung mit ihnen?", fragt er. „Warum unterstützen Sie ihre Aggression gegen uns nicht, wenn Sie sie nicht als ungerechtfertigt betrachten?"

Ich lasse mir meine Antwort durch den Kopf gehen, denn jede Faser meines Körpers sträubt sich, die Frage überhaupt zu beantworten. Es gibt keine einfache Möglichkeit, darüber zu sprechen, ohne mehr preiszugeben, als ich diesem Mann, der zum Sommerreich gehört, mitteilen möchte.

Seine Augen werden mit jeder verstreichenden Sekunde schmäler, bevor ich spreche. Ich zwinge mich, es hinter mich zu bringen. „Ich kann glauben, dass es einen dringenden Bedarf für *irgendeine* Handlung gibt, ohne mit der speziellen Methode einverstanden zu sein. Ich war gewillt, besser von den Seelie zu denken als meine Kollegen. Ich hatte das Gefühl, dass wir in der Lage sein sollten, einen Kompromiss zu finden, bei dem keine Gewalt notwendig ist. Sie waren nicht gewillt, das Risiko einer echten Verhandlung einzugehen.“

Donovan schnaubt und Wut blitzt in seinen Augen auf. „Sie sprechen von Kompromissen und davon, besser von uns zu denken, und dennoch erzählen Sie uns nicht, warum Ihre Leute unsere beinahe dreißig Jahre lang *ermordet* haben. Wie soll ich glauben, dass Sie vollkommen ehrlich sprechen? Warum sollte es Sie interessieren, was einem von uns im Sommerreich passiert, insbesondere nach dem, wie Sie während des vergangenen Tages behandelt wurden?“

Ich weiß nicht, wie ich darauf antworten soll. Meine Brust schnürt sich zusammen und ein Anflug von Panik schwappt von Talia in mich. Sie beißt sich auf die Lippe und ich weiß, dass sie so gut wie ich erkennen kann, dass der Seelie-Erzlord nur Augenblicke davon entfernt ist, zu gehen und mich hier zurückzulassen.

Was will er von mir? Ich habe ihm erzählt, was ich kann, so deutlich, wie ich es kann. Was gibt es noch …

Talias Stimme durchbricht meine Gedanken angespannt vor Sorge. *Er sieht nicht, wie viel es dir bedeutet. Er kann nicht so wie ich* spüren, *wie du diesbezüglich empfindest. Er wird nicht schlechter von dir denken, wenn du ihm zeigst, dass es dir am Herzen liegt, ich verspreche es dir. In dieser Hinsicht sind sie nicht wie die Unseelie.*

Nein, das sind sie nicht. Als ich Donovan wieder

anschaue und seinem finsteren Blick begegne, trifft mich das Verstehen wie ein Schlag feuriger Hitze.

Das ist genau das, was wir immer an den Sommer-Fae verachtet haben, oder? Ihr Temperament und ihre Leidenschaft, die Logik und Vernunft überwältigen. Der Seelie-Erzlord sieht genauso wenig aufrichtiges, praktisches Denken in meinen Worten, wie es Talia tat, als ich versuchte, ihre Sehnsucht nach ihren Liebhabern aus ihrem Gedächtnis zu löschen.

Meine Kollegen hätten meine Selbstbeherrschung gelobt – wenn sie in großzügiger Stimmung gewesen wären – doch für ihn muss ich mich kalt anhören. Gefühlslos. Und für ihn ist es eindeutig eine emotionale Angelegenheit.

Warum *sollte* er glauben, dass ich mich dem Frieden verschrieben habe, wenn ich nur leidenschaftslos darüber spreche?

Ich öffne den Mund und die einschnürende Empfindung kriecht meine Kehle hinauf. In meinem Hinterkopf steigen die Erinnerungen an das Schluchzen meiner Mutter auf, das aus ihrem Zimmer drang, an ihren Schrei, als sie sich ein Messer in die Brust rammte und beinahe verblutete. Ich sehe die entsetzten Gesichter meiner Schwarmmitglieder vor meinem inneren Auge. Andere Gesichter, die in tödlichen Qualen erstarrt sind. Ich höre die spöttischen Stimmen meiner Kollegen.

Es sei eine Schande, wie wir weitermachten. All diese Emotionen, die uns beutelten. Ein Riss der Instabilität geht durch die Familienlinie ...

Es ist schon schlimm genug, dass es meine eigenen Leute sahen. Jetzt das zu zeigen, was ich fühle, und meine Hoffnungen sowie Ängste zuzugeben, ist damit vergleichbar, meine Kleider vor diesem Mann abzulegen, der sowohl ein Fremder und, in diesem Moment, auch mein Feind ist.

Wut flammt in mir auf. Wenn er doch nur auf die

Vernunft hören würde … wenn er nicht darauf bestehen würde, an allem zu zweifeln, was ich sage …

Andererseits wäre ich nicht auch wütend, wenn die Seelie die Fae aus meinem Schwarm ohne eine Erklärung abgeschlachtet hätten, ganz gleich, wie sehr ich mich anstrengen würde, diesen Zorn zu unterdrücken? Habe ich Talias Männern nicht ebenfalls auf Schritt und Tritt misstraut?

Ich schließe die Augen vor den widersprüchlichen Impulsen in mir.

Ich sprach von einem Kompromiss. Donovan ist zu mir gekommen und hat mir diese Fragen gestellt. Das ist seine Version praktischen Denkens. Seine Emotionen würden ihm zweifellos vorschreiben, dass er mich dem Schicksal übergibt, das seine harschere Kollegin im Sinn hat, ohne sich mit den weitreichenden Konsequenzen zu beschäftigen.

Talia bittet nur darum, dass ich ihm auf halbem Weg entgegenkomme.

Das kann ich tun. Ich kann meine Schutzschilde für sie senken, für mein Volk, für die Zukunft, für die ich mich all diese Jahre ausgesprochen habe. Wenn es nach hinten losgeht, wenn ich zu weit gehe oder zu viel enthülle, habe ich es wenigstens versucht, anstatt mich hinter Grenzen und Mauern, sowohl inneren als auch äußeren, zu verschanzen, worauf die Winter-Erzlords so lange bestanden haben.

Scharf einatmend, begegne ich Donovans Blick erneut. „Ich entschuldige mich. Ich habe als Erzlord mit Ihnen gesprochen, da ich Jahrzehnte damit verbracht habe, mir beizubringen, mich entsprechend dieses Amtes zu verhalten. Sie verdienen eine Antwort von einem Mann zum anderen. Ich habe zu viel Tod in diesem Leben gesehen, um ihn willkommen zu heißen, ganz gleich, welche Art von Fae ihn erleidet. Mir wurde bei jedem neuen Angriff schlecht – und ich war entsetzt von mir selbst, weil ich meine Kollegen nicht von einer anderen Herangehensweise überzeugen konnte. Wir haben Sie schrecklich behandelt und ich kann Ihnen gar nicht sagen, wie leid mir das tut."

Wegen der Anstrengung, ihm so viel zu gestehen, und der nervenaufreibenden Emotionen selbst schleicht sich ein Krächzen in meine Stimme. Der Seelie-Erzlord blinzelt und Überraschung sorgt dafür, dass die Feindseligkeit auf seinem Gesicht sanfter wird. „Aber letzten Endes werden Sie sich auf die Seite Ihrer Art schlagen, anstatt auf unsere, so wie Sie es zuvor getan haben", sagt er. „Hat sich wirklich so viel geändert? Wenn Ihre seelenverbundene Gefährtin zu Ihnen ins Winterreich kommt ..."

„Sie hat bereits angeboten, zu schwören, dass sie regelmäßig hierherkommt", unterbreche ich ihn, denn ich sehe keinen Sinn darin, so zu tun, als hätte ich nicht zugehört, als sie dieses Versprechen machte. „Und abgesehen davon ..." Ich schaue erneut zu Talia und ein unverkennbares Anschwellen von Sehnsucht und Zuneigung drückt meine Lunge zusammen. Da sie es spürt, schenkt sie mir ein kleines, jedoch aufmunterndes Lächeln, das mich beinahe umbringt.

Ich wollte nicht, dass sie diese Worte das erste Mal so hört, doch wenn ich bei diesem Gespräch nicht alle Geschütze auffahre, werde ich vielleicht keine Gelegenheit erhalten, es richtig zu tun. Und all die Arten, auf die sie mich während des vergangenen Tages verteidigt hat, haben mir bestätigt, wie wahr es ist, nachdem ich es zuvor nur vermutet habe.

Ich richte meinen Blick wieder auf Donovan. „Ich liebe sie. Mehr als ich wusste, dass ich jemanden lieben kann. Doch ihre Seele ist auf Arten an die Seelie gebunden, die nicht einmal der Wille des Herzens durchtrennen kann — und nachdem ich sie hier unter Ihnen gesehen habe, würde ich das auch nicht tun wollen. Ihre Leute sind ihr wichtig und daher werden sie mir auch immer wichtig sein."

*Corwin* ... Talias innere Stimme klingt erschüttert und bewegt. Sie scheint nicht zu wissen, was sie sonst noch sagen soll. Ich blicke Donovan unverwandt an, schicke jedoch all die Wärme, die ich in mir habe, zu ihr. Ich erwarte nicht, dass sie bereits in der Lage ist, meine Zuneigung in gleichem Maß zu erwidern. Es wird eine Ehre sein, sie mir in so viel Zeit zu verdienen, wie nötig ist. Die bloße Erinnerung daran, dass sie mich ihren Gefährten nannte, wärmt mich erneut von innen heraus und verleiht meinen nächsten Worten mehr Kraft.

„Geben Sie mir die Chance, für den Frieden zwischen unseren Völkern zu kämpfen", bitte ich den Seelie-Erzlord, „und ich verspreche, dass ich nicht ruhen werde, bis ich die Zustimmung meiner Kollegen erhalten habe, eine anständige Verhandlung mit Ihnen zu führen, damit wir diesen Konflikt friedlich lösen können. Vorher wusste ich nichts über die Leute, die wir angriffen. Jetzt ist mir dieses Reich vertrauter und das macht den Unterschied aus."

Ein Beben durchläuft mich, als ich zu Ende gesprochen habe. Es war ein langer, harter Tag und ich habe in den letzten Minuten mehr Emotionen rausgelassen als in den Jahren davor.

Es hat mich erschöpft, doch auf eine eigenartige Art durchzieht diese Erschöpfung auch Erleichterung. Er neigt den Kopf mit mehr Respekt, als er mir seit seiner Ankunft entgegengebracht hat. „In Ordnung", sagt er. „Ich entschuldige mich dafür, dass ich Sie falsch eingeschätzt und angenommen habe, dass alle Unseelie die Situation gleich sehen. Lassen Sie mich mit meinen Kollegen sprechen, bevor es zu spät ist, den Kurs zu ändern, und ich werde zusehen, dass Sie hier rauskommen."

32

*Talia*

„Ich bin froh, dass wir uns in einem freundschaftlicheren Verhältnis voneinander trennen können, als es zuvor möglich zu sein schien, und hoffentlich nur für kurze Zeit", sagt Sylas und verbeugt sich leicht vor Corwin, als er seine Hand ausstreckt.

Der Unseelie-Erzlord schenkt ihm ein zaghaftes Lächeln und erwidert den Händedruck fest. „Genauso wie ich." Sein Blick gleitet von Sylas zu Whitt und August, die ihn flankieren. „Ich freue mich darauf, euch alle persönlich besser kennenzulernen, so wie ich es bereits durch Talia getan habe."

Der Ansturm von Freude in mir lässt sich nicht unterdrücken, da ich all meine Männer – und Corwin *ist* mein, das kann ich jetzt nicht mehr leugnen – zusammen sehe und sie einander akzeptieren sowie die ersten Schritte zu einer Art Bündnis unternehmen.

Noch mehr Zuneigung fegt durch meine Brust hindurch, als Sylas mir zunickt und zurücktritt. „Wir werden euch Privatsphäre geben, damit du dich von deinem Gefährten verabschieden kannst."

Ich schenke ihm zum Dank schnell ein Lächeln. Die drei weichen zu der Stelle zurück, wo Astrid vom Rand des Feldes aus zugesehen hat, und gemeinsam schlendern sie zu der spärlichen Ansammlung Bäume zwischen hier und dem Feld, das die neue Burg umgibt.

Ich drehe mich wieder zu Corwin um, der nur wenige Schritte entfernt vom Dunst der Grenze steht. Er befindet sich an fast der gleichen Stelle, an der er stand, als er mich gestern hierher zurückbrachte.

Das Halsband mit dem Eisenkern hat einen rötlichen Ring um seinen Hals hinterlassen, den Sylas' Heiler nicht vollständig heilen konnte. Der Anblick schickt eine Woge des Kummers durch mich hindurch. Ich gehe zu ihm und auf die Zehenspitzen, um diese Stelle sanft zu berühren.

Corwin zeigt bei der Berührung keinerlei Anzeichen von Schmerz, stattdessen konzentriert sich sein Bewusstsein auf meine Haut, die seine streift, und eifrige Hitze flackert in ihm auf. „Ich werde einfach einige Tage lang Hemden mit hohen Kragen tragen müssen, bis es vollständig verheilt ist", sagt er mit einer Spur von Belustigung, als würde er es genießen, seine Kollegen reinzulegen. Angesichts dessen, wie fies sie zu ihm waren, wird er das vielleicht wirklich tun.

Ich lasse meine Hand auf seine Brust fallen. „Du denkst nicht, dass die Erzlords vermuten werden, dass hier etwas schiefgegangen ist?"

Er schüttelt den Kopf. „Ich werde meinem Personal erzählen, dass ich … ermutigt wurde, die Nacht zu Ehren unseres Bandes im Sommerreich zu verbringen. Das stimmt in gewisser Weise. Falls sich einer meiner Kollegen die Mühe gemacht hat, zu bemerken, dass ich länger als erwartet fort war, wird er das Gleiche zu hören kriegen.“

„Was denkst du, wie lange es dauern wird, sie davon zu überzeugen, einem richtigen Treffen mit den Sommer-Erzlords zuzustimmen?“

„Ich weiß es nicht, aber dieses Mal werde ich mich nicht abwimmeln lassen. Sie waren schon geneigter, andere Optionen in Erwägung zu ziehen, als wir zu Sylas’ Krönung kamen. Die Idee war, die Feindseligkeit der Seelie uns gegenüber sowie den Vergeltungszauber zu testen … Unser Seelenband hat die Angelegenheit verkompliziert.“

Ich erinnere mich an die feindseligen Gesichter, die ich durch seine Augen um den Marmortisch herum in ihrer Halle des Herzens gesehen habe. „Darüber sind sie noch unglücklicher, als sie es zuvor waren.“

„Sie werden sich damit abfinden. Ich kann ihnen jetzt sagen, dass die Seelie-Erzlords geschworen haben, uns friedlich in ihr Reich zu lassen, damit wir mit ihnen sprechen können, und dass sie auch gewillt sind, die Schwüre abzulegen, um die Grenze zu überqueren und sich mit uns in unserem Territorium zu treffen, wenn wir das Gleiche schwören. Es wird leichter sein, sie zu überzeugen.“ Corwins Mund verzieht sich. „Ich glaube, nach der letzten Schlacht während des Vollmonds wurde unleugbar deutlich, dass unsere aktuelle Herangehensweise nicht förderlich für unsere Ziele ist.“

Solange die Unseelie nicht beschließen, irgendeine Herangehensweise auszuprobieren, die noch aggressiver ist, schätze ich, dass jede Art von Treffen ein Sieg sein wird. „Du gibst mir Bescheid, sobald irgendetwas entschieden wurde?“

„Natürlich.“ Er streichelt vorsichtig über meine Haare und auf seinem Gesicht liegt seine übliche kühle Maske, doch in seinen Augen funkelt Zuneigung. „Vielleicht wird mir das die Gelegenheit geben, dich schon vor deinem nächsten Besuch zu sehen."

Ich schenke ihm ein schiefes Lächeln. „Es ist ja nicht so, als würde ich mich jemals ganz deiner Reichweite entziehen."

„Nein. Aber ich werde mich nicht in deine Zeit hier einmischen. Ich weiß, dass du trotzdem nicht sofort mit mir zurückgekommen wärst."

Das stimmt und nicht nur wegen des Seelie-Fluchs und der drei anderen Männer, von denen ich viel zu lange getrennt war. Wir konnten Celia nur dazu überreden, den Bedingungen eines Treffens mit den Unseelie-Erzlords zuzustimmen, indem ich den Schwur leistete, den ich Donovan vorgeschlagen hatte.

Solange der Vollmond-Fluch existiert, muss ich nun während der Vollmond-Woche im Sommerreich bleiben und darf nie länger als eine Woche am Stück im Winterreich verbringen, ohne dazwischen mindestens einen Tag lang hier zu sein. Corwin hat sich wegen dieses Versprechens keinerlei Feindseligkeit anmerken lassen. Wenn überhaupt, wirkte er beinahe zufrieden darüber, dass ich meine Loyalität den Seelie gegenüber gestärkt habe.

Ich weiß noch immer nicht, wie wir meine widersprüchlichen Zuneigungen auf lange Sicht handhaben werden, doch wir haben eine zaghafte, vorübergehende Abmachung getroffen. Ich werde praktisch in jeder Hinsicht die Gefährtin meiner Seelie-Männer sein, solange ich hier bin, und weiterhin schauen, wie ich in die Rolle von Corwins seelenverbundener Gefährtin finden kann, während ich bei ihm bin, ohne Groll von beiden Seiten. Ich glaube, im Moment sind sie alle einfach froh, dass ich noch immer jeden einzelnen von ihnen in meinem Leben haben will sowie die anderen.

Ich lehne meinen Kopf an Corwins Brust und nach einem Augenblick des Zögerns heben sich seine Arme und schlingen sich um mich. Seine Umarmung flutet mich mit der zärtlichen Freude, die mit den Worten einherging, die er heute Morgen zu Donovan sprach.

*Ich liebe sie.*

Werde ich das irgendwann in der Zukunft erwidern können? Alles fühlt sich noch immer so ungewiss an. Doch ich werde ihn vermissen, obwohl er nach wie vor bei mir sein wird, egal, wie weit wir voneinander entfernt sind. Ich will ihn besser kennenlernen, damit ich herausfinden kann, wie tief meine Gefühle für ihn reichen.

*Du kannst dir so viel Zeit nehmen, wie du brauchst,* verspricht er stumm durch das Band und umarmt mich fester. *Ich habe Jahrhunderte darauf gewartet, meine seelenverbundene Gefährtin kennenzulernen. Geduld ist kein Problem.*

Mein Lächeln wird bittersüß. Dieser Gedankengang hat ein schwieriges Thema angestupst, das ich ansprechen muss, bevor er geht.

Ich weiche zurück, damit ich zu ihm aufschauen kann. „Corwin ... ich weiß, dass es Einschränkungen gibt, was du über die politischen Entscheidungen der Unseelie und den Rest sagen kannst. Aber ich muss verstehen, warum all diese Kämpfe geschehen sind. Warum du dachtest, es wäre gerechtfertigt genug, dass du dich nicht in die Pläne der anderen Erzlords eingemischt hast. Ich verstehe, dass du jetzt nicht darüber sprechen kannst. Es ist nur ...“

Er bringt mich zum Verstummen, indem er mit den Fingern meinen Kiefer entlangfährt. Seine dunklen Augen werden eindringlich, allerdings distanziert, als würde er sich auf etwas konzentrieren, was weit weg von hier ist. In dem Beben, das mit dem Körperkontakt einhergeht, nehme ich auch ein turbulentes Wirbeln von Emotionen wahr, die er sortiert. In diesem Mann geht hinter der kühlen Fassade so viel vor sich.

„Ich kann dir jetzt das Wesentliche erzählen", sagt er mit leiser Stimme. „Ich bitte dich nur darum, es keinem der Seelie zu verraten und es uns zu überlassen, die Angelegenheit vor sie zu bringen. Meine Verantwortung erlaubt mir, etwas zu sagen, wenn ich darauf vertraue, dass es meinen Leuten mehr helfen als schaden wird. Wenn du mir versprichst, dass du das Geheimnis für dich behalten wirst, werde ich darauf vertrauen, dass du es ernst meinst."

Mein Puls setzt aus. „Es ist nichts, was den Seelie schaden könnte, oder?"

„Nein, ich kann mir nicht vorstellen, dass es sich auf irgendeine andere Art auf sie auswirkt, als wie wir in der Vergangenheit reagiert haben. Wenn meine Bemühungen fruchtlos bleiben und meine Kollegen mit mehr Gewalt zuschlagen, dann werde ich es dir nicht übelnehmen, wenn du das Geheimnis preisgibst."

„Okay." Ich hole tief Luft. „Wenn es nicht dazu kommt, kann ich es für mich behalten."

Er schweigt einen Augenblick, in dem er seine Worte zu sammeln scheint. Dann hebt er seine andere Hand an mein Gesicht und nimmt es sachte zwischen seine Handflächen.

„Im Winterreich breitet sich ein anderer Fluch aus. Einer, der bereits zu viele Leben gefordert hat, einschließlich das meines Vaters. Und ich komme nicht umhin, zu denken, dass das, was auch immer in dir ist und den Fluch der Seelie heilt, vielleicht auch die Antwort auf unseren sein könnte."

Eva Chase ist eine Amazon Top 100-Bestsellerautorin für Urban Fantasy und paranormale Liebesromane. Sie ist mit Magie, Chaos und Herzschmerz aufgewachsen und bringt alle drei Elemente in ihre Geschichten ein. Aber keine Angst vor dem gefürchteten Liebesdreieck - Evas Heldinnen müssen sich nie entscheiden. Online findet man sie unter www.evachase.com.

9 781998 582655